La letra pequeña

(The Fine Print)

LAUREN ASHER

La letra pequeña
(The Fine Print)

Traducción de Anna Valor Blanquer

Obra editada en colaboración con Editorial Planeta - España

Título original: *The Fine Print*

© 2021. THE FINE PRINT by Lauren Asher
The moral rights of the author have been asserted

© por la traducción, Anna Valor Blanquer, 2023
Composición: Realización Planeta

© 2023, Editorial Planeta, S. A. - Barcelona, España

Derechos reservados

© 2024, Editorial Planeta Mexicana, S.A. de C.V.
Bajo el sello editorial MARTÍNEZ ROCA M.R.
Avenida Presidente Masarik núm. 111,
Piso 2, Polanco V Sección, Miguel Hidalgo
C.P. 11560, Ciudad de México
www.planetadelibros.com.mx

Primera edición impresa en España: junio de 2023
ISBN: 978-84-270-5156-0

Primera edición en formato epub: enero de 2024
ISBN: 978-607-39-0886-3

Primera edición impresa en México: enero de 2024
ISBN: 978-607-39-0876-4

Impreso en los talleres de Litográfica Ingramex, S.A. de C.V.
Centeno núm. 162-1, colonia Granjas Esmeralda, Ciudad de México
Impreso en México – *Printed in Mexico*

A las chicas que sueñan con conocer a un príncipe,
pero terminan enamorándose del villano incomprendido.

Banda sonora

«Ain't No Rest for the Wicked» – Cage the Elephant
«Oh, What a World» – Kacey Musgraves
«My Own Monster» – X Ambassadors
«Cloudy Day» – Tones And I
«Flaws» – Bastille
«Rare Bird» – Caitlyn Smith
«Lasso» – Phoenix
«Bubbly» – Colbie Caillat
«Believe» – Mumford & Sons
«Take a Chance On Me» – ABBA
«From Eden» – Hozier
«Could Be Good» – Kat Cunning
«R U Mine?» – Arctic Monkeys
«34+35» – Ariana Grande
«Ho Hey» – The Lumineers
«Can't Help Falling in Love» – Haley Reinhart
«Wildfire» – Cautious Clay
«White Horse» (Taylor's Version) – Taylor Swift
«Need the Sun to »Break – James Bay
«Landslide» (Remastered) – Fleetwood Mac
«Missing Piece» – Vance Joy
«Dreams» – The Cranberries

1

Rowan

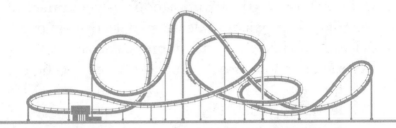

La última vez que estuve en un funeral, terminé con un brazo roto. La historia de cuando me había lanzado a la tumba abierta de mi madre fue noticia. Han pasado más de dos décadas desde ese día y, aunque he cambiado por completo como persona, mi aversión al duelo no lo ha hecho en absoluto. Sin embargo, por mis responsabilidades como el familiar más joven de mi difunto abuelo, se espera de mí que me mantenga firme y sereno en el velatorio. Me resulta casi imposible, porque me pica la piel como si llevara un traje barato de poliéster.

La paciencia se me agota a medida que van pasando las horas y cientos de empleados y socios de la Compañía Kane nos dan el pésame. Si hay algo que soporto menos que los funerales es hablar con la gente. Solo tolero a unos pocos individuos, y mi abuelo era uno de ellos.

«Y ya no está.»

La sensación de ardor en mi pecho se intensifica. No

sé por qué me afecta tanto. He tenido tiempo para prepararme mientras estaba en coma, pero lo que siento dentro de la caja torácica vuelve con fuerza cada vez que pienso en él.

Me paso una mano por el cabello oscuro por hacer algo.

—Te acompaño en el sentimiento, hijo —dice un asistente que no conozco interrumpiendo mis pensamientos.

—¿Hijo? —La palabra sale de mi boca con el veneno suficiente para hacer que el hombre se encoja.

Se reacomoda la corbata en el centro del pecho con manos torpes.

—Bueno... Yo... Eh...

—Disculpe a mi hermano. El duelo le está resultando difícil.

Cal me pone una mano en el hombro y me da un apretón. Su aliento, que huele a vodka y menta, me da en la cara y me hace fruncir el ceño. Puede que mi hermano mediano esté muy elegante con su traje planchado y su cabello rubio peinado a la perfección, pero el contorno rojo de sus ojos me cuenta otra historia.

El hombre masculla unas cuantas palabras que no me preocupo por escuchar y se dirige a la salida más cercana.

—¿El duelo me está resultando difícil?

Aunque no me gusta que mi abuelo haya fallecido, no me está «resultando difícil» nada que no sea el ardor de estómago que tengo.

—No te pongas así. Es lo que se dice en los funerales. —Sus cejas rubias se juntan y Cal me mira amenazador.

—No necesito excusar mi comportamiento.

—Depende, si espantas al mayor inversor en nuestros hoteles de Shanghái, tal vez sí.

—Maldición.

Por algo prefiero la soledad. Hablar de pequeñeces requiere demasiado esfuerzo y diplomacia para mi gusto.

—¿Puedes al menos intentar ser amable una hora más? Por lo menos hasta que se vaya la gente importante.

—Lo estoy intentando. —Me da un tic en el ojo izquierdo y aprieto los labios.

—Pues esfuérzate más. Por él. —Cal señala con la cabeza la foto que hay encima de la chimenea.

Suelto una exhalación algo temblorosa. Nos tomaron esa foto durante un viaje familiar a Dreamland cuando mis hermanos y yo éramos niños. Mi abuelo sonríe a la cámara pese a que yo lo ahorco rodeándole el cuello con los bracitos. Declan está de pie al lado del abuelo y la instantánea lo pesca poniendo los ojos en blanco mientras Cal le pone dos dedos detrás de la cabeza. Mi padre luce una sonrisa sombría poco habitual y rodea con el brazo los hombros de mi abuelo. Si me esfuerzo lo suficiente, puedo imaginarme la risa de mi madre mientras toma la foto. Aunque mi recuerdo de ella está algo borroso, si lo intento, puedo imaginar su sonrisa.

Un ardor raro en la garganta me dificulta tragar.

«Alergia residual de la primavera en la ciudad, nada más.»

Me aclaro la garganta irritada.

—A él no le habría gustado todo este espectáculo.

Aunque mi abuelo se dedicaba justamente al espectáculo, no le gustaba ser el centro de atención. Pensar que toda aquella gente había ido en coche hasta las afueras de Chicago por él le habría hecho poner los ojos en blanco si siguiera entre nosotros.

Cal se encoge de hombros.

—Precisamente él era consciente de lo que se esperaba de él.

—¿Un evento de *networking* disfrazado de funeral?

Las comisuras de los labios de Cal se elevan en una pequeña sonrisa antes de volver a caer y formar una línea recta.

—Tienes razón, el abuelo estaría horrorizado, porque siempre decía que el domingo era un día de descanso y paz.

—No hay paz para los malvados.

—Y menos para los ricos.

Declan se coloca junto a mí, del otro lado. Observa a la multitud con gesto severo. Mi hermano mayor tiene perfeccionado lo de intimidar a la gente hasta el punto en que lo ha convertido en una ciencia, y todo el mundo evita su mirada, negra como el carbón. Lleva un traje que hace juego con su cabello oscuro, lo cual suma a su aspecto misterioso.

Estoy algo celoso de Declan porque la gente suele hablarme a mí primero, tomándome por el más amable de los tres hermanos al ser el más joven. Puede que naciera al último, pero, desde luego, no nací ayer. El único motivo por el que los asistentes se toman la molestia de hablarnos es porque quieren quedar bien con nosotros. Esa especie de trato falso es esperable. Sobre todo cuando la brújula moral de las personas con las que nos relacionamos apunta en todo momento al infierno.

Una pareja desconocida se nos acerca. La mujer saca un pañuelo de papel del bolso para secarse los ojos ya secos mientras su acompañante nos tiende la mano. Yo bajo la vista y miro la mano como si pudiera transmitirme alguna enfermedad.

Sus mejillas se enrojecen mientras vuelve a meterla en el bolsillo.

—Quería darles el pésame. Lo siento mucho. Su abuelo...

Asiento y dejo de prestarle atención. Va a ser una noche larga.

«Va por ti, abuelo.»

Tengo la mirada puesta en el sobre blanco. Mi nombre está escrito en el anverso con la caligrafía elegante de mi abuelo. Le doy la vuelta y lo encuentro cerrado con su clásico sello de cera del Castillo de la Princesa Cara de Dreamland intacto.

El abogado entrega otras cartas a mis hermanos.

—Deben leer estas cartas individuales antes de que les informe de las últimas voluntades del señor Kane.

Se me constriñe la garganta mientras rompo el lacre y saco la carta. Está fechada justo una semana antes del accidente que dejó en coma a mi abuelo, hace tres años.

A mi pequeño y dulce Rowan:

Ahogo una risa. *Pequeño* y *dulce* son las últimas palabras que usaría yo para describirme, puesto que soy alto como un jugador de la NBA y tengo la complejidad emocional de una piedra, pero mi abuelo era feliz en su ignorancia. Era lo mejor y también lo peor de él, dependiendo de la situación.

Aunque ya eres un hombre, para mí siempre serás un chiquillo. Aún recuerdo el día que tu madre te tuvo como si fuera ayer. Fuiste el más grande de los tres, con tus cachetes gordos y una mata de cabello negro por la que, por desgracia, te envidié. No te faltaban pulmones para llorar y no parabas hasta que te dejaban en brazos de tu madre. Era como si todo estuviera bien en el mundo cuando te tomaba en brazos.

Leí el párrafo dos veces. En pocas ocasiones había oído a mi abuelo hablar de mi madre de forma tan despreocupada. El tema se había vuelto tabú en mi familia hasta el punto de que apenas era capaz de recordar su cara o su voz.

Sé que he estado ocupado trabajando y que no he pasado tanto tiempo con ustedes como debería. Era fácil culpar a la empresa de la distancia física y emocional de mis relaciones. Cuando tu madre murió, no supe muy bien qué hacer para ayudar. Como tu padre me alejaba, me volqué en el trabajo hasta anestesiarme. La estrategia funcionó cuando mi mujer murió y cuando a tu madre le llegó un final parecido, pero soy consciente de que abocó a tu padre al fracaso. Y, por lo tanto, les fallé también a ustedes. En lugar de enseñarle a Seth cómo vivir después de una pérdida tan grande, le enseñé cómo aferrarse a la desesperanza y, al final, solo conseguí hacerles daño a tus hermanos y a ti. Tu padre los crio de la única forma que supo, y es culpa mía.

Mi abuelo excusando las acciones de mi padre, cómo no. Había estado demasiado ocupado para prestar atención al monstruo en el que había acabado convirtiéndose su hijo.

En el momento en el que escribo esto, estoy viviendo en Dreamland, intentando reconectar conmigo mismo. Estos últimos años los he pasado aturdido y no he sabido qué me preo-

cupaba hasta que vine aquí a revaluar mi vida. Conocí a alguien que me ha abierto los ojos ante mis errores. A medida que creció la empresa, me alejé del motivo por el que empecé todo esto. Me he dado cuenta de que he estado rodeado de mucha gente feliz, pero nunca en la vida me he sentido más solo. Y, aunque mi apellido es sinónimo de felicidad, yo no la siento en absoluto.

Una sensación incómoda me clava las garras en el pecho, rogando que la libere. Hubo una época de oscuridad en mi vida en la que me habría identificado con su comentario, pero apagué esa parte de mi cerebro cuando me di cuenta de que solo podía salvarme yo mismo.

Niego con la cabeza y vuelvo a concentrar mi atención en el texto.

Es curioso hacerse viejo, porque lo pones todo en perspectiva. Este testamento actualizado es mi forma de reparar los daños después de la muerte y arreglar mis errores antes de que sea demasiado tarde. No quiero esta vida para ustedes tres. Ni para su padre. Así que aquí viene tu abuelo al rescate, como buen príncipe de Dreamland que se respeta (o buen villano, pero eso dependerá de cómo lo vean ustedes, no yo).

Le he dado a cada uno una tarea que cumplir antes de recibir su parte de la empresa. ¿Esperarías menos de un hombre que se gana la vida escribiendo cuentos de hadas? No puedo darles la empresa sin más. Así que, a ti, Rowan, el soñador que ha dejado de soñar, te pido una cosa:

Sé el director de Dreamland y haz que recupere la magia.

Para recibir tu 18 % de la empresa, tendrás que ejercer como director y encabezar un proyecto especial durante seis meses. Quiero que identifiques los puntos débiles de Dreamland y desarrolles un plan de renovación digno de mi legado. Sé que eres el hombre adecuado para este trabajo porque no tengo a nadie de confianza a quien le guste crear más que a ti, aunque te hayas alejado de esa parte de ti con los años.

Me *encantaba* crear. Con especial énfasis en el tiempo verbal en pasado, porque ni loco volvería a dibujar, y menos a trabajar en Dreamland por voluntad propia.

Se contactará un equipo independiente y se le pedirá que valore los cambios mediante una votación. Si no los aprueban, tu porcentaje de la empresa se le cederá a tu padre de forma permanente. No habrá segundas oportunidades. No se lo podrás comprar. Es lo que hay, chiquillo. Yo he trabajado duro para que la Compañía Kane tuviera el nombre que tiene y les toca a tus hermanos y a ti asegurarse de que viva para siempre.
Te querré siempre,

El abuelo

Me quedo mirando la carta hasta que las palabras se vuelven borrosas. Me resulta difícil concentrarme en el abogado mientras habla del reparto de las acciones. Ahora nada de eso importa. Estas cartas interrumpen todos nuestros planes.

Declan acompaña al abogado a la puerta antes de volver a la sala.

—Vaya necedad —digo, y tomo la botella de whisky de la mesita de café para llenarme el vaso hasta el borde.

—¿Qué te toca hacer a ti? —quiere saber Declan mientras se sienta.

Le explico la tarea que tengo por delante.

—No puede pedirnos esto —dice Cal levantándose de la silla y empezando a caminar de un lado para otro.

Declan se pasa la mano por la barba incipiente.

—Ya oíste al abogado. O le seguimos el juego o no podré ser director general.

Los ojos de Cal parecen más salvajes con cada respiración irregular.

—¡Maldita sea, yo no puedo hacerlo!

—¿Qué puede ser peor que perder tu parte de la empresa? —pregunta Declan alisándose el saco.

—¿Perder la dignidad?

Lo miro durante un segundo.

—Pero ¿todavía te queda?

Cal me enseña el dedo medio.

Declan se recuesta en su silla y bebe un sorbo de su vaso.

—Si alguien tiene derecho a estar encabronado, soy yo. Soy el que tiene que casarse con alguien y fecundarla para poder ser presidente.

—Sabes que para hacer un bebé lo que hace falta es sexo, ¿no? ¿Puede asimilarlo tu *software*? —Cal intenta empezar una pelea que no puede ganar.

Declan se enorgullece de ser el soltero más codiciado de Estados Unidos, y no precisamente por acostarse con muchas.

Declan recoge la carta de Cal del suelo y la mira con expresión aburrida.

—¿Alana? Interesante. ¿Por qué pensaría el abuelo que sería buena idea que se reencontraran?

¿Alana? Hacía años que no oía ese nombre. ¿Qué quiere el abuelo que haga Cal con ella?

Extiendo la mano para quitarle la carta a Declan, pero Cal se la arranca de los dedos antes.

—Vete al diablo. Y no vuelvas a mencionarla —dice Cal furioso.

—Si quieres jugar con fuego, prepárate, porque vas a quedar calcinado —responde Declan saludándolo con el vaso, y nos mira a uno y a otro—. Sean cuales sean nuestras opiniones personales sobre el tema, no tenemos otra opción que no sea acceder a las condiciones del abuelo. Nos jugamos demasiado.

Yo no pienso permitir que mi padre se apropie de nuestra parte de la empresa. He esperado toda mi vida para poder dirigir la Compañía Kane con mis hermanos y no entra en mis planes que se la quede mi padre. No cuando nos alimenta algo más fuerte que el ansia de dinero. Porque si hay una lección que hemos aprendido de Seth Kane es que el amor va y viene, pero el odio dura para siempre.

2

Rowan

Mi nueva ayudante, Martha, es una veterana de Dreamland que ha trabajado para todos los directores del parque temático, incluido mi abuelo. Ha llevado muy bien mi incorporación al puesto. Que lo sepa todo de todo el mundo ha sido la cereza del pastel y me ha ayudado a respirar mejor a pesar de haberme mudado a Florida.

Gracias a la información clave de Martha, sé cómo encontrar a la mayoría de los trabajadores de Dreamland en un solo lugar para presentarme formalmente. Pude elegir asiento porque me aseguré de ser el primero en llegar a la reunión de la mañana. Escojo el lugar perfecto en la parte de atrás del salón de actos, donde no llega la luz fluorescente y me cubre un manto de oscuridad que es muy bienvenido. Estar sentado lejos de miradas curiosas me permitirá observar cómo interactúan los empleados y cómo resuelven problemas los encargados.

Diez minutos antes de la reunión, todo el mundo va entrando en la sala y llena las incontables filas de asientos. No sé si transmito una energía rara, pero los trabajadores evitan la última fila y optan por los lugares más concurridos de la parte delantera y central. Solo hay una persona que se atreve a colocarse delante de mí, un señor ya grande que me mira como si estuviera incomodándolo al sentarme en su territorio. Lo ignoro.

Unos focos en la parte delantera de la sala se centran en Joyce, la encargada del personal de la mañana y madre adoptiva de Dreamland. Su cabello canoso parece un casco y tiene unos ojos azules que observan la sala como los de un suboficial de adiestramiento. No sé si sabía ya dónde estoy, pero su mirada encuentra la mía y me saluda con un movimiento de cabeza y los labios apretados.

—Bueno, vamos a empezar. Tenemos mucho de qué hablar y poco tiempo antes de que lleguen las primeras visitas —dice, y le da unos golpecitos a la carpeta que lleva.

Establece el orden del día y avanza entre preguntas con seguridad. Apenas se detiene para respirar mientras repasa el calendario de desfiles, fiestas y visitas de famosos del mes de julio.

La puerta que tengo atrás de mí se abre con un chirrido. Volteo para mirar. Una mujer joven de cabello castaño se cuela por la rendija de la puerta y la cierra con cuidado.

Consulto el reloj. «¿Quién es esta y por qué llega veinte minutos tarde?»

Se aferra a un a patineta Penny color rosa fosforescente con un brazo trigueño mientras repasa con la mirada la sala llena. Aprovecho la distracción para examinarla. Su belleza me dificulta volver a centrar mi atención en Joyce.

Me da mucha rabia, pero no puedo apartar la vista. Mis ojos recorren las curvas de su cuerpo, trazando un camino desde su delicado cuello hasta sus carnosos muslos. Se me acelera el corazón. Aprieto los puños. No me gusta esta falta de dominio sobre mi cuerpo.

«Contrólate.»

Respiro hondo unas cuantas veces para bajar mi ritmo cardiaco.

Un mechón de cabello oscuro cae sobre sus ojos. Se lo pone detrás de la oreja adornada con *piercings* dorados. Como si notara mi mirada, se fija en mí. O, más bien, en el asiento vacío que tengo al lado.

Se aleja de la entrada iluminada y se encamina a la fila de asientos cubierta por un manto de oscuridad. Comprueba la distribución de las sillas como si quisiera encontrar la forma de sentarse a mi lado con el menor contacto posible.

—Hola, disculpa.

Tiene una voz suave y el leve rastro de un acento. Respira hondo mientras se va adentrando centímetro a centímetro en mi espacio personal.

Yo no abro la boca mientras me aferro a los reposabrazos. Me encuentro con un primerísimo plano de su trasero, apenas contenido por su no tan apropiada ropa: jeans y una camiseta de manga corta.

Dentro de las instalaciones de la empresa los uniformes son obligatorios por algo, y yo tengo ese algo delante de mis narices. Me duelen las cervicales y los reposabrazos crujen bajo la presión de mis manos. Su perfume me inunda la nariz. Se me cierran los ojos al olerlo: una mezcla de flores, cítricos y algo que no sé reconocer.

Evita con torpeza mis largas piernas con la gracia de una jirafa recién nacida. Deseando que termine el sufrimiento, le dejo espacio incorporándome en el asiento. Mi movimiento repentino hace que se tropiece con mis pies. Me da un manotazo en la pierna intentando no caerse, a pocos centímetros de mi entrepierna. Una descarga eléctrica me recorre el muslo hasta el vientre.

«No entiendo. ¿Desde cuándo el contacto con alguien me provoca una reacción así?»

Su mirada se encuentra con la mía, presumiendo de unas pestañas gruesas y unos almendrados ojos cafés. Parpadea un par de veces, demostrando que por lo menos posee algún tipo de función cognitiva.

—Lo siento.

Sus labios se separan cuando mira la mano que tiene en mi regazo. Ahoga un grito y la quita de mi muslo, llevándose con ella su calor y esa sensación extraña.

El trabajador mayor gira hacia nosotros.

—¿Puedes sentarte ya? Casi no oigo a Joyce con tu barullo de siempre.

«¿Su barullo de siempre?» Es bueno saber que es algo habitual.

—Claro, sí —balbucea ella.

Me parece un milagro que consiga acomodarse en el asiento que tengo al lado sin más accidentes. Entonces, deja caer al suelo la mochila ruidosa y tintineante que lleva, provocando una distracción más. Se oyen metales entrechocando cuando se agacha para abrir el cierre.

Cierro los ojos e inhalo por la nariz para calmar el dolor mortecino que hace que me palpiten las sienes, pero, cada vez que respiro hondo, aspiro su perfume, lo cual hace imposible olvidarme de ella.

En su búsqueda, roza mi pierna con su brazo. Una chispa parecida a la de antes me recorre la columna al sentir el contacto, como una oleada de calor que se dirige a un lugar muy concreto.

Mierda, donde sea menos ahí.

—¿Será posible un poco de silencio? —logro decir.

—¡Perdón!

Hace una mueca avergonzada mientras por fin saca la libreta y se incorpora a toda prisa. La patineta se resbala de su regazo y me cae sobre mis zapatos de dos mil dólares.

Por algo prohibieron esas cosas en el parque hace décadas. Aparto de una patada el objeto de contrabando y se va directo a los tobillos del hombre que la había reprendido antes.

—Ya está bien, Zahra. —El hombre voltea y le lanza una mirada fulminante.

«Zahra.» Tiene un nombre acorde al comportamiento indómito del que ha hecho muestra.

—Lo siento, Ralph —mascula ella.

—No lo sientas tanto y empieza a llegar a la hora de una vez.

Me esfuerzo por no sonreír. No hay nada que disfrute más que cuando a alguien le dicen sus verdades.

Ella se inclina y le coloca una mano delicada en el hombro.

—¿Puedo compensártelo con un pan casero que hicimos Claire y yo anoche?

«¿Pan? ¿De verdad le está ofreciendo comida para que no se enoje con ella?».

Ralph se encoge de hombros.

—Súmale unas galletas y no me quejaré con Joyce de que volviste a llegar tarde.

Me quedo perplejo ante el cascarrabias de cabello canoso que tengo delante.

—Ya sabía yo que me tenías algo de cariño. Dicen que eres un gruñón, pero no creo ni una palabra.

Le da un empujón amistoso en el hombro.

Ya veo. Ha engatusado al viejo Ralph con una sonrisa y la promesa de pan y galletas caseros. Es una mujer peligrosa, como una mina antipersona que no ves hasta que es demasiado tarde.

Zahra saca un paquete de la mochila y lo deja en las manos expectantes de Ralph, que sonríe revelando un incisivo roto.

—No se lo cuentes a nadie, no podría vivir con las consecuencias.

—Claro que no, no me atrevería —responde ella, y se le escapa una risa discreta que me reverbera en el pecho como si alguien hubiera golpeado un gong con un mazo en mi interior. Una calidez se me esparce por el cuerpo y me paralizo de miedo.

Sus dientes blancos se distinguen en la oscuridad cuando le dedica a Ralph una sonrisa radiante. Hay algo en su expresión facial que hace que el corazón me lata más deprisa. Es guapa. Despreocupada. Inocente. Como si de verdad estuviera feliz con su vida en lugar de fingir que lo está como hacemos los demás.

Aprieto los dientes y suelto una exhalación agitada.

—¿Ya terminaron? Algunos intentamos prestar atención.

El blanco de los ojos de Ralph se agranda y se voltea dejando sola a Zahra.

—Lo siento —susurra ella en voz baja.

Ignoro su disculpa y vuelvo a concentrarme en Joyce.

—Habrá grandes cambios en los altos cargos de la empresa que repasaremos la semana que viene. Este trimestre van a vigilarnos de cerca.

—Genial, lo que nos faltaba —masculla Zahra en voz baja mientras garabatea en la libreta.

—¿Tienes algún un problema con los altos cargos?

No sé qué espero que me diga ni tampoco por qué me importa.

Se ríe para sí misma y me golpea en el pecho otra sensación extraña.

—La pregunta es quién no lo tiene.

—¿Por qué?

—Porque la junta directiva de la Compañía Kane está llena de viejos que se sientan alrededor de una mesa y hablan del dinero que han ganado en lugar de tratar los temas importantes de verdad.

—¿De pronto estoy ante una experta en reuniones de la junta?

—No hace falta ser un genio para sacar conclusiones teniendo en cuenta cómo nos tratan aquí.

—¿Y cómo los tratan?

—Como si no importáramos siempre y cuando les hagamos ganar miles de millones al año.

Si ha reparado en mi mirada severa, parece que no la perturba en absoluto.

—¿A los trabajadores no se les paga para que no se quejen?

Me dirige una sonrisa.

—Lo siento, para eso la empresa tendrá que pagar más y, como la mayoría cobramos el salario mínimo, creo que callar no forma parte del trato.

Habla en un tono ligero y despreocupado, lo cual solo logra molestarme más.

—Pues debería serlo, aunque solo fuera para no tener que oír unas afirmaciones tan ignorantes.

Zahra toma aire indignada y vuelve a concentrarse en la libreta, dándome, por fin, la tranquilidad que quiero.

—Este trimestre será diferente del anterior —continúa Joyce, y se le iluminan los ojos.

Unos cuantos trabajadores refunfuñan en voz baja.

—Vamos, vamos, es verdad.

Zahra se ríe discretamente. Garabatea algunas frases en la libreta, pero no consigo leer lo que escribe por la falta de luz.

—¿No le crees?

«Pero ¿qué haces? ¿Por fin se calla y tú te pones a hacerle preguntas?»

Voltea hacia mí, pero no distingo su expresión.

—No, porque nada va a estar bien ahora que Brady ya no está —dice, y se le quiebra la voz.

Aprieto los dientes. ¿Quién se cree que es para llamar «Brady» a mi abuelo? Es insultante.

—El parque ha obtenido mejores resultados que nunca el último año, así que me parece que esa afirmación es infundada.

Mueve la pierna arriba y abajo de forma muy molesta.

—No todo es el balance financiero. Okey, el parque ha sido más rentable, pero ¿a qué precio? ¿Sueldos bajos? ¿Peor cobertura en el seguro médico para los trabajadores y vacaciones no remuneradas?

Si trata de apelar a mi humanidad, puede que muera en el intento. Las personas con mi posición no lideramos con el corazón porque nunca nos satisfaría una tontería tan grande. No queremos crear un mundo mejor. Queremos que el mundo sea nuestro.

Cambio de postura en mi asiento para mirarla.

—Hablas como alguien que no tiene ni la menor idea de cómo llevar un negocio de miles de millones de dólares. Tampoco es que me sorprenda. Al fin y al cabo, trabajas aquí.

Ella extiende la mano y me pellizca el brazo. Sus dedos pequeños no tienen fuerza suficiente para hacerme daño.

—¿A qué ha venido eso? —le espeto.

—Intentaba ver si estaba teniendo una pesadilla. Resulta que este desastre de conversación es real.

—Vuelve a tocarme y estarás despedida.

Se queda de piedra.

—¿De qué departamento me dijiste que eras?

—No te lo dije.

Se da un golpe en la frente y empieza a hablar una lengua que no entiendo.

—¿En qué departamento trabajas tú? —contrataco.

Se yergue en el asiento con una sonrisa como si no acabara de amenazarla con despedirla. «Qué extraña es.»

—Soy esteticista en el salón de belleza La Varita Mágica.

—Genial, entonces eres prescindible.

El asiento cruje bajo su peso cuando se reclina.

—Vaya, qué imbécil.

Joyce no podría haber planeado mejor mi presentación. Dice mi nombre y todo el mundo voltea hacia nuestro rincón oscuro. Yo me levanto del asiento y miro a Zahra con las cejas alzadas. Tiene la cabeza baja y su pecho se estremece... ¿de la risa?

Pero ¿qué...? Tendría que estar pidiéndome perdón y rogándome que no la despidiera.

Joyce repite mi nombre y yo levanto la cabeza de pronto mirando hacia delante.

27

Me dirijo hacia la gente y me alejo de Zahra. Solo hay una cosa en la que debería concentrarme y mi objetivo no tiene nada que ver con esa mujer que se ha atrevido a llamarme imbécil y a reírse de ello.

3
Zahra

Cierro la puerta de la taquilla de un golpe.

—¿Por qué estás de tan mal humor?

Claire se sienta en el banco que hay delante de mí y se pone las zapatillas. Su media melena oscura le enmarca la cara. Se la aparta.

—Conocí a un completo imbécil esta mañana en la reunión. Y no vas a creer quién era.

—¡¿Quién?!

—Rowan Kane.

—¿Qué?, ¿Rowan Kane? —pregunta mi *roomie* con los ojos cafés muy abiertos.

Un par de cabezas voltean hacia nosotras. La señora Jeffries se busca el crucifijo que lleva en el cuello sin dejar de mirarnos.

—Claire... —me quejo.

—Es que es la realeza de Dreamland, disculpa el asombro.

—Créeme. Hay cosas que es mejor dejar a la imaginación.

Todas esas historias que Brady me había contado sobre su nieto pequeño no eran más que una fantasía. Los rumores que corrían por Dreamland son ciertos. Rowan se ha ganado la reputación de ser un empresario sin escrúpulos que suscita el mismo nivel de felicidad que la eutanasia animal. Supimos de él por primera vez cuando desempató el voto sobre subir el sueldo mínimo a los trabajadores. Por su culpa, la Compañía Kane sigue pagando a su personal una miseria por el esfuerzo. Su reino de terror se ha ido consolidando con los años. Ha recortado los días de vacaciones retribuidas, nos ha cambiado el seguro médico por uno que nos hace más mal que bien y ha despedido a miles de personas.

Puede que Rowan tenga un cuerpo divino, pero el resto de su ser es diabólico.

—¡Ay ya, cuéntame! ¿Huele tan bien como parece? —pregunta Claire tirando de mi vestido.

—No.

Sí, pero no pienso decírselo.

No solo huele increíble, sino que la foto de la empresa no le hace justicia. Es guapo en un sentido inaccesible. Como una estatua de mármol rodeada por un cordón de terciopelo rojo, tentándome a cruzar a un terreno prohibido y tocarla, aunque solo sea una vez. Tiene unos pómulos que parece que puedan cortarte y da la impresión de que sus labios serán muy suaves al besarlos. Y, basándome en el pellizco y en su muslo, que toqué por accidente, es todo músculo. Parece perfecto, con ese aspecto de chico guapo con el cabello castaño peinado con esmero, el traje planchado y los ojos de color miel oscuro.

Hasta que abre la boca.

—Bueno, ignoremos que es un imbécil y hablemos sobre si está soltero o no —me dice, y pestañea.

—Que yo sepa, no es tu tipo. —Le doy un empujoncito en el hombro.

Sé bien que los chicos le dan igual. Salió del clóset en la preparatoria y no le ha prestado atención a un hombre desde entonces.

—Tonta, pregunto por ti, no por mí.

Aliso el disfraz renacentista de color morado que llevo.

—Habiéndome dicho que mi trabajo no es lo bastante importante y que soy prescindible, no me interesa. Por no hablar de que es nuestro jefe.

Aunque Dreamland no tiene normas que prohíban las relaciones entre el personal de la empresa, he decidido que Rowan es terreno vedado. Ya pasé por ahí y me traje un *souvenir*. Con mi exnovio llené el cupo de cabrones de toda mi vida.

—¡Vaya estúpido!

—Y que lo digas. No puedo creer que sea el nuevo director. Ha sido todo tan repen...

—¡Voy a pasar lista! —grita Regina, la encargada del salón de belleza, desde la sala principal.

Claire y yo salimos al salón y nos ponemos en fila con el resto del personal. Estamos rodeadas por un mar de coloridas sillas vacías y tocadores iluminados que esperan para acoger a las criaturas que sueñan con vestirse de princesas y príncipes cuando vienen a Dreamland.

Todos los empleados escuchamos las tareas del día antes de acondicionar nuestro tocador.

—¿Preparada? —Claire me mira desde el suyo.

Yo tomo mi rizador para el cabello, que todavía no está enchufado, y lo sostengo como si fuera una espada.

—Nací preparada.

Henry, el ayudante de sala de hoy, abre las puertas y deja pasar a una multitud de criaturas y sus padres. Siento una calidez en el pecho cuando veo las sonrisas y los ojos radiantes que observan los disfraces a los lados de la sala.

Henry trae a una niña pequeña en silla de ruedas hacia mi tocador.

—Hola, Zahra. Esta es Lily. Tiene muchas ganas de que la vistas de princesa Cara.

Yo me inclino y le tiendo la mano a Lily.

—¿Seguro que necesitas que te haga algo? —Ella asiente y sonríe—. ¿Seguro que no eres una princesa ya?

Lily suelta una risita y se cubre la boca con la mano que tiene libre. El cabello rubio y lacio cae sobre su cara y esconde sus ojos verdes. Le doy un toquecito en la naricita arrugada.

—Me vas a hacer el trabajo tan fácil que mi jefa pensará que tengo superpoderes.

Lily se ríe. El sonido es tan encantador que no puedo evitar reír yo también.

—Me gusta tu pin —dice señalando el pin esmaltado de hoy, que llevo encima de la insignia con mi nombre.

—Gracias.

Sonrío al mirar el «Sé felizzzzzz» encima de la ilustración de un abejorro. Mi pequeña rebelión contra el uniforme tiene mucho éxito entre los más pequeños.

Me pongo a trabajar, empezando por el cabello, que es lacio y se niega con tozudez a adoptar los clásicos rizos de la princesa Cara, pero yo no me detengo hasta que Lily está perfecta.

Una extraña sensación de hormigueo me recorre la

columna. Me volteo hacia el tocador sin prestar atención a lo que hago y le pinto a Lily una raya con la sombra de ojos morada en la mejilla.

—¡Oye! —Se ríe.

—Madre mía.

—¿Qué pasa?

Rowan está al lado del mostrador de recepción. El peso de su mirada fija en el espejo me enciende la piel y mis ojos amenazan con salirse de sus órbitas. El rubor se me extiende por las mejillas y le doy la espalda al tocador para esconder mi reacción.

—Te estás poniendo roja. A mi madre le pasa lo mismo con mi padre. —A Lily se le iluminan los ojos.

—Mmm.

«¿Qué hace aquí? ¿Va a despedirme?»

Lily me descubre mirando el reflejo de Rowan en el espejo.

—¿Te gusta?

—¡Shhh! No. —Le limpio el maquillaje de la mejilla.

—¿Es un secreto? —susurra.

—¡Sí!

Diría lo que fuera para que se callara.

Los ojos del imbécil vestido de Armani siguen fijos en mí y su ceño fruncido incrementa mis nervios.

Henry se acerca a mi espacio de trabajo bajo el pretexto de ofrecerle a Lily un tetrapack de jugo.

—¿Te importaría contarme por qué el señor Kane pregunta por ti?

—Podría ser que lo hubiera hecho enojar hace un rato.

Los ojos de Henry se arrugan con preocupación.

—Quería venir para avisarte que está haciéndole a Regina mil preguntas sobre ti.

Espero que Regina se guarde la aversión que siente por mí. Aunque nada le gustaría más que quejarse, mi rendimiento habla por sí solo. Los clientes me dan casi el doble de propinas que al resto, lo cual solo alimenta más la rabia que me tiene. No entiendo qué le pasa, es su hija la que se metió con mi novio —ahora ex, muy ex—. Y no soy ninguna amenaza, porque no me acercaría a Lance ni con un traje antirradiación, y mucho menos volvería con él.

Enderezo la espalda. Pensar en Lance y Tammy solo consigue amargarme. Me devuelve a un mal momento emocional, y me niego a limitarme a ser aquella chica que creía que se casaría con el chico del que se había enamorado en el trabajo. Ese futuro quedó hecho añicos cuando me enteré de la doble vida que llevaba con Tammy.

«Déjalo, no lo pienses. Demuéstrales que no te destrozaron, por cerca que estuvieran.»

—¿Es tu príncipe? —pregunta Lily con una sonrisa pícara, y me devuelve a la conversación de golpe.

Henry mueve los hombros.

—Tendremos que esperar a ver si se la lleva en brazos a su reino.

El reino en el que vive ese hombre es el infierno y no me interesa hacer turismo por allí. Es un demonio con traje caro y una personalidad igual de oscura que el traje.

—¡Buena suerte! La necesitas.

Henry se va después de darme unas palmaditas en la cabeza como si fuera una niña.

Cada vez que miro el espejo, los ojos miel e inexpresivos de Rowan se encuentran con los míos. Siento escalofríos bajo su mirada pese al calor de las luces del tocador.

No sé cómo, consigo mantenerme impasible durante toda la sesión a pesar de que el corazón me golpea con fuerza las costillas. Dedico toda la energía a ignorar a mi nuevo jefe transformando a Lily en la princesa más bonita de todo el parque.

Cuando falta poco para terminar, giro su silla hacia el centro de la sala y la pongo de espaldas al espejo. Le doy los últimos retoques y luego vuelvo a colocarla mirando hacia el espejo con mucha pompa para el momento cumbre. Se le humedecen los ojos al ver su reflejo.

—Estás preciosa. —Me inclino y le doy un breve abrazo.

—Gracias. —Pone mala cara y mira la silla.

El corazón se me encoge y deseo poder hacer más por los niños como Lily. Siempre parece que los ignoran.

Rodeo los hombros de Lily con el brazo y le sonrío a través del espejo.

—Eres una chica muy guapa, seguro que alguien te confunde con la princesa Cara de verdad cuando salgas de aquí.

—¿En serio? —Vuelve a iluminársele la cara.

Le toco la nariz.

—Seguro. Y sé que los otros niños se pondrán celosos de esas ruedas tan bonitas cuando les duelan los pies de tanto caminar.

Se ríe.

—Qué graciosa eres —me dice.

—Si alguien te pide que lo lleves, que no se te olvide cobrarle. ¿Me lo prometes?

—Te lo prometo —dice, y levanta un meñique.

Entrelazo el mío con el suyo y nos damos un apretón.

Me volteo para llamar a los padres de Lily. Mis ojos

se encuentran con los de Rowan. Siento que se me enciende un fuego en el vientre y se me propaga por la piel con tan solo esa mirada.

«¿Tendré fiebre? Ya sabía yo que el niño que no paraba de sorber por la nariz ayer no tenía alergia.»

Los padres de Lily se acercan y se deshacen en elogios. Mientras el padre se arrodilla para hablar con ella, la madre voltea a verme y toma mi mano, temblando.

—Muchas gracias por cuidar de mi hija. Tenía miedo de no encajar aquí como las otras niñas, pero tú te has esforzado por hacerla sentir especial.

Me estrecha entre sus brazos y yo le devuelvo el abrazo.

—Un placer. Lily me la puso fácil, porque tienen una hija preciosa, por dentro y por fuera.

El padre de Lily se sonroja y su madre sonríe. Después de un último vistazo en el espejo, se alejan empujando la silla.

Yo volteo hacia donde Rowan y Regina estaban hablando y veo que no hay nadie. Se me hace un nudo en el estómago.

Paso el día con náuseas. Da igual cuántas criaturas se levanten de mi silla sonriendo, no puedo quitarme de encima esa sensación rara en el estómago. No sé qué pretende Rowan, pero tengo que estar atenta. Hubo un tiempo en el que ignoraba mis corazonadas y me niego a volver a cometer ese error.

4

Rowan

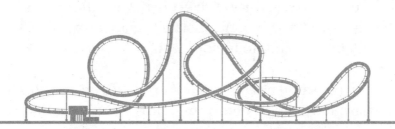

Tal vez en Dreamland vendamos cuentos de hadas, pero a mí el parque no me trae más que pesadillas y recuerdos amargos. La energía que hay en este lugar me asfixia tanto como la humedad de Florida. A pesar del sol ardiente del verano, un escalofrío me recorre la espalda mientras miro el Castillo de la Princesa Cara. La monstruosidad arquitectónica que hizo famoso el parque de mi abuelo hace casi cinco décadas me trae a la mente una vida anterior que hace mucho olvidé.

«Supéralo, inútil. Concéntrate en lo importante.»

No sé muy bien por qué mi abuelo me encargó que arregle un parque temático que va sobre ruedas desde hace cuarenta y ocho años. Las entradas siempre se agotan y llenamos el aforo todos los días. El parque se supera cada trimestre, de modo que no se me ocurre cómo puedo mejorarlo.

En pocas palabras: es perfecto. Casi demasiado. He

lidiado con más problemas en un día como presidente del servicio de *streaming* de nuestra filial que los que surgen en todo un año en este parque. Sin embargo, con mis acciones con un valor de veinticinco mil millones de dólares en juego, buscaré hasta debajo de las piedras para encontrar puntos débiles y potenciar las fortalezas de Dreamland.

Abandono mi posición en el puente levadizo y respiro con más facilidad al poner distancia entre el castillo y yo.

«Piensa en cuánto mejorará tu vida cuando puedas salir de aquí.»

Ese pensamiento me mantiene cuerdo en un mundo construido sobre recuerdos malditos y sueños rotos.

La paciencia se me va agotando con cada escollo que me encuentro. Después de una reunión inútil detrás de otra con el personal de Dreamland, estoy desesperado porque alguien me diga qué está mal en el parque. No he sacado nada de provecho desde que llegué hace cuarenta y ocho horas.

Sobre el papel, Dreamland alcanza los nuevos objetivos cada trimestre. Lo único en lo que coincide todo el personal es en pedir más. Más atracciones. Más mundos. Más hoteles. Más espacio.

Solo hay un equipo que pueda ayudarme con esta expansión a gran escala. Los creativos de Dreamland tienen fama mundial dentro del sector de los parques temáticos. Han ayudado a diseñar todas y cada una de las atracciones, los recintos, los *souvenirs* y las experiencias de Dreamland. Por lo tanto, son las personas con quienes quiero trabajar codo con codo durante los próximos seis meses. Mi enfoque de supervisar de cerca el trabajo será un cambio importante respecto a la actitud relajada a la que el director anterior tenía acostumbrado al equipo, pero la verdad es que me da igual. Es algo que me ha ayudado a convertir una *start-up* de servicios de *streaming* en un imperio multimillonario y también me ayudará con esto.

Entro en mi despacho y cierro la puerta. Los dos creativos en jefe dan un salto en la silla antes de recuperar la compostura. Sam, el hombre que ha tenido la gran idea de juntar una camisa a cuadros con una corbata moteada, apenas es capaz de mirarme a los ojos. La parte superior de su cabello castaño rizado es la única imagen de él que tengo mientras garabatea en su cuaderno. Jenny, la otra jefa, también trigueña, está a su lado más tiesa que un palo, como si verla relajar su postura lo más mínimo fuera a enfurecerme.

—Empecemos —anuncio después de sentarme mientras asienten al mismo tiempo—. Se espera de mí que desarrolle un nuevo plan para identificar nuestros puntos débiles. Juntos evaluaremos el desempeño de las atracciones de Dreamland y determinaremos cómo podemos mejorar la experiencia de los visitantes. Eso incluye renovar las atracciones existentes, crear nuevos mundos y actualizar los espectáculos y los desfiles de carrozas para aumentar el retorno de las inversiones del parque en un cinco por ciento como mínimo.

De algún modo, los ojos de Sam se hacen el doble de grandes mientras la cara de Jenny sigue estoica.

—Según mi análisis preliminar, nuestros competidores se han vuelto más duros con los años. Y, aunque Dreamland rinde por encima de la media cada trimestre, quiero aplastar a la competencia y quitarle los márgenes de beneficios.

La nuez de Sam sube y baja mientras Jenny garabatea en su cuaderno. Agradezco el silencio dado el tiempo limitado que tengo entre las reuniones con cada departamento.

—Lleva años hacer que estos proyectos pasen de ser planos a ser atracciones ya construidas. Dicho eso, espero que sus dos equipos desarrollen los planes iniciales que debo presentar a la junta directiva en seis meses.

Fue idea de Declan mantener en secreto el verdadero motivo por el que estoy aquí. Cree que, si desvelo mis intenciones poco altruistas para un proyecto de tal magnitud, la gente pueda sabotearme si le ofrecen el dinero suficiente. Así que nadie sabrá nada de mi posición temporal durante los próximos seis meses. A sus ojos, seré el director perfecto, cuando, en realidad, me muero por salir de este infierno y volver a Chicago para sustituir a Declan como director financiero.

—¿Seis meses? —pregunta Jenny con voz rasposa; sus mejillas pierden todo el color.

—Doy por sentado que no será un problema. —Niega con la cabeza, pero la mano con la que sostiene la pluma le tiembla—. Quiero vender toda esta idea como una celebración del cincuenta aniversario del parque y generar interés apelando a los sentimientos de la gente. El proyecto debe apelar a las nuevas generaciones y también a los que crecieron con los personajes de Dreamland. Quiero que evoque todo lo que le gustaba a mi abuelo de este parque y que, al mismo tiempo, nos encamine hacia un futuro radiante y más moderno.

Sam y Jenny no son más que dos cabezas que no dejan de asentir, aferrándose a cada palabra mientras escriben en sus cuadernos.

—Así que hagan todo lo que haya que hacer. No tenemos el tiempo de nuestra parte.

—¿Cuál es el presupuesto? —pregunta Sam con ojos centelleantes.

—Que sea razonable... Unos diez mil millones para todo el parque. Si necesitan más, mis contadores tendrán que hacer números.

Sam casi se ahoga.

—Espero resultados. Si no, será mejor que vayan buscando trabajo en una feria ambulante.

Jenny se me queda mirando mientras Sam baja la vista a la alfombra.

—Señor, ¿puedo serle sincera? —pregunta Jenny golpeando la libreta con la pluma de un modo muy irritante.

Miro mi reloj.

—Si lo consideras necesario...

—Como tenemos poco margen de tiempo, me preguntaba si podríamos abrir antes la presentación anual de propuestas del personal. Así, los creativos podrían trabajar con ideas nuevas en lugar de empezar de cero.

La observo unos segundos. Las propuestas del personal son un dolor de cabeza pensado para subirles la moral a los trabajadores. Ya tenemos a muchos creativos que llevan décadas trabajando en Dreamland; no necesitan propuestas inútiles de trabajadores mal pagados que no tienen ni idea de diseñar un parque.

«Pero ¿y si alguien presenta algo en lo que los creativos no han pensado?»

Sopeso las ventajas e inconvenientes antes de decidir que no tengo mucho que perder.

—Abre un plazo de presentación de propuestas de

solo dos semanas. Quiero que las revises tú misma y me traigas solo las mejores.

Jenny asiente.

—Por supuesto. Estoy convencida de que sé lo que busca.

Lo dudo, pero no me molesto en gastar saliva en corregirla.

—A trabajar.

Jenny y Sam salen a toda prisa y me dejan respondiendo correos y preparándome para la siguiente reunión del día.

—Hijo.

Me arrepiento al instante de haber contestado la llamada de mi padre. No es normal que me llame y me ha ganado la curiosidad, porque ha estado demasiado callado con todo el tema de Dreamland. Y hay algo en su silencio que me hace preguntarme qué planea a nuestras espaldas.

Me siento en un sofá de piel que hay delante de mi escritorio.

—Padre.

Nuestros títulos no son más que una fachada desarrollada con los años para las apariciones en público.

—¿Cómo va todo por Dreamland? Doy por hecho que asistirás a la reunión de la junta el lunes por muchos planes que tengas. —Habla con un tono liviano y muestra la fachada tranquila que ha ido perfeccionando con los años.

Aprieto la mandíbula.

—¿Por qué te importa?

—Porque me intriga tu interés repentino por ser director del parque después de la muerte de tu abuelo.

¿De verdad tiene mi inteligencia en tan poca consideración?

«Claro que sí. No ha hecho más que burlarse de ti desde que naciste.»

—¿Hay algún motivo para esta llamada? —le pregunto con indiferencia fingida.

—Me dio curiosidad saber cómo avanza tu proyecto al ver la petición de financiación que presentaste. Diez mil millones de dólares no es ninguna broma.

Todos y cada uno de los músculos de mi cuerpo se tensan.

—No necesito tus consejos.

—Bien. No te los estaba ofreciendo.

—No vaya a ser que te comportes como un padre por una vez en tu patética vida, ¿no?

—Qué elección de palabras tan interesante viniendo de mi hijo más débil.

Sin darme cuenta, aprieto el celular. Ha sido una estupidez contestar la llamada de mi padre solo porque me daba curiosidad. Tendría que haber sabido que no cambiaría nada, ni siquiera tras la muerte de mi abuelo. Lo único que le interesa a mi padre es recordarme lo inepto que me considera.

«Solo quiere confundirte.»

—Debo irme, tengo una reunión y no puedo llegar tarde.

Cuelgo.

Respiro hondo unas cuantas veces para reducir la presión arterial. Ya no soy ese chico desesperado que deseaba una relación de verdad con su padre. Por él, he convertido mi mente en un arma y ya no soy débil. No importa lo mucho que intente picarme, siempre saldré ganando porque el niño al que conocía ya no existe. Ya me encargué de eso.

5
Zahra

Claire se deja caer en el sofá y pone su lap en mi regazo con fuerza.

—¡Es tu oportunidad!

—¿Qué?

Le pone pausa a la televisión, interrumpiendo mi maratón de *El duque que me sedujo*.

Leo el correo antes de dejar la computadora en la mesita de café.

—No. Ni pensarlo.

—Escucha lo que...

—No.

—¡Sí! Vas a escuchar mis argumentos sin interrumpirme. Me lo debes como mejor amiga y chef personal tuya que soy —replica señalándome con el dedo igual que hace mi madre.

—Puede que mi estómago te quiera, pero mis muslos no tanto.

Me mira con mala cara. Yo me cruzo de brazos.

—Okey, te escucho.

Se arregla el moñito que tiene puesto.

—A ver, entiendo el recelo. Yo también estaría así si alguien me hubiera traicionado como hizo Lance.

—¿De verdad tenemos que hablar de Lance? —Una sensación fría se cuela en mi pecho y me hiela las venas. Cuesta recuperarse de una traición así.

La sonrisa de Claire flaquea.

—La única razón por la que lo menciono es que este es el paso final del proceso de pasar la página. —Me señala la computadora como si fuera a solucionar todos los problemas del mundo.

—Yo ya pasé la página.

—Ya lo sé, pero todavía hay una parte diminuta de ti que tiene miedo de perseguir los sueños que te robó de entre las manos.

Me robó más que los sueños.

Me escuecen los ojos.

—Ya no sueño con ser inventora.

—Las estupideces que te dijo sobre tus capacidades fueron solo una forma de engañarte para que no presentaras la misma idea que él. Lo sabes, ¿no?

—Pero...

—Pero nada. Lance te mintió porque quería paralizarte el tiempo suficiente para robarte la idea.

En teoría, tiene sentido, pero no estoy segura. Claire toma mi mano y se aferra a ella.

—Esta es la oportunidad de demostrarte a ti misma que nada de lo que diga nadie te define, solo te definen tus actos.

Siento presión en el pecho.

—No sé...

Claire me aprieta la mano.

—Vamos. Tú presenta un proyectito pequeñito y ya está. ¿Qué es lo peor que puede pasar?

—A ver, ¿por dónde empiezo? Pues...

Me tapa la boca.

—¡Era una pregunta retórica!

Levanto una ceja.

—¿Por qué tienes tantas ganas de que me presente?

—Porque para eso están las amigas. Tenemos que empujarnos a salir de nuestra zona de confort. Porque, si no tienes miedo...

—Es que no estás creciendo —le respondo devolviéndole la sonrisa.

—¿Qué me dices?

Saco el celular de mi bolsillo y abro un correo que recibí la semana pasada.

—Hablando de zonas de confort... Quería hablar contigo de esto y este parece el momento perfecto, porque, si no tienes miedo... —digo socarrona.

—Oh, no.

Mi sonrisa se ensancha.

—Si yo tengo que mandar una propuesta, tú vas a presentarte para el puesto de pinche en el Château Royal. Hay una vacante en la cocina que lleva tu nombre.

La sonrisa de Claire se desploma.

—Esto no tenía que ser sobre mí.

—Somos un dúo: si yo voy con todo, tú vienes conmigo.

Es mi oportunidad de ayudar a Claire. Ella nunca quiso quedarse en el salón de belleza para siempre, pero tampoco ha conseguido reunir el valor suficiente para solicitar el puesto en el que la rechazaron al principio.

—No puedo presentarme, ¡cuentan con una estrella Michelin!

—Razón de más para hacerlo, son lo mejor de lo mejor.

—Pero ¡yo no tengo un título de una sofisticada escuela de cocina francesa! —Se levanta del sofá de un salto.

—No, pero sí tienes un título, y muchísima experiencia trabajando en restaurantes cuando ibas a la preparatoria y la universidad.

—La semana pasada se me quemó una charola de galletas —dice mientras levanta los brazos.

—Porque a mí se me olvidó poner el temporizador.

—Tuvieron que evacuar todo el edificio por la alarma contra incendios. Nadie me dejará entrar en una cocina después de eso.

—No seas dramática —me río.

—¿Por qué me chantajeas? —Se desploma en el sofá y apoya la cabeza en mi regazo.

—¿Para qué están las amigas?

—Pues no sé, para cosas que no sean delito.

Sonrío.

—Por favoor, ¿qué dices?

—Que pareces muy contenta para haber estado totalmente en contra de esta idea hace cinco minutos.

—Estoy aprovechando la oportunidad que se me presenta.

—Nada más te digo: solo acepto porque me da igual que me rechacen si eso significa que tú vas a volver a perseguir tus sueños.

Mi sonrisa tiembla.

—Claro, igual que yo solo te hago caso porque prefiero ver que lo vuelves a intentar. Si no, terminarás como la señora Jeffries, trabajando en el salón de belleza hasta que te jubiles a los noventa.

Ella frunce los labios.

—Ahora sí te estás pasando de mala.

Nos reímos juntas y nos damos un apretón de manos para cerrar el trato.

Hojear las páginas envejecidas de mi cuaderno de ideas me trae una oleada de recuerdos agridulces. Repaso la letra cursiva de Brady que cubre las páginas en las que hicimos una lluvia de ideas de cómo sería Nebuland si pasara a ser un mundo dentro del parque.

Estuvimos semanas trabajando en ello después de que Brady rechazara el primer proyecto que presenté y me dijera que podía hacerlo mejor. ¿Lo bueno? Que él sería quien me guiaría. Juntos formulamos una propuesta mientras fungía como mi mentor.

Nebuland iba a ser el proyecto que me convertiría en creativa, pero, tras el accidente de Brady, no me pareció de buen gusto presentarlo, así que me lo guardé. Me sorprendió leer mi idea en la *newsletter* de la empresa y enterarme de que Lance me había robado las partes principales de las que le había hablado en confianza.

«¿Qué pensaría Brady de que Lance manipulara nuestra idea?»

La atracción no se parece en nada a nuestro plan original. Me arden los pulmones al exhalar profundo y se me humedecen los ojos mientras paso los dedos por un esbozo que dibujó Brady.

«Criticar la idea de Lance no va a ayudarte en nada a presentar la tuya.»

Me volteo hacia la laptop, entro en mi perfil de trabajadora de Dreamland y abro el portal anual de propuestas. El cursor parpadeante en la caja de texto vacía se burla de mí, pero me niego a rendirme. Claire cree en mí y puede que tenga razón, que ya basta de permitir que Lance no me deje confiar en mí misma.

«Esto ha sido una muy mala idea.»

Después de mi primer borrador fallido, he concluido que el vino y mi corazón roto son una buena combinación para llevar a cabo el segundo intento.

Tengo una noticia: no.

Sigo sin nada preparado para mandar. Todo lo que escribo me parece muy poco espectacular y le falta la pasión que tenía antes. Doy otro trago de la botella en un gesto que horrorizaría a mi madre.

«¿Y si explorar los sentimientos negativos que te provoca la atracción de Nebuland te abre la mente a ideas más creativas?

»¡Sí! Puede que eso me haga bien.»

Elimino todo lo que he redactado en la caja de texto y vuelvo a empezar. Hasta arriba escribo: «El Nebuland de verdad que haría que Brady Kane se sintiera orgulloso». Mis dedos vuelan de una tecla a otra mientras suelto todas y cada una de las opiniones que tengo sobre el proyecto. Estoy harta de quedarme callada y hacer como si la atracción no me molestara.

Cuando estaba con Lance, me acostumbré a ser ese tipo de persona: una chica callada y recatada que no quería dar problemas porque le parecía que lo más importante era la felicidad de él. Al final, no sirvió de nada.

Dejé de ser quien era por un hombre que no era capaz de mantener una relación con la mujer que yo estaba destinada a ser.

Tengo los dedos engarrotados de escribir. Me siento empoderada al echar por tierra algo que me destrozó primero a mí. Para cuando termino, tengo la vista algo nublada y una coordinación que deja mucho que desear.

Como soy de la idea de que, si tomas, no escribas, decido dar clic en el botón de «Guardar borrador» de la parte inferior y cerrar la laptop por hoy.

—¡Nooo!

«No, no, no, no.»

—¡Mierda! ¡Mierda! ¡Mieeerda!

Claire viene corriendo a mi habitación.

—¿Qué pasa?

Me quedo mirando el portal de propuestas.

«No puede ser.» Me pellizco el brazo con tanta fuerza que hago una mueca de dolor. Las letras de un color verde vivo se burlan de mí y hacen que mi estómago amenace con rebelarse.

«Se ha presentado su propuesta.»

Claire mira la pantalla por encima de mi hombro.

—¿La presentaste sin pedirme que la revisara? ¿Quién eres y qué le hiciste Zahra?

—¡Fue sin querer!

Me dejo caer en la cama, me tapo la cara con un cojín y suelto un grito. Claire me acaricia el brazo tembloroso.

—¿Y si les mandas un correo al señor Kane y los creativos y les explicas que fue un error? De seguro lo entienden.

Me quito el cojín de la cara.

—¿Estás loca? ¿Qué les voy a decir? ¿«Perdón por emborracharme un poco y mandar una propuesta criticando su atracción más cara»?

Me retira el cabello de la cara.

—Puede que no esté tan mal como crees.

—Puse que la atracción de Lance es una porquería, un montón de chatarra que haría que Brady Kane se revolviera en la tumba.

Hace una mueca.

—Bueno, bueno... Siempre se te han dado bien las palabras. Por lo menos estás sacándole partido a la carrera de Filología.

—No puedo creer que presionara el botón que no era —gruño—. No tuve que haber tomado mientras trabajaba. ¿Cómo se me ocurre?

La cama se hunde bajo el peso de Claire cuando se sienta a mi lado. Me envuelve en el mejor de los abrazos.

—Bueno, este era el primer gran paso para pasar la página. Tal vez tenía que ser así.

—Ayer me dijiste que creer en el destino es la forma que tienen los tontos de evitar tener que hacer planes —replico.

Su pecho se estremece por la risa.

—Pero fue porque a ti te encanta soltar tonterías sobre el destino. ¿Qué pasa? ¿Solo crees en él cuando las cosas salen como tú quieres? Me parece una lógica muy tonta.

Frunzo los labios.

—¿Y si me despiden? No es el primer error que cometo.

Primero llamé imbécil a Rowan y me reí de su junta directiva, ¿y ahora esto? Tendré suerte si dejan que me quede de barrendera.

Claire me da unos golpecitos en la mano.

—Ahora ya es demasiado tarde. Ya te metiste en el asunto. —Señala la letra verde de la pantalla.

Yo suelto un suspiro.

—Confiemos en que todo saldrá bien.

Lo hecho, hecho está. No puedo cambiar la propuesta que entregué, y sacar todo lo que sentía ha sido catártico.

Tal vez sí haya sido el destino, al fin y al cabo.

6
Zahra

La última semana ha sido un infierno. He necesitado toda mi fuerza de voluntad para terminar los turnos en el salón de belleza porque estoy agotada de tanto preocuparme. Sé que se avecina tormenta porque, tarde o temprano, los creativos me recriminarán la propuesta que presenté.

Mi peor pesadilla se hizo realidad en el momento más inesperado, cuando recibí una funesta convocatoria para reunirme con Rowan Kane. El correo de una sola frase que me mandó no desvela mucho.

Mañana a las 8 en punto, reunión en mi oficina.

R. G. K.

No sé muy bien qué es más chocante: que me escriba reclamando mi presencia un sábado por la mañana o la informalidad a la hora de despedirse, con las tres iniciales.

Llamo a Regina para explicarle por qué llegaré tarde a trabajar. Me dice que ya está al tanto de mi reunión y cuelga.

Madre mía, en qué problema me metí.

En casa, me preparo a toda prisa y voy en la patineta por las catacumbas para poder llegar a tiempo a la reunión.

Mis tenis rechinan cuando entro corriendo en el vestíbulo de las oficinas privadas de Rowan. Están ocultas detrás de los espejos unidireccionales que dan a la calle de los Cuentos y al Castillo de la Princesa Cara.

La puerta del despacho de Rowan está cerrada. Su secretaria, Martha, me señala una silla vacía al lado de su escritorio. La reconozco de cuando visitaba a Brady.

Mi vestido con un estampado de fresas se abulta a mi alrededor cuando me dejo caer en la silla. Esta mañana me decidí por un *look* de «inocente hasta que se demuestre lo contrario».

Martha me ofrece agua en un vasito de plástico.

—¿Tengo que darte las gracias por el buen humor del que está esta mañana?

Me hago la sorprendida.

—¿Te refieres al señor Kane? Si no sabría estar de buen humor ni con una sobredosis de Valium.

Bebo un trago para refrescarme la garganta seca.

Le brillan los ojos.

—Qué agallas tienes.

—Y qué costumbre de llegar tarde —añade Rowan.

Volteo y consigo salpicarme con el agua del vaso de

plástico. Estoy a punto de corregirlo porque, en realidad, es él quien llega tarde, pero, no sé cómo, pierdo toda competencia lingüística cuando lo miro.

Rowan vestido de traje es mi kryptonita. Hoy, la tela de color azul cortada a la medida se le ciñe al cuerpo como si alguien le hubiera cosido el traje directamente encima. El tejido hace que resalten los valles y curvas de cada músculo como si fueran olas en las que me gustaría ahogarme. Lleva el cabello castaño oscuro peinado sin un solo cabello fuera de lugar y, tan temprano por la mañana, no tiene todavía barba incipiente.

Suelto un suspiro minúsculo que hace que su secretaria sonría mirando la pantalla de la computadora.

Toda atracción se esfuma de mi cuerpo en cuanto su severa mirada choca con la mía. Las sombras de sus ojos extinguen la llamita que me ardía en el pecho.

Saco el celular del bolsillo de mi vestido.

—Llegué a tiempo, ¿verdad? —Miro a Martha para que lo confirme.

Ella se queda en silencio y centra toda su atención en vaciar la carpeta de *spam*.

«Qué traidora.»

—Sígueme.

Rowan se quita de la puerta para dejarme espacio para entrar.

Yo me levanto de la silla y levanto la mochila del suelo. Su mirada se detiene en mis mangas abombadas de tul antes de repasar el resto del vestido como si quisiera echarlo a una hoguera. Su mueca empeora cuando llega a mis tenis rojo cereza. Las chasqueo dos veces juntando los talones con una sonrisa.

Sus ojos viajan hasta los míos a toda velocidad. Siento calor en las mejillas por cómo me mira.

«¿Es deseo o un asco profundo?

»Esperemos que sea lo primero mientras nos preparamos para lo segundo.»

Sea lo que sea, desaparece cuando parpadea y elimina cualquier rastro de emoción de su mirada. Me da la espalda indignado y me regala una vista privilegiada de sus pompas respingadas. Me detengo a observarlo, porque, lo quiera o no, soy humana y de sangre caliente.

Ningún hombre poderoso debería tener un cuerpo así. Tendría que ser delito que te quede tan bien un traje.

Niego con la cabeza y lo sigo a sus dominios. El despacho de Rowan no puede contrastar más con su personalidad. El diseño *vintage* refleja el encanto romántico de Dreamland con sus molduras de techo y sus paredes de un amarillo claro. Parece sacado de mis novelas de la Regencia, con revestimiento de madera blanco en las paredes y muebles recargados y tallados con ojo de artista.

Rowan, con cara de pocos amigos, destaca como una nube de tormenta en un luminoso día de verano. Se queda de pie detrás del escritorio y aprieta los puños con fuerza sobre él.

—Siéntate.

Él se acomoda en su sillón orejero de piel.

El aire dominante que emana me dificulta respirar hondo. Me siento en la silla que hay delante del escritorio y cruzo y descruzo las piernas mientras él saca papeles de un archivero.

—¿Necesitas ir al excusado? —dice, pero su cara sigue impasible.

—¿Cómo?

—¿Tienes que ir al baño? —gruñe, y señala una puerta que hay en un rincón de la oficina—. No dejas de moverte.

—¡Ah, no! —Siento calor en las mejillas—. Solo estaba intentando ponerme cómoda.

—No te predispongas así al fracaso.

Se me escapa una carcajada antes de poder reprimirla. La comisura de sus labios se levanta un cuarto de centímetro enterito antes de volver a bajar.

En serio, ¿qué tiene que pasar para que alguien como él sonría? ¿Que alguien le robe caramelos a un niño? ¿Que se hagan sacrificios de sangre? ¿Que le embarguen la casa a una familia? Me gustaría saberlo.

Me pasa una hoja por encima del escritorio.

—Aquí tienes tu nuevo contrato. Se parece bastante al que tenías en La Varita Mágica.

Me quedo boquiabierta.

—¿Cómo? ¿Un contrato?

¿Cuando despiden a alguien de Dreamland le hacen firmar un contrato para que no vuelva? ¿Exactamente cómo funciona esto?

Suspira como si lo estuviera molestando.

—Te unirás al equipo de creativos con efecto inmediato.

La sala me da vueltas. Coloco una mano en el escritorio para recuperar el equilibrio.

—¿Que qué? ¿Me uno al equipo de creativos?

Me mira inexpresivo.

—Ese hábito tan molesto de repetir todo lo que digo es una pérdida de tiempo y oxígeno.

—¿Cómo? —Me hago hacia atrás—. Primero, tengo todo el derecho de estar confundida. ¡Pensaba que ibas a despedirme!

Esta vez, su cara pasa de una mirada fija y neutra a

algo que interpreto como «Eres la persona más estúpida que he tenido el disgusto de conocer».

—Te estoy ascendiendo.

¿Cómo pasé de echar por tierra la atracción entera de Nebuland a que me haga una oferta para trabajar con la crema y nata de los empleados de Dreamland? Tiene que ser alguna especie de castigo por hacerle perder el tiempo a todo el mundo con mi propuesta.

—¿Cómo puede ser?

—¿Siempre sientes la necesidad de hacer tantas preguntas?

—¿Y tú siempre sientes la necesidad de ser evasivo y antipático en todo momento?

Me da la razón quedándose callado. Me siento tentada de golpearlo en la cabeza como si fuera una máquina expendedora descompuesta hasta que me dé alguna respuesta.

Golpea el documento con el dedo.

—Lo que presentaste sobre Nebuland fue bastante atrevido. No mucha gente tiene el valor de criticar una inversión de miles de millones de dólares.

—¡Lo mandé borracha! —espeto.

Se me queda mirando. El único ruido que oigo es el bombeo de la sangre en mis oídos.

«¿Se puede saber por qué confesé eso?» Me paso una mano sudorosa por la cara.

Sus labios se curvan. La cara que pone hace que quiera acurrucarme en posición fetal.

—¿Es algo habitual en tus horas de trabajo?

Niego con la cabeza tan rápido que siento una oleada de mareo.

—¡No! Casi nunca tomo. Fue una idea estúpida para relajarme...

—Ahórrame el monólogo —dice levantando una mano—. No me importa.

Ahora me toca a mí quedarme mirándolo. Puede que Rowan sea un hombre de pocas palabras, pero, desde luego, le sirven para hacerme sentir como una estúpida sin llamarme estúpida. Debe de ser su superpoder.

Le sonrío para bajar la tensión.

—Supongo que te gustó mi idea; si no, no me estarías ofreciendo un trabajo.

—Lo que yo sienta al respecto es irrelevante. Tomo decisiones basadas en datos y años de experiencia.

El aire se me escapa de los pulmones como si fueran globos desinflándose. ¿Qué pasa? ¿No le dieron el cariño suficiente cuando era bebé? No hay otra explicación para su frialdad.

«No es justo. Ya sabes lo que cuentan de su madre...»

Siento una sensación extraña en la garganta que me ahoga.

—¿Quieres que trabaje como creativa en forma indefinida?

—Aquí nada es indefinido. Tu puesto depende de tu rendimiento, así que, mientras cumplas con mis exigencias, puedes entender que tienes trabajo.

Dios, esto no formaba parte del plan de Claire. La inseguridad se empieza a colar en mi cabeza y borra mi alegría. Tenía que mandar una propuesta y demostrar que era valiente, no firmar un contrato indefinido como creativa. Puede que tenga creatividad, pero no tanto.

Los creativos de Dreamland son legendarios. Han hecho historia con sus inventos, y hasta los invitaron a ir a la Casa Blanca hace unos años. Son gente que ha ido a universidades caras y ha hecho prácticas especializadas por todo el mundo; una mezcla de arquitectos, artistas, ingenieros, escritores y demás. Yo soy una mujer que obtuvo un título en una universidad de mala muerte y que trabaja en un salón de belleza para niños. No estoy a la altura de un equipo formado por los mejores profesionales del mundo.

No puedo hacerlo.

—Lo siento, no puedo aceptar la oferta.

Entrecierra los ojos.

—No era pregunta.

Vuelvo a quedar boquiabierta.

Me pasa el contrato deslizándolo por la mesa.

—Puedes tomarte tu tiempo repasando el papeleo, pero no te irás de este despacho sin firmar el contrato.

Miro mis manos, preguntándome si abarcarían el cuello de Rowan, grueso como el tronco de un árbol.

—Estamos en el siglo XXI. Tal vez seas mi jefe, pero no pienso permitir que me digas lo que tengo que hacer.

—Eso es una contradicción.

Me aferro a la tela del vestido para evitar hacer algo estúpido como darle un puñetazo en la bonita cara que tiene.

—¿Siempre eres tan frío?

Rowan se me queda mirando en silencio. Se frota la mandíbula angulosa de un modo que hace que una nube de mariposas me invada el estómago y que me fije en sus labios carnosos.

«¡Eh! ¡Tierra llamando a Zahra!»

Miro con desdén el contrato. Rowan tendría todo el derecho del mundo a despedirme después del ridículo de la propuesta, pero, en lugar de eso, me ha ofrecido el trabajo más codiciado de Dreamland. Sería una estupidez rechazarlo.

«Tampoco es que te quede otra opción.»

Derrotada, tomo el contrato de la mesa.

Saca un bolígrafo de un portalápices de vidrio.

—Firma en la línea de puntos.

Extiendo la mano. Nuestros dedos se rozan y el calor me sube por el brazo como si unas llamas me acariciaran. Me hago hacia atrás y se me cae la pluma.

Rowan se mira la mano como si lo hubiera ofendido.

«Genial. Me alegra haber provocado esa expresión facial.»

«Tendría que darte igual, es tu jefe.»

Tomo la pluma del escritorio y vuelvo a fijar mi atención en el contrato. El corazón me golpea la caja torácica mientras repaso los números en negritas que hay en la parte superior hasta que se me confunden todos.

Volteo la página para que la vea él y señalo el sueldo.

—¿Es un error de dedo?

—¿Te parezco un hombre que comete errores de ese tipo?

—Pero es un aumento de diez mil dólares.

—Por lo menos no tienes la vista tan enturbiada como el juicio.

Debería enojarme por su insulto, pero lo único que puedo hacer es reírme. Las cosas que dice con ese gesto impasible parecen increíbles y no puedo evitar sentirme atraída por su naturaleza franca. A lo mejor es por haber visto *Orgullo y prejuicio* cuando era joven e impresionable.

Me mira con los ojos muy abiertos. Su expresión hace que me de otro ataque de risa. Hay algo en atravesar la coraza fría de Rowan que me resulta entretenido. No tengo ni idea de qué me pasa, pero sus comentarios tan secos me parecen graciosos más que desagradables. Son

incómodos y forzados, como si no estuviera a gusto haciendo nada que no sea gritar órdenes.

Está claro que no estoy bien de la cabeza.

7

Rowan

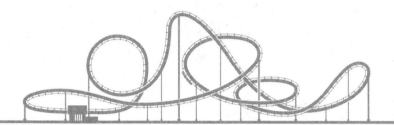

Mientras Zahra está distraída leyendo el contrato, aprovecho para observarla. No se me va esta extraña sensación en el pecho desde que entró en mi despacho y la manera en que me mira me hace estar alerta.

Sus pies cuelgan a pocos centímetros de la alfombra y las puntas de sus zapatos rozan el suelo haciendo un ruido que me irrita. Desde la tela con fresas estampadas tan alegre que ofende hasta su forma de reír, su presencia me desarma.

No lo soporto. Lo que más deseo ahora mismo es que desaparezca de mi vista y del alcance de mi olfato.

Aflojo el nudo de la corbata para aliviar parte de la presión que siento en la garganta. Mis ojos se posan en el estúpido pin que lleva fijado sobre la curva del pecho.

«Florece hasta cuando no brille el sol.»

Es una fuente de luz en mi despacho que me incomoda y siento la tentación de ahuyentarla de allí.

Frunce el ceño mientras le da la vuelta a la hoja. El gesto hace que repare en el labial que usa. Resalta sobre su tez morena aceitunada y me sorprendo fijándome en cómo se pasa la lengua por el arco de Cupido, en una actitud muy impropia de mí. El calor me recorre la columna vertebral cuando me imagino esos labios haciendo otra cosa.

«Pero ¿qué me pasa...? No.» Resoplo ignorando el calor que se esparce por mi cuerpo.

Zahra arruga la nariz ante algo que acaba de leer.

—¿Algún problema? —consigo decir con los dientes apretados.

Ella ni se inmuta.

—No.

—Es la segunda vez que lees esa hoja.

Ella ladea la cabeza y me mira de un modo que hace que se me ericen los pelos de la nuca.

—Me halaga mucho que me observes con tanto detenimiento.

Yo ahogo un gruñido. Sea la que sea la expresión que lee en mi cara, la hace sonreír para sí misma.

Da golpecitos con la pluma sobre el papel.

—Los contratos como este requieren toda mi atención. No pienso firmar nada sin haber podido leer bien la letra pequeña.

—No eres tan especial como para que haya letra pequeña.

No parece ni un poco ofendida por mi comentario, lo cual solo consigue irritarme más. ¿Qué le pasa a esta mujer y por qué no obedece como todo el mundo? Es como si cagara diamantina y se alimentara de arcoíris. No sé en qué bosque mágico la criaron, pero nadie puede ser tan optimista en todo.

—Es que no te pareces en nada a como te describía tu abuelo.

Los reposabrazos de madera crujen con mi agarre.

—¿Cómo? —El único motivo por el que la voz me sale inexpresiva y desinteresada son los años de práctica.

Ella mira mis puños y nudillos blanquecinos.

—Olvídalo, no dije nada, se me escapó.

Uno no puede olvidar algo así sin más. Tengo un dilema entre presionarla para que me responda y hacer como si su comentario no me hubiera afectado.

—Lo que le dijera mi abuelo a una desconocida con la que se cruzó una vez no sería más que hablar por hablar.

Se ríe para sí misma, pero no dice nada. Me pica la curiosidad, quiero saber más, pero ella no abre la boca y vuelve al contrato.

«¿Y ya está?»

—¿Cómo es que tuviste una conversación con mi abuelo? —pregunto.

Se encoge de hombros ante mi expresión de sorpresa.

—El destino. Y fueron conversaciones. Varias.

Genial, estoy apostando toda mi fortuna por alguien que cree en el destino.

—¿Y qué pasó en esas conversaciones?

—Eso es algo entre Brady y yo.

«¿Brady?» Es la segunda vez que la oigo llamarlo así. Interrumpe mis pensamientos con una sonrisa taimada.

—Tenía mucho que decir sobre ti.

La presión que siento en el pecho aumenta.

—Una parte de mí no quiere saberlo.

—Pero otra no puede evitar sentir curiosidad. —Su sonrisa se ensancha.

Pongo los ojos en blanco y lo único que consigo es que la cara se le ilumine como los fuegos artificiales de Dreamland. Nunca he visto a nadie mirarme así. Es raro. Es como si de verdad estuviera interesada en mi compañía y no en sacar algún beneficio.

Me hormiguea la piel bajo su mirada evaluadora.

—Tranquilo. No me contó demasiado aparte de que, de sus tres nietos, eras el soñador. Y le hacía mucha ilusión que lo sucedieras como director algún día. Decía que estabas destinado a ello, así que estoy segura de que estaría contento de verte en su despacho destrozando su sillón favorito. —Hace un gesto señalando los reposabrazos a los que me aferro como si fueran un salvavidas. Suelto los reposabrazos y me trueno los nudillos.

—¿Eso es todo?

—Sí, en resumen. Siento decepcionarte. Estábamos bastante ocupados trabajando en otras cosas, pero recuerdo que ponía a sus nietos por las nubes.

La quemazón del pecho se multiplica por diez. Respiro hondo unas cuantas veces para aliviar la tensión de los hombros.

Zahra garabatea su firma en la parte baja de la hoja y me la devuelve. Rozo sus dedos a propósito cuando tomo el contrato. La misma sensación rara de antes prende entre nosotros y hace que me detenga. Zahra toma aire y se aparta, escondiendo la mano entre las capas de su vestido.

«Interesante.» Parece que nuestra conexión no ha sido cosa de una sola vez.

—¿Cuándo empiezo?

Se levanta de la silla y se alisa el vestido de arriba abajo. Yo me esfuerzo por apartar la mirada de la curva de su cintura y llevarla a sus ojos.

—El lunes. Tienes que estar aquí a las nueve en punto.

—Gracias por la oportunidad, de verdad. Antes, cuando dije que no, creo que fue por el shock, pero te lo agradezco mucho. No pienso decepcionarte. —El rubor brota a la superficie de sus mejillas morenas.

Me resultan interesantes sus reacciones ante las cosas más simples. ¿Qué más la hará sonrojar? Una imagen de sus labios pintados de rojo en torno a algo tremendamente inapropiado pasa fugaz por mi mente.

«Le pagas el sueldo. Cálmate, dios mío.» Hago una mueca ante la reacción incontrolable que me recorre el cuerpo como una hilera de fichas de dominó que van cayendo. Nunca he sido de los que se sienten atraídos por quienes trabajan para ellos.

«¿Qué tiene ella de diferente y cómo puedo detenerlo?» Suelto un suspiro tenso.

—Ya puedes irte.

Tomo el contrato y lo añado a una pila de papeles de los que tiene que encargarse Martha. Zahra levanta la mochila del suelo. Se levanta y, cuando se voltea, me deja ver por lo menos cincuenta pines repartidos por el bolsillo.

«¿A qué viene lo de os pines y por qué los lleva a todos lados?»

Se me detiene la respiración al reparar en uno en concreto. No me fijo en él porque sea llamativo, sino más bien porque es muy diferente del resto. Ninguna persona normal repararía en ese pin entre tantos otros, pero yo estoy muy familiarizado con el símbolo y lo que representa.

Puede que las apariencias de la señorita Alegre engañen y algo me dice que ese pin discreto de un punto y coma negro tiene algo que ver.

—¿Cómo va? —pregunta Declan acercándose a la cámara.

—He tenido reuniones todos los días de nueve de la mañana a nueve de la noche, pero creo que por fin sé lo que tengo que hacer.

«Y todo gracias a Zahra.»

—Por lo menos uno de mis hermanos se lo toma en serio —dice Declan tirándole una pulla a Cal. Este aprieta la mandíbula.

—Estoy esperando un momento concreto.

—Suena a excusa —digo, y me encojo de hombros.

Cal se rasca la ceja con el dedo corazón. Declan suelta un suspiro.

—Rowan, centrémonos primero en tu plan. Luego iré por Cal.

—No necesito que controles todo lo que hago. Confía un poco en el proceso y déjame hacerlo a mi manera. Ya he demostrado de lo que soy capaz.

—En este proyecto nos jugamos mucho más que en cualquier otro, si uno de los tres falla... —dice Declan pasando una mano por su barba incipiente.

Aprieto la mandíbula.

—Fallamos todos. Lo entendí las primeras cinco veces que lo dijiste. Dame espacio para resolverlo. Yo no estoy detrás de ti comprobando si has encontrado a una mujer que cumpla con tus exigencias desmesuradas.

—En esté proceso no tengo exigencias porque es una obligación contractual. Lo único que me importa es encontrar a una mujer práctica, fértil y con una cara lo suficientemente proporcionada para considerarla atractiva.

Cal sonríe.

—Con ese encanto, te veo yendo hacia el altar en dos días.

Declan le lanza una mirada furibunda a la cámara.

—¿Seré el padrino? Antes de decidirlo, piénsalo. De una vez te digo que Rowan no tiene ni idea de cómo planear una despedida de soltero. Para él, fumar puros en tu casa ya es pasársela bien.

—Porque lo es.

—Piénsalo. Las Vegas, bufets, clubes de *striptease*, casinos... —va diciendo Cal mientras cuenta con los dedos.

—No sé si intentas vendérmelo bien, pero con lo de Las Vegas ya me había bajado del carro.

Me río.

—Declan solo es feliz entre las cuatro paredes de su casa —dice Cal, y se frota el mentón, en el que empieza a tener algo de barba—. Bueno, buscaré un punto medio: te traeré Las Vegas a casa.

—Ninguno de los dos será el padrino porque me casaré sin decírselo a nadie.

Cal suelta una risa burlona.

—Rowan y tú son tan aburridos que no me extraña que se lleven tan bien. Solo ustedes dejarían pasar una fiesta así.

Declan muestra con orgullo la sonrisa que guarda solo para nosotros.

—Pareces celoso.

—Señor Kane, el señor Johnson está en espera en la línea uno. Le aviso: está de muy mal humor —oigo la voz de Iris colarse por el micro de Declan.

—¿El viejo Johnson sigue haciéndosela pasar mal a Iris? —pregunta Cal inclinándose hacia delante.

—¿Volvió a amenazarte...?

Entonces, Declan silencia el micro. Sea lo que sea lo que le dijo Iris, hace que le palpite la vena del cuello.

Declan niega con la cabeza y vuelve a encender el micro al cabo de poco.

Cal frunce el ceño.

—Algún día te arrepentirás de hacer trabajar a Iris los fines de semana. Está perdiendo los mejores años de su vida cuidándote a ti, viejo cascarrabias.

Los músculos de la mandíbula de Declan se tensan.

—Nos vemos la semana que viene. A la misma hora.

Cierra la videollamada y yo me quedo mirando una pantalla en negro.

En lugar de irme a casa y prepararme la cena, abro el archivo del expediente de Zahra en la computadora. Algo en su forma de hablar sobre mi abuelo me ha estado rondando por la cabeza desde que salió del despacho. Sería estúpido confiar en lo que diga sobre él.

No encuentro demasiado en mi investigación preliminar, excepto que ha sido una trabajadora entregada del salón de belleza desde que hizo sus prácticas de la universidad. Frustrado por la falta de hallazgos, profundizo más en su historial y lo repaso todo, desde su primera entrevista en Dreamland hasta las notas de la universidad. No sé cómo, termino dando clic en una propuesta de hace más de tres años y bajando hasta el final. Hay una nota virtual firmada y fechada por mi abuelo dos meses antes del accidente.

Concertar reunión con la señorita Gulian para hablar del rechazo de la propuesta y las posibles mejoras.

Vuelvo a repasar el papeleo. «¿Zahra presentó una propuesta para crear Nebuland?» Qué raro, dado el texto que entregó desechando la atracción.

Abro la propuesta que aceptaron los creativos hace dos años y la comparo con la versión de Zahra. Un tal Lance Baker presentó la misma idea solo que algo más adornada en comparación con la propuesta básica de Zahra. ¿Cómo se les ocurrieron ideas tan parecidas? ¿Trabajaban juntos y se pelearon?

Mis preguntas siguen multiplicándose sin obtener respuesta alguna que sacie mi curiosidad. Busco más propuestas en el historial de Zahra, pero no encuentro nada. No ha presentado ninguna desde la que revisó mi abuelo hasta la de este año.

¿Por qué no continuó intentándolo? ¿Y quién es el tal Lance Baker?

8

Zahra

—A ver, ¿cómo? ¿Vas a ser creativa? ¿Por qué te lo estuviste callando todo el día? —El tenedor de Claire cae sobre su plato.

Me aguanté todo el día para poder compartir la noticia con mi familia en nuestra cena semanal de los sábados. Mis padres son la razón por la que todos trabajamos en Dreamland, así que quería celebrarlo también con ellos.

Ani salta de la silla y sus rizos castaños con ella. Me abraza.

—¡Bien! ¡Lo lograste!

Le devuelvo el abrazo a mi hermana, disfrutando de su calor. Para mí es importantísimo demostrarle que nada puede detenerla, sin importar su síndrome de Down. Y ella, por su parte, me empuja a hacerlo cada día lo mejor que puedo con su alegría contagiosa.

—¡Esto hay que celebrarlo! —Los ojos color miel de mi madre se iluminan mientras va hacia la cocina.

La piel morena de alrededor de los ojos de mi padre se arruga cuando me sonríe.

—¡Qué orgulloso estoy de ti! Sabía que, algún día, la persona adecuada se daría cuenta del talento que tienes y no podría resistirse.

Siento una presión en el pecho. Mi padre me ha apoyado desde que era pequeña y decía que de mayor quería ser creativa. Todo este tiempo ha soñado por los dos, incluso cuando yo me rendí.

Mi madre sale de la cocina con una botella de champán y unas cuantas copas de plástico.

—¿Ahora tienen champán en casa?

—Tu madre quería abrirla la semana que viene, en nuestro aniversario, pero la noticia de hoy lo merece —explica mi padre, y da una palmada.

—Olvídate del aniversario, de esos hay muchos —dice mi madre dándome un apretón en el hombro.

«Veintiocho, para ser exactos.» Llevan juntos desde que mi padre enamoró a mi madre con sus historias sobre Armenia.

—¡Nuestra hija va a ser creativa! —exclama mi madre mientras me rodea con los brazos—. ¿Lo oyes, Hayk?

—Difícil no oírlo, estoy sentado en la misma mesa que tú —responde mi padre, y le guiña un ojo.

Suspiro. Así son mis padres. Premio a la pareja que más nauseas me provoca con su amor desde el día en que nací.

Mi madre se sienta al lado de mi padre.

—No puedo creer que el señor Kane te haya ofrecido un trabajo después de que le dijeras lo decepcionante que era la atracción. ¡Esa es nuestra hija! —dice mi madre, y le dirige una mirada cómplice a mi padre.

Hago una mueca.

—Bueno, no le dije eso exactamente...

—Qué mentira. Le dijo que representaba todo lo que Brady Kane detestaría si estuviera vivo —dice Claire, e inclina el vaso de agua hacia mí en un brindis antes de beber.

Ani levanta las cejas.

—¡No!

—Tal vez me pasé un poco, pero es verdad. El diseño de Lance solo era una pequeña parte de lo que creé con Brady.

La sonrisa de mi padre se desvanece. Extiende su mano y aprieta la mía.

—Bueno, pues el que quedó mal es Lance. Ahora tú tienes un trabajo nuevo y la oportunidad de arreglar la atracción hasta que quede justo como tú habías soñado.

—No sé si eso es lo que quiere Rowan.

Ya estoy accediendo al trabajo con una preparación y una formación muy deficientes, lo último que quiero es tener problemas con los creativos, sobre todo después del incidente de la propuesta.

—Si te contrató a ti, sabe lo que hace —dice mi padre.

Ojalá confiara tanto en mis capacidades como él. Desde que salí del despacho de Rowan, la preocupación se ha ido multiplicando hasta que se volvió insoportable.

«¿Y si lo que Brady Kane me ayudó a convertir en una idea increíble fue mi única idea buena? ¿Y si soy flor de un día y me estrello delante de las personas a las que he admirado toda la vida?»

No me gusta estar recayendo en estas viejas trampas

de mi mente. Cada vez que cedo espacio mental a las críticas de Lance, estoy dejándolo ganar y eso solo consigue molestarme más.

«Si tú no crees en ti misma, nadie creerá en ti.»

Mi familia me saca de mis pensamientos. Descorcho la botella y la levanto hacia el cielo.

«Salud, Brady.»

Hoy llegué diez minutos antes para impresionar a Rowan con mi nueva puntualidad, pero el esfuerzo fue en vano. Su puerta está cerrada, así que le doy lata a Martha. No tardamos en hacernos amigas y hablamos de nuestra autora romántica favorita y de nuestro antojo inagotable de pedir comida basura los domingos.

Hablar con Martha me ayuda a distraerme, pero tiene que trabajar, así que jugueteo con la tela de mi vestido de lunares y miro el celular.

La puerta del despacho de Rowan se abre de golpe. Yo doy un respingo y me pongo una mano sobre el corazón acelerado. Está claro que a Rowan no le sirve de nada el café de la mañana. Sale del despacho sin mirarnos ni a su secretaria ni a mí.

Martha casi me empuja de la silla.

—¡Corre!

Yo camino a toda prisa para salir del vestíbulo y alcanzarlo. Tengo que dar el doble de pasos que él para seguir el ritmo de sus largas zancadas porque el tipo es altísimo. ¿Cómo pasa por las puertas sin agachar la cabeza?

Continuamos caminando y el silencio me consume hasta que exploto.

—Empiezo a pensar que eres de esas personas que están de mal humor por las mañanas.

No sé cómo, acabo yendo al paso de sus zancadas. Rowan gruñe en voz baja. Me conduce hasta la entrada de las catacumbas de la calle de los Cuentos.

—Qué buen clima, ¿no?

«Cricrí. Cricrí.»

—Pues sí, Zahra, la verdad es que no sé por qué me baño por la mañana si la humedad ya lo hace por mí —intento imitar su voz grave, pero fracaso porque me sale un gallo.

La comisura de sus labios se levanta un poquito y yo choco los cinco mentalmente.

Vuelvo a tratar de rescatar la conversación.

—¿Te está gustando Dreamland?

—No —masculla.

Yo me tropiezo con la punta del zapato.

—Ah. —«Okey, no me esperaba eso»—. ¿Tienes alguna atracción favorita?

—No.

Mis neuronas celebran su respuesta. «Vamos avanzando, chicas.»

—¡Yo tampoco! Hay demasiadas que son muy buenas.

Me gano otro gruñido.

—¿Qué es lo que más te gusta de ser director?

—El silencio al final de la jornada de trabajo.

No logro reprimir las carcajadas. Me duelen los pulmones de tanto reírme de su respuesta. Él se detiene y me mira durante un segundo antes de volver a arrancar.

Me lleva por los túneles como si pasara por allí a todas horas. Juntos, subimos unas escaleras y cruzamos una puerta en la que se indica que entramos en el «taller de los creativos». Me quedo sin respiración al entrar en un almacén enorme dividido en cuatro secciones con separadores altos. Me llega un olor que me recuerda a la clase de manualidades de primaria.

Rowan me lleva por las diferentes salas en silencio mientras yo asimilo la belleza de todo esto. El primer espacio está lleno de robots para las atracciones, los desfiles y los espectáculos. Paso la mano por el brazo frío y metálico de uno. Se mueve y yo doy un salto hacia atrás y voy a parar directo al pecho de Rowan. Me toma del brazo para estabilizarme. Todas las células de mi cuerpo se encienden y cobran vida con la delicadeza del contacto.

Empieza a arderme el cuerpo. Sube la temperatura en la zona que me toca con su mano y siento que me voy acercando a él. Entonces me suelta y sale de la sala como si fuera a prendérsele fuego a sus zapatos.

Le sigo el ritmo acelerado y entramos a un paraíso para dibujantes en el que las paredes están cubiertas de *storyboards* y las mesas llenas de todo tipo de materiales artísticos.

En la siguiente sala hay muchas mesas repletas de miniaturas de Dreamland y me fascina la atención al detalle en ellas. Me inclino sobre una y encuentro una réplica exacta del País de los Cuentos y el Castillo de la Princesa Cara. No puedo evitar pasar el dedo índice por una de las agujas de las torres.

Siento un cosquilleo en la nuca y, cuando volteo, veo a Rowan con la mirada fija en mi trasero.

«Ay, Dios, ¿le parezco atractiva?» Como si hubiera pensado lo mismo, aprieta la boca y sus labios forman una fina línea. Mi risita burlona se convierte en una carcajada plena y me doblo de la risa. Él parpadea un par de veces y hace desaparecer la oscuridad de sus ojos.

—¿Estás preparada para conocer a todo el mundo o quieres seguir perdiendo el tiempo de la empresa con tu visita guiada? —espeta antes de dirigirse a la puerta.

No me molesto en corregirlo sobre quién empezó la visita. No sé muy bien a quién intenta engañar, porque a mí no. Pero la pregunta es: ¿por qué? ¿Por qué molestarse en darme un momento para que me familiarice con el entorno? ¿Por qué pasearme por el taller en persona cuando podría haberle encargado la tarea a alguien con más ganas y tiempo?

Me acuerdo de que Brady mencionó cuánto le gustaba a Rowan visitar el taller cuando era pequeño. ¿Está disfrutando de la visita tanto como yo? Y, entonces, ¿por qué está tan enojado ahora?

Rowan es como un código secreto que quiero descifrar, una fortaleza humana en la que quiero colarme, aunque solo sea para descubrir un corazón blindado lleno de oro. O puede que esa sea solo mi parte esperanzada, que se pregunta si Rowan es tan tierno como Brady lo describía.

Lo sigo hasta la última estancia, abarrotada de creativos, con un espacio principal que parece ser una zona de reuniones rodeada por hileras de cubículos. La sala es un paraíso con pufs, paredes de pizarra blanca y aparatos de simulación 3D.

«Bienvenida a tu nuevo hogar.»

No lo puedo creer, por fin estoy aquí. Brady tenía razón. Solo era cuestión de tiempo hasta que cambiara la antigua insignia con mi nombre por una de creativa.

«¿Qué pensaría de mí ahora?»

«Tal vez te hubiera dicho que dejaras el vino y escribieras algo sobria, pero no se puede tener todo.»

Parpadeo porque tengo la vista nublada.

Rowan me presenta a los creativos y se refiere a ellos como equipos Alfa y Beta. Varios miembros me dan la bienvenida al taller. Siento una punzada en el corazón ante su entusiasmo y la idea de trabajar con ellos.

Jenny, una mujer morena que dirige el equipo Beta, me reclama en su equipo en cuanto Rowan se aleja de mí. Yo volteo para mirarlo y ver si eso forma parte del plan.

Él me devuelve una mirada aburrida.

—Adelante. —Echa un vistazo al resto de la gente—. Vuelvan todos a trabajar.

Todo el mundo obedece sus órdenes, como soldados rasos de la Compañía Kane que somos.

Jenny me enseña con detenimiento mi nuevo espacio de trabajo. Me quedo boquiabierta al contemplar mi cubículo. Nunca he tenido mi propio despacho y me maravilla el escritorio en forma de L que hay en un rincón con dos monitores que ocupan bastante espacio. Hasta hay una laptop nuevecita a un lado, esperando a que la abra.

Me dejo caer en la lujosa silla con ruedas y paso una mano por encima del teclado ergonómico.

«Mira cuántas cosas de adulta tengo: una mesa y mi propia engrapadora.» La aprieto dos veces para comprobar que no estoy soñando.

Jenny se arregla su ya perfecta cola de caballo.

—Estamos encantados de que formes parte de nuestro equipo, Zahra. Me alegro de que Sam se retirara pronto cuando nos peleamos por ti.

—¿Se pelearon por mí?

Esas palabras me parecen ridículas saliendo de mi boca.

—No te preocupes, no me porté muy mal con él. Fingí que lloraba y enseguida se dio por vencido.

Nos reímos. Comparada con Regina, Jenny es un soplo de aire fresco.

—Yo soy la que pensó que el señor Kane tenía que leer tu propuesta. Sam dudaba un poco, dada la naturaleza del texto.

—Lo siento —digo con una mueca avergonzada.

Ella le quita importancia con un gesto.

—Por favor, no hace falta que te disculpes. Estamos muy cortos de tiempo y no tienes por qué pedir perdón por decir lo que piensas. Eres el tipo de creativa que necesitamos en el equipo.

—Qué fuerte... Quiero decir, gracias.

«Ha sido mucho mejor de lo que me esperaba.»

—Deja que te haga un repaso rápido de cómo funcionan las cosas aquí. Los viernes, cada creativo debe presentar una nueva propuesta. Hay un plan con varias fases y de seis meses de duración pensado para darle al señor Kane todas las opciones posibles entre las cuales elegir.

—¿Opciones para qué?

Jenny sonríe.

—Quiere hacer una renovación del parque por el cincuenta aniversario. Hay mucho en juego en un proyecto de tan gran escala, por lo que espera que demos lo mejor de nosotros.

—¡Dalo por hecho! No te decepcionaré.

—Te dejo que te instales. Espero que te guste la cocina italiana, porque los Beta te han preparado una comida de bienvenida.

—Solo a un monstruo podría no gustarle la comida italiana.

Se ríe.

—Sabía que encajarías aquí. Nos vemos a mediodía. —Sale del cubículo y me deja con todos mis juguetes nuevos.

Puede que me dé un soponcio por lo amable que es todo el mundo aquí. Es un ambiente muy diferente del que esperaba por lo que había oído sobre los creativos. Ahora, todo lo preocupada que estaba me parece una tontería.

Meto la mochila debajo del escritorio antes de dar una vuelta sobre la silla. Cuando se me pasa el mareo, tomo la engrapadora y la presiono una y otra vez. Me caen las grapas por encima como si estuviera celebrando algo con confeti.

Siento la presencia de Rowan antes de verlo, un hormigueo en la nuca. Volteo y lo encuentro clavándome la mirada en la espalda como si quisiera apuñalarme.

—¿Sí? —digo con una amplia sonrisa porque disfruto provocando el tic que tiene en el el ojo derecho.

—¿Te importa dejar el arma antes de que empiece a hablar? —Fija la mirada en la engrapadora.

—¿Al gran señor Kane le asusta una engrapadorcita?

La presiono unas cuantas veces dirigiéndola hacia él. Las grapas vuelan antes de caer a pocos centímetros de mis zapatillas.

—No confiaría al estar cerca de ti ni aunque tuvieras plástico de burbujas en las manos, imagínate una engrapadora.

—Tienes razón, hay que tomarse en serio lo del peligro de asfixia.

Se le escapa de la garganta un sonido raro, entre soplido y gruñido, y yo decido considerarlo una risa. «Parece que sí tiene personalidad.»

Devuelvo la engrapadora al escritorio.

—¿Otras armas de las que deba estar al tanto?

Pongo los ojos en blanco y hago como si sacara una pistola invisible de abajo de la mesa. Me esfuerzo por hacer notar que le quito el cargador y la dejo encima de la mesa.

Si entrecierro los ojos, casi podría decir que el gesto burlón apenas perceptible de la cara de Rowan es una sonrisa. Suelta un suspiro exagerado y entra en el cubículo.

«Vaya, ¿eso ha sido un intento de bromear?»

Lo premio con una amplia sonrisa que no es correspondida. Enseguida, el espacio parece más pequeño, su cuerpo ocupa un cuarto de la superficie.

Rompo el silencio:

—¿Puedo ayudarte en algo en concreto?

Abre la boca, pero la cierra un segundo después.

«¿Sabe siquiera por qué está aquí?» Ese pensamiento hace que sienta agitación en el pecho.

«Zahra, mala.»

—¿Qué te parece mi nueva choza?

—Deja algo que desear.

Sus ojos van de mi cara a las paredes grises del cubículo.

Yo lo miro perpleja. «¿Tanto le costaría ser amable?»

«Parece que sí.»

Vuelvo a concentrar mi atención en la mesa. Estoy decidida a ignorarlo hasta que se marche porque no quiero que me agüite la fiesta.

Presiono todas las teclas de la computadora dos veces, pero el cachivache no se enciende por más que lo intente.

—Quítate. —Viene hasta el escritorio y trae con él su adictiva colonia.

—¿Por qué? —pregunto áspera.

—Por algún motivo que desconozco, quiero ayudarte.

—¿Y eso? —Escondo la sonrisa detrás de la cortina de cabello.

—Porque no deberías tener permitido trabajar cerca de un enchufe.

Me rio y aparto un poco la silla para dejarle espacio.

Él se arrodilla con esos pantalones de vestir planchados a la perfección. La situación no tendría que parecerme tan sexy, pero sube la temperatura del cubículo cuando me mira desde abajo, arrodillado en el suelo. Se le oscurece la mirada cuando sus ojos repasan mis piernas cruzadas. El corazón me golpea el pecho al ritmo de un martillo neumático y me sorprende que él no oiga los latidos erráticos.

Lo que sea que pasa entre nosotros desaparece cuando se mete debajo de la mesa a gatas y me deja una vista perfecta de él en cuatro patas.

«¿Ahora quién es la que mira?»

Ignoro la voz en mi cabeza y me decanto por disfrutar del espectáculo. El tipo de Rowan no se parece en nada al de mi ex. Cada centímetro de su cuerpo esbelto es puro músculo, como si saliera a correr por diversión. Sus gemelos marcados sobresalen del escritorio y sus pompas firmes se le mueven mientras reacomoda los cables. Uso toda la fuerza de voluntad que tengo para no extender la mano y tocarlo. Dedico un momento a imaginarme lo grande que debe de ser... su talla de zapato. Llego a la conclusión de que mi inmadurez es irremediable y de que soy una libidinosa.

Me atrae mi jefe arrogante sin ningún don de gentes, cómo no. Tiene que ser una broma cruel después de todo lo que he pasado. Puede que sufra una especie de desequilibrio hormonal o que haya una fuerza de gravedad o algo así que haga que me atraigan imbéciles como Rowan.

«¿Y si tengo un fetiche con los idiotas?»

«Eso explicaría mi obsesión insana con el señor Darcy.»

Apenas consigo controlar mi respiración antes de que vuelva a ponerse de pie.

Algo en su forma de mirarme hace que mi sangre alcance nuevos máximos de temperatura. Se me eriza la piel, como si tuviera frío a pesar del incendio que se esparce por mi pecho. Me reconforta saber que tengo el cuerpo tan lleno de contradicciones como la mente.

«¿Por qué él? ¿Por qué yo?»

Mi sonrisa se desvanece. Él abre y cierra la mano al lado de su cuerpo antes de meterla en el bolsillo.

«Jane Austen, ¿ahora eres mi ángel guardián?» Miro el techo alto buscando respuesta, pero nada.

—¿Se puede saber qué murmuras?

«Mierda, ¿lo dije en voz alta?»

—Dije: «¿Los cables ya están?».

Bueno, en algo se parece a lo que masculé antes.

—Sí.

—Genial, ¡gracias! Ya puedes irte —digo devolviéndole sus palabras, medio esperando obtener alguna reacción.

Él solo frunce el ceño con expresión seca.

«Bueno, algo es algo.»

Se dirige a la salida del cubículo, llevándose con él su atractivo. Tal vez pueda volver a pensar cuando se haya alejado de mi vista. Tiene algo que me descuadra; es como si, delante de él, no supiera qué decir ni qué hacer.

Sale sin prisa del cubículo dejándome con todos los pensamientos dando vueltas en la cabeza. Respiro hondo para despejarme, pero inhalo de nuevo su colonia.

«¿Por qué tiene que oler tan bien?» Entierro la cara entre las manos y estas sofocan un gruñido de frustración. Me recupero y presiono vacilante el botón de encendido de la computadora.

«Manos a la obra.»

9
Zahra

Doy un último repaso a mi presentación. Después de las amables palabras de Jenny, pensaba que había vencido mis inseguridades, pero han decidido volver con fuerza.

Gruño al revaluar el dibujo de Nebuland que hice. Aunque el PowerPoint sí refleja todo lo que Brady y yo diseñamos juntos, el boceto es una muestra de por qué estudié Filología. Si tuviera que dedicarme al arte, me mudaría a Nueva York con el resto de los artistas muertos de hambre y comería ramen precocinado todos los días de la semana hasta que me llegara una gran oportunidad.

«¿De verdad puedo presentar esto al grupo?» Mis habilidades parecen estar a la altura de las de un niño de dos años que todavía no ha aprendido a tomar un lápiz de colores. Tampoco es que Rowan espere que seamos impecables en todo, pero mis dibujos distan mucho de la perfección. Y, como tampoco sé usar nada de Adobe, estoy condenada a depender de mis manos, que son deficientes por decir lo menos.

Añado una foto del dibujo a la última diapositiva de la presentación y suelto un suspiro. Tal vez, si me paso del tiempo que tengo, pueda ahorrarme enseñar este desastre.

«Pues es buena idea.» Me seco la frente antes de recoger mis cosas.

—Que sea lo que Dios quiera.

Entro en la sala de reuniones con la cabeza alta. Todo el mundo me sonríe y continúa con sus tareas y yo me siento hasta el fondo. A pesar de que comemos todos juntos y hacemos sesiones de lluvia de ideas, sigo sintiéndome fuera de lugar. Mi incorporación al equipo no ha sido nada ortodoxa y me da miedo que la gente piense que pasé a ser creativa muy deprisa porque hay favoritismo.

Jenny entra en la sala y enciende el proyector.

—A ver, ¿quién quiere empezar?

Se levantan un montón de manos, pero yo no me molesto porque el miedo hace que me pese el brazo como si estuviera atado a un yunque.

Jenny llama a la persona que tiene más cerca, que se levanta y empieza a soltar su presentación sobre renovar el Castillo de la Princesa Cara. Aunque la idea, en teoría, no está mal, es eso: no está mal. No es cautivadora ni fascinante. Y Jenny es incapaz de ahogar un bostezo en medio del discurso.

La puerta de la sala de reuniones se abre y todo el mundo voltea hacia el origen del sonido. La persona que está haciendo la presentación se queda en silencio a media frase.

«¡No!» Esto va de mal en peor. Rowan entra en la sala

con un aire de lo más despreocupado. Hoy usa un traje gris con el que se me hace la boca agua y tengo que apretar los muslos. El color carbón resalta la severidad de su mirada. Se le notan los músculos a través de la lujosa tela cuando se acomoda en una silla en la parte delantera de la sala.

—Continúen con normalidad.

Su aire autoritario no tendría que parecerme un rasgo atractivo, pero hay algo en su forma de dominar un espacio que me hace desear más.

El resto del equipo sigue tensísimo en las sillas durante lo que queda de presentación. Luego, uno a uno, los demás creativos suben al atril. Todas las ideas siguen un esquema parecido: algunas actualizaciones, algunas experiencias inmersivas para las filas... Empiezo a preguntarme si mi presentación es demasiado atrevida para esta situación, sobre todo con Rowan enfrente.

Con cada exposición, el ceño de Rowan se arruga más. Sus reacciones exacerban mis nervios ya crispados. Desde pequeña, sufro pánico escénico, pero nunca había sentido tanto. Tengo las manos sudadas en todo momento y mi respiración se vuelve más pesada con cada presentación que termina.

—Zahra, te toca —me llama Jenny.

Me levanto con las piernas flojas. La presión, por si la que yo misma me había puesto no fuera suficiente, ha alcanzado cotas nunca vistas debido a la mirada de Rowan, que no se aparta de la mía.

—Deprisa, tengo otra reunión en veinte minutos —dice, y golpea el cristal de su reloj de forma tajante.

Me siento tentada de salir corriendo por la puerta, pero controlo el impulso y abro las diapositivas. Respiro hondo y me lanzo a explicar la idea. Me nutro de las expresiones no verbales del equipo y dejo que sus asentimientos y sonrisas me den confianza. Mi autoestima crece y la presentación entera me sale perfecta (¡y sin desmayarme!). Considero que ha sido toda una victoria.

Cuando llego a la temida diapositiva final con el dibujo, la paso tan rápido que la pantalla negra final aparece en menos de un segundo. En ese momento, suena la alarma de Jenny y doy gracias a Dios Todopoderoso por salvarme.

—Parece que no tengo más tiempo.

La gente me aplaude y Jenny me mira con una sonrisa enorme y los pulgares levantados.

—Vuelve a la última diapositiva.

La voz de Rowan me cae como un jarro de agua fría.

—Ah, no es nada importante, solo un boceto. Y, además, tienes una reunión.

—No te lo estaba preguntando —dice abriendo las aletas de la nariz.

«Claro que no, para eso hay que tener modales de los que tú careces.»

Se le tensan los músculos de la mandíbula.

—Ya, señorita Gulian.

Lo insulto mentalmente en inglés, español y armenio, por si acaso.

—No es nada, de verdad. —Escondo las manos temblorosas detrás del atril.

—Seré yo el que lo decida.

Aprieto los dientes mientras abro el boceto. No lo habría incluido si no nos hubieran indicado que la presentación debía tener algún tipo de apoyo visual. Y, por supuesto, por si no me preocupaba bastante no encajar, soy la única creativa que no tiene ni idea de dibujo.

La inseguridad vuelve y desbanca la confianza que acababa de ganar durante la presentación.

Rowan se pasa una mano por el mentón.

—Tus dibujos podrían mejorarse.

—Tranquilo, empiezo con eso enseguida —digo con la voz inundada de sarcasmo.

La sala entera se queda en silencio. Deseo poder taparme la boca con la mano y pedir perdón.

Rowan parece impasible.

—Espero que todos vuelvan con ideas mejores el viernes que viene. Ha sido poco impresionante, por no decir algo peor.

«Mierda.» Las caras de todo el equipo son un reflejo de mi shock. Nadie se atreve a moverse, demasiado asustados para hacer nada que no sea mirar a Rowan.

Él ladea la cabeza hacia el proyector.

—Usen la presentación de la señorita Gulian como guía de lo que espero de ahora en adelante. Salvo la última diapositiva.

Siento calor en las mejillas.

—Todo el mundo puede irse, excepto la señorita Gulian.

Algo empieza a revolotearme por el estómago cuando dice mi nombre. Pronto se desploma por la realidad de la situación. «¿Quiere que me quede a solas con él? ¿Aquí?»

Los miembros del equipo van saliendo de la sala como si el suelo quemara. Rowan no se mueve de su silla hasta que el último cierra la puerta. Se acerca despacio al atril y no me deja forma de escapar de su mirada, que pesa una tonelada.

Mi espalda queda contra la madera del atril cuando volteo hacia él. No quiero poner a prueba mi autocontrol cuando se trata de él porque sé que es una batalla perdida. Después de que me dejó en evidencia delante de todo el mundo, la tentación de rodear su cuello con mis manos y apretarlo es demasiado potente.

—Si vuelves a hablarme así delante de alguien...

—Espera, déjame adivinar. Me despedirás. Un poco predecible para mi gusto, pero lo respeto, porque tú mandas.

Me mira como si no pudiera creer que acabe de hablarle así. Y lo cierto es que yo tampoco lo creo. Y esta vez no puedo culpar a una botella de vino por mi estupidez. Tiene algo que hace que me den ganas de molestarlo. Me interesa ver quién es el Rowan de verdad debajo de todas esas capas de hielo e indiferencia.

—Soy capaz de cosas peores —dice frunciendo el ceño.

Un escalofrío me recorre la espalda.

—¿Como qué?

—No creo que quieras saberlo.

Hago como si no me afectara su amenaza a pesar de que mi corazón late a toda velocidad.

—Espero que tengas un pene enorme para respaldar esa actitud o puede que la gente se decepcione.

—¿Quieres traer una regla y comprobar la teoría?

—Dejé la lupa en casa, mejor mañana.

Si en algún momento tuve un angelito en el hombro que me aconsejaba ser prudente, se fue hace rato.

Algo cambia entre nosotros. Su mirada se oscurece mientras me evalúa. No sé muy bien si quiere estrangularme, despedirme o cogerme hasta que lo obedezca.

—¿Siempre eres tan insoportable?

—No lo sé. ¿Y tú? ¿Siempre eres tan idiota?

En un momento, me está mirando con desdén y, al siguiente, sus labios chocan con los míos.

«¿¿Cómo??»

Mi cerebro colapsa y se me cierran los ojos mientras Rowan devora mi boca. Se aferra con las dos manos al atril que está detrás de mí, y mi cuerpo queda atrapado entre sus fornidos antebrazos.

Me besa igual que hace todo: con una precisión experta y una fuerza contenida. Me dan ganas de hacerlo enloquecer porque toda la furia acumulada tiene que salir por algún lado y yo me presento como voluntaria con mucho gusto.

Tratar de reprimirme me parece una causa perdida y le devuelvo el beso. Me aferro a su traje como si fuera a caer hacia atrás si me suelto.

«Esto está fatal. ¡Es tu JEFE!»

Rowan ahuyenta todos mis pensamientos con besos. Nuestras lenguas chocan en una batalla silenciosa. Besarlo es una experiencia completamente nueva, tóxica hasta la sobredosis y lo bastante erótica para dejarme queriendo más. Me besa con tanta pasión que parece que va a caer muerto si se detiene. Carajo, si sigue así, la que caerá muerta soy yo.

«Morir por todo lo alto.»

Rowan aprieta su cuerpo contra el mío. Un torrente de energía recorre mi espalda cuando me roza con su erección. No necesito ninguna herramienta para concluir que la tiene GRANDE. Gimo y él se traga el sonido. Empuja con más fuerza y lo siento por todo el cuerpo.

Las ruedas del atril ceden y se mueve. Pierdo el equilibrio. Rowan me agarra el brazo antes de que me caiga de sentón sobre la alfombra. Aparto el brazo para deshacerme de su agarre. Él me mira con las pupilas dilatadas y los labios hinchados. Yo bajo la vista al bulto en el que tan interesada estaba hace solo unos segundos. Casi me caigo al ver el tamaño de lo que tiene escondido bajo los pantalones.

No puedo creer que yo le haya hecho eso a mi jefe. ¡¿En qué estaba pensando?!

Me seco la boca con la mano como si pudiera borrar el recuerdo de sus besos, pero es una causa perdida. Es como si me hubiera marcado los labios con sus iniciales con un hierro candente.

—Maldita sea —exclama.

El deseo desaparece de su mirada en un abrir y cerrar de ojos. Su pecho se eleva con cada inhalación rabiosa.

Yo despierto del trance en el que me ha metido. Misión: escapar. Tomo el bolso y salgo corriendo de la sala. Dejo atrás a un Rowan que no dice nada.

No sé muy bien qué diablos acaba de pasar, pero meto nuestro beso en la carpeta llamada «No volver a pensar en esto nunca más», que está en el rincón más oscuro de mi mente. Justo al lado de «Estupideces que he hecho borracha» y «Dick pics».

10

Rowan

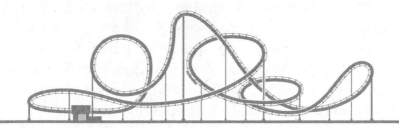

«Maldición.» Es lo único que soy capaz de decirme volviendo a mi despacho. Cada vez que pienso que tengo los impulsos bajo control, el recuerdo de los besos de Zahra respondiendo a los míos hace que mi cuerpo vuelva a reaccionar.

Fue una mala idea pedirle a Zahra que se quedara después de la reunión. La situación se me ha fue de las manos cuando me contestó como nunca lo había hecho nadie. Tendría que haberme causado rechazo. Nunca me han atraído las personas que no respetan la autoridad, así que no sé muy bien qué es lo que me llama tanto de Zahra. En lugar de escuchar la voz racional de mi mente, crucé la línea roja de cabeza.

No sé qué tiene que no me deja pensar. No pueden importarle menos las amenazas, y mis miradas asesinas solo consiguen hacerla reír más. Y, después de que me tratara así en la reunión, no sabía si quería echarla de Dreamland o cogérmela hasta que me pidiera perdón por cómo me había hablado.

Y los ruidos que hacía cuando rozaba su lengua... «Carajo.» Gruño mientras la sangre vuelve a mi pene a toda velocidad.

Me paso los dedos por el cabello y tiro. «Maldición. Maldición. ¡Maldición!»

Declan me colgaría de los huevos de una de las agujas del castillo si se enterara de que besé a una trabajadora. Sopeso todas las opciones que tengo para adelantarme al problema de Recursos Humanos que se me viene encima, pero no hay forma de evitarlo. Al final, me merezco la denuncia que Zahra quiera ponerme. Soy yo el que la besó. Da igual cómo haya reaccionado ella al contacto, es responsabilidad mía ser profesional y ser más exigente conmigo mismo.

En lugar de volver al despacho, me dirijo a mi casa, al final de Dreamland. Saco el teléfono y llamo a mi piloto. Quiero salir de aquí un tiempo antes de hacer algo que me haga perder la mejor estrategia que tengo para que este proyecto salga bien.

El beso que compartí con Zahra ha sido la prueba de lo peligrosa que es nuestra atracción, y debo alejarme de ella todo lo humanamente posible. Por el plan. Por mi futuro. Y por la voz en mi cabeza que se pregunta lo explosivo que habría sido el resto si no hubiéramos parado.

Las primeras veinticuatro horas desde que volví a Chicago han sido de todo menos agradables. Desde el chofer que me hizo llegar tarde porque no se dio ninguna prisa en cambiar una llanta ponchada, hasta el trabajador que me echó el café sobre la camisa, todo fue un desastre.

Las reuniones del lunes no hacen más que aumentar mi irritación. Siento que estoy perdiendo el tiempo en estas citas protocolarias y que podría estar aprovechándolo mucho mejor en Dreamland.

Le doy vueltas al gemelo de la camisa entre los dedos. Declan toma el timón después del repaso general de mi padre. Mi hermano habla de cifras mientras Iris se ocupa de la presentación de PowerPoint. La secretaria de Declan tiene una belleza sutil. Lleva el cabello oscuro y ondulado hacia atrás con una diadema llamativa que acentúa los tonos cálidos de su piel negra.

Declan y ella trabajan juntos como una máquina bien aceitada. A pesar de ser joven, es muy buena en su trabajo. Declan llega a dejar que responda algunas preguntas, lo cual es muy poco habitual en él.

Miro a Cal preguntándome si también ve lo bien que trabajan juntos, pero él está concentrado en una hoja que tiene enfrente. Nada nuevo. A pesar de lo inteligente que es, Cal siempre ha tenido problemas con la impulsividad y la atención. Acudir a estas reuniones lo deja sin una pizca de autocontrol. Hoy ha decidido mantenerse despierto jugando gato consigo mismo.

Tomo una pluma y le estropeo el juego porque sí.

—Cabrón —murmura.

Yo escribo «PRESTA ATENCIÓN» en la parte de arriba de la hoja. Él dibuja la mano con el dedo medio levantado más horrible que he visto y yo garabateo debajo: «Qué verga tan chiquita. ¿Es la tuya?».

Suelta una carcajada.

Declan carraspea y los dos levantamos la vista hacia él.

—¿Alguna novedad sobre el proyecto de Dreamland, Rowan? —pregunta mi padre.

Me pongo tenso por la neutralidad con la que lo dice. Si no me habla con una sonrisa burlona, el ceño fruncido o una mirada fulminante, enseguida me pongo a buscar la trampa en la que quiere que caiga.

Me quito una mota de polvo invisible del saco.

—Los equipos de creativos ya se han reunido y están desarrollando varias ideas a muy buen ritmo.

Mi padre asiente.

—Bien. Creo que sería positivo que presentaras las conclusiones preliminares en la próxima junta. Pedir un presupuesto de diez mil millones de dólares es drástico y estoy seguro de que el resto de la junta estará interesado en saber más sobre el uso de los fondos.

«Cabrón.» Aprieto tanto los dientes que me duelen.

—Claro que puedo presentar el presupuesto. ¿Hay algo en particular de lo que quieras que hable?

Niega con la cabeza.

—Estoy seguro de que todo el mundo está igual de interesado en saber más sobre el proceso creativo de diseño que hay detrás de una operación tan grande. No ha habido una renovación así desde el veinticinco aniversario.

«No le creo nada.»

Examino sus ojos buscando alguna pista, pero me encuentro con que les falta la rojez habitual. Qué raro. Ahora que lo pienso, creo que nunca he visto a mi padre tan sobrio. Es el peor tipo de alcohólico funcional que hay, porque lo único que lo delata son los ojos enrojecidos al día siguiente.

Le quito importancia, será una coincidencia. Puede que se quedara sin bebida anoche y le diera demasiada pereza ir por más.

—Estaré encantado de compartir todo lo que he estado preparando hasta ahora.

Mi padre ha hecho que me ponga las pilas. Es hora de que empiece a presionar a todo el mundo y los lleve al límite, porque darlo todo no es suficiente. No con mi padre acechándome, esperando el más mínimo error.

Haré lo que haga falta para asegurarme de que los creativos tienen todo lo que necesitan para que el plan salga bien, sobre todo Zahra. Es la mejor apuesta que tengo para conseguir mi objetivo y salir corriendo de Dreamland.

11

Zahra

—¿Has sabido algo de Rowan desde que te besó? —Claire da un sorbo a su vino.

Me alegro de que Ani haya tenido que faltar a la noche de chicas semanal porque había quedado de verse con su novio. Sería incapaz de tener esta conversación frente a ella.

Me recuesto en los cojines.

—No, y me habías prometido que no me darías más la lata con eso.

Después de que le contara todo el *besocalipsis*, me había jurado no volver a tocar el tema.

«Vaya, cuánto duran sus promesas.»

—Lo sé, lo sé, pero hay una pregunta que me tiene en vilo.

—¿Cuál?

Sonríe.

—¿Es mejor que Lance?

Suelto una risa socarrona.

—Es como si comparas un huracán con una brisa.

Claire silba.

—Genial. ¿Qué más crees que podrá hacer bien con la boca?

El calor me sube por el cuello.

—Nada.

Sonríe.

—¡Te pusiste roja! Admítelo. Has estado pensando en él.

—¡No! —El rubor sube de mi cuello hasta la frente.

—Tenemos que entrenar tu capacidad para mentir. Lo de ponerte roja es demasiado revelador.

Ha sido una maldición desde que era pequeña.

Levanto la barbilla.

—Pues no he pensado en él en absoluto. De hecho, me alegro de que no haya estado por aquí esta semana.

Su viaje me ha dado tiempo para consolidar mi relación con los otros creativos y fortalecer mis barreras mentales contra él.

De todas formas, aunque agradezco su ausencia, me preocupa que haya desaparecido porque tenga miedo de que haga una locura como informar a Recursos Humanos. Lo sopesé dos segundos antes de decidir que era injusto. Tal vez él inició el beso, pero yo participé con gusto. Con demasiado gusto.

—¿Qué plan tienes para lidiar con lo que te provoca?

Suspiro.

—No hay plan.

—¿Como tampoco hubo beso? —Sonríe.

—Eso es —respondo guiñando un ojo.

Claire pone los ojos en blanco.

—A ver, vuelve a decirme qué tan grande crees que la tiene, así, a ojo...

Yo voy separando las manos poco a poco para calcular el tamaño. Un cojín me da en plena cara y me detengo.

—Siento decírtelo, pero, si todavía te acuerdas de su pene, es que estás pensando en él.

Yo me limito a gruñir.

—Tiene que ser una broma.

Rowan está sentado en la esquina de mi escritorio como si fuera el dueño del lugar. Después de que me dejó tranquila una semana, me acostumbré demasiado a su ausencia. Pensaba que lo tenía todo controlado, pero, en cuanto me miró, empezaron a temblarme las piernas y mi temperatura corporal está por las nubes.

El recuerdo de nuestro beso inunda mi mente. La forma en que su lengua me dominaba. Su pecho, firme y fuerte, bajo las palmas de mis manos. La oleada de calor que me recorrió el cuerpo en dirección a la zona inferior.

«Sí, estoy perdida.»

—¿Qué haces aquí? —Me siento para esconder que las rodillas me fallan.

—Estoy viendo cómo va todo el mundo.

Me pongo la mano en la oreja con un gesto exagerado. Ni un ruido rebota en el alto techo, dado que todos salieron a comer. Yo tenía la intención de ponerme al día con el trabajo, porque ya voy atrasada en comparación con el resto de los creativos, pero parece que Rowan ha decidido arruinarme el plan.

—¿Y pensaste que mi oficina es un buen lugar para empezar?

—Empiezo por la persona que me da más problemas, luego seguiré con los demás.

—Me halaga haberme ganado esa reputación.

Esboza una sonrisa tan pequeña que tengo que entrecerrar los ojos para verla. Siento presión en el pecho y no puedo evitar que el pánico corra por mis venas ante la oleada de atracción.

«Es el diablo, Zahra.»

«Bueno, eso explicaría por qué Eva se dejó engañar por él.»

Si el diablo estuviera la mitad de bueno que Rowan, yo también me comería la dichosa manzana. Al demonio con las consecuencias.

Su mirada pesada me cae encima y me deja sin respiración. El calor me recorre las venas y me provoca una calidez desconocida en el bajo vientre.

—Cuando te sonrojas tus pecas destacan más.

Delinea el puente de mi nariz con la punta de una pluma roja. Sus ojos pasan de mi cara a su mano, como si no pudiera creer lo que acaba de hacer. Y yo tampoco.

Rozo mi nariz con una mano, sintiendo todavía la quemazón de su contacto fantasma.

«Contrólate.»

Abre la boca para hablar, pero lo hago callar con un gesto, desesperada por que termine la conversación.

—Tengo trabajo.

Frunce el ceño como si no pudiera creer que lo esté despachando. Ignora mi comentario y camina hasta la pared más alejada del cubículo empapelada con los lamentables bocetos de mis ideas.

Enrojezco completamente cuando pasa la mano por mi dibujo de la princesa Nyra.

—¿Qué se supone que es esto?

—Una idea que se me ocurrió para una carroza.

Me lanza una mirada fulminante.

—Eso lo adiviné por la forma, pero ¿qué es lo que están celebrando?

—¿Estás volviendo a reírte de mis dibujos?

—No. Y, ahora, responde a mi pregunta.

—¿Te morirías si dijeras «por favor» de vez en cuando?

Me mira perplejo.

Yo suelto una exhalación tensa.

—Es una típica boda hindú.

Se frota el mentón y se queda mirándola.

—Interesante. ¿Y cuándo vas a presentarla al equipo?

—El viernes.

—Mmm.

Repasa con la mano el *mandap* dibujado con poca gracia. Mi intento lamentable de representar un dosel decorado con flores se burla de mí mientras sus dedos pasan sobre el muñeco de palitos que tendría que representar al príncipe de la princesa Nyra. Por lo menos mi presentación compensa la penosa imagen. Hasta he incluido fotos de una boda india verdadera, ya que el dibujo es de todo menos profesional.

Hay algo en la mirada de Rowan que me altera los nervios.

—¿Qué? Si es mala idea suéltalo ya. Prefiero no volver a hacer el ridículo delante de mis compañeros.

Él niega con la cabeza y hace desaparecer de su rostro esa expresión nostálgica.

—La idea está bien.

«Está bien.» Las palabras resuenan en mi cabeza y golpean mi cráneo como balas. Lance siempre decía que todo estaba bien. Nuestra vida sexual. Nuestra relación. Nuestro futuro. «Está bien. Está bien. Está bien.»

Ya no me basta con eso y, desde luego, al equipo tampoco. Me levanto y me dispongo a quitar el dibujo de la pared.

La mano de Rowan cubre la mía e impide que quite la tachuela. La corriente de energía que sentí la semana pasada vuelve a toda potencia. Tomo aire cuando me acaricia los nudillos con el pulgar. Su mano desaparece demasiado pronto y se lleva la oleada de atracción.

—Lo siento, no fue apropiado.

Río para mis adentros.

—Creo que tocar mi mano se consideraría una minucia en comparación con otras cosas.

Se queda de piedra.

—¿Cómo vas a enfocar esto?

—¿Enfocar? ¿Qué dices?

—¿Quieres sacarme dinero?

—¡¿Qué?! ¿Dinero?

Madre mía, ¿eso es lo que piensa de mí? Puede que las cuentas no me cuadren muy bien, pero nunca haría algo así. Y menos cuando yo le seguí el juego.

—No sería la primera vez que me pasa —refunfuña.

«Qué fuerte.» ¿Va por ahí haciendo lo mismo con otras?

—¿Besar a tus empleadas es un incidente recurrente en tu vida? —La pregunta se me escapa de los labios en un susurro.

—¿Qué? No. —Se me queda mirando y parpadea sorprendido.

Mis músculos se relajan.

«Ah, pues igual sí soy especial.» Pensarlo me hace sonreír.

—Pero prefiero que pienses un precio y me lo digas a mí en privado a que pongas una queja en Recursos Humanos, aunque no puedo impedírtelo. No voy a impedírtelo —rectifica.

Ya no sé ni si estoy respirando.

—No voy a ir a Recursos Humanos.

Su forma de mirarme me hace sentir que estoy en el estrado y tengo a un abogado evaluándome en busca de alguna debilidad.

—Okey. —Vuelve a centrar la atención en el dibujo—. La idea es buena. Muy buena, incluso.

Genial, estamos pasando a una conversación totalmente distinta. Me duele la cabeza por el frenazo emocional.

Me lanza una mirada de aburrimiento.

—Respira. No tengo ganas de llamar a la ambulancia cuando te desmayes y te abras el cráneo.

—¿Cómo se me ocurre pensar que me detendrías antes de que eso pasara?

—Para eso te tienen que importar las cosas, y a mí ya nada me importa una mierda.

Suelto una risotada y nuestro ciclo habitual se repite y él me mira con una expresión rarísima.

—Será mejor que me vaya a trabajar.

Quita de la pared el dibujo y me deja la tachuela en la esquina del escritorio.

—Me llevo esto.

—¿Qué? ¿Por qué? —Me siento porque no sé si las piernas pueden seguir teniéndome en pie.

—Porque el dibujo no va a arreglarse solo.

—¿Y lo vas a arreglar tú?

Una emoción fugaz le pasa por sus ojos. ¿Enojo? ¿Tristeza? ¿Miedo? No sé interpretar la expresión inquietante que le cruzó su cara porque ninguna de esas emociones tiene sentido.

Agarra el papel con fuerza.

—No, yo no sé dibujar, pero conozco a alguien que sí.

—¿En serio? ¡¿Tienes amigos?!

Parpadea lento adrede.

—No considero amigos a quienes trabajan para mí —responde.

«En fin. Cambiemos de tema.»

—¿Crees que esa persona podrá ayudarme?

Sus ojos van de mis labios a mis ojos de nuevo.

—Aunque sea solo para ahorrarme volver a pasar tanta vergüenza ajena.

La risa se apodera de mí y hace que mi pecho se estremezca.

—Me parece muy bien. —«Pero...»—. ¿Confías en que esa persona no compartirá la idea con nadie?

Ladea la cabeza.

—¿Por qué?

Bajo la mirada.

—Quiero que sea un secreto hasta la presentación. Nada más.

—Sí, confío en esa persona —dice, pero parece que se queda con ganas de preguntarme algo.

Yo me esfuerzo por no empezar a dar saltos de alegría.

—¡Gracias!

La sonrisa hace que me duelan las mejillas.

Rowan fija su mirada en mí y me ruborizo bajo su escrutinio. Gira sobre sus talones y se va llevándose mi dibujo y mi cordura con él.

12
Rowan

No dudé en llevarme el dibujo horrible del cubículo de Zahra. Ni me inmuté al comprar una caja de cien lápices de colores en la papelería más cercana. En realidad, lo más difícil de todo fue obligar a Martha a tomarse el resto del día libre para poder tener un poco de intimidad.

Me tiembla la mano, aferrada a un lápiz HB. Con el brazo rígido, lo presiono contra el papel. La punta de grafito se rompe, se aleja rodando y me deja con un trozo de madera inútil en la mano.

—Pero ¿qué haces? —refunfuño soltando el lápiz y llevándome las manos a la cabeza—. El imbécil, por algún motivo.

«Dibuja espantoso y lo sabes. Casi se pone a llorar en la presentación cuando se lo dijiste, y ver lo nerviosa que estaba daba hasta pena.»

«¿Y te importa porque...?»

«Porque una Zahra feliz es una Zahra creativa, y una

Zahra creativa es un boleto para largarme de aquí lo antes posible.»

Mis neuronas se enfrentan entre sí mientras yo saco el dibujo de Zahra de abajo de la hoja en blanco y lo miro. Su idea está bien pensada. Quiere resaltar a nuestros personajes más diversos, que suelen quedar en segundo plano en favor de las princesas más populares.

Es esa idea la que me ayuda a tomar el sacapuntas y volverlo a intentar, la que me mantiene con los pies en la tierra a pesar de lo rápido que me late el corazón mientras voy reconstruyendo el concepto de Zahra.

No pasa mucho antes de que empiecen a sudarme las manos. Las emociones que siento son turbulentas y rozan la volatilidad. Me quito el saco y me arremango la camisa, desesperado por aliviar el aumento de temperatura corporal. Es como si estuviera sudando para expulsar mis demonios, línea por línea.

«Dibujar es un *hobby* inútil. Los hombres de verdad no dibujan» susurra la voz de mi padre. Yo aprieto el lápiz con más fuerza cuando me asalta el recuerdo de verlo rompiendo uno de mis bocetos de clase de manualidades.

Saltan astillas amarillas cuando el lápiz se parte en dos.

—Maldita sea.

Tiro los trozos al bote de basura y limpio el polvo que ha quedado encima del papel.

«¿En qué demonios estaba pensando cuando fingí que conocía a alguien que podía ayudar a Zahra? Soy incapaz de hacerlo.»

La silla rueda hacia atrás cuando me levanto de golpe y me seco la frente con una mano temblorosa. Tomo la hoja y la rompo en pedazos. Los papelitos blancos caen dando vueltas en el bote como los copos de nieve de mi fracaso y se posan encima del lápiz roto.

Esperaba sentir alivio, pero me quedo con angustia en el estómago y un corazón acelerado que todavía tiene que calmarse. Mi mirada va de mis puños apretados a la papelera llena de los restos rasgados de mi dibujo.

No hay nadie que me grite ni me haga sentir que no valgo nada. Soy un hombre adulto que puede lidiar con todo lo que le echen, incluyendo un dibujo estúpido e inofensivo.

Puedo hacerlo. Si no por mí, por el futuro con el que sueñan mis hermanos. En lugar de concentrarme en el pasado, visualizo el futuro. Un futuro en el que Declan se convierte en director general y yo soy director financiero. En el que Cal por fin encuentra su lugar en la empresa, que está bajo nuestro mando.

Me siento, tomo una hoja en blanco y un lápiz y me pongo a trabajar.

Me detengo en la entrada del cubículo de Zahra y me tomo un momento para observarla. Mueve la cabeza al ritmo de lo que sea que suene por los audífonos blancos mientras escribe en el teclado. El pin del día brilla bajo las luces del techo. Hoy trae uno que dice: «¡Tienes mucho sabor!», con la ilustración de un salero bailando encima.

¿Quién puede odiarse tanto como para ponerse algo tan espantoso?

Recorro su cuerpo con la mirada antes de posarla en la curva de su cuello. Esa piel suave parece hecha para seducir, para que la besen y la llenen de marcas mientras se cogen a su dueña hasta hacerle perder la cabeza. Cuántas cosas le haría a ese cuello si pudiera.

«Pero no puedo.»

Mi momento de debilidad no se repetirá. Quizá diga que no me denunciará a Recursos Humanos, pero no he llegado tan lejos en la vida confiando en alguien que no sea yo mismo. Tiene infinitas opciones y oportunidades de vaciarme los bolsillos. Solo los medios de comunicación ya le pagarían suficiente para jubilarse a la impresionante edad de veintitrés años. Esa idea me deja un sabor amargo en la boca, me seca la lengua y hace que se me cierre la garganta.

Me acerco a su escritorio pisando con fuerza y suelto el dibujo en la mesa con un golpe.

Ella da un respingo antes de volver a caer en la silla.

—¡Hola! ¿Puedes avisar de que entras como una persona normal?

No le contesto porque me da miedo respirar tan cerca de ella. A mi sangre le basta con oler un leve rastro de su perfume para dar media vuelta y bajar directamente del cerebro al pene. Por suerte, consigo controlar mis impulsos lo suficiente para dar un paso atrás.

Ella ladea la cabeza sin dejar de mirarme.

—¿Qué te pasa?

Yo me acomodo la corbata, que ya estaba perfecta antes.

—Nada.

—Ya. —Voltea hacia el dibujo y se queda mirándolo.

«¿Le gusta?»

«Claro que le gusta, inseguro de mierda. ¿A quién no iba a gustarle?»

Abre mucho los ojos mientras repasa los trazos con el dedo.

—Es increíble.

Suelto una exhalación que no me había dado cuenta de que estaba aguantando. Todavía me queda algo de talento, como decía el abuelo. El viejo tenía razón al afirmar que no desaparecía el talento, solo la pasión.

Se me constriñe la garganta. «Concéntrate en la tarea que tienes entre manos.»

Aunque me tomó varios intentos y más de veinticuatro horas, el proceso de recrear el diseño de Zahra ha sido fácil. Demasiado. Cuando me di cuenta de que había terminado hace menos de una hora, me inundó un extraño vacío. Los dedos me hormigueaban por las ganas de seguir y volver a sentir que me domina la sensación de que el mundo que me rodea se apaga.

No me gusta querer más. Me hace sentir débil y a punto de perder el control.

—Será mejor que me vaya. —Me dirijo a la salida del cubículo.

—¡Espera! —dice levantándose de un salto.

—¿Qué?

¿Sabe que lo dibujé yo?

«Claro que no, ¿cómo puede saberlo?»

—Le falta la firma.

—¿Cómo?

—Al dibujo.

Me detengo y estudio mis palabras lo mejor que puedo en estas circunstancias.

—¿Y?

«Muy fino...»

—Que quien lo haya dibujado se merece que le reconozcan su trabajo. Es lo correcto —dice, y baja la mirada.

«Interesante.» Es la segunda vez que aparece su desconfianza. ¿Es porque Lance Baker hizo una propuesta similar a la suya? ¿O hay algo que afecta a su capacidad de confiar en otra persona?

En lugar de sentirme satisfecho con mi evaluación, una emoción oscura repta por mi pecho. Tal vez sea muchas cosas, pero no soy un ladrón.

Hago a un lado esos pensamientos.

—Es un contacto del Departamento de Animación. Es un trabajo hecho mal y con prisas, así que no te preocupes por la firma.

—¿Me darías su número para que pueda darle las gracias?

Frunzo el ceño.

—Prefiere mantenerse en el anonimato.

—Okey, ¿y si le das el mío? Si no quiere escribirme, no hace falta que lo haga. No lo tomaré a mal. —Suspira.

Un mechón de cabello oscuro cae sobre sus ojos. Se lo pone detrás de la oreja, en la que lleva una hilera de aretes curiosos. Me acerco un paso para observar los diseños, pero retrocedo cuando respira hondo. Por suerte, el gruñido que quiero soltar se me queda atascado en la garganta.

—¿Y qué pretendes sacar tú de esa conversación?

Me mira con el ceño fruncido.

—¿Siempre eres tan cínico respecto a las intenciones de los demás?

—Sí.

Pone los ojos en blanco.

—Expresar mi gratitud no es una transacción.

—No confío en tu palabra.

Se ríe mientras se inclina sobre el escritorio y me brinda una vista privilegiada de su firme trasero mientras garabatea algo en un *post-it*. El calor que siento en el pecho se propaga a lugares que no tienen por qué estar alerta en estos momentos.

Por alguna estúpida razón, sufro alguna clase de dolencia física en su presencia que me hace comportarme como un loco depravado. Tamborileo con los dedos sobre los muslos para tener las manos quietecitas.

«Deberías tener el ojo puesto en sus intenciones, no en su cuerpo.»

Hay algo en ella que no me cuadra. Tal vez su amabilidad sea una fachada y haya algo más bajo la superficie. No me cabe en la cabeza que no haya pensado en aprovecharse de mi posición después de haberla besado. Cualquiera que estuviera en su situación económica lo intentaría.

Se da la vuelta y me entrega la notita de color rosa fosforescente

—Toma.

«No la aceptes. Dile que no y vete antes de cometer un grave error.»

Mi mano se precipita y toma el *post-it* antes de que pueda pensarlo dos veces.

13

Rowan

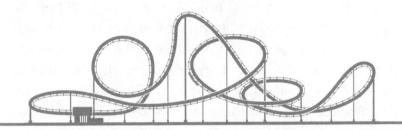

Me detengo al lado de un bote de basura que hay cerca de la entrada del taller. Aceptar la estúpida notita de Zahra fue solo para que dejara de molestarme y ahorrarme la incomodidad de decirle que no.

«Sí, porque ahora, de repente, te importa mucho hacer felices a los demás.»

Me quedo cerca del bote, mirando la notita rosa fosforescente como si mi destino dependiera de ella. «¿Y ahora quién es el que cree en el destino, estúpido hipócrita?»

La letra delicada de Zahra me llama la atención.

Me encantaría darte las gracias si quieres mandarme un mensaje (si Rowan no fue tonto y tiró esto antes de dártelo).

Zahra Gulian

La notita se arruga dentro de mi puño. ¿Por qué es tan difícil tirarla? Zahra nunca lo sabrá. Me cubrí las espaldas y me aseguré de hacerle saber que el animador valora su privacidad y que está ocupado, lo cual es cierto.

«Podrías encontrar a alguien que trabajara con ella sin despeinarte.» Es tan buena solución como cualquiera, pero la idea me deja un sabor amargo en la boca por algún motivo que no entiendo.

Guardo el *post-it* en el bolsillo y me alejo del bote de basura. El trayecto por las catacumbas es bastante largo. Me voy cruzando con menos empleados a medida que me acerco al túnel subterráneo cerrado con una reja que da a la vieja casa de mi abuelo. Cuando era pequeño, me encantaba explorar los túneles con mis hermanos por la noche. Mi padre lo convertía en un juego y mi madre y él hacían ruidos para asustarnos. Eran sus intentos de convencernos de que no volviéramos a hacerlo, pero solo funcionaba hasta la siguiente vez que íbamos de visita a Dreamland.

Suelto una exhalación temblorosa y trato de hacer desaparecer la presión que siento en los pulmones. Pensar en el pasado solo lleva a una cosa y es algo que no me interesa.

Introduzco el código que abre la reja, subo las escaleras y me dirijo a la casa. Es vieja, de estilo colonial con un porche que le da toda la vuelta. Evito mirar el columpio para evitar la punzada en el pecho. Por muchos fines de semana en los que me haya dicho a mí mismo que agarre el desarmador eléctrico y lo quite, siempre encuentro un motivo para dejarlo. Ya sea una pila nueva de papeles que repasar o una reunión de última hora con un encargado, nunca soy capaz de enfrentarme al columpio.

De todos los recuerdos que tengo de Dreamland, ese es el que menos soporto.

«Qué delicado me salió el niñito», retumba en mi cabeza la voz de mi padre arrastrando las palabras.

Meto la llave en la cerradura y abro la puerta, que golpea la pared antes de que la cierre con fuerza. Mis pasos firmes resuenan por la casa al subir las escaleras hacia el dormitorio principal en el que me instalé. Tiro la cartera encima de la mesita de noche y luego dejo caer a su lado la nota arrugada. Sin tener tiempo siquiera de pensar en no hacerlo, tomo el teléfono y añado el número de Zahra a mis contactos por si hago una estupidez como romper el papel.

Mi cerebro lo sopesa, repasando los pros y los contras de contactarla.

«¿Qué daño puede hacer un mensaje?»

«¿De qué piensas hablar con ella? ¿Del clima?»

No es que no tenga práctica hablando con mujeres. Me preocupa más el deseo ferviente que siento por Zahra que mis citas deslucidas a lo largo de los años. Esas citas eran simples y fáciles, tenía pocas expectativas puestas en ellas, en cambio, mandarle mensajes a Zahra me parece mucho más. ¿Más qué? Todavía no lo sé, pero soy consciente de que es algo con lo que debo andar con cuidado.

Tal vez se me haya pegado más de una cosa de Declan. Mi hermano no quiere que hagamos el ridículo en público y nos exige diligencia. Nos inculcó desde que éramos muy pequeños que nuestro apellido conlleva un poder, y ese poder conlleva la responsabilidad de hacer bien las cosas.

«Pero tú besaste a una chica que trabaja para ti porque el calor de Florida te destruyó todas las neuronas.»

Si Zahra quisiera denunciarme, ya lo habría hecho.

«A menos que esté dejando pasar el tiempo para extorsionarte.»

Ese pensamiento hace que me detenga. ¿Es posible? O tal vez quiera que cometa un error todavía mayor para poder sacarme más dinero.

«¿Siempre eres tan cínico respecto a las intenciones de los demás?» Su voz suave se pasea entre mis pensamientos como Pedro por su casa.

De los tres hermanos, soy el más reservado y desconfiado desde que era pequeño. Ciertas situaciones de mi vida han exacerbado esos sentimientos y convirtieron a un niño optimista en un adulto amargado.

Preservativos agujereados con agujas. Intentos fallidos de extorsión. Personas que querían ser amigas mías con la única intención de aprovecharse de los beneficios asociados con mi apellido. La lista es interminable y tiene una moraleja universal: «No confíes en nadie».

Tiro el celular sobre la cama. Decido salir a correr esperando ordenar mis pensamientos y solidificar mis argumentos en contra de escribirle a Zahra.

Al cabo de pocos minutos, tengo la piel empapada gracias al aire húmedo del verano. A pesar de mis grandes esfuerzos por apagar mi cerebro, no le llega la orden. Para cuando termino de correr, he elaborado una lista de los pros y los contras de mandarle un mensaje a Zahra que me ayuda a llegar a una conclusión razonable.

Debería escribirle y descubrir cuáles son sus verdaderas intenciones. Es imposible que solo quiera hablar conmigo para darme las gracias. No hay nadie tan bueno, ni siquiera la señorita Alegre. Puedo aprovechar nuestras conversaciones para investigar y saber qué piensa de mí en realidad.

Vuelvo a casa, me baño y me dejo caer en la cama. Abro la *app* de Google Voice, que te da un número de teléfono diferente al de tu celular, porque no quiero que pueda seguir el rastro del mío.

> **Yo**: Hola, Rowan me ha dado tu número.

«Okey, no está mal. Simple y al grano.»
Suena un bip al cabo de un segundo. «¿Cómo escribe tan deprisa?»

> **Zahra:** ¡Hola! No te voy a mentir, no esperaba que Rowan te lo diera de verdad.

Pongo los ojos en blanco.

> **Yo:** Pues sí, me lo dio.

«¿No me digas? Si están hablando.» Me paso una mano por la cara.

> **Zahra:** Bueno, ¡¡¡pues me alegro de que me hayas escrito!!!

¿Se puede saber quién usa tantos signos de exclamación? Tendría que ser ilegal.

> **Zahra:** Solo quería decirte que...
> 1. Gracias por ayudarme, porque no tengo idea de cómo dibujar.
> 2. ¿Puedo compensártelo de alguna forma?

¿Quiere compensármelo? Esa no puede ser la verdadera razón por la que quería escribirme.

Zahra: Aunque estoy sin mucho
en cuanto a dinero de verdad,
¿aceptas billetes del Monopoly?

«Vamos a ver, necesito saber qué tipo de hadas de los bosques criaron a esta mujer, porque no puede haber salido del mundo real.»

Zahra: O podríamos cenar.
Yo invito.

Yo: Mejor no. No me hace
ilusión sufrir una intoxicación
alimentaria por cenar en un lugar
en el que aceptan billetes del
Monopoly.

Madre mía. Releo la broma y me da un escalofrío de vergüenza.

Me contesta con tres emojis riéndose porque no es nada sutil.

Zahra: No pasa nada.

Zahra: Podría hacer la cena
yo en señal de gratitud.

La respuesta me lleva dos segundos.

Yo: No quiero salir.

Zahra: Okey, eres tímido,
lo entiendo.

No me han llamado tímido desde que era pequeño.

Zahra: No hay problema.
Tal vez más adelante.

> **Yo:** ¿Eres tan optimista
> con todo?

Zahra: Claro, ¿por qué no?

> **Yo:** Porque la vida no siempre
> son arcoíris y rayos de sol.

Zahra: Por supuesto que no,
pero ¿cómo vamos a disfrutar
del sol cada mañana si no
superamos la oscuridad?

«¿Qué drogas se mete?»
El teléfono vuelve a vibrar como si el silencio le diera
miedo.

Zahra: ¿Cómo te llamas? Para
poder ponerle nombre a tu cara.

Esto es un infierno hecho a mi medida. Resulta que
Zahra es una mensajera en serie.

> **Yo:** Pero si tampoco me
> has visto la cara.

«Muy bien, diciendo obviedades.» Mi lamentable intento de broma no tiene buena recepción y vuelvo a recordar por qué no me molesto en hacerlas siquiera.

Zahra: ¡No me digas! Pues, de momento, te imaginaré como James Dean.

«¿Válgame, ¿James Dean?» ¿En serio ve películas tan antiguas? De James Dean hablaba mi abuelo.

Mis dedos vuelan por la pantalla antes de que pueda plantearme las repercusiones de mantener una conversación que no tiene que ver con el trabajo.

Yo: Perdona, ¿cuántos años tienes?

Zahra: JAJAJA.

Siento una calidez que me invade al pensar que la he hecho reír. Frunzo el ceño ante la sensación.

Zahra: La verdad es que a mis padres les gustan las cosas retro y míticas de Estados Unidos. Cuando eran pequeños, soñaban con venir a vivir aquí, así que me temo que James Dean es solo la punta del iceberg. No me hagas hablar de cuánto me gustan las tiendas de ropa *vintage* y Elvis Presley.

Con eso me identifico. Mi abuelo era igual con la cultura popular estadounidense. Estuvo obsesionado con ella desde que vino de Irlanda con una sola maleta y el sueño de dibujar.

Siento una punzada en el pecho y hago a un lado el recuerdo.

Zahra: Hasta aprendí a tocar el ukelele para impresionar a mis padres.

Zahra: Aunque toco fatal, para disgusto de mi padre.

Me doy cuenta de que estoy dejando mi vida en manos de alguien que está resultando ser la persona más rara que he conocido nunca. Zahra es tanto un riesgo como una inversión. Es como invertir un millón de dólares en acciones que cotizan a un precio bajísimo y esperar no terminar en la quiebra.

Zahra: Entonces... ¿piensas decirme cómo te llamas o quieres que lo adivine?

Zahra: Puedo abrir una web de nombres para bebés y empezar. Si gustas, puede ser un juego y todo.

«No, por Dios. Para saber qué tipo de mensajes me estaría arriesgando a recibir.»

Yo: Puedes llamarme Scott.

«¿Scott? ¿Qué mierda haces?»

Salgo de la conversación antes de tener la oportunidad de decir nada más. Demasiada locura para mí. No soy de los que hacen cosas espontáneas y estúpidas como crearse un *alter ego* para hablar con alguien. Qué patético.

«Pero eso es lo único que has sido siempre, una decepción que no se merece llevar el apellido Kane.»

Me doy la vuelta en la cama y me tapo las orejas con la almohada como si pudiera borrar esa voz del pasado.

«De eso hace años, ya no eres ese niño rechazado.»

Sin embargo, por muchas veces que me lo recuerde a mí mismo, nunca me parece que haga nada lo suficientemente bien. Cada vez que termino una tarea difícil, ya estoy buscando el siguiente obstáculo que superar para demostrarle a mi padre y a quien haya dudado de mí que he convertido mis debilidades en fortalezas.

¿Tímido? Elijo las palabras con cuidado y las convierto en un arma temible.

¿Delicado? Despido a miles de empleados inútiles para mejorar el balance económico.

¿Patético? Me he ganado mi propia reputación en el mundo de los negocios sin que eso tenga nada que ver con mi apellido. Puede que no sea la mejor reputación, pero es mía y nada de lo que diga o haga mi padre me la podrá quitar.

Ya no soy una decepción. Ni hoy ni nunca más.

Y, en mis planes para que mi estancia en Dreamland vaya sobre ruedas y no haya ningún escándalo, solo hay un cabo suelto. Y pienso vigilarla de cerca.

Reviso si tengo mensajes por la mañana. Esperaba tener un par de Zahra, quizá, pero vuelve a sorprenderme con un total de cinco.

Zahra: Scott, okey. Un poco básico, pero me gusta.

El siguiente lo mandó diez minutos después.

Zahra: Creo que es posible que te haya asustado. No pasa nada. Mi madre me enseñó que los gatos callejeros, si les dejas comida, vuelven.

Zahra: ¡No es que piense que eres un gato callejero!

Añade un emoji tapándose la cara.

Zahra: En fin, acabo de dejar claro lo rara que soy y por qué fracaso en las *apps* de citas. No te culpo por salir corriendo. Lo único positivo es que no te he visto la cara en ningún momento. Si conoces a alguien con mi nombre, finge que no tienes idea de quién soy. Por mí. Bueno, ¡gracias!

Su vergüenza me resulta en cierto modo entretenida. Su último mensaje llegó catorce minutos después del otro. Es como si hubiera querido terminarlo todo con una nota positiva, como un rayo de sol que viene a estropearme un día perfectamente gris.

Zahra: ¡Que tengas una buena vida!

Evalúo mi situación. La opción más fácil sería ignorar todos sus mensajes y considerarla la persona más rara con la que he hablado en mi vida. Es amable hasta dar asco y confía en alguien a quien no conoce.

«¿Quién eres tú para llamarla "rara"? Para ti, una conversación exitosa contiene diez palabras o menos.»

Solo porque prefiero estar en la sombra y dejar que mi trabajo hable por sí mismo.

Mi curiosidad por la parte escondida de Zahra vence a la razón y la prudencia. Tecleo una respuesta antes de poder arrepentirme y hacer algo valioso con mi tiempo.

Yo: ¿Siempre hablas sola?

Los puntos suspensivos aparecen y desaparecen dos veces antes de que me llegue al teléfono un mensaje nuevo:

Zahra: Bueno, hagamos como si no hubiera dicho NADA DE ESO. ¿De acuerdo? De acuerdo.

Por primera vez en mucho tiempo. Una amplia sonrisa se me dibuja en la cara antes de que pueda borrarla.

14
Zahra

Mi madre siempre me ha advertido que no hable con desconocidos, pero también me enseñó a ser amable con todo el mundo, así que, en este momento, tengo ideas encontradas.

¿Rowan le daría mi número a alguien peligroso? No. «Okey, bueno, tal vez.» ¡Pero espero que no!

Tomo la decisión consciente de seguir escribiéndole a Scott y ver adónde va nuestra conversación. Tampoco me cuesta mucho trabajo. Después de todo lo que le mandé anoche, esperaba que saliera corriendo. Y eso que, con la humedad de Florida, correr aquí es insoportable.

«Por lo menos volvió.»

Y hasta a mí me ha sorprendido. Según mi madre, tengo la sutileza de un rayo y la personalidad de unos fuegos artificiales. Dice que solo un hombre igual de fuerte que yo podrá apreciar esa fuerza de la naturaleza.

«Sigo esperando, mamá.» No sé muy bien dónde tengo que encontrar a ese «hombre fuerte», pero en las *apps* de citas en las que Claire me creó un perfil no he tenido suerte. Es culpa mía. Soy demasiado soñadora y todavía creo en cuentos de hadas y en que existe la posibilidad de que aparezca un duque y se case conmigo.

Entierro la cabeza entre las manos y suspiro.

—¿Te estoy haciendo trabajar demasiado?

Me atraganto al tomar aire. Rowan está en la puerta del cubículo. Está... ¡Cómo está! El modelito informal de los viernes le queda increíble. Es un *look* como de club de campo con una polo de marca y unos pantalones color caqui. Me pregunto cómo sería tener tanto dinero que pudiera llevar a la tintorería una camiseta de manga corta con cuello en lugar de asegurarme de tener una pluma quitamanchas en cada uno de mis bolsos. ¿Así es como viven los de arriba?

Suelto otro suspiro.

—No, es que no he dormido mucho esta noche.

—¿Hay algo que no te deja dormir? —dice, y se elevan las comisuras de sus labios.

—No empieces a hacerme preguntas personales o haré una locura: pensar que te importo.

—Guárdate los cuentos de hadas para las propuestas.

Sonrío.

—¿Alguna vez hablas de algo que no sea el trabajo?

—¿Por qué lo haría? El trabajo es mi vida.

Me mira como un científico con un microscopio.

—Qué triste, Rowan, incluso para ti.

—No veo el motivo.

—¿Qué te gusta hacer para divertirte?

—¿La gente todavía hace cosas para divertirse?

«Eso... ¿fue una broma?» Si es así, debería mejorar un poco el tono.

Me río para animarlo a que haga otras.

—Tienes que encontrar una afición que no tenga nada que ver con estar atento a lo que pasa en la bolsa.

—Invertir no consiste en «estar atento a la bolsa».

Pongo los ojos en blanco.

—No puedo creer que hayas dicho algo así sin reírte. Si sigues así, acabarás cavando tu propia tumba antes de que te salga la primera cana por tu adicción al trabajo.

Su mirada fulminante penetra mi falsa seguridad.

—No te pedí tu opinión.

—No, pero tampoco puedes despedirme por hacer una observación.

—Por lo menos de momento, ahora que eres mi boleto dorado.

«¿Boleto dorado?» Creo que nunca me han comparado con algo tan... especial.

Mis hombros se hunden. Qué patética. Tengo las expectativas tan bajas después de estar con Lance que estoy fascinada con los cumplidos triviales de mi jefe.

«Un jefe que te besó como nunca te habían besado.»

«Eso no quita que sea mi jefe.»

Borro toda expresión de mi cara.

—¿Has venido a mi despacho por algo?

—¿Así llaman ahora a los cubículos del tamaño de mi regadera?

Levanto el dedo medio debajo de la mesa.

—Esconder la mano contradice el propósito de un gesto así.

¿Por qué habla como si hubiera nacido ya bebiendo leche de una taza de té de porcelana? Y, lo que es más raro, ¿por qué me gusta?

—Mi padre me enseñó que, si no tienes nada bueno que decir, es mejor no decir nada.

—¿Y esa norma no debería valer también para los gestos ofensivos?

Levanto una ceja mirándolo.

—¿Ahora eres de los que se ofenden?

Su mueca no concuerda con sus ojos brillantes.

—En tu historial no se menciona nada sobre replicar a las figuras de autoridad.

Me enderezo.

—Has estado investigando sobre mí.

—Suelo informarme acerca de mis inversiones.

Sé que su intención no era hacerme sentir calorcito, pero, de todos modos, mi corazón da un vuelco.

«No somos una inversión», grita mi cerebro feminista.

«Pero el hombre grande y gruñón ha invertido tiempo en investigar sobre mí», responde la romántica empedernida.

Sonrío para mí misma. Cuando levanto la vista, me encuentro a Rowan mirándome con una expresión de preocupación.

—¿Qué?

Niega con la cabeza.

—Nada. —Da media vuelta y sale de mi cubículo del tamaño de una regadera dejándome con una sensación extraña que llevo conmigo durante el resto del día.

Añado el dibujo que Rowan me trajo ayer a la última diapositiva de la presentación. Capturó todo lo que yo había soñado con mostrar pero me faltaba talento para ejecutar.

Hoy estoy más nerviosa por hacer la presentación. A pesar del increíble dibujo que Scott hizo del *mandap*, mostrar mi primera idea sin el visto bueno de Brady Kane me hace sentir insegura. Podría haber elegido una de las que surgieron en las lluvias de ideas que hicimos juntos, pero quería ponerme a prueba.

Y ahora dudo de si hice lo correcto. ¿Y si a la gente no le gusta?

«Pero Rowan dijo que estaba muy bien.»

Echo los hombros hacia atrás al cerrar la laptop. Rowan me ve como una inversión por algo, así que tal vez sea hora de empezar a actuar como tal. Lo peor que puede pasar es que Jenny me diga que no o que Rowan decida que la idea no es tan buena como había pensado en un principio.

Así que entro en la sala de reuniones con la cabeza alta.

La silla de Rowan sigue vacía a pesar de que la sala ya está llena de creativos. Yo me siento en mi lugar habitual, al final de la mesa, donde tomo notas lejos de miradas curiosas.

Jenny inicia la sesión a pesar de que Rowan no está. Yo no dejo de consultar la hora en el teléfono mientras los creativos se van levantando uno por uno a presentar su idea de la semana. Cuando Jenny dice mi nombre, me pongo en pie y avanzo hacia el atril.

Abro el PowerPoint e ignoro la sensación extraña que tengo en el pecho cuando mi mirada se posa en la silla vacía de Rowan. ¿Por qué no está aquí? No me dijo nada cuando pasó por mi cubículo.

Sacudo la cabeza y me pongo en modo presentación.

La energía de la sala compensa los nervios que siento y mi seguridad gana fortaleza. Para cuando termino, me falta el aire. Estoy sonrojada y el ritmo errático de mi corazón todavía no se ha calmado. Una persona empieza a aplaudir y toda la sala sonríe y me da la enhorabuena por el buen trabajo.

No puedo quitarme la sonrisa de la cara. Si así es como se siente una cuando cree en sí misma, ojalá lo hubiera hecho un poquito antes. Antes de que me robaran las ideas y me destrozaran el alma.

Estoy harta de ser esa mujer. De ahora en adelante, me niego a dejar que las inseguridades me detengan. Ahora soy Zahra 2.0. La mujer que no le da demasiada importancia al pasado porque solo mira al futuro.

Quizá Lance me robara la primera idea, pero no es la última, y la respuesta de todo el mundo me dice que a la única a la que tengo que demostrarle algo es a mí.

Claire se abalanza sobre mí en cuanto abro la puerta de nuestro departamento.

—¡Zahra!

Me rodea con los brazos y empieza a dar saltos.

—¡¿Qué?!

—¡Me dieron un puesto!

—¡¿Sí?! ¿En el Château Royal?

¡Wow, ya sé que Claire tiene mucho talento, pero esto es alucinante!

Frunce el ceño.

—Eh, no.

—No entiendo nada.

—Te lo explico. —Me lleva hasta el sofá, donde ya tiene una botella de vino barato esperándonos—. La prueba me salió fatal.

Mi sonrisa se deshace.

—Ay, no.

Claire le quita importancia haciendo un gesto con la mano.

—Todo lo que podía salir mal salió mal. El pollo se me quedó muy cocido y el pescado, medio crudo. El suflé se me desinfló antes de que pudiera siquiera emplatarlo y me quemé la mano con un sartén. —Me enseña la venda y me estremezco—. Qué vergüenza pasé. La *sous-chef* me dijo que me fuera a media entrevista después de gritarme por hacerle perder el tiempo. Me hizo sentir así de pequeña —dice, y junta los dedos índice y pulgar hasta que quedan a unos pocos milímetros entre ellos.

Todos los músculos de mi cuerpo se tensan.

—Lo siento mucho, Claire. Me siento responsable por presionarte a hacerlo antes de que estuvieras lista. Pensaba que...

—¡No! Gracias a ti, acabaron dándome algo incluso mejor.

—¿Cómo?

Me sirve una copa de vino y me la da.

—Me topé con el chef fuera del restaurante.

—¿Cómo supiste que era el chef?

—Es bastante cómico: en el momento no sabía quién era y él pensó que yo era un animalillo herido.

—¿Qué dices?

Me tapo la boca para evitar que se me escape la risa y Claire asiente.

—Sí, no creo que estuviera preparado para la caja de

Pandora que abrió cuando me preguntó si estaba bien. Exploté y todas las emociones salieron disparadas. Y tengo que decir que se portó muy bien. Se quedó ahí, en silencio, mientras le soltaba el rollo de que acababa de fallar la prueba más importante de mi vida.

—¿¿Y??

—¡Y me preguntó por las cosas que más me gusta cocinar y luego me pidió que le preparara su comida favorita!

Me quedo boquiabierta.

—¿Y luego?

—¡Fue como de película! Y le preparé el mejor sándwich de queso y la mejor sopa de jitomate que ha probado en su vida. Eso lo dijo él, no yo.

—¿La comida preferida de un chef es un sándwich de queso? ¿No es un poquito... básico?

—Perdona, básica serás tú. —Claire me agarra de la mano y me lleva a la cocina. Puede que el tamaño de nuestra cocina ni se acerque al de la cocina de un restaurante, pero Claire aprovecha al máximo el poco espacio que tenemos. Saca todos sus utensilios y empieza a prepararlo todo en la pequeña barra.

Mi estómago ruge en el momento oportuno. Hoy apenas pasé el día con el escaso almuerzo, sobre todo porque me quedé trabajando hasta más tarde de lo normal. Estaba inspirada y no quería parar.

Claire señala el taburete y me siento.

—¿Y qué pasó? —digo mientras me quito la diadema *vintage* y me masajeo los lados de la cabeza.

—Me ofreció otra entrevista después de casi tener un orgasmo al probar mi comida.

—¿Un orgasmo? —digo soltando una risita.

—Okey, eso fue exagerado hasta para mí, pero sí

puso un poquito los ojos en blanco —responde, y sonríe.

—Entonces, ¿cuál es el nuevo trabajo?

—Trasladan al chef a otro proyecto de restaurante del señor Kane, así que ya no trabajará en el Château Royal. ¡Y yo formaré parte de su equipo! Todavía no tiene nombre ni nada, pero tengo un puesto asegurado en la cocina.

—¡Claire! ¡Qué maravilla!

Se dibuja una sonrisa en su cara que la ilumina por completo.

—¡¿Verdad?!

—¡Nos hace falta el vino!

Vuelvo a la sala y agarro las copas llenas. Chocamos las copas y brindamos.

—Si no me hubieras empujado a intentarlo, nunca habría fracasado. Y, si no hubiera llorado al lado de un contenedor, ¡no me habría topado con la mejor oportunidad que he tenido hasta ahora! Así que ahora creo en el destino. Tuviste razón todos estos años. —Vuelve a centrar su atención en el sartén que está sobre la estufa.

—Entonces, ¿que nos conociéramos no te convenció de que el destino existía?

Claire pone los ojos en blanco.

—No, solo pensé que eras una pesada que me había pegado con el coche porque quería robarme el lugar en el estacionamiento.

—Lo que algunos llaman «accidente de coche» otros lo llaman «destino».

—Díselo a los del seguro.

Las dos nos reímos hasta que nos brotan las lágrimas y luego llamamos a mis padres para darles la noticia.

Claire me sirve el mejor sándwich de queso que he probado en mi vida, no por su increíble talento, sino por todo lo que representa un simple sándwich.

15

Rowan

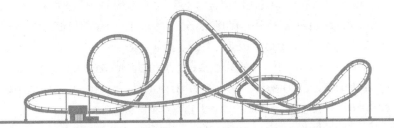

Tenía planeado volar a Chicago el sábado para asistir a la junta el lunes, pero, después del momento de debilidad que tuve con Zahra, llamé a mi piloto y le pedí que se preparara para despegar en cuanto salí del cubículo. No debería haber ido a visitarla. No necesitaba nada de ella, pero no pude resistirme al salir de una reunión con Jenny y Sam. Era como un canto de sirena que me guiaba a la perdición.

Zahra es una anomalía que todavía no consigo clasificar, lo cual no hace más que avivar mi interés. Todo lo que tiene relación con ella es raro. Desde la ropa *vintage* hasta los pines, no cuadra en ninguna de las categorías bien definidas de personas profesionales a las que estoy acostumbrado.

Me enfurece casi tanto que me interese como que su presencia me haga actuar como un estúpido y un inconsciente. Entre lo del alias y lo nervioso que me pone Zahra, me parece que necesito poner algo de distancia con lo que sea que esté obstaculizando mi pensamiento objetivo.

Una sensación de alivio me invade en cuanto entro en mi lujoso ático con vista al río Chicago. Aquí arriba tengo mi mundo silencioso, lejos de mujeres que me distraen con sus pines esmaltados y de trabajadores que no entienden el gesto universal y no verbal de «vete al diablo». Dicen que el hogar está donde está el corazón, pero yo no podría estar menos de acuerdo. El hogar está donde nadie me molesta. Para mí, eso es la paz.

Me baño, como un poco de comida a domicilio y abro una cerveza mientras pongo un partido de futbol americano de los que pasan todos los viernes noche.

Mi teléfono vibra y lo tomo de la mesita de café.

Zahra: Sé que no te gustan los agradecimientos porque eres tímido y todo eso, pero el dibujo es INCREÍBLE. Acabo de salir de la reunión y me han ovacionado.

A la mierda el plan de no pensar en Dreamland durante un par de días. Voy a volver a dejar el teléfono encima de la mesa, pero aparece otro mensaje antes.

Zahra: Bueno, exageré un poco, pero sí me aplaudieron.

Me muerdo el interior de las mejillas como si eso pudiera borrar mis ganas de sonreír.

Yo: ¿Sabes que eres absurda?

Zahra: Sí, Absurdamente
Increíble me llaman.

> **Yo:** Estoy medio convencido
> de que estás loca.

El siguiente mensaje aparece antes de que pueda siquiera respirar:

Zahra: ¿Medio? Pues tendré que
ponerme las pilas, porque yo no
hago nada a medias.

No consigo evitar la risa que se me escapa. Es un sonido ronco al que no estoy acostumbrado.

> **Yo:** Ya veo por qué
> te contrató Rowan.

«¿En serio voy a fingir que soy otra persona?»

Zahra: Y yo por qué te contrató
a ti.

«Parece que sí.»

Zahra: Soy muy zalamera,
¿no te parece?

Sonrío con satisfacción. Esto era lo que había estado esperando, porque sabía que era demasiado buena para ser verdad.

Zahra: Por si no has captado la sutil pista, ahora es cuando te hago una propuesta indecente.

Yo: Creo que no has pensado bien cómo suena eso.

Mi mensaje se gana un GIF de una persona riéndose con la taza de café en la boca. Estoy tan acostumbrado a que la gente se ría por obligación que se me había olvidado cómo era divertir a alguien de verdad.

El teléfono zumba en mi mano.

Zahra: ¿Qué te parecería si establecemos una especie de colaboración?

Mi respuesta es instantánea.

Yo: No.

Zahra: Vamos, si ni siquiera has oído la propuesta.

Yo: Lo siento, en mi banco no aceptan dinero del Monopoly.

Me presiono el puente de la nariz. Qué patético.

No sé cómo, mi comentario se gana un trío de emojis riéndose.

Zahra: Eres bastante gracioso.

Yo: Creo que nunca
me lo habían dicho.

Gruño al releer el mensaje. Estoy convirtiendo a mi *alter ego* en un fracasado de remate, igual que yo.

Zahra: Qué raro, Scott. Igual
deberías buscar amigos nuevos
que aprecien tu sentido
del humor.

«¿Amigos? ¿Qué amigos?» Cuantos más peldaños subes en la escalera del éxito, más difícil es identificarte con cualquiera que esté por debajo. Tal vez por eso disfruto de hablar con Zahra. No es por ella en concreto, sino por poder soltarme y ser yo mismo.

Zahra: Olvida lo del dinero del
Monopoly, voy a subir la oferta:
estoy dispuesta a pagar por
comida, bebida o lo que
quieras.

Antes de que pueda siquiera pensar otra respuesta, un mensaje suyo hace que el teléfono se ilumine.

Zahra: ¿Los lápices de colores
de buena calidad se consideran
una moneda valiosa en tu
departamento? Tengo un vale
para una papelería de aquí cerca
que le tomé prestado a mi
madre.

Siento una presión en el pecho y, aunque no es necesariamente incómoda, sí activa una alarma. Sin embargo, hago caso omiso y mando otro mensaje.

> **Yo:** ¿Cómo se toma prestado un vale?

> **Zahra:** Bueno, si te pones así...
> Digamos que es una donación.

¿En serio? Y, lo más importante, ¿por qué estoy mirando el celular y sonriendo? Dejo de sonreír y aprieto los dientes.

> **Yo:** No puedo ayudarte, tengo mucho trabajo.

«Muy bien, sal de este lío antes de que sea demasiado tarde.»

> **Zahra:** Ah, sí. Lo entiendo.
> Rowan me comentó que los
> animadores están trabajando en
> películas nuevas. ¿Tú también
> estás metido en eso?

Tengo una sensación extraña en el estómago que no tiene nada que ver con lo que comí. No sé muy bien por qué, pero todo me dice que me aleje de ella.

> **Yo:** Tengo que irme. Pídele a Rowan que te ayude otro.

En mis palabras hay un tono tajante que espero que se transmita en el mensaje. Le subo el volumen a la televisión para ahogar mis pensamientos.

El teléfono vibra contra mi muslo unos minutos más tarde.

Zahra: Volveré mañana con una oferta mejor en cuanto lo tenga todo arreglado.

Yo: No vendas un riñón.

«Maldición.» Es como si no fuera capaz de controlarme cuando hablo con ella.

Zahra: Claro que no. Ese es el plan E. Todavía tengo opciones mejores disponibles.

Grito una grosería mirando al techo y preguntándome cómo diablos acabé así, bromeando con alguien que ni siquiera sabe quién soy.

Y lo peor: ¿por qué he empezado a agarrarle el gusto?

La presentación ante la junta sale perfectamente. Mi padre no tiene nada que decir aparte de las preguntas básicas sobre los tiempos que manejo. Esperaba más de él, por lo que su fachada de tranquilidad hace que me prepare para lo peor. Se trae algo entre manos, pero no sé qué.

—A nuestro padre le pasa algo raro —dice Declan sentándose detrás de su escritorio.

—Yo también lo he notado. Lo de hoy fue diferente de la reunión para la que me había estado preparando. —Me siento en una de las dos sillas que hay frente a su escritorio. Me toca reunirme con él a solas porque Cal se ha vuelto a escapar.

—No dice nada del testamento, lo que me hace sospechar que nos esconde algo. No sé muy bien qué pensar, pero tendré un ojo puesto en él. Es solo cuestión de tiempo para que muestre sus cartas —dice Declan, y se frota el labio inferior.

Iris abre la puerta con un codo mientras hace malabarismos con dos cafés y una bolsa de comida para llevar en la que está nuestro desayuno.

—¿Debería comer tanto, señor Kane? El médico le dijo que tuviera cuidado con el colesterol ahora que ya tiene más edad.

Puede que Declan vaya a cumplir treinta y seis, pero no es un viejo.

Se le entrecierran los ojos.

—¿Qué te he dicho acerca de leer mis documentos personales?

Iris me da un café y un sándwich.

—Pero ¿cómo voy a preparar un dosier para todas sus posibles pretendientes sin información personal?

—Fácil: no lo haces —responde seco.

—¿Cómo va la búsqueda de esposa? —pregunto.

Iris sonríe mientras le deja el desayuno delante a Declan. A pesar de los grandes esfuerzos de mi hermano por ser profesional, su mirada se desvía de mí hacia la falda de Iris.

Ella ni se da cuenta.

—Le aseguro que he salido con más mujeres este mes que su hermano en todo el tiempo que llevo trabajando para él.

Los ojos de Declan siguen fijos en su secretaria mientras ella le deja los cubiertos de plástico enfrente. «Y yo que me sentía mal por haber besado a Zahra.»

Carraspeo y Declan sale del trance.

—Iris está haciendo un examen previo a las mujeres antes de que yo me reúna con ellas.

—Y la gente dice que el romanticismo ha muerto...

—¿Qué quieres que haga? ¿Que me enamore a la vieja usanza? —Declan hace una mueca.

La idea es risible. Después de todo lo que pasamos con nuestro padre tras la muerte de nuestra madre, ninguno tenemos intención alguna de enamorarnos. Porque, si algo hemos aprendido, es que ese sentimiento inútil vuelve a la gente débil y desvalida. Nubla el juicio y puede arruinarlo todo.

Mi padre enamorado era el mejor, pero ¿mi padre con el corazón roto? Asqueroso. Patético. Tan perdido en su dolor que destrozó a sus propios hijos porque no soportaba verlos más felices que él. No, gracias. Me arriesgaré casándome con mi trabajo. El índice de divorcios me parece mucho más manejable.

Iris se deja caer en la silla que tengo al lado.

—El señor Kane no puede perder el tiempo, así que yo soy la que mejor lo puede sustituir.

—Nadie lo conoce mejor que tú después de tantos años —digo encogiéndome de hombros.

Declan toma la bolsa de papel del centro del escritorio y saca la caja de comida para llevar de Iris. Se la pone enfrente. De todas las cosas raras que he visto hoy, esta tiene que ser la más rara.

—Vamos, ahora déjate de cuentos y dime cómo va por Dreamland en realidad —suelta Declan.

Yo desvío la atención de Iris para volver a centrarla en mi hermano y veo que tiene los hombros tensos bajo el traje. ¿Qué le preocupa tanto de Dreamland?

«Seguramente lo mismo que a ti.»

Empiezo a hablar, haciéndole el resumen real de la semana pasada, exceptuando mi atracción creciente por una trabajadora.

16
Rowan

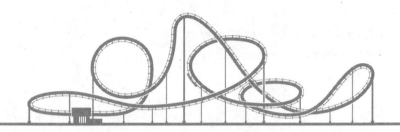

El celular vibra en una esquina del escritorio. Lo tomo y abro el mensaje sin mirar de quién es. Solo hay una persona que me escribe en horas de trabajo y desde luego no son mis hermanos.

Me sorprende que Zahra pueda terminar alguna tarea con tantas interrupciones. Pondría en duda su ética de trabajo, pero, por las horas a las que me manda mensajes, sé que se queda despierta cuando yo ya me acosté.

Zahra: ¡¡¡Socorro!!!

Zahra: Tengo otra reunión el viernes y mis bocetos parecen sacados de una exposición de dibujos de preescolar.

Yo: No te pases con los niños, sus dibujos no están tan mal.

Vuelvo a recostarme en el sillón y espero, esforzándome por esconder una sonrisa de suficiencia.

Zahra: ¿Te acuerdas de cuando me dijiste que nunca te habían dicho que eres gracioso?

Yo: Sí.

Zahra: Pues resulta que todo el mundo tenía razón. No tienes ninguna gracia.

Yo: ¿Así es como pretendes seducir a alguien de quien quieres favores?

Zahra: Me alegra que me lo preguntes, porque estoy lista para hacerte la próxima oferta.

Cómo no. No esperaría menos de ella.

Zahra: Te invitaré una pizza y un *six* de cervezas de la que más te guste. TE LO SUPLICO.

No pregunta antes de mandar una foto. Tiene razón. Sea lo que sea, el boceto no puede ser más horrible. Apenas soy capaz de adivinar qué idea tenía.

Yo: ¿Eso es un gato moribundo? Algo macabro para un parque de diversiones infantil, ¿no crees?

Zahra: Ja. Ja. Ja. Se supone
que es un dragón amenazante,
para tu información artística.

> **Yo:** Vaya, pues diste en el clavo
> en la parte del miedo.

Me responde al mensaje con un solo emoji de un cuchillo.

> **Yo:** ¿Me estás amenazando de
> muerte? Recursos Humanos no lo
> vería con muy buenos ojos.

¿Ahora la amenazo de broma con acusarla en Recursos Humanos? Cielos, estoy hundido. Más que eso.

Zahra: Error de dedo.
Quería mandar esto.

El siguiente mensaje son una serie de manos rogando. Me paso el pulgar por los labios sonrientes.

> **Yo:** Mentirosa.

Zahra: Okey, te estás haciendo
el difícil. Te propongo el plan C.

> **Yo:** Estás solo a dos segundos
> de vender un riñón.

Zahra: ¡¡Qué atento!!

Zahra: Pero creo que a este no podrás resistirte y mi órgano vital podrá quedarse sano y salvo en mi cuerpo si aceptas.

Zahra: ¿Qué te parece pizza, cerveza y un año de acceso ilimitado a mis cuentas de *streaming*? Hasta estaré unos meses sin hacer la bromita de cambiar la contraseña.

Se me escapa una risa en voz baja. Su oferta es ridícula, sobre todo teniendo en cuenta que yo mismo absorbí con mi empresa todo servicio de *streaming* por el que valiera la pena pagar una suscripción. Es el trabajo del que me siento más orgulloso.

Sin embargo, me impresiona que persevere a pesar de todas las veces que la he rechazado.

Zahra: ¿Aceptas el reto?

Yo: Háblame más de tu idea y lo pensaré.

En mi cabeza saltan todas las alarmas al unísono para que me aleje de ella, pero no consigo reunir la voluntad para enviarle un mensaje retirando la oferta.

Ella me manda una ráfaga de mensajes explicándome su idea para una montaña rusa de la princesa Cara. Los mensajes están llenos de una pasión tan intrigante que me doy cuenta de que me estoy perdiendo un poco en su mundo.

Zahra tiene una forma de soñar que me intoxica. Me hace querer crear con ella y dibujar algo que dé vida a su visión. Y ese simple hecho me aterra.

Debería alejarme de ella para siempre, pero me gusta que piense que soy solo un sujeto al que le divierte dibujar cosas. Mi alias se está volviendo una adicción a pesar de los riesgos que tiene intimar con ella. Sin embargo, no soy capaz de encargarle el trabajo a un animador, aunque sé que es lo que debería hacer. Hay algo en cómo me habla que hace que se me olvide mi apellido durante un rato.

«Porque no tiene ni idea de que eres su jefe.»

Una sensación amarga se me instala en el estómago, pero no consigo tener el ánimo de cambiar esa circunstancia y confesarle quien soy. No me siento tan culpable.

El profesionalismo desaparece cuando entrego el dibujo de «Scott». La pérdida de control que experimento solo tiene un culpable y es el culo voluptuoso de Zahra.

Debería carraspear para que supiera que estoy aquí. No, debería dar media vuelta y volver más tarde, cuando no esté despatarrada en el suelo escribiendo sin parar en la laptop con el culo levantado como esperando a que el mismísimo Dios lo bendijera.

El calor se me propaga desde el pecho hasta la zona más abajo de la hebilla del cinturón. Me reacomodo el saco para asegurarme de que no se ve nada alarmante, pero eso no borra la sensación rara que se esparce por mi cuerpo.

Digo su nombre, pero su cabeza continúa meciéndose al ritmo de lo que sea que suene por esos audífonos de plástico. Me pongo en cuclillas como si no llevara unos pantalones que cuestan lo mismo que la renta de un mes. Los ojos de Zahra siguen cerrados mientras sus labios se mueven en silencio con la letra de la canción que escucha. No sé cómo se me ocurre, pero le quito uno de los audífonos y me lo pongo en la oreja. Suena ABBA por el pequeño auricular.

«Okey.» Eso no me lo esperaba.

Sus ojos se abren y me fijo en sus labios también abiertos. Me atrae como la luz a una polilla. Y es una buena metáfora, dado que cuando estoy cerca de ella me comporto como un tonto de remate dispuesto a arriesgarlo todo por un momento de su resplandor.

Su forma de mirarme me tienta a besarla otra vez. ¿Qué tiene de malo comprobar si la fogosidad de nuestro primer beso fue cosa de un día? Tal vez fue resultado de la adrenalina acumulada y de un deseo ardiente de probar algo prohibido.

Me inclino hacia delante. Son solo un par de centímetros, pero siento como si me abriera paso por un mar de cemento para acercarme a ella.

«¿Desde cuándo me interesan las cosas prohibidas?»

Miro sus labios. Estoy contemplando el motivo de que me interesen en este preciso instante.

—¿Rowan? —Cierra la computadora, enfriando de golpe la situación.

Hago a un lado cualquier clase de deseo mientras me levanto y le ofrezco la mano. Ella me agarra y la energía de siempre chisporrotea entre nosotros. Su inhalación llena el pequeño espacio y mi mano aprieta la suya con más fuerza antes de soltarla.

—¿Qué es eso? —pregunta al mirar la carpeta de piel que tengo en las manos.

La abro y saco el dibujo.

—Toma, me dijeron que te dé esto.

Me lo quita de las manos con avidez. Su expresión cambia por completo al examinar el dibujo. La sonrisa que le arranca me hace sentir como si estuviera mirando directamente al sol: precioso, pero cegador. Un fuego se extiende por mi cuerpo, empezando por el cuello hasta llegar a mi entrepierna.

¿Cómo consigue hacerme sentir todo esto con una mirada?

Hago una mueca. La posibilidad de volver a perder el control de mí mismo hace que me aleje unos pasos de Zahra.

Ella toma el teléfono de la mesa y empieza a escribir.

—¿Todo bien? —le pregunto.

Su sonrisa se difumina un poco.

—Sí. ¿Eres amigo de Scott o algo así?

Mi espalda se tensa.

—¿Por qué?

—Porque no pareces el tipo de persona que tiene tiempo de ir repartiendo papeles que ni le van ni le vienen. ¿No deberías estar ocupado o algo?

—«O algo» —me burlo.

Zahra pone los ojos en blanco.

—Qué sensible.

El ataque hace que apriete los puños a los lados del cuerpo.

—Tienes razón, tengo cosas mejores que hacer que ser tu mensajero personal. Si Scott no es capaz de reunir el valor necesario para venir él mismo, es problema suyo, no mío.

La mentira escapa de mi boca con facilidad.

—Claro, no hay problema. Yo misma le escribo.

Aunque su sonrisa es una versión apagada de la que tenía, todavía hace que sienta presión en el pecho.

Debo salir de aquí ya. Mantengo los ojos fijos en la salida, dejo a Zahra atrás y me voy con una sarta de mentiras como única compañía.

17

Zahra

Scott no me ha contestado el mensaje de agradecimiento y hace una hora desde que Rowan pasó por aquí y casi me besa.

«Y tú casi se lo permites.» Quizá sea la forma que tiene de mirarme los labios. O cómo se calienta mi cuerpo inapropiadamente cuando se me acerca demasiado.

Intento distraerme trabajando en la presentación, pero mi mente divaga. Es raro no haber hablado con Scott en todo un día y no sé muy bien qué conclusiones sacar. Se está convirtiendo en poco tiempo en la primera persona a la que le escribo por la mañana y la última con la que hablo antes de dormirme.

Tal vez no tenga idea de qué aspecto tiene, pero sé que es un buen tipo. Soy mucho de confiar en mis sensaciones y hay algo en Scott que me dice que siga intentándolo, por tímido que sea.

Le mando un mensaje con los usuarios y contraseñas de los servicios de *streaming* esperando que me haga caso.

Yo: Si haces algún comentario sobre las series que he visto, te juro que te mataré mientras duermes.

Yo: En cuanto descubra tu dirección HP, claro.

Cuento los segundos que van pasando con la ayuda de los latidos de mi corazón.

«Nada.»

Lo pongo en silencio y lo meto en uno de los cajones del escritorio deseando que los rincones oscuros se lo traguen enterito.

Durante el descanso para comer, lo saco y me encuentro con algunos mensajes de Scott.

Scott: Si lo que quieres es encontrarme, te sugiero que empieces por una dirección IP.

Scott: Y no te juzgaré demasiado.

Le sonrío al teléfono como una tonta.

Yo: Me estás juzgando cien por ciento seguro.

Scott: ¿Yo? Nunca.

Scott: Pero ¿me recomiendas *El duque que me sedujo*?

                                    Yo: Calla.
Scott: No te portes mal
conmigo.

                              Yo: La vi para investigar
                                    unas cosas.

«Entre otros motivos.» No pienso desvelar mi obsesión por Juliana de la Rosa y las adaptaciones de sus libros para televisión.
Mi celular vibra.

Scott: Claro que sí, pareces una
empleada de Dreamland muy
cumplidora.

El mensaje tiene algo que hace que me ardan las mejillas.

Scott: ¿Te importa explicarme
por qué tienes diecisiete
versiones de *Orgullo y prejuicio*
en la lista de Volver a verlo?

                        Yo: Considerémoslo un osito de
                        peluche o un chocolate caliente
                                            virtual.

Scott: Pero ¿quién necesita
diecisiete versiones de la misma
película?

                        Yo: La misma persona que sería

feliz si hubiera dieciocho.

Scott: Eres de lo que no hay.

Yo: Así me llaman.

Scott: ¿Qué ha pasado con
Absurdamente Increíble?

El corazón se me encoge en el pecho como si Scott lo
estuviera apretando con la mano.

Yo: Me pusiste atención.

Scott: Es fácil cuando eres
un libro abierto.

Yo: Tal vez tendría que jugar
a hacerme la difícil.

Cuando pasan unos minutos y no recibo respuesta,
apoyo la cabeza en el escritorio. Lo asusté con la primera muestra de interés.
El celular vibra.

Scott: Adelante, yo padezco de
una vena competitiva terrible.

Scott: Pero ten por seguro que
siempre gano.

Unas mariposas diminutas me revolotean en el estómago. Scott no había tonteado abiertamente conmigo hasta ahora.

Yo: Pareces muy seguro de tus habilidades para ser alguien que se esconde detrás de una pantalla.

El mensaje quería ser otro tonteo, pero no surte efecto. Pasan los minutos sin recibir contestación y me voy poniendo más y más nerviosa.

¿Lo presioné demasiado y demasiado pronto? Solo era una broma.

La respuesta se hace evidente a medida que transcurre el tiempo. Scott no me dice nada en todo el día y yo me quedo sintiéndome vacía.

Tal vez lo haya hecho sentir mal por algo que le crea inseguridades. Puede que tenga problemas con su aspecto o mucha ansiedad social que yo solo he conseguido empeorar por ser demasiado curiosa para mi bien. Y la verdad es que empiezo a disfrutar de nuestra amistad. No me gustaría asustarlo y que se alejara, sobre todo con lo nerviosa que me puso con un solo mensaje insinuante.

Desde ahora, juro no hacer más bromas sobre no saber quién es. No importa. Y, además, estoy segura de que irá abriéndose poco a poco si le doy tiempo para conocerme. Si conseguí hacer sonreír a Ralph, que no soporta a nadie, puedo conseguir lo que sea.

«¡Mierda! ¡Llego tarde!» Meto la laptop y el teléfono en el bolso antes de salir del cubículo.

El taller está vacío y corro hacia la sala de reuniones. Mi respiración es desigual y forzada cuando abro la puerta interrumpiendo a Jenny. Las cabezas de todo el mundo voltean hacia mí al mismo tiempo y todo mi cuerpo se sonroja.

—No se toleran los retrasos. Si vuelve a pasar algo así, deberás hacer horas extra para compensar —dice Rowan sin molestarse en levantar la vista del teléfono.

Con una ojeada rápida a la sala, compruebo que no hay lugares disponibles excepto uno al lado de Rowan. Es el castigo que me merezco por estar tonteando en lugar de trabajando.

«Genial. Fantástico. El día no podría estar mejor.»

—Siéntate o vete.

Su tono autoritario me irrita.

Mantengo la cabeza alta mientras me siento en la silla vacía que queda a su lado. Su olor me llega primero como una brisa marina que esperaría si estuviera de vacaciones en un lugar como las Fiyi. Alejo la silla lo más lejos que puedo sin molestar al creativo que tengo al lado.

—Ahora que ya está todo el mundo, continúa —le indica a Jenny con un gesto.

Se me hace un nudo en el estómago.

Jenny me dirige una leve sonrisa antes de volver a fijar su atención en el resto de la sala.

—¿Quién quiere pasar primero?

El grupo se queda en silencio. Nadie se levanta de la silla mientras Jenny pasea la mirada por la sala. Es un contraste muy acusado respecto a la reunión del viernes pasado y creo que está muy relacionado con el hombre taciturno que tengo al lado.

—Vamos, gente. —Jenny suelta una risita nerviosa—. ¿Tengo que sacar nombres de un sombrero?

Cricrí. Nadie se mueve ni tantito.

—Yo.

Me levanto con las piernas flojas, que podrían fallarme en cualquier momento. Rowan alza la vista y me dedica su mirada vacía habitual antes de asentir. Sus ojos oscuros me recuerdan al espacio: infinito, peligroso, un lugar en el que puedo perderme.

Abro el PowerPoint con manos temblorosas. Mi miedo escénico ha disminuido un poco desde la primera presentación, pero los nervios todavía me atacan, sobre todo al principio. La mirada de Rowan hace que sienta pequeñas punzadas a lo largo de la columna vertebral. Termino dando clic dos veces en el documento que no es antes de conseguir controlarme. Me toma un par de respiraciones profundas estabilizar mi ritmo cardiaco.

Ignoro a Rowan durante toda la presentación. Es su castigo por haberme tratado así delante de todo el mundo.

Los creativos aplauden cuando termino la última frase y me siento un poco mejor respecto a lo que acaba de pasar.

—Podría estar mejor —comenta Rowan.

—¿Sí? ¿Cómo? —Aprieto los puños contra el vestido.

—¿Y si cambiamos todo el diseño de la atracción?

—¿Todo el diseño?

«Respira hondo, Zahra.»

—En lugar de que los vagones representen al dragón volando, hagamos que el dragón forme parte de la atracción. Mantendremos la idea de la montaña, pero quiero que los vagones se adentren en las cuevas oscuras como si los visitantes estuvieran huyendo del dragón. Quiero fuego, efectos especiales, robots y vías en las que retroceda.

No sé qué me descoloca más, que la idea de Rowan haga palidecer a la mía en comparación o la oleada de pasión inaudita en su voz. Es como si alguien lo hubiera enchufado a la corriente y le hubiera encendido la conciencia. La mala cara de antes desapareció dando paso a una diminuta sonrisa de suficiencia mientras mira la proyección. El brillo de sus ojos saca a relucir un bonito tono miel oscuro que todavía no le había visto.

—¿Retroceder? Nunca ha habido en Dreamland una atracción así.

—Pues no —dice con un tono inexpresivo que me hace sentir que tengo el coeficiente intelectual de un chícharo—. Tu idea es un buen punto de partida, pero debemos subir el nivel. Siguiente. —Me despacha con un simple gesto de la mano.

Quiero enojarme con él por despedazar mi idea hasta convertirla en otra del todo distinta, pero no consigo sentir nada que no sea ilusión. Nunca había pensado en una montaña rusa que retrocede. ¿Quiere subir el listón? Okey, pero puede que le haga falta una escalera para llegar hasta donde yo estoy dispuesta a llegar.

Levanto la barbilla y vuelvo a tomar asiento a su lado. Tengo que sentarme más cerca de él que antes porque el creativo que tengo al lado empujó mi silla lo más lejos posible de él. ¡El fracaso de mi presentación no es contagioso!

Me aferro a la pluma con una fuerza desmedida durante toda la reunión. Cada vez que Rowan mueve una pierna me suben chispas por el cuerpo directo al corazón. Me siento tentada de robarle el lugar a alguien durante la pausa para ir al baño, pero eso sería de una inmadurez absurda por mi parte. Solo es su pierna.

«Entonces, ¿por qué te sonrojas cada vez que te roza?»

El bolígrafo atraviesa varias páginas del cuaderno de notas.

Los otros creativos van pasando uno por uno, hablando de una gran variedad de temas: desde un par de atracciones nuevas hasta un nuevo hotel basado en una película de Dreamland. Agradezco haber subido primero, porque, con cada presentación, las hendiduras entre las cejas de Rowan se vuelven más profundas. Garabatea furioso e interroga a cada creativo como si estuviera en un estrado. La valoración que hizo de mi propuesta parece suave en comparación con los comentarios severos que suelta ahora.

—Las presentaciones han sido deficientes en el mejor de los casos. —Su tono es más cáustico que de costumbre. Se pone de pie y se abrocha el saco—. Quiero que todo el mundo deje de hacerme perder el tiempo y venga con ideas innovadoras que me dejen impresionado. Si sus propuestas siguen pareciéndome insuficientes, me veré obligado a encontrar a gente dispuesta a hacer el trabajo bien a la primera. Esta es mi primera y última advertencia.

El creativo que tengo al lado traga de forma perceptible. Le lanzo una mirada y me encuentro con que una capa de sudor cubre su frente. En parte, por el olor que me llega, agradezco estar más lejos de él que antes.

—Hasta próximo aviso, se esperará que trabajen doce horas diarias para aumentar la productividad y creatividad.

—¿Habrá aumento de sueldo? —pregunta alguien por atrás.

La mirada impasible de Rowan hace que un escalofrío me recorra la espalda.

—¿Tengo que premiarlos por ser mediocres?

«¿Qué acabo de escuchar? ¿En serio dijo eso?»

La frustración de Rowan, aunque algo comprensible, no está justificada. Los creativos no están acostumbrados a elaborar propuestas a este ritmo. Tener que presentar un concepto nuevo cada viernes es duro. A mí me cuesta muchísimo, aunque no lo admitiré delante de nadie.

—Los aumentos de sueldo hay que ganárselos, no se regalan. —Rowan sale de la sala de reuniones sin despedirse.

Todo el mundo se hunde en sus sillas.

Jenny carraspea.

—Tenemos mucho en qué pensar. ¿Alguna pregunta?

Una persona gruñe y yo levanto el puño mentalmente en solidaridad.

18

Rowan

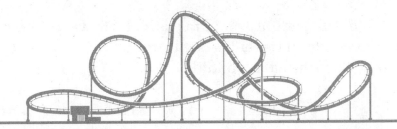

Tras dinamitar la reunión del equipo de Zahra, hice lo mismo con la del equipo Alfa de Sam. No puedo permitirme el lujo de perder el tiempo en ideas deficientes y oportunidades desperdiciadas.

«Pero sí tienes tiempo para perderlo dibujando.»

Dibujar me da una energía que no había sentido antes, como si pudiera apagar el mundo y las expectativas que hay puestas en mí durante una hora. No soy tan estúpido como para creer que puedo mantener la actividad a largo plazo. Es solo un medio para lograr mi objetivo.

Me dejo caer sobre la cama y tomo el teléfono de la mesita de noche. Llevo evitando a Zahra desde que me mandó el mensaje diciendo que me escondo detrás de una pantalla. Me molestó más de lo que soy capaz de admitir. Yo no me escondo detrás de nada, y menos de un estúpido trozo de cristal. Solo observo.

Yo: No me escondo detrás de
una pantalla porque tenga
miedo.

No me responde de inmediato como suele hacer. Entro en la cuenta de Zahra desde mi Smart TV. «Si supiera quién ayudó a producir su serie favorita del duque...»

Elijo una serie al azar para pasar el rato. Un capítulo se convierte en tres antes de que me dé cuenta y Zahra todavía no me ha respondido.

Yo: ¿Rowan te tiene despierta
toda la noche?

Me encojo de vergüenza al releer el mensaje y tomar consciencia de cómo suena. Temo que se sienta incómoda, pero mi comentario se gana un GIF riendo.

Zahra: No, ¡estaba ocupada
trabajando en una idea nueva!

Perfecto, eso es lo que necesito de ella. Aunque tal vez no a medianoche, cuando debería estar durmiendo.

«¿No era esto lo que querías? Tú eres el que le ha sumado cuatro horas a una jornada laboral de ocho porque estabas encabronado.»

Zahra: ¿Por? ¿Me
extrañaste?

Mi respuesta es inmediata.

Yo: No.

Zahra: Caray.

Zahra: Oye ¿Sí tienes corazón?

Yo: No padezco esa
enfermedad.

Zahra: ¿Quién te ha hecho
daño?

Su pregunta es en broma, pero hace que una oleada
de malos recuerdos salga a la superficie. Agarro el celular como si lo estuviera estrangulando. Me lleva cinco
minutos recuperarme y pensar una respuesta que sea
bastante vaga.

Yo: ¿Quién va a ser?

Zahra: ¿Alguien con quien
estuviste que te trató mal?

Yo: ¿Lo dices por experiencia?

La pregunta me deja una sensación amarga en el estómago. Nunca había pensado en Zahra estando con
nadie, pero la idea me da ganas de tirar el teléfono a
la otra punta de la habitación. Pensar que ha estado con
otras personas... me incomoda. Es una sensación parecida a la que sientes justo antes del descenso en una
montaña rusa.

Zahra: No hay palabras
suficientes en el diccionario para
explicarlo.

                             Yo: ¿Tan horrible fue?

«¿Qué más te da?»

Zahra: Lo único que diré es que,
cuando se cierra una puerta,
suele ser porque alguien te la ha
cerrado en la cara.

                           Yo: Creo que el dicho no es así.

Zahra: Me gusta darles mi
propio giro a las cosas.

                           Yo: Ya me había fijado.

Igual que en muchas cosas sobre ella en las que tal vez no debería haberme fijado.

¿Hace eso que ponga fin a la conversación? Debería, pero no.

¿Me obliga eso a apagar el celular y dejarme llevar por el sueño? Ni por asomo.

En su lugar, mientras Zahra va trabajando en su idea, le hago compañía por mensaje como el tonto en el que me ha convertido.

—Tiene un paquete.

Martha abre la puerta de mi despacho con una mano. La otra tiembla sujetando una caja. Me levanto y la agarro temiendo que su tobillo malo ceda y el contenido quede destrozado antes de haber tenido la ocasión de usarlo.

Se marcha sin prestarme mucha atención. Cada día la valoro más, porque hace su trabajo y, además, se asegura de que solo me molesten quienes tienen cita.

Coloco el paquete en el escritorio antes de abrirlo con unas tijeras. Me lleva unos segundos sacar la caja más pequeña del mar de pedacitos de espuma. Paso la mano por la foto de la tableta gráfica Wacom impresa en el frente de la caja.

Si mi abuelo me viera usar una de estas, me criticaría por abandonar lo clásico. Mi razón inicial para comprar la tableta había sido que podría mandarle copias a Zahra sin pasar por su cubículo.

La vi mientras compraba en internet. Tiene todos los accesorios y características que les gustan a los diseñadores gráficos. Abro la caja como un niño en Navidad, rompiendo el cartón por la prisa de sacar la tableta.

Mi corazón late a toda velocidad en mi pecho cuando aprieto el botón de encendido. Sonrío cuando la pantalla se ilumina y aparece el logo de la empresa.

Guardo el papeleo que estaba revisando y abro los mensajes que Zahra me mandó anoche.

Esto es un medio para lograr mi objetivo.

«Sigue diciéndote eso. Igual al final te lo crees.»

Me paso una mano por la barba incipiente después de crear un correo con mi seudónimo para mandarle a Zahra una copia de su último diseño. Me arden los ojos por haberme pasado horas mirando tutoriales de You-Tube sobre cómo usar un trozo de plástico. Hubo un momento en el que casi me rindo y le adjudico un animador a Zahra, pero me parecía desmoralizador. No soy de los que huyen y no pensaba dejar que una tableta me ganara.

Un par de horas más tarde, después de varias reuniones con los directores de Dreamland que tenemos en el extranjero, miro si me respondió.

Zahra: ¡Veo que diste un salto de calidad!

Zahra: Es increíble, en serio.

Yo: ¿Te gusta el cambio del diseño original?

Tendría que haberle preguntado antes de modificar su idea. Quería crear un castillo nuevo para una de las princesas originales, pero a mí me seducía la idea de no usar el mismo de siempre para la princesa Marianna y he cambiado el diseño clásico por uno que casa con la cultura mexicana.

Zahra: ¡Me encanta! Puede que hasta Rowan quede impresionado.

Zahra: Bueno, seamos realistas:
nada de lo que yo haga va a
dejarlo impresionado.

Por lo general, me gusta llevar a la gente al límite,
pero la forma que tiene Zahra de hablar de sí misma me
hace frenar. «¿De verdad piensa eso?»
No me da mucho tiempo para reflexionar en nada más.

Zahra: ¡Espera!

Zahra: ¡Ayyy! Creo que me has
dado la mejor idea del mundo.
¡Deja lo que estés haciendo
y ayúdame!

Me paso una mano por la sonrisa que solo aparece
por ella.

Zahra: ¿Qué te parecería una
atracción que lleve a la gente
por el más allá el Día de los
Muertos?

Zahra: No tengas ningún
problema en mentirme y decirme
que es una idea increíble,
aunque no lo pienses.

No me parece mala idea, la verdad. Nunca se me había ocurrido que un castillo pudiera llevar a una atracción nueva sobre una princesa que puede hablar con
los muertos.

Me paso la siguiente media hora leyendo lo que me dice porque me interesa ver adónde la lleva su creatividad. No tiene nada que ver con que su pasión encienda algo cálido en mi pecho. Igual que hablar con ella no tiene ninguna relación con el subidón de energía repentino que siento cuando vuelvo a tomar la tableta que no ha hecho más que darme problemas toda la tarde.

«Nada que ver.»

19

Rowan

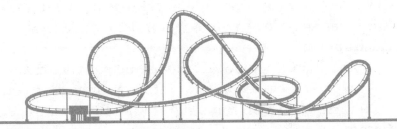

Como el gato callejero que mencionó Zahra, paso delante de su cubículo después de reunirme con Jenny y luego con Sam. Si Zahra sospecha algo de mi creciente interés, no lo ha demostrado.

Me detengo en la pared que hay justo enfrente del cubículo. Una hoja blanca con letras llamativas destaca sobre el fondo de tela gris, con el extremo inferior cortado en tiras para desprender. Alguien ya tomó una.

¡Únete a nuestro Equipo de Compis y hazte mentor!
Si tienes alguna pregunta, no dudes en llamarme.
Nos encantará que vengas.

El resto del texto es vago y solo menciona la oportunidad de unirse a un programa de mentorías para adultos que trabajan en Dreamland. Creo que Martha me habló del tema cuando repasábamos la agenda esta mañana, pero me desconecté cuando dijo la palabra *vo-*

luntario. Los días no tienen tantas horas, y hablar de una reunión cualquiera de trabajadores sobre servicios comunitarios no es una de mis prioridades.

Cada tira contiene la dirección de la reunión y un número de contacto que conozco bien. Que todo el mundo tenga la información de Zahra hace que suba mi temperatura corporal. Falta una tira de un total de diez. Podría revisar los videos de seguridad y descubrir quién se la llevó, pero eso es ir demasiado lejos incluso para mí.

¿Quién habrá podido ser? No hay demasiados creativos jóvenes que puedan estar interesados en salir con Zahra. He visto a un rubio del equipo Beta mirarle el trasero una o dos veces. Cuando vio que lo había descubierto, me dirigió una sonrisa burlona que hizo que apretara los puños. Terminé fulminándolo durante la presentación.

Cierro los puños con fuerza a mis costados. Compruebo que no venga nadie antes de arrancar el resto de los números. Los meto en el bolsillo del pantalón antes de poder reprenderme por hacer algo tan lamentable.

«Me estoy comportando como un loco.»

«¿A quién le importa quién le escriba?»

«A mí. A mí me importa.»

«Pero ¿por qué?»

Me froto la cara con una mano y suelto un quejido.

Zahra asoma la cabeza fuera del cubículo. Su sonrisa desaparece cuando posa su mirada en mí.

—Ah, eres tú.

—¿Esperabas a otra persona?

No me digas que estaba esperando a Chad. ¿O era Brad? Bueno, los dos nombres le quedan al idiota rubio ese.

«Pareces un estúpido celoso.»

Junta las cejas.

—¿Eh? No, solo quería ver si alguien tenía dudas sobre... —Sus ojos se abren mucho al ver la hoja—. ¡Vaya! ¡No pensaba que le interesaría a tanta gente!

Su rostro entero se le ilumina como una erupción solar. Brilla tanto que todo lo demás palidece en comparación. Me siento atrapado en su campo magnético y no puedo hacer nada por escapar, tan cerca del sol que puede que me prenda fuego.

Un final que merezco, teniendo en cuenta la mentira que sale por mi boca.

—Solo quedaba uno cuando llegué.

Debería sentirme culpable por mentir, pero no me importa en absoluto.

La sonrisa de Zahra se refleja en sus ojos.

—¿Quieres decir que tú agarraste el último?

«Maldita sea, ¿por qué tiene que ser tan lista siempre?»

—Sí —musito.

Se me revuelve el estómago y siento que una mano invisible me agarra la garganta.

—¡Genial! Es esta noche a las ocho. En punto.

Le resplandecen los ojos como si le divirtiera burlarse de mis peticiones de puntualidad.

Frunzo el ceño.

—¿A esa hora no deberías estar trabajando?

—¿Y si te digo que es parte de una idea en la que estoy trabajando?

Arranco el papel de la tachuela y vuelvo a leer el título.

—Lo dudo. No puedo imaginarme dando el visto bueno a nada que implique *cupcakes* y juegos de mímica. No sé a quién quieres mentorizar, pero no nos interesa contratar niños pequeños.

Su sonrisa desaparece.

—Olvídate de que has leído algo de esto y no guardes mi número. —Me arranca el papel de la mano y vuelve a entrar en su cubículo sin dignarse a mirarme.

Nunca he visto a Zahra tan enojada. ¿Qué tiene esa reunión que la ha afectado tanto?

«¿Qué más da? Ahora tienes excusa para no ir.»

«Pero ¿qué esconde?»

Salgo del taller y me detengo en el bote de basura más cercano, donde tiro todos los trozos de papel menos uno.

Los ojos de Zahra se encuentran con los míos cuando entro por la puerta de la pequeña sala de reuniones. El espacio reservado que Zahra escogió está en la parte trasera del parque, en los bloques de departamentos para empleados. Nunca he visitado esta zona más que para echar el vistazo rápido de rigor.

Su sonrisa flaquea cuando me desabrocho el saco y me siento como si estuviera en mi casa. Ella vigila mis movimientos y sigue mi mano con la mirada cuando tomo un *cupcake* de la charola.

Aprieta sus pequeños puños a los costados. Ni siquiera me gustan mucho los dulces, pero finjo que es el mejor *cupcake* del mundo.

«Vamos, enséñame qué es lo que escondes bajo esas sonrisas falsas y esos pines inocentes.» Por cierto, la ofensiva dosis de serotonina del día son dos fantasmas tomados de la mano y las palabras «Ami-ghost». ¿Dónde encuentra esas cosas? ¿Y por qué se las pone?

Le tiembla el párpado de un ojo.

—¿Qué haces aquí?

Miro la sala casi vacía como si la respuesta fuera evidente. La falta de asistentes me llena de una especie de orgullo.

—He venido a una reunión. Continúa.

Ella se inclina hacia delante intentando intimidarme, pero fracasa.

—No puedes decirme lo que tengo que hacer. No eres mi jefe cuando terminan las horas de trabajo.

—Si estás en terrenos de la empresa, se te sigue considerando una trabajadora.

—Todo esto es de la empresa.

—Tan perceptiva como siempre.

Los ojos de Zahra se entrecierran mientras sus mejillas se tiñen de un curioso tono de rojo que no he visto antes. Me interesa saber más de esta versión de Zahra. Contrasta bastante con la que comparte con el mundo, a la que le encantan los pines y está siempre feliz.

Una mujer de cabello castaño y más joven entra en la sala con una botella de refresco en la mano, seguida por un hombre rubio. Los dos tienen rasgos faciales suaves que ponen de manifiesto su síndrome de Down.

«Maldición.» No hace falta esforzarse mucho para sacar conclusiones acerca de qué clase de programa de mentorías se trata.

Por primera vez en Dios sabe cuánto tiempo, siento un arrepentimiento intenso. No me extraña que Zahra estuviera tan encabronada después de mi comentario. Me lo tenía merecido por el tipo de espacio que quiere crear.

«Carajo, a veces eres un verdadero imbécil.»

Zahra dibuja una sonrisa burlona.

—Estás a tiempo de irte antes de que sea demasiado tarde.

—Me gustaría quedarme a la reunión.

Lo que le dije de los desafíos era verdad. Cuanto más quiera alejarme Zahra, más me acercaré.

La chica bajita de cabello castaño le da un golpe a Zahra en las costillas.

—Sé amable, es lindo. —Se le iluminan los ojos cafés almendrados y eso resalta la suavidad de su rostro. Se convierte al momento en mi nueva persona favorita.

Zahra le lanza una mirada fulminante.

—Estoy siendo amable.

Yo levanto una ceja.

—¿Qué haces aquí? Dime la verdad. —Zahra mira la sala en la que solo estamos nosotros cuatro.

Podría hacer un comentario sobre la falta de asistencia, pero es culpa mía.

—Me interesa el programa de mentorías.

Se ríe burlona.

—¿Qué pasó con eso de no estar interesado en contratar niños pequeños?

—Me equivocaba.

Levanta las dos cejas.

—Pero... Guau. Qué fuerte. Bueno. No pensaba que fueras capaz de admitir que habías cometido un error.

—No esperes que haya una próxima vez. —El comentario me vale una leve sonrisa—. ¿Qué? ¿Vas a empezar la reunión o vas a quedarte mirándome toda la noche?

La chica de cabello castaño, que está a su lado, suelta una risita. Los ojos de Zahra pasan de ella a mí.

—¿Sabes qué, Rowan? Tengo a la compi perfecta para ti.

«¿Compi?» En ningún momento he aceptado ser «compi» de nadie. Solo vine a observar de lejos, no a convertirme en mentor. Creo que nunca he sido mentor de nadie. Implica demasiada conversación y demasiado poco trabajo, y al final acabaría repitiendo las tareas yo mismo para que salieran bien.

La forma de mirarme de Zahra hace que me hormiguee la piel.

—Ani, serás la compañera de Rowan.

La chica de cabello castaño se ríe.

—¡Bien!

Maldición... Me parece que esa risa debería preocuparme.

—Mi hermana me lo ha contado todo de ti.

Ani y yo nos sentamos en un banco cerca de los bloques de departamentos. Zahra se marchó con el chico y nos dio tiempo y privacidad para concretar nuestro primer encuentro oficial de mentoría.

—¿Quién es tu hermana?

Me mira como si fuera el tipo más tonto del planeta.

—Zahra.

—No sabía que tuviera una hermana.

—¡Sorpresa! —Sonríe de oreja a oreja.

—¿Es muy tarde para quitarle el título de hermana?

—¿Por qué? —pregunta Ani con el ceño fruncido.

—Porque ninguna hermana que te quisiera te emparejaría conmigo.

—No creo que seas tan malo.

—¿Lo has deducido en los dos segundos que hace que me conoces?

Ani niega con la cabeza.

—Porque no muchos vendrían a una reunión como esta. Lance nunca quiso.

—¿Quién es Lance?

—El ex de Zahra.

—Parece un idiota.

Me da un golpe con el codo.

—No digas palabrotas.

Levanto las manos a modo de disculpa. Ani juguetea con la liga para el cabello que lleva en la muñeca.

—No me caía bien.

—¿Por?

—Porque me miraba raro. Y a veces lo oía decir cosas por teléfono cuando no tenía que estar escuchando.

Aparta la mirada. Su expresión hace que me preocupe por qué tipo de cosas horribles habría escuchado.

—¿Como qué?

—Nada —responde, y niega con la cabeza con fuerza.

—¿Por qué lo proteges?

—No lo protejo. Es que ya hace mucho tiempo y no quiero que Zahra vuelva a ponerse triste. —Le tiembla el labio inferior.

Ani se preocupa por su hermana de verdad. Aunque mis hermanos me quieren, dudo que dejaran que algo los carcomiera para protegerme.

—¿Y por qué has venido? —pregunta Ani dándome un golpecito con el hombro.

—Tenía curiosidad.

—¿Por mi hermana? —Se le ensancha la sonrisa.

—Por la reunión. No sabía si estaba preparando un golpe de estado contra mí.

Ani suelta una risita.

—No te preocupes, yo te guardo el secreto.

—¿Qué secreto?

—Que querías ver a mi hermana —dice medio cantando.

Le robo el *cupcake* que tiene en la mano.

—Me quedo esto como pago.

Se me había olvidado lo que era disfrutar de los dulces, pero no sé qué les habrá puesto Zahra a estos *cupcakes* que hace que quiera más.

—¡Eh! ¡¿Pago por qué?! —Intenta quitármelo de la mano.

—Por el torbellino emocional por el que me habrás hecho pasar cuando acabemos la mentoría.

—Solo es el primer día. Todavía nos quedan meses.

—En ese caso, espero que traigas muchos *cupcakes*.

Me consolido como «compi» de Ani. No porque Zahra me lo haya ordenado, sino porque me cae bien.

«Tal vez Ani pueda ayudarte a entender mejor quién es Zahra.»

Aprieto los dientes.

«¿Y si Zahra es de veras una buena persona y tú estás demasiado amargado para aceptarlo?»

Hay algo en ese pensamiento que me inquieta, porque, si Zahra fuera buena persona de verdad, me desmontaría todos los esquemas.

Niego con la cabeza. Sería estúpido confiar en alguien basándome en unas pocas interacciones.

20

Zahra

Scott y yo hemos adoptado una cómoda rutina con el paso de las semanas. Él es constante mandándome dibujos cada semana y yo casi tanto enviándole el primer mensaje casi cada día. Pero en las escasas ocasiones en las que Scott me escribe primero, me invade una oleada de vértigo. Y hoy me rompe el *felizómetro* con un solo mensaje.

> **Scott:** Vi esto
> y pensé en ti.

El corazón se me acelera y revela cómo me hace sentir que Scott piense en mí. Abro el enlace que me mandó de un test de *BuzzFeed*.

«¿A qué personaje de *Orgullo y prejuicio* te pareces más?»

Juro que casi me caigo de la silla de lo extasiada que estoy. Es imposible que se haya cruzado con esto sin más. Estaría buscando un tema de conversación y seguramente pensó que este era una buena opción.

Sonrío mientras tecleo la respuesta.

> **Yo:** ¿Lo hiciste?

Scott: Puede.

> **Yo:** ¿QUIÉN TE SALIÓ?

Scott: ¿Prefieres que te mienta
o quieres saber la verdad?

> **Yo:** Siempre la verdad.

Pasan diez minutos y no me contesta. Temo haberlo asustado con mi respuesta, pero aparece con un mensaje que no esperaba.

Scott: Elizabeth Bennet.

Me hago un ovillo y me río hasta que se me quedo ronca.

> **Yo:** La verdad es que es
> el mejor personaje.

Scott: Es una mujer.

> **Yo:** Es más que SOLO una mujer.

Scott: Eso está claro; si no, no
habría diecisiete versiones de su
historia.

Scott: Aunque yo me decanto por la Lizzy de la versión de 2005.

Me duelen las mejillas de tanto sonreír.

> **Yo:** ¿Has estado viendo las películas?

Scott: Sí.

Scott: Pero, si se lo dices a alguien, seré yo el que encuentre tu IP.

Sonrío ante su intento de bromear.

> **Yo:** ¿Eso fue una broma?

Scott: Si tienes que preguntar es que he fracasado.

Suelto una risotada.

> **Yo:** Te pregunté para molestar.

Quiero sacarle más información. No hay ningún hombre normal que vea *Orgullo y prejuicio* sin tener motivos ocultos y creo que sé por qué lo hizo.

> **Yo:** ¿Por qué viste la película?

Los puntos suspensivos aparecen y desaparecen una y otra vez antes de que llegue su mensaje.

Scott: Me interesaba diseccionarla desde un punto de vista puramente científico.

Yo: Qué friki.

Lo cierto es que basándome en algunos detalles que ha compartido conmigo, terminé imaginándomelo como un friki buenísimo. Quiero decir, está suscrito a la revista de *National Geographic* a estas alturas de la vida y ve concursos de cultura general antes de acostarse. Si no hubiera soltado un par de referencias más modernas y no tuviera el mismo gusto musical que yo, habría pensado que estaba hablando con un señor de la tercera edad. Soy consciente de que eso todavía es una posibilidad, pero estoy esperando el momento adecuado para convencerlo de salir conmigo. Y la conversación de hoy es una forma perfecta de empezar.

Yo: ¿Has sacado alguna conclusión?

La respuesta es inmediata.

Scott: Sí, estás tan loca como pensaba.

Scott: Pero rozas lo entrañable.

Eso es casi un halago viniendo de él. La calidez que siento en el pecho se propaga por mi cuerpo como un incendio.

Me paso el resto del día pensando en la conversación con Scott. Es difícil no sacar conclusiones precipitadas, pero ¿por qué si no vería mis películas favoritas? Las diecisiete versiones.

Creo que puede que le guste a Scott. Ojalá tuviera el valor de Lizzy y saliera conmigo.

«Tal vez más adelante.»

Si hay algo que no debería quedarle bien a nadie son los zapatos de boliche, pero, cómo no, el hombre que usa trajes de mil dólares consigue que unos zapatos de payaso parezcan de diseño. Cuando Ani propuso ir al boliche como primera actividad de la mentoría, acepté de buena gana. Supuse que el boliche incomodaría a Rowan lo suficiente para que dejara el programa.

Ha quedado demostrado que había supuesto mal cuando Rowan apareció hace una hora con una bola y unos zapatos personalizados. Estoy noventa por ciento segura de que los compró en la tienda del boliche porque no soporta tener que compartir nada con el populacho.

Me pasé una hora esperando que se resbalara para poder demostrar que mis otras suposiciones eran ciertas. Es imposible que esté interesado de verdad en participar en mi programa piloto, ¿no?

Pues no. Ciento diez por ciento equivocada.

Rowan no puede ser más diferente de lo que esperaba. Tal vez siga siendo un niño bonito que usa playeras polo de Burberry, pero trata a bien a mi hermana y a su novio. Y eso me hace sentir *muchas* cosas.

Ani se deja caer en el asiento de plástico que tengo al lado.

—Rowan es lindo, ¿no?

Le lanzo una mirada fulminante.

—Basta.

Una sensación extraña se instala en mi estómago al pensar en que Rowan pueda parecerme lindo. Me siento culpable por estar interesada en él cuando también me atrae Scott, como si estuviera jugando con ellos. La angustia crece cada vez que me descubro fijando mi atención en él esta noche.

Ya está mal que me atraiga mi jefe, pero es despreciable estar interesada en dos hombres a la vez. Después de todo lo que he pasado, lo que menos me gustaría es herir a nadie.

—Mira cómo le enseña a JP a jugar. —Señala a los dos hombres, uno al lado del otro.

«Tranquila, Ani, no hago otra cosa.»

Rowan le muestra cómo se lanza la bola y JP copia su movimiento. Yo sigo sin aburrirme a pesar de llevar una hora viéndolos.

Niego con la cabeza.

—No, no va a pasar. Así que, sea lo que sea lo que estés tramando, olvídalo.

—No estoy tramando nada.

—Lo mencionas cada vez que hablamos.

—Me cae bien —dice sonriendo.

—No por eso tiene que caerme bien a mí.

—¡Pero si a ti te cae bien todo el mundo!

Hago una mueca.

—Él no.

—Sí, ajá. Te pones roja cada vez que te mira.

—¡Qué mentira!

Me empuja con el hombro.

—¡Sí!

—¿Y tú qué haces mirándome como una acosadora?

—Es que es gracioso. Rowan también se pone nervioso.

—¿En serio?

Mi madre tiene la culpa de que Ani crea en los cuentos de hadas desde pequeña.

«Pero si a ti te enseñó lo mismo.»

—¿Qué más cosas has visto?

—Pensaba que no te caía bien —dice levantando una ceja, descarada.

Termino riéndome por la cara que pone. Los ojos de Rowan se encuentran con los míos y hacen que se me erice la piel. Vuelve a concentrarse en JP justo antes de que este casi le deje caer la bola en el pie. Con la ayuda de Rowan, JP lanza la bola por la pista.

Caen unos cuantos bolos. Ani salta y aplaude mientras JP hace un baile de celebración. Un rastro de sonrisa adorna los labios de Rowan antes de desaparecer. JP abraza a Ani y le da un beso en la mejilla.

El corazón se me derrite y se desparrama por el suelo de linóleo. Siento un cosquilleo en la nuca y miro hacia atrás. Me encuentro a Rowan observándome.

—¿Qué?

Frunce el ceño.

—Nada.

—¡Te toca, Zahra! —grita Ani—. Date prisa. Solo nos quedan treinta minutos de juego.

Tomo mi bola rosa del soporte y la lanzo. Rueda hacia adelante antes de girar y meterse de lleno en el canal. No tiro ni un bolo.

—Estás rotando la muñeca hacia la derecha antes de lanzar —dice Rowan detrás de mí.

Me volteo.

—¿De pronto eres experto en boliche?

Se encoge de hombros.

—Jugué en el equipo de la universidad.

La seriedad de su voz hace que me doble de risa. Para cuando me detengo, encuentro la cara de Rowan tan impasible como siempre.

—¿Qué? —Frunzo el ceño.

—Olvida que me ofrecí a ayudarte. —Da media vuelta y se sienta al lado de JP.

«Madre mía, ¿me lo dijo en serio?» Yo ni siquiera sabía que hubiera equipos de boliche. Se me hace un nudo peligroso en el estómago y siento calor en las mejillas al pensar en haberlo avergonzado.

«¿Y si de verdad intentaba ayudarme?»

«Si es eso, acabas de tomar la pipa de la paz que te ofrecía y la partiste por la mitad delante de sus narices.»

Intento corregir el movimiento de muñeca como me sugirió Rowan, pero la bola vuelve a terminar en el canal. Ani se ríe mientras se levanta para tirar. JP va detrás, como siempre, y me deja a solas con Rowan.

—Conque el equipo de la universidad... —comento intentando romper el hielo mientras me siento a su lado.

Los brazos, que tiene cruzados, se tensan.

—Te aseguro que tus burlas no son nada que no haya oído antes.

Lo empujo con el hombro en broma, pero su cuerpo no se mueve lo más mínimo.

—Perdona, reírme fue de mal gusto.

—Pues sí.

—No me estaba riendo de ti.

Me lanza una mirada asesina y yo vuelvo a reírme. El sonido solo consigue que ponga peor cara.

Levanto las dos manos en señal de rendición.

—Okey, me estaba riendo de la situación, pero, a decir verdad, ni siquiera sabía que había equipos universitarios de boliche.

—No te castigues demasiado. Me he encontrado con cosas mucho peores.

«¿Como qué?» Quiero saberlo todo del tipo gruñón que jugaba boliche en la universidad y se ha unido a un programa de mentorías para personas con discapacidad a pesar de estar ocupadísimo. Rowan es más de lo que se ve a primera vista y me muero por descubrir toda esa parte de él que no sabía que existía.

Una extraña, aunque microscópica, parte de mí quiere protegerlo para que no vuelva a encontrarse con esas «cosas mucho peores», sean las que sean.

«¿Qué? ¿De dónde sale ese pensamiento?»

«Abortar la misión.»

—Es bastante *cool*, a las mujeres les encantan las chamarras de los equipos de universidad.

—Valoraba mi reputación demasiado como para ponerme esa chamarra en el campus.

—¿Por qué?

—Porque me apunté para molestar a mi padre. Nunca me dijo en qué equipo en concreto tenía que ingresar y me gustaba ganarle en su propio juego.

Me quedo estupefacta ante esa confesión tan personal.

Rowan continúa sin hacer pausa para respirar como si le diera miedo no poder seguir si se detiene un segundo:

—Estaba encabronado porque nunca superé ninguna de las pruebas de «deportes reales» como mis hermanos. Declan era el *quarterback*, y Cal el capitán del equipo de hockey. En cambio, yo... no daba la talla. —Carraspea—. Según mi padre, claro.

Se me encoge el corazón por el chico que no conseguía estar a la altura de lo que su padre esperaba de él. Quizá Rowan sea rico, pero tiene los mismos problemas que tenemos todos: las expectativas de los padres, los fracasos personales...

Quiero aflojar la tensión que noto en sus hombros.

—¿En serio no podías comprarte un lugar en la banca? —digo fingiendo sorpresa.

—Empiezas a entender cómo van las cosas. —Sonríe ligeramente—. De hecho, pagué a los entrenadores para que no me aceptaran en los equipos.

—¿Por qué? Eso sí es raro.

—No tenía ningún interés en que la gente me viera calentar la banca.

—¿Tan malo eras?

—Sí. — Un ligerísimo tono rosa inunda sus mejillas y a mí me parece bastante lindo.

«¿Lindo? Puaj, Zahra, no.»

—La verdad es que me está gustando bastante descubrir que no eres el mejor en todo.

Niega con la cabeza.

—Solo en algo, Zahra. En una sola cosa.

—Entonces, ¿ganaste el campeonato de boliche? —pregunto con una sonrisa.

Los hombros tensos de Rowan caen un par de centímetros.

—Nunca pierdo. Nunca.

—Tu vanidad no tiene límites.

Rowan no dice nada, pero la sonrisa que tiene en la cara habla por él. Es tensa, como si no practicara el gesto hace mucho tiempo. Me siento tentada a tocarla para asegurarme de que no estoy alucinando, pero dejo las manos quietas a mis costados.

No debería parecerme tan adorable. Y, desde luego, no debería tener ganas de más de esa estúpida sonrisa tímida.

En mi próximo turno, llamo a Rowan.

—¿Me ayudas, por favor? Un experto me dijo que giro la muñeca.

Su sonrisa reaparece. Quiero hacer todo lo posible por conseguir que sonría así de nuevo. Ahora que sé un poco sobre el chico que se esconde detrás de la armadura de sus trajes, me interesa descubrir más de él. Me dan igual las consecuencias.

Camina con una seguridad en sí mismo que parece un cartel luminoso de «La tengo grande y sé usarla».

«No pienses en cómo la tiene.»

Rowan toma su bola del soporte y deja un espacio decente entre nosotros. Me decepciona que no sea como en las películas.

—Mira, así es como estás tirando la bola. —Echa el brazo hacia atrás y lo gira en un ángulo diagonal extraño—. Y eso hace que lances hacia un lado y la bola vaya directo al canal.

Me enseña cómo cae mi brazo como un péndulo hacia el otro lado. Me esfuerzo por no fijarme en sus venas mientras me muestra la posición correcta, pero su forma de moverse me desarma.

—Inténtalo tú —dice sacándome de mis pensamientos.

Trato de imitarlo y, a juzgar por cómo se le iluminan los ojos, fracaso.

—No, deja que te ayude.

Suelta su bola y se coloca detrás de mí. El calor corporal que desprende me calienta la espalda.

«Eso era lo que yo quería.»

Su mano roza mi mano antes de rodearme la muñeca como una esposa. Su agarre es de lo más suave, y mi corazón responde martilleándome el pecho. Siento mi respiración errática.

«Solo te está tomando de la muñeca. ¿Qué te pasa?»

Su voz ronca no es más que un susurro en mi oído, pero siento que me llega a lo más hondo.

—Vuelve a intentarlo.

Muevo el brazo hacia atrás. Los dedos de Rowan siguen cerrados alrededor de mi muñeca y me guían en el movimiento correcto. Lo repite unas cuantas veces.

—Ahora prueba sola. —Pasa sus dedos por mi brazo antes de separarse.

Yo hago un puchero sabiendo que no puede verme y fallo a propósito en el primer intento de repetir el movimiento porque soy muy ruin.

—No, pero esta vez te salió mejor. —Niega con la cabeza y se le escapa una risa grave.

Me premia con el regreso de la mano sujeta mi muñeca mientras vuelve a enseñarme el movimiento. Esta vez, cuando me suelta, lo intento de verdad. Mi esfuerzo se ve recompensado con una de sus sonrisitas.

—Perfecto. Justo así. Bueno, ahora prueba y lanza otra vez —dice señalando la pista.

Doy unos cuantos pasos y repito el movimiento que me enseñó. La bola sale de mi mano y rueda recta por el suelo encerado siguiendo el camino de las flechitas.

Tomo aire cuando golpea los primeros bolos y hace que algunos salgan volando mientras otros ruedan en dirección contraria. Caen todos y una X roja se ilumina encima de la zona despejada.

Grito y vuelvo corriendo hacia Rowan, que no quita la vista de los bolos tumbados.

—¡Lo logré! ¡Lo logré!

Se queda petrificado cuando envuelvo su cintura con mis brazos. Es difícil no oír el fuerte latido de su corazón a pesar de la música alta y el ruido de los bolos cayendo.

Sigue con los brazos pegados a los costados como si no supiera devolver un abrazo. Eso solo consigue que me ría contra su pecho.

—¡Vamos, dénse prisa! ¡Ya casi no nos queda tiempo! —grita mi hermana.

Yo salgo del trance momentáneo y me separo de Rowan de un salto. Su cara sigue inexpresiva, pero sé cómo reacciona su cuerpo cuando lo toco.

Y poner nervioso a alguien como él se siente bastante bien.

21

Rowan

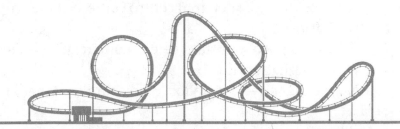

—¿Qué te gusta hacer los fines de semana? —Ani me roba un pellizco de algodón de azúcar antes de volver a su lado del banco.

Este banco cualquiera de un rincón de Dreamland se ha convertido en nuestro lugar de encuentro semanal. Aunque mi intención al apuntarme al programa de mentorías no era altruista, he terminado disfrutando del descanso de una hora de mi apretada agenda porque Ani es una compañera decente. En este tiempo que he podido conocerla, me he dado cuenta de que comparte algunos de los mejores rasgos de Zahra. Llena la mayor parte de la conversación, lo cual me da la oportunidad de relajarme y escuchar. Gracias a ella, puedo pasar una hora sin tener que pensar en Dreamland ni en las exigencias de los empleados.

—No hago mucho aparte de trabajar.

Finge que ronca.

—Qué aburrido.

—A ver, ¿qué haces tú los fines de semana?

Su cara se ilumina.

—Salgo con JP. Veo películas. ¡Voy al centro comercial a comprar!

—Parece divertido —digo en tono inexpresivo.

Suelta una risita.

—¿No te gustan esas cosas?

—No, solo de pensar en ir al centro comercial me entran escalofríos.

—Zahra tampoco soporta el centro comercial —señala con una amplia sonrisa.

—No me digas. —Aprieto los labios para contener la sonrisa.

Ani siempre encuentra el modo de sacar a Zahra a colación en todas nuestras conversaciones. Al principio, pensaba que era porque idolatraba a su hermana mayor, pero sus verdaderas intenciones me quedaron claras al cabo de unos cuantos encuentros: quiere emparejarnos. Intenta ser discreta, pero es imposible no ver cómo le brillan los ojos cuando le hago una pregunta o dos sobre Zahra. Y así va saciando mi curiosidad mientras yo dejo que siga con su pequeña misión.

Se yergue.

—Lo cierto es que Zahra y tú tienen mucho en común.

Poco probable. Zahra y yo somos polos opuestos en todo lo importante. No puedo compararme con una mujer capaz de iluminar una sala entera solo con su sonrisa. Es como el sol, y todo el mundo orbita a su alrededor para que les llegue su calor. A diferencia de mí, que alejo a cualquiera solo con fruncir el ceño.

—Siempre te las ingenias para hablar de tu hermana.

Ani se pone un rizo castaño detrás de la oreja.

—Porque se gustan.

—¿Y eso de dónde lo sacaste? —Mi voz se mantiene neutra a pesar del interés creciente que siento.

—Te mira como si quisiera tener hijos contigo.

Aspiro bruscamente y me atraganto. Me golpeo el pecho con el puño y respiro hondo.

—Me parece que eso no es cierto en absoluto.

—Tienes razón. Solo quería ver cómo reaccionabas —responde encogiéndose de hombros.

«Increíble.»

—Qué cruel eres. —Le robo un trozo de pretzel en compensación.

—Pero es verdad que mi hermana te sonríe —dice de la forma más dulce e inocente posible.

—Le sonríe a todo el mundo —protesto en voz baja.

—¿Y cómo lo sabes?

«Maldición.» La pregunta suena inocente, pero revela la atención que le presto a Zahra. La sonrisa en la cara de Ani me dice que es probable que ella también se haya dado cuenta.

—Es difícil no verlo.

—¡Qué lindo! —dice con un gritito—. ¡Lo sabía!

—¿Qué sabías?

—Que sí te gusta mi hermana.

—Yo no he dicho eso.

—No, pero ¡sonreíste!

Carajo, no me había dado cuenta. «Contrólate.»

—La gente sonríe.

Ani se ríe y niega con la cabeza.

—Tú no.

—Finjamos que nunca tuvimos esta conversación.

—Claro, Rowan, claro.

Me roba otro puñado de algodón de azúcar como

pago por su silencio. Pero hay algo en su sonrisa que me dice que esto no ha terminado.

Apago la luz del despacho y saco el teléfono.

> **Yo:** Hola. Ya acabé tu dibujo.
> Mañana te lo mando.

No tengo por qué escribirle a Zahra, pero me parece raro pasar un día entero sin hablar con ella. Entre mi agenda apretada y su falta de mensajes, me fui inquietando a medida que transcurrían las horas. Es un aviso de que me estoy volviendo dependiente de su compañía. Sin embargo, no consigo frenarme.

El celular vibra en mi mano. Zahra me ha mandado una foto de su cubículo, en cuya pared ha pegado unos cien *post-its*.

> **Yo:** ¿Sigues trabajando? Son las
> diez de la noche.

Zahra: Sí, abuelito. Tuve
una idea divertida que quería
terminar antes de irme a casa.

> **Yo:** ¿Qué podría ser mejor
> que dormir?

Zahra: Cenar.

Frunzo las cejas mientras escribo el siguiente mensaje.

> **Yo:** ¿No has comido nada?

Zahra: No, me acabé todo
lo que tenía para picar hace
horas.

> **Yo:** Te compadezco.

> **Yo:** Tu ética de trabajo me
> recuerda a Rowan.

Soy un idiota por meterme a mí mismo en la conversación, pero me interesa un poco saber qué opina de mí sin filtros.

Zahra: ¡Sí, claro! Ojalá.

Zahra: Creo que el tipo funciona
con energía solar, porque es
imposible que sea humano.

Suelto una risita grave en voz baja. Eso sería práctico y mucho más eficiente que dormir.

> **Yo:** Es plausible. Y explicaría su
> necesidad de salir a dar un paseo
> durante el descanso de la
> comida.

Zahra: ¡¿Cómo sabes esas
cosas?!

«Maldita sea. Exacto, Scott, ¿cómo sabes esas cosas?»

Yo: Todo el mundo sabe que hay que evitar el patio de los estudios exteriores a mediodía.

Zahra me manda unos cuantos emojis riendo y otro mensaje.

Zahra: Ah, ¡pues yo no lo sabía!

Yo: Eso es porque vives en un taller. Vete a casa.

Zahra: Sí, sí. Quizá dentro de una hora.

Niego con la cabeza y guardo el teléfono en el bolsillo. Aunque me complace que algunos creativos como Zahra se tomen en serio su trabajo, no me hace feliz saber que está trabajando tan tarde y con el estómago vacío.

La entrada a las catacumbas no está lejos del despacho. Mientras camino por el túnel, siento que reduzco la velocidad cuando paso cerca del taller de los creativos.

«Podrías entrar y obligar a Zahra a irse a casa y volver mañana con el estómago lleno después de haber descansado toda la noche.»

Subo las escaleras y abro la puerta sin pensarlo dos veces. Tengo memorizado el camino hasta el cubículo de Zahra y, cuando llego a la entrada, me detengo para observar cómo trabaja. Es el tipo de espectáculo que me gusta. Se mordisquea el labio inferior mientras toma un *post-it* y lo dobla formando un cuadradito perfecto. Se voltea e intenta lanzarlo a un bote de cristal. El tiro se queda corto y el papel cae al suelo.

—Buen lanzamiento.

Zahra da un respingo.

—¡Qué susto! —Da media vuelta y me mira de arriba abajo—. ¿Se puede saber qué haces aquí?

Me quedo sin palabras. «¿Qué hago aquí?»

—Quería comprobar si alguien seguía trabajando.

Esa parte es verdad.

—¿Por qué? —dice levantando una ceja.

—Quería una opinión sobre una cosa.

«Por Dios, vete a casa ahora mismo, todavía estás a tiempo.»

—Okey, dispara.

Sonríe y se apoya en el escritorio.

«A ver, ¿sobre qué podría pedirle su opinión?»

—Rowan, ¿de qué se trata?

—No estoy seguro de si vale la pena mantener nuestra atracción más vieja.

Su rostro se ilumina por completo.

—¡No! No la quites. Me encanta el... —Su estómago ruge interrumpiendo la frase. Su cara pasa de un tono de piel morena a rojo vivo.

Pongo mala cara.

—No has cenado.

—Eeeh... ¿Cómo lo sabes?

El color de sus mejillas se intensifica no sé cómo.

«Eso, Rowan, ¿cómo lo sabes?» Maldición. Esta noche no dejo de cagarla. ¿Quién me iba a decir que tener dos personalidades sería tan difícil?

—Sigues trabajando.

—Claro. No tardaré en terminar, así que...

Su estómago ruge aún más fuerte y mi sangre se convierte en lava avanzando con furia al ritmo de mi corazón.

—¿Qué te parece la comida china? —pregunto, y saco el celular.

Se queda boquiabierta.

—Eeeh... Está buena —dice, pero suena como una pregunta.

Llamo al número del restaurante más cercano, que tengo guardado tras muchas noches trabajando hasta tarde. No sé qué le gusta a Zahra, así que pido un plato de cada uno. Puede que sea exagerar, pero prefiero que coma algo de su agrado. Cuelgo y me encuentro con que Zahra todavía me mira con la boca abierta.

—¿Qué?

Niega con la cabeza.

—No me esperaba que me invitaras a cenar.

—Tengo hambre, puedes comerte las sobras —respondo como si eso lo explicara todo.

—Pero estoy bastante segura de que pediste el restaurante entero.

Me quedo de pie y en silencio.

Frunce el ceño, pero luego borra la expresión de su cara.

—Bueno, a ver, ¿por qué quieres deshacerte de nuestra atracción más antigua? —Se sienta en el suelo, donde tiene un despliegue de *post-its*, trozos de papel, rotuladores y demás.

«Ah, sí, la opinión que quería.»

La imito y apoyo la espalda contra el fondo del cubículo. Zahra se ríe sola mientras me quito el saco y lo dejo caer al lado de mis piernas.

—¿Qué te hace tanta gracia?

Me señala el cuerpo como si eso respondiera a la pregunta.

—Que te sentaste en el suelo.

Me miro a mí mismo.

—¿Y?

—Es raro. —Se cruza de piernas.

La ignoro.

—Es una atracción vieja, no sé si vale la pena mantenerla.

Toma aire para mostrar su incredulidad.

—Estás bromeando, ¿no? ¡¿Que si vale la pena mantenerla?!

Asiento sabiendo que es el tipo de pregunta que podría iniciar una conversación de una hora. Y acierto. Mientras esperamos el pedido, Zahra me explica la historia detrás de la primera atracción de mi abuelo como si yo no la conociera. Entra en mucho detalle y menciona todos los motivos por los que no tendría que atreverme a cambiar nada de nada. Me sorprendo sonriendo más de lo normal; su entusiasmo y su pasión son contagiosos.

Hasta me decepciona un poco que llegue la comida, porque la interrumpe.

—¿En serio tenías que pedir todo el menú?

Me encojo de hombros.

—No sabía qué te gustaba.

—¿Y por qué no me lo preguntaste? —dice con el ceño fruncido.

Toma dos cajas de la bolsa y las aprieta contra su pecho con un suspiro. Yo me quedo en silencio y saco una ración de arroz frito de la bolsa. Zahra me pasa un tenedor envuelto en plástico y los dos nos lanzamos a comer.

Suelta un gemido minúsculo al dar el primer bocado. Siento que el sonido me llega directo a la entrepierna y la sangre empieza a correr hacia donde no debe.

Respiro hondo.

—¿Por qué estabas aquí tan tarde en realidad?

Señala el tarro de cristal lleno de *post-its*.

—Estaba trabajando en una idea nueva.

—¿Y?

—Perdí la noción del tiempo.

—¿Te pasa mucho?

—No tengo mucho más que hacer —responde encogiéndose de hombros.

—¿Qué haces para divertirte? —La pregunta ha sonado natural, como si hubiera cosas aparte del trabajo que me importaran. Puede que Ani me esté pegando eso de hacer preguntas personales.

Zahra sonríe.

—Me gusta leer.

—¿Para divertirte?

Termina echando la cabeza hacia atrás de la risa. Todo mi pecho se calienta al ver que la hice reír así y una semilla de orgullo empieza a brotar dentro de mí.

—Sí. Algunas personas leemos cosas que no son para el trabajo —dice sin aliento—. ¿A ti qué te gusta hacer cuando no estás trabajando?

«Mandarte mensajes.»

—Correr.

—Pues claro. —Pone los ojos en blanco.

Se me erizan los pelos de la nuca.

—¿Qué quieres decir con eso?

Carraspea como si pudiera esconder que sus mejillas han tomado un ligerísimo tono de rosa.

—Nada. Tienes cuerpo de corredor. —Sus ojos miran hacia todos lados menos hacia mí.

«Mmm. Se ha estado fijando en mí.»

—No es que me haya estado fijando en ti ni nada —tartamudea, y sus mejillas se ruborizan más.

Me enderezo un poco, satisfecho con este nuevo descubrimiento.

—Claro.

—Solo un masoquista corre por gusto.

—Me despeja la mente.

—Lo creeré porque lo dices tú.

Suelto una carcajada y me arden los pulmones por la llegada repentina de oxígeno.

Zahra sonríe.

—Qué pena que no te rías más.

«No tengo muchos motivos para reírme.» Jalo la corbata aflojando el nudo alrededor del cuello.

—No te acostumbres.

—No osaría. Me gusta un poco que sea una rareza, porque así es más especial.

Su sonrisa es contagiosa y las comisuras de mis labios se elevan.

Nadie me ha dicho nunca que mi risa es especial. De hecho, creo que nunca me han llamado «especial» si no es para insultarme. Me hace sentir... bien. Apreciado. Valorado de un modo que no tiene nada que ver con cuánto dinero gano ni con mi trabajo.

Quiero verme a mí mismo como me ve ella, porque, a través de sus ojos, no me veo como un hombre que carga con una montaña de expectativas sobre sus espaldas. Solo soy Rowan, un tipo que se sienta en el suelo con pantalones caros a cenar comida para llevar de una caja y al que le está encantando todo esto.

Reparo, mientras Zahra me dedica una amplia sonrisa, en que quiero más de esto con ella. Tendré que encontrar una forma de que ocurra sin que se descubra que soy dos personas diferentes en su vida.

Ojalá supiera cómo.

22
Zahra

Mi hermana trama algo. Esa es la única explicación para el encuentro improvisado de la mentoría al que tenemos que acudir los cuatro. Quizá Rowan esté ocupado, pero estoy bastante segura de que mi hermana hace con él lo que quiere. Ani se cree muy lista, pero la tengo medida.

¿Y cómo iba a decirle que no? El objetivo final del proyecto es ayudar a los compis a ser más independientes, así que sería de lo más hipócrita decirle a mi hermana que no necesito su ayuda.

Pensaba que no iba a hacer ningún daño, pero me estoy arrepintiendo mucho desde que entró en mi casa con solo dos calabazas y una sonrisa maliciosa.

—No pasa nada, a la gente se le olvidan cosas muchas veces —dice.

Y sonríe, revelando un pequeño destello en los ojos que hace que ladee la cabeza. Solo he visto esa mirada en los ojos de mi hermana en dos ocasiones y en ambas las dos terminamos castigadas.

—¿Cómo se te olvidaron dos de las cuatro calabazas? —pregunto señalando las calabazas enormes que hacen que mi cocina parezca todavía más pequeña.

Se encoge de hombros.

—No quedaban en la tienda.

—Esta mentira está degenerando muy deprisa. —Me pongo las manos en las caderas como mi madre.

—No es mentira. —Desvía la mirada hacia varios puntos de la cocina para evitar la mía.

—¿Se quedan sin calabazas a principio de octubre? —le pregunto en un tono de lo más seco.

—Ajá, ¡qué raro! Será que hay escasez.

«Qué mentirosa.» Nunca pensé que llegaría el día en que mi hermana intentara ser mi celestina.

Doy un vistazo a Rowan preguntándome qué piensa. Ni se molesta en mirarnos porque está demasiado ocupado con el celular.

«Fantástico, qué gran ayuda.»

Ani toma una de las calabazas de la barra.

—JP y yo queremos hacer una juntos.

—¡No me digas! —respondo seca.

Que mi hermana esté enamorada suele ser encantador y entrañable, pero ahora mismo, para mí, es bastante inoportuno.

JP elige ese momento preciso para rodear a mi hermana con un brazo y besarla en la frente.

«Argh, ¿a quién quiero engañar? Siguen siendo igual de lindos.»

—¡Vamos! —dice JP. Toma la calabaza que tiene Ani en brazos y la lleva a la sala, donde se suponía que yo iba a trabajar con él.

Suspiro y me volteo. Ordeno los materiales y herramientas en una fila.

—No tienes por qué estar aquí si tienes algo mejor que hacer.

Levanta la vista del celular con el ceño fruncido.

—Si no quisiera hacerlo, no estaría aquí.

—¿Por qué viniste? —pregunto sin dejar de mirarlo.

Su expresión sigue impasible.

—Porque tu hermana me lo pidió.

La ilusión y el ánimo se desploman. «Estúpida, mira que pensar que vino para pasar tiempo contigo. Claro que vino por Ani. Es su mentor.»

—¿No tendrías que estar trabajando? —pregunto.

Tal vez si le recuerdo todas sus obligaciones saldrá corriendo para mandar un correo que se olvidó.

—Es sábado.

No puedo hacer más que quedarme mirándolo.

—Pensaba que trabajabas todos los días.

—Así es.

—Tenemos que hablar de tu conciliación de la vida laboral con la personal.

—Es fácil cuando tu vida laboral es tu vida. No hace falta conciliar nada.

Me aferro a la barra al reírme.

—Eso es lo más triste que te he oído decir.

Me mira con las cejas fruncidas.

—¿Por qué?

—Porque ¿de qué sirve tener tanto dinero si nunca vas a poder disfrutarlo?

Me mira sin saber qué decir. ¿De verdad nunca se ha planteado eso? Puede que sea un tipo avispado, pero le hace falta una intervención para tratar esa adicción al trabajo que tiene.

Niega con la cabeza como si hubiera decidido borrar de su mente lo que estaba pensando.

—Si el dinero no fuera un problema, ¿qué harías tú?

Sonrío.

—Las posibilidades son infinitas.

Levanta una ceja.

—Es una frase aterradora viniendo de ti.

—Para empezar, donaría dinero.

Pone mala cara.

—Yo ya dono dinero.

—Solo porque es deducible. ¿Alguna vez has ido a un encuentro de una ONG en el que no hubiera champán ni caviar?

—No digas tonterías, el caviar es asqueroso. —Se le arruga la nariz y a mí me parece adorable.

«¿Adorable?» Gruño en mi cabeza.

—Pues tal vez deberías pasar un día trabajando en un refugio de personas sin hogar. Quizá lo pensarías dos veces antes de ir por ahí con esos zapatos que cuestan más que la renta de mucha gente.

—No pensaba que mi pregunta fuera a convertir esta conversación en un juicio.

Me encojo de hombros.

—Tú preguntaste y yo contesté.

—¿Eso es lo que harías con una cantidad ilimitada de dinero? ¿Donarlo?

Río para mí misma.

—No todo. Guardaría un poco para mí y me compraría las primeras ediciones de mis libros favoritos.

—Libros. —Mira el techo como si Dios fuera a intervenir—. ¿Y los pines? ¿No querrías comprarte más?

Me quedo de piedra.

—¿Qué quieres decir?

Frunce el ceño.

—¿No te comprarías más?

—No.

—¿Por qué no?

—Porque no funciona así.

—¿Y cómo funciona?

Suelto un suspiro.

—Es una larga historia.

Mira a un lado y otro de la cocina vacía.

—¿Y? Tenemos tiempo de sobra.

Mis músculos se tensan.

—Que no es algo que quiera compartir contigo —le espeto.

«Maldición.» Abro mucho los ojos y la boca, pero me contengo y no me disculpo.

La frente entera se le arruga.

—No sabía que fuera un tema sensible.

No sé si soy yo o mi imaginación, pero el ambiente entre nosotros se crispa hasta que desvío la mirada.

—Es... algo que no hablo con mucha gente. —Con nadie más allá de mi familia y Claire.

—Entiendo.

No, no lo entiende, pero no voy a ponerme a contar esa historia. Es imposible que alguien como él comprenda a alguien como yo. Él lo tiene todo bajo control y yo estoy... Estaba rota.

«Pero ya no. Ahora estás mejor, más fuerte.»

Destapo el rotulador permanente y me acerco al tallo de la calabaza.

—Baja el arma. —La mano de Rowan aparece y detiene mi movimiento. Siento que una corriente eléctrica me recorre el brazo.

Su broma disipa la tensión que hay entre nosotros.

—De todo lo que hay en la barra, ¿esto es el arma? —Señalo el cuchillo que tiene a pocos centímetros.

—Sí, cuando no sabes lo que haces.

—¿Perdona? Gané el concurso de calabazas de Halloween del conjunto de departamentos el año pasado.

Levanta una ceja.

—Okey, exageré, pero sí me dieron una mención de honor. Con una medalla y todo.

Inclina la cabeza hacia atrás y se ríe. Es la mejor risa: áspera con el leve rastro de un aliento. Como si no tuviera suficiente oxígeno para abastecer un acontecimiento tan inusual. Dejo que el sonido me atraviese y solo puedo pensar en cómo lograr que vuelva a reírse.

Abre los ojos y da un respingo.

—¿Qué pasa? —pregunta.

—¿Quién eres y qué has hecho con el Rowan de verdad?

Frunce las cejas.

—¿Qué dices?

Busco el celular.

—¿Puedes volver a hacerlo?

—¿Reírme?

—Sí, esta vez tengo que grabarlo.

Pierde la batalla para esconder su sonrisa.

—¿Por?

—Porque estás haciendo historia.

—Qué absurda.

Le da la vuelta a la calabaza.

—Absurdamente increíble —repongo.

Su sonrisa se evapora como si nunca hubiera existido.

«¿Es por algo que dije?»

Puede que no le guste que la gente se eche flores a sí misma.

Miro el círculo que está dibujando, más simétrico imposible.

—¿Qué haces?

Toma el cuchillo y empieza a cortar la parte de abajo de la calabaza.

—No hagas preguntas estúpidas.

—¡Oye! ¿Qué pasa con eso de «No hay preguntas estúpidas»?

—Adivina quién inventó esa expresión —responde seco.

Levanto el dedo medio detrás de la espalda.

Su sonrisa vuelve y lo cuento como una pequeña victoria.

—Reformularé la pregunta: ¿por qué has decidido vaciar la calabaza desde la parte de abajo?

Él corta el último trozo de calabaza antes de dejar el cuchillo.

—Porque lo recomiendan los expertos.

—¿Los expertos?

—Sí. Los artículos que he consultado afirman que hacer un agujero en la parte inferior evita que la calabaza ceda y se desplome sobre sí misma.

—Vaya, pues eso no lo sabía.

¿Qué tipo de persona investiga cómo se hace una calabaza de Halloween?

«Rowan G. (todavía no sé qué representa la G) Kane, ¿quién si no?» La verdad es que es bastante meticuloso en todo lo que hace.

—Tu hermana me mandó una foto tuya con la calabaza ganadora de una mención de honor. Pensé que le haría un favor a todo el mundo si venía preparado.

—¿Cómo sabías que nos tocaría formar equipo?

Frunce el ceño.

—Me lo dijo ella.

—¿Y aun así decidiste venir? —Me agarro a la barra para no perder el equilibrio.

Se encoge de hombros. ¿Cómo puede hacer como si nada en un momento así?

—¿Por qué estás aquí?

—Porque quería venir.

Ladeo la cabeza mirándolo. No sé qué conclusiones sacar de una revelación como esta. Por alguna razón desconocida, Rowan quiere pasar tiempo cerca de mí. Hasta deja el trabajo a un lado.

Pero ¿por qué? ¿Qué ha cambiado? Aunque tenemos una reacción química extraña en presencia del otro, no ha cambiado mucho entre nosotros aparte de la cena en el taller.

«Ha venido a pasar tiempo contigo.»

—Te toca —dice, y me lanza la calabaza.

—Qué asco. Esa es la parte que hace Ani. —Arrugo la nariz ante las tripas de la calabaza.

Rowan suspira y vuelve a agarrarla.

—¡Eres el mejor! —Sonrío y le ofrezco una bolsa de basura.

Él intenta esconder la sonrisa mirando hacia abajo, pero lo descubro igual. Otra oleada de calor me recorre el cuerpo.

Rowan y yo trabajamos juntos preparando la calabaza. Cuando terminamos, concluyo que de verdad me gusta su compañía.

23

Rowan

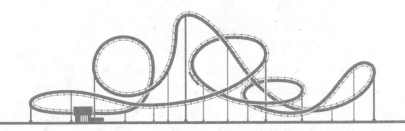

Mando el mensaje sin poder evitarlo.

> **Yo:** ¿Qué haces?

Reacomodo las almohadas que tengo detrás de la cabeza mientras me preparo para dormir. Se ha vuelto una rutina llegar a casa tarde y mandarle a Zahra un mensaje después de haber cenado y de bañarme. Solo llevo unos meses en Dreamland y ya encontré un ritual con el que me siento cómodo y que solo puede llevarme a una cosa: la dependencia.

La foto de la tarea escolar de un niño aparece en pantalla.

> **Yo:** ¿Por fin estás aprendiendo
> el alfabeto? Muy bien.

> **Zahra:** Qué malo. No, estoy dando
> clases de repaso a unos niños.

Yo: ¿A las diez de la noche?
¿No tienen que acostarse?

Zahra: Sí, pero no puedo
atender a mis clientes a la hora
de siempre con mis nuevos
horarios de trabajo.

¿Clientes? No sabía que daba clases de repaso además
del resto de las cosas. ¿Cuándo tiene tiempo para cuidar-
se si está tan ocupada ayudando al resto del mundo?
Algo que pesa como una losa me cae sobre el estómago. «¿Culpa?»
«No. Será indigestión.»

Yo: ¿No te pagan lo suficiente
como creativa?

Zahra: Lo hago como favor a
una madre soltera con la que
trabajaba en el salón de belleza.

Yo: ¿Por qué?

Zahra: Porque tiene dos trabajos
y no puede permitirse pagar un
profesor particular, así que me
ofrecí a ayudarla.

Yo: ¿Gratis?

Me parece que no tiene sentido. ¿Quién trabaja hasta
tarde por las noches después de una jornada completa
para ayudar a otra persona?

Zahra: Claro, necesita el dinero
más que yo y a mí me gusta ayudar.

> **Yo:** Pero ¿por qué necesita tener
> dos trabajos? Si nos dan de
> comer gratis y los departamentos
> son baratos.

Pensaba que esas medidas se aplicaron para ayudar a rebajar el costo de vida.

Zahra: No todo el mundo puede
sobrevivir con los pésimos
sueldos de Dreamland.

Vuelve la acidez que me sube por el pecho. «¿Empiezan a importarme estas cosas?» Me trago la inquietud.

Zahra: Pero hacemos
lo que podemos.

Escribo una respuesta antes de perder los estribos.

> **Yo:** ¿No dejaría el trabajo mucha
> gente si no estuvieran contentos
> con los sueldos?

Zahra: Puede que lo hagan,
no los culparía.

«¿Qué? ¿En serio?» En las encuestas anuales siempre aparece una tasa de satisfacción elevada por parte de los trabajadores.

Zahra: Pero a mucha gente le encanta su trabajo. Algunas familias hasta llevan varias generaciones aquí.

Yo: Como la tuya.

Zahra: ¡Exacto!

Añade un corazón al mensaje, algo nuevo. Me hace sonreír.
«Qué ridículo, obsesionándote con nimiedades como esa.»

Yo: Es difícil olvidar a la familia de fans de Elvis y músicos de ukelele que trabaja aquí.

Zahra: Me gusta que prestes atención a esas pequeñeces.

Yo: No pongas el listón tan bajo.

Zahra: Tranquilo, desde hace un tiempo no tengo ni listón.

El ardor en el pecho sube de intensidad. Quiero hacer algo, pero no sé qué, así que me conformo con lo único que puede hacerla sentir mejor.

Yo: ¿Quién te ha hecho daño? ¿Tengo que buscar su IP?

Zahra: Ja, ja, qué gracioso. ¿Estás expandiendo tus talentos al negocio del hackeo de computadoras?

Yo: Por ti, lo pensaría.

Y lo digo de verdad.

Siempre me he sentido orgulloso por mi capacidad para eliminar las emociones de toda decisión empresarial. Me costó desarrollar esa habilidad, pero la he perfeccionado con los años. Fui el primero que propuso que despidiéramos al diez por ciento de la plantilla de la Compañía Kane cuando la empresa perdió millones después del estreno de dos malas películas seguidas.

Me conocen como alguien exigente e insensible por cosas como obligar a los empleados a trabajar en Nochebuena o cambiar los seguros de salud para mejorar el margen de beneficios. Los trabajadores no pudieron convencerme ni con lágrimas, ni con súplicas ni con gritos de que cambiara de opinión.

A pesar de toda esa preparación, no sé cómo, Zahra ha conseguido meterse en mi cabeza. Su conversación calmada sobre la situación económica de los trabajadores me ha afectado. El pensamiento regresa cada vez que hablo con un empleado.

Martha es la gota que colma el vaso.

Frunzo el ceño.

—¿Por qué tienes que trabajar en el bar? ¿No te pagamos lo suficiente?

Su sonrisa tiembla al mismo tiempo que el tobillo maltrecho que necesita intervención quirúrgica inmediata.

—Por supuesto.

—No me mientas, Martha. Pensaba que teníamos una conexión.

Demonios, si hasta la dejé irse antes a casa un día la semana pasada.

—Señor, nuestra conexión es más débil que la del internet por módem de la biblioteca municipal.

Madre mía, ¿todavía existe el internet por módem? Eso es aún más triste que los tenis andrajosos que Martha se cambia por los zapatos del trabajo. Me asquea que su dedo gordo se asome por el agujero que tiene en la parte delantera del tenis.

—¿Por qué tienes otro trabajo?

Se muerde el frágil labio.

—No me hagas repetir la pregunta.

—Porque mi marido está enfermo del corazón y los medicamentos nos cuestan más que una hipoteca cada mes —dice, y sus labios vuelven a apretarse.

—¿Y por qué no te lo cubre el seguro médico?

La mirada que me lanza me hiela los huesos. Siempre ha sido muy respetuosa y modesta en mi presencia, pero el fuego que veo en sus ojos podría fulminar a un hombre más débil.

—Con el seguro que da la empresa, los copagos tienen un costo prohibitivo.

—Y con un sueldo no te basta.

Asiente.

—Algunos meses son más duros que otros. Y ahora que vienen las fiestas y todo... —Se le va apagando la voz.

Me imagino a Zahra con un picahielos pequeñito golpeándome el corazón helado con la fuerza de un martillo neumático. Me froto el punto del pecho donde siento la punzada.

—Ven conmigo. —Vuelvo a la oficina con Martha detrás de mí arrastrando los pies por la cojera—. Siéntate.

Rodeo el escritorio y me dejo caer en mi sillón. Ella se sienta enfrente. Sus ojos van de mí al reloj de péndulo que hay en el rincón de la oficina.

—No quiero ser maleducada, pero no puedo llegar tarde al trabajo. Cada hora cuenta para alguien como yo, porque no gano tanto en propinas como las jóvenes.

Estoy seguro de que ese comentario le ha sumado otros diez años de edad.

El suspiro fuerte que suelto hace que Martha se estremezca.

—Solo será un momento. ¿Cuánto tiempo hace que tiene tu marido esa enfermedad cardiaca?

—Lo diagnosticaron a los cuarenta y cinco, después de que nuestro nieto muriera de forma inesperada.

«¿Cómo? ¿un nieto?»

—El estrés lo hizo polvo. En lugar de asistir al funeral de nuestro nietecito, estaba convaleciente en el hospital. A día de hoy, todavía no se ha recuperado de eso. —Se le humedecen los ojos, pero no cae ninguna lágrima.

Me presiono el puente de la nariz con los dedos. Me turba que Martha tenga que trabajar hasta tarde de pie con el tobillo hecho trizas porque no le pago lo suficiente. Es culpa mía que no pueda permitirse esas cosas.

«Ya no se siente tan bien aumentar los márgenes de beneficios, ¿eh?»

Mi piel se enciende bajo el traje y me sube la temperatura corporal. De momento, solo se me ocurre una solución temporal.

Escribo un correo al encargado de finanzas de Dreamland pidiéndole una prima.

—¿Qué hace? —Su voz es apenas un susurro.

Le doy la vuelta a la pantalla para que pueda leer el correo.

—Considéralo el bono de Navidad.

—Pero estamos en octubre. —Se coloca los lentes para leer y toma aire. Sus ojos se ponen en blanco y se desmaya.

«Mierda.» Por esto no hago cosas buenas.

Hay algo en mis encuentros con Zahra y Martha que me ha despertado el gusanito de querer saber más sobre los problemas ocultos del parque. Algo me atormenta y me quita el sueño cuando me pongo a pensar en las dificultades a las que se enfrentan los trabajadores todos los días. El seguro médico. Las pensiones. Las cuentas de ahorros. Todos me golpean como olas hostiles y siento que me cuesta mantenerme a flote entre la culpa creciente.

Me da la sensación de que es algo que a mi abuelo le parecería importante y le gustaría investigar. Para él, los empleados eran como de la familia y, aunque yo no lo siento así, puedo fingirlo para ganar la votación.

De modo que, esta mañana, he decidido hacer caso a mis instintos y hablar con Zahra. Es hora de que trate con ella esas cosas que la preocupan como Rowan, el hombre que puede hacer algo, en lugar de como Scott, el idiota solitario que no tiene poder en Dreamland. Si hay alguien que será sincero sobre los problemas de los trabajadores es ella.

Encuentro el cubículo de Zahra vacío y se me escapa una exhalación pesada. Solo me lleva unos pasos llegar al despacho de Jenny.

—¿Y Zahra?

Jenny levanta la vista de la pantalla de la computadora.

—Está haciendo una misión de reconocimiento, por lo de tener efectivos en el campo de batalla y todo eso.

—¿Vamos a la guerra y no me he enterado?

En su cara se dibuja una sonrisa poco habitual.

—Me pidió pasar una jornada laboral diferente y me intriga ver qué se le ocurre después.

—¿Qué quieres decir?

—Quiere explorar el parque desde el punto de vista de una visitante y tomar notas.

—Una visitante —repito.

Sus mejillas se sonrojan y escruta mi rostro como si quisiera evaluar mi reacción.

—La idea me parece una genialidad y quiero que el resto del equipo haga lo mismo. Aunque algunos no están muy convencidos de usar uno de sus días de permiso no retribuidos —dice.

«Interesante... ¿Cómo no se me había ocurrido?» Puede que la nueva perspectiva impulse la creatividad.

Carraspeo.

—Será un día de permiso retribuidos.

Se le abren los ojos.

—¿En serio? Hace años que no tenemos ningún día de permiso retribuido.

«Eres un maldito desalmado. Otra cosa que es culpa tuya.»

Salgo del despacho de Jenny y le mando un mensaje a Zahra, esta vez desde mi teléfono personal. Me digo a mí mismo que es solo por trabajo. Que solo quiero salir con ella para hablar de sueldos, beneficios y seguros médicos y de los problemas de los trabajadores que no he hecho más que empeorar con los años.

Sin embargo, una vocecita en mi cabeza me avergüenza y me dice que no hago más que mentir.

24

Zahra

Avanzo un paso cuando veo que frente a mí la fila se mueve. Mi teléfono vibra en la mochila y lo saco.

Número desconocido: ¿Dónde estás?

Entro en la conversación para ver si hay mensajes anteriores, pero no encuentro nada. El teléfono vuelve a vibrar antes de que pueda guardarlo de nuevo en la mochila.

Número desconocido: Soy Rowan.

¿En serio? ¿Qué querrá?

He estado manteniendo la distancia las últimas semanas, desde la trampa de Ani para juntarnos. Me da miedo acabar haciendo algo de lo que luego pueda arre-

pentirme. Entre la cena que no tenía por qué comprar-
me y lo de la calabaza, estoy fallando en mi empeño de
alejarme de él. Además, me siento culpable por seguirle
el juego a Scott cuando estoy cada vez más interesada
por Rowan.

«Al final te tocará elegir a uno.»

Pensarlo hace que sienta un gusto amargo. Aprieto
los dientes mientras escribo la respuesta.

Yo: ¿Qué necesitas?

Actualizo la información del contacto mientras espero una respuesta.

Lucifer: ¿Dónde estás?

Pongo los ojos en blanco porque ignoró mi pregunta.

Yo: Visitando el parque.

Lucifer: ¿Puedes ser más
concreta?

Alguien carraspea detrás de mí y señala el espacio
enorme que tengo delante en la fila. Me disculpo y
avanzo deprisa.

Lucifer: Se me acaba
la paciencia.

Yo: Pues ve a comprarte
un poco.

Lucifer: Eso fue gracioso.

Me río sola. Que admita que le parezco graciosa hace que el corazón me golpee las costillas a un ritmo irregular.

Lucifer: Por favor, dime
dónde estás.

> **Yo:** Míralo, usando el «por
> favor». Y la gente dice que
> pájaro viejo no entra
> en la jaula.

«Bien, Zahra, bien. Recuérdale la diferencia de edad. Eso lo alejará, porque tiene siete años más que tú.»

Lucifer: Cuando quieras te
enseño si el pájaro viejo entra
o no entra.

¿Eso fue una broma sexual? El cuerpo entero me arde tras después de la respuesta y no entiendo el cambio de personalidad.
Vuelve a escribirme antes de que pueda superar el shock.

Lucifer: Eso estuvo
muy fuera de lugar.

> **Yo:** Creo que te hackearon
> el celular.

Lucifer: La verdad es que no, pero no puedo asegurar lo mismo de mi cerebro. Hago bastantes estupideces cuando estoy contigo.

Me río echando la cabeza hacia atrás, demasiado exaltada por su confesión. Como ha sido tan sincero, me apiado de él.

Yo: Estoy en la fila del Castillo Embrujado.

Lucifer: ¿En la fila?

Yo: Deja que te lo explique. Una fila es una formación en la que espera la gente pacientemente cuando no puede permitirse comprar los pases rápidos que tu empresa vende por un riñón.

Un vistazo a la fila rápida, que está vacía, me dice que los otros visitantes están de acuerdo conmigo.

Lucifer: Si alguien te ofrece un riñón por doscientos dólares, sal corriendo.

Me río mientras guardo el celular en la mochila. Las personas que tengo delante entablan conversación conmigo. Son una amable pareja de Kansas que ha viajado hasta aquí de luna de miel. Les hago unas cuantas preguntas, como cuáles son sus partes favoritas y las que menos les gustan del parque. Me dicen lo que piensan y yo lo apunto en la libretita que llevo.

—Eh, ¡no puedes meterte! —grita un visitante detrás de mí.

Volteo y veo a Rowan avanzando por la fila sin prestarle ninguna atención a los visitantes que le gritan.

«¿Cómo llegó aquí tan rápido?»

Se detiene a mi lado, y no tiene la respiración acelerada ni nada.

—Eeeh... ¿Qué haces aquí? —Levanto la cabeza para mirarlo pensando en lo ridículos que parecen su traje y sus mocasines de Gucci en comparación con la ropa informal que llevamos el resto de los mortales.

—No estabas en el taller.

—Sí, me tomé el día libre.

—Eso me dijo Jenny.

—¿Por qué me buscabas? —Intento mantener un tono neutro, pero fracaso.

Rowan me sonríe burlón.

El hombre que tenemos detrás le toca el hombro.

—Perdona, no puedes saltarte la fila. Llevamos esperando ya cuarenta minutos.

Rowan le lanza una mirada fulminante por encima del hombro.

—Soy el dueño.

—Sí, claro. Y yo soy Santa Claus —responde el hombre tocándose la barba blanca.

—Busque «Rowan Kane» en Google, me espero —le dice Rowan, y da golpecitos en el suelo con el zapato.

Tiene algo en la voz que hace que todo el mundo lo obedezca. Es fascinante de un modo extraño observar cómo el hombre saca el celular y toca la pantalla.

Deja de fruncir el ceño y se pone blanco.

—Lo siento, señor Kane. No quería gritarle. Es que me da mucha rabia que la gente se meta en la fila.

—Seguro que a todo el mundo que no pueda permitirse un pase rápido le ocurre lo mismo —contesta él con su tono más seco.

Yo me quedo boquiabierta.

—No deberías hablarle así a la gente. —Me volteo y le doy la espalda a Rowan.

No me extraña que todo el mundo lo evite. Tiene la madurez emocional de un robot y el carisma del tráfico en hora pico.

La pareja de Kansas reanuda la conversación conmigo y me concentro en ellos. El mocasín de Rowan vuelve a dar golpecitos en el suelo y él se queda con la vista fija en mi espalda. No me importa si hace un numerito. Por mí, que haga la fila en silencio.

Suelta un suspiro sonoro que hace que me tiemblen los huesos. Sea cual sea la mirada que le lanza a la pareja, los hace callar. Se voltean y empiezan a hablar entre ellos ignorándome por completo.

Doy un vistazo hacia atrás y me lo encuentro con los ojos fijos en mí.

—¿Sí?

—¿Piensas explicarme por qué estamos haciendo fila cuando podemos pasar antes que todo el mundo?

—Estoy viviendo el parque desde la perspectiva de los visitantes para que se me ocurran ideas que atraigan a esas personas a las que quieres atraer.

—Muy noble por tu parte. —Se le arruga la nariz. Esta vez se ha esforzado al máximo por no decir nada insultante.

—Si tanto te disgusta hacer fila, vuelve a tu despacho

de marfil. Nadie te pidió que vinieras. De hecho, ¿qué haces aquí?

—Yo... —Se detiene—. No lo sé. —Junta las cejas.

Se queda bloqueado por lo que sea que esté pasando dentro de su cabeza. Los dos permanecemos en silencio haciendo fila, cada uno perdido en sus pensamientos.

«¿Qué hará aquí? ¿Y por qué me alegra tanto saber que ha decidido hacer fila conmigo a pesar de que lo odia?»

Por fin, llegamos al principio de la fila al cabo de diez minutos. La atracción del Castillo Embrujado es una de las más clásicas de Dreamland y se basa en un castillo inglés encantado de una de las películas de la Compañía Kane. Los vagones tienen forma de medialuna y un asiento bastante grande para tres personas.

Un hombre que lleva un traje clásico con chaleco nos llama.

—¿Cuántos son?

—Una —respondo al tiempo que Rowan dice «Dos».

El acomodador cambia el peso de pierna.

Ecch, por favor, dense prisa, el vagón está a punto de salir.

Avanzo rápido y me instalo en el estrecho asiento negro. Mis sienes laten cuando Rowan se mete en el vagón y jala la palanca de modo que nos quedamos atrapados juntos.

—¿Por qué no me dejas en paz? —grazno.

—Ojalá lo supiera. —Pronuncia las palabras tan bajito que me pregunto si me las habré inventado.

Sea como sea, sonrío al pensar que Rowan quiere pasar más tiempo conmigo, aunque no sepa por qué.

Estira las piernas para estar más cómodo. Su muslo musculoso roza con el mío y yo tomo aire. No sé qué da más miedo: el vagón avanzando por la oscuridad estremecedora o el estallido de calor que siento en el vientre por la proximidad de Rowan.

«Lo de Rowan, está claro.» Me muevo un poco hacia el final del asiento.

—Si te acercas más al borde, te caerás del vagón y te harás daño —dice hablando por encima de los sonidos de fantasmas.

—Pensaba que ya nada te importaba un carajo.

—Mmm, tal vez al final algunas cosas sí me importen.

Siento presión en el pecho mientras me esfuerzo por no sonreír.

El vagón entra en un pasillo en el que retumban risas malvadas y lamentos fantasmales. Las perillas de las puertas se agitan y algunas puertas se abren un poco mientras avanzamos a ritmo lento.

La mirada de Rowan va de un lugar a otro mientras pasamos por varias salas del castillo. Abre mucho los ojos al contemplar el desván en el que una novia gótica canta sobre un ataúd.

—Es peor de lo que recordaba.

Levanto una ceja.

—No me digas que tienes miedo. ¿Quieres que te dé la mano?

Pone los ojos en blanco. El gesto me parece muy humano, algo tan raro en él que termino riéndome sola. La comisura de sus labios tiembla cuando se esfuerza por no sonreír y yo lo celebro con un baile mental.

—¿Cuándo fue la última vez que subiste en esta atracción? —indago.

Agarra con más fuerza el barrote que tenemos delante.

—Cuando tenía diez años.

—¿Diez años? De eso hace una eternidad.

—Gracias por hacerme sentir viejo.

Todo mi cuerpo tiembla por la risa.

—Perdona.

—Todavía recuerdo que Cal lloraba cada vez que nos subíamos. Su reacción siempre hacía reír a mi madre, así que lo obligábamos a subir con nosotros una y otra vez.

Tomo aire. Nunca lo he oído hablar así de su madre.

—Es bonito que hicieran eso por su madre.

Se ríe con ironía.

—Dudo que Cal piense lo mismo.

—¿Cuál era la atracción que más le gustaba a tu madre?

—Todas. —Sonríe, pero el gesto no llega a sus ojos.

Extiendo la mano y tomo su puño apretado. No sé muy bien qué pensaba conseguir. ¿Tranquilizarlo? ¿Consolarlo? Qué tontería. No lo necesita. Quito la mano, pero Rowan se aferra a ella y queda atrapada entre la suya y el barrote. El roce de su pulgar contra mis nudillos hace que me suba una chispa por el brazo.

Inhalo repentinamente. Él se retira y me suelta la mano.

El vagón empieza un lento descenso hacia el tétrico cementerio. Nos sobrevuelan estatuas parlantes y espíritus malignos. Un fantasma sale de repente de una tumba y Rowan da un respingo y se golpea el pecho contra el barrote de seguridad. El barrote emite un chirrido por el peso de Rowan, pero sigue en su lugar.

Una carcajada me sale de lo más hondo. Se me forman lágrimas en los ojos y no me doy abasto parpadeando para no llorar.

—Ay, Dios, valió la pena subir contigo solo por esa reacción.

Volvea hacia mí. Sus ojos se iluminan con la luz de los fantasmas proyectados por encima de nosotros.

—Qué mala eres.

Una araña enorme cae enfrente del vagón y Rowan se hace hacia atrás.

—¡Mierda!

Otra carcajada mana de mi garganta. Nunca lo había oído soltar una grosería, puede que porque eso revele demasiado sus sentimientos.

Sus labios forman una fina línea, pero sus ojos siguen alegres.

—Tendrías que haberte visto la cara. Impagable.

Niega con la cabeza.

—Puede que hasta se me haya salido un poco de pipí de tanto reírme —añado.

—Tan encantadora como siempre, Zahra.

Hay algo en la forma en la que dice la frase que me hace sonreír como una tonta.

—Nunca había visto a un adulto reaccionar así en una atracción para niños.

Me seco las comisuras de los ojos con discreción.

—No eres tan buena como todo el mundo piensa. Solo una mujer malvada se burlaría así de un hombre por tener miedo.

—¿Crees que te sacaron una foto? Sé que será carísima, pero pagaría lo que fuera.

Tengo la sensación de que se me podría partir la cara en dos de tanto sonreír. Él se me queda mirando unos segundos antes de voltearse hacia el frente.

El viaje termina demasiado pronto. El vagón avanza poco a poco hacia la salida y el barrote se eleva y nos deja salir. Rowan se baja y me tiende la mano.

La miro, parpadeo para comprobar que no me engaña la vista. Él pone los ojos en blanco otra vez, me toma del brazo y me saca de un jalón para que se suba otra persona antes de que el vagón se aleje. Creía que me soltaría, pero sigue aferrado a mí cuando pasamos por la tienda que vende recuerdos de la película en la que aparece el Castillo Embrujado.

—¡Espera! —grito cuando Rowan se dirige a la salida.

Me suelta y yo me voy hacia el mostrador de las fotos. El trabajador me ayuda a encontrar la que busco.

Cuando la abre y pone el zoom, me parto de risa. Me quedo ronca de tanto reír.

—Bórrala —dice Rowan detrás de mí. Siento la calidez de su pecho en la espalda.

Levanto la mano para detener al trabajador.

—¡No! Por favor, déjame comprarla antes.

Miro la foto con anhelo. Yo soy la imagen de la elegancia, mientras que los ojos de Rowan, que está dos tonos de piel más pálido de lo normal, amenazan con salirse de sus órbitas. Y lo más raro de todo, tiene la mano pegada a mi estómago como si me estuviera protegiendo. La intención es tierna y quiero la foto para no perder el recuerdo.

Corro a sacar mi cartera del bolso. Antes de que pueda contar el dinero, Rowan tiende un billete nuevo por encima de mi hombro. El trabajador imprime la foto y la envuelve.

Me doy la vuelta para mirar la cara inexpresiva de Rowan.

—¿Por qué la pagaste?

—Porque quise.

Me respondió eso en un intento por despistarme, pero lo tengo medido. Creo que a Rowan le gusto más de lo que quiere admitir, incluso ante sí mismo.

25
Zahra

Salimos de la tienda con mi regalo. Sonrío al cielo y respiro el olor a galletas recién hechas que impregna el aire.

Rowan saca un botecito de pastillas del bolsillo. Se mete una en la boca y se pasa la mano por el pecho.

—¿Tienes que tomarte pastillas para el corazón o algo, abuelito? —me burlo, y vuelvo a colocarme los lentes de sol sobre la nariz.

—No, son para la acidez.

—Ah, ya decía yo que no podía ser del corazón. Dicen que te lo extirpaste por cuestiones prácticas.

—Lo intenté. Al final resultó que el cirujano no estaba cómodo haciendo una operación con un índice tan bajo de recuperación.

—Qué cobarde.

Suelta una de sus carcajadas. De esas tan graves que es difícil oírlas por encima de los gritos y risas de los niños que nos rodean. El sonido hace que una ola cálida imposible de ignorar me recorra el cuerpo.

Diablos, tengo que alejarme de Rowan antes de hacer una tontería como volver a besarlo.

—Bueno. Me alegro de haberte visto. Debo irme... Ya sabes: tengo lugares a los que ir, atracciones que ver y todo eso. —Me encamino hacia la siguiente atracción de mi lista.

Su sombra me sigue. Me toma por el codo y me voltea con una suavidad que alguien como él no debería poseer. ¿Por qué, cada vez que este hombre me toca, siento como si el mundo se detuviera para verlo?

Me suelta el brazo a la velocidad de un caracol, pasándome los dedos por la piel mientras baja la mano.

—Dime por qué estás haciendo esto en realidad.

Bajo la vista a mis tenis.

—Tengo un bloqueo creativo.

—¿Y esta es tu solución? —Mira a nuestro alrededor con una sonrisa de suficiencia.

—¿Por qué aceptaste ser director si no soportas este lugar?

—No es que no lo soporte —dice, y se le arruga la nariz.

—Pues explica esa cara.

—A ti no te debo ninguna explicación.

—Si te comportas como un niño, te tratarán como tal. ¡Adiós! —Me despido con la mano sin mirar atrás y camino a grandes zancadas para alejarme de él.

Rowan me sigue y salva la distancia entre nosotros en un abrir y cerrar de ojos.

—Voy contigo.

—¿Por qué? —protesto.

—Porque me pareces interesante.

Rowan es la única persona que puede llamarme «interesante» y hacer que me dé un vuelco el corazón.

Acepto su compañía porque, cuando se trata de él, soy un caso perdido.

Continuamos el trayecto hacia el Kanaloa, la atracción inspirada en uno de los dioses hawaianos. Me dirijo a la entrada principal, pero él me lleva hacia la fila rápida.

—No tenemos los pases. —Intento frenar, pero su mano encuentra la parte baja de mi espalda y me empuja hacia delante. El calor se propaga por mi cuerpo desde la zona que cubre la palma de su mano.

Se señala la cara.

—Lo tienes enfrente.

Me río con un resoplido.

—Madre mía, qué comentario más horrible. No puedo creer que eso haya salido de tu boca.

Él no dice nada, pero estoy bastante segura de que la mano que tiene contra mi espalda tiembla por su risa silenciosa.

—Para tu información, esto impide que pueda vivir Dreamland como una persona cualquiera. Me gusta hablar con la gente y escuchar sus opiniones mientras espero.

Rowan ignora mi parloteo y seguimos caminando por los pasillos largos y vacíos.

—Y, además, ¿por qué quieres pasar tiempo conmigo? —pregunto.

Vuelven a resonar las pastillas en el botecito cuando saca otro antiácido y se lo toma.

—Se supone que no tienes que subirte a esta atracción si tienes problemas de corazón —bromeo de nuevo.

Él me lanza una mirada que podría volver a helar el Ártico.

—No tengo problemas de corazón. Es indigestión.

—O un efecto secundario crónico de ser un idiota a todas horas. —Le guiño un ojo y él gruñe algo ininteligible entre dientes.

Nos llevan al andén para subir a la montaña rusa. Atendiendo a la petición de Rowan, un acomodador nos hace un hueco en la parte delantera de la fila, donde están los primeros asientos de la atracción. Niego con la cabeza y señalo los últimos vagones.

—Quiero sentarme ahí.

Rowan levanta una ceja, pero me sigue. Nos sentamos en la parte trasera. Nuestros brazos se rozan cuando bajan los arneses de seguridad y nos dejan atrapados.

Miro al frente mientras los vagones van subiendo la cuesta. Nos rodea un espectacular decorado que imita un volcán hawaiano y hay vapor en el ambiente, pensado para dificultar la visión.

Esta es mi parte favorita. El traqueteo suena más alto y el corazón me late con fuerza en el pecho conforme vamos subiendo por la ladera del volcán. Con un último empujón, los vagones superan el borde del cráter y caemos directamente a la falsa lava.

Grito, siento que el corazón se me va a salir por la boca con los giros de la montaña rusa. La fachada impasible de Rowan se derrumba en cuanto se empieza a reír con los ojos más pendientes de mí que de la atracción. No sé muy bien qué pensar de eso. Si me baso en lo que siento en el pecho, tal vez yo también necesite una pastilla.

La siguiente caída reclama mi atención y grito mientras caemos bocabajo y dando vueltas. Es una de las mejores atracciones de Dreamland.

Mi corazón no deja de latir a toda velocidad hasta

que los vagones se detienen justo antes de llegar al andén de bajada.

Volteo para mirar a Rowan preguntándome si le habrá gustado la atracción.

—¿Qué te pareció?

—Que me rompiste los tímpanos.

Tiene la vista clavada en mí y se lame el labio inferior. Alarga la mano y me la pasa por el cabello para peinarme las ondas revueltas.

Mi corazón, que ya se me había estabilizado, vuelve a acelerarse y late en mi pecho con más fuerza que hace un minuto.

—Me subiría una y otra vez y no me cansaría nunca.

Levanta una ceja.

—¿Una y otra vez?

—¡Sí! ¿No te hace sentir vivo?

Los vagones se detienen en el andén. Rowan hace un gesto extraño con la mano y nuestros arneses de seguridad no se abren.

—Eeeh, ¿qué pasa?

Todos los pasajeros se bajan, pero nosotros nos quedamos sentados. Rowan hace otra señal con la mano y el tren vuelve a arrancar sin nadie más que nosotros.

—¿Por qué estamos haciendo esto? —digo hablando por encima del traqueteo de los engranajes.

Me mira con expresión neutra.

—Dijiste que te gustaría repetir.

—Sí, pero no esperaba que repitiéramos.

—Bueno, pues ya ves.

La atracción avanza volviendo a subir por la ladera del volcán.

—¿Por qué estás pasando tanto tiempo conmigo?

¿No tienes otras cosas que hacer y más gente a la que atormentar?

Se encoge de hombros evasivo.

—Tal vez me guste oírte gritar.

—Eres un rarito.

Me sorprende que no me dé un paro cardiaco cuando... ¡me guiña un ojo! Los latidos me retumban en el pecho y mi piel responde con un hormigueo.

26

Rowan

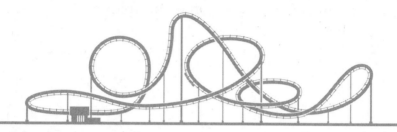

No sé qué pensaba hacer una vez que encontrara a Zahra en el parque, pero acompañarla en un día tan raro era lo último que tenía en la cabeza. Sin embargo, aquí estoy, siendo un mero testigo, desesperado por entrar en la órbita a su alrededor de la forma que pueda.

Hoy he estado más que dispuesto a hacer varias filas largas con Zahra porque ella me dijo que tenía que experimentar cómo vive el resto del mundo. Arruiné mi dieta comiendo la mitad de lo que venden en Dreamland con ella. Y hasta acepté entrar en la Casa de los Presidentes, que todo el mundo sabe que es una porquería de atracción más aburrida de Dreamland, solo porque Zahra quería.

Todo lo que he hecho hoy es por las dulces sonrisas de Zahra y por sus carcajadas. Tiene el magnetismo del Triángulo de las Bermudas y yo soy un avión perdido y desesperado por aterrizar.

El sol se va apagando y el día que hemos pasado juntos va llegando poco a poco a su fin. Pensar en volver a la oficina me aterra.

—¡Date prisa! —me grita Zahra.

Sale corriendo hacia el pueblo navideño inspirado en Alemania que se instaló en un rincón del parque para las fiestas. Dreamland se aprovecha de los entusiastas de la Navidad en cuanto pasa Halloween. Quizá sea el primer día de noviembre, pero el parque no pierde la oportunidad de sacar beneficios del espíritu navideño.

Hay árboles de Navidad enormes que rodean la zona y es como si los visitantes entraran en otro país.

—¡Vamos! —Mira la hora en el celular—. Vamos a perdérnoslo si no nos damos prisa.

Me lleva hacia la plaza del pueblo. Yo tomo dos vasos de chocolate caliente de uno de los tenderetes y le doy uno a Zahra.

Ella sonríe mirando las nubes de golosina en miniatura que flotan en el vaso.

—¿Cómo has sabido que me gusta el chocolate caliente?

—Porque le gusta a todo el mundo.

—No debería tomármelo. Nos hemos comido casi todo lo que venden en Dreamland.

—Si tienes alguna queja de tu peso, me sacaré los ojos con esta cuchara. —Recorro su cuerpo con la mirada fijándome en cómo se le aferra la ropa. Tiene unas curvas que me encantaría memorizar con la punta de la lengua y el roce de mis labios. Toda mi sangre se concentra en un mismo punto al imaginarme a Zahra en mi cama cubierta solo por una sábana de seda.

Sus mejillas se ruborizan cuando ve que la estoy observando.

—Mi ex me decía que estaba gorda.

Aprieto la mandíbula hasta que me duele. Es la primera vez que Zahra me cuenta algo sobre su ex y preferiría no haber oído nada.

—Entiendo que por eso es tu ex.

—No, por desgracia no. Aunque tendría que haber visto que era una señal.

—¿De que estaba quedándose ciego?

Suelta una carcajada con pocas ganas y me doy cuenta de que no quiero volver a oír esa versión de su risa nunca más. Por mi pecho sube una sensación extraña, las ganas de hacerla sentir mejor.

—No entiendo quién puede ser tan estúpido para quejarse de que una mujer tenga curvas. Entre nosotros: estás buenísima.

Las mejillas se le vuelven dos manchas rojas.

—Por favor, olvida lo que dije —dice.

—¿Por qué?

—Porque no deberíamos estar hablando de esto. Eres mi jefe —susurra como si alguien fuera a oírnos.

Aprieto mi mandíbula.

—Técnicamente, no.

—Mi contrato no dice lo mismo.

—Tú estás bajo la supervisión de Jenny y ella bajo la mía.

—Bueno, eres el jefe de mi jefa, lo cual significa que no debería ponerme a hablarte de mi ex. Así que pórtate bien y calla. ¿Okey? Gracias.

Me río en voz baja y me inclino para hablarle a la oreja.

—Portarme bien es lo último que quiero hacer cuando estoy cerca de ti.

Se le eriza la piel.

—¿Qué haces?

—Divertirme.

—¿Me perdí el momento en el que avisaron que empezaba el apocalipsis o algo?

Libero una pequeña sonrisa. Abre mucho los ojos cuando mira mi cara.

Se aclara la garganta, toma mi chocolate a medio terminar y tira los dos vasos a la basura. Cuando regresa, ya no hay rubor en sus mejillas. Lo extraño.

—Eres linda cuando te sonrojas. Si fuera...

La gente contando hacia atrás desde diez en voz alta interrumpe mi frase.

—¿Por qué la cuenta regresiva?

Ella me mira desde abajo y su cara se ilumina.

—¡Ahora lo verás!

La gente grita «¡Uno!» y empieza el caos. Los niños gritan alborotados mientras copos de nieve de espuma caen a nuestro alrededor. Los contenedores escondidos por la plaza nos lanzan la nieve falsa y cubren el cabello y los abrigos de todo el mundo. De los altavoces retumban villancicos y la zona rebosa alegría navideña.

Zahra se ríe cuando recojo la nieve que me cayó en el hombro y me la llevo a la altura de los ojos.

—¿Se puede saber qué es esto? No recuerdo que esto se hiciera cuando yo era niño. —Mis padres nos llevaban a ese mismo pueblo navideño todos los años, pero no recuerdo que hubiera nieve.

—¡Lo pusieron el año pasado!

—Espero que no deje mancha. —Un copo de nieve falsísimo se posa en mi nariz.

Su sonrisa se ensancha al ponerse de puntitas y quitármelo.

—No seas tan soso.

Llueve espuma a nuestro alrededor y se posa en su cabello oscuro y en su ropa. Los niños gritan y corren y hacen ángeles de espuma en el césped.

—Esta gente se comporta como si nunca hubiera visto la nieve.

—¡Eso es porque algunos no la hemos visto! —dice, y se ríe mirando al cielo.

—¿En serio?

—Sí. Tal vez algún día. —Alarga la mano para recoger más espuma.

Un niño choca con ella y la hace perder el equilibrio. Me acerco y la agarro de los brazos antes de que pueda caer al suelo. Otro diablillo la embiste a toda velocidad, pero la atraigo hacia mí antes de que pueda tumbarla. Sus manos planas me golpean el pecho y su mirada secuestra a la mía. La sensación de tenerla entre los brazos es perfecta y me siento tentado de seguir abrazándola para protegerla de toda la oscuridad del mundo, incluida la mía.

No entiendo lo que me está pasando, lo único que sé es que Zahra me tiene cautivado.

Un mechón de su cabello ondea al viento y queda frente a su cara. Sin pensarlo, lo tomo y se lo coloco detrás de la oreja. La piel me hormiguea con el contacto y toco su mejilla para aferrarme a ese momento. Sus ojos cafés brillan aun cuando el sol se ha ocultado.

Todo se detiene a nuestro alrededor cuando inclino la cabeza hacia ella. A medio camino, nuestros labios se encuentran. Llevo deseando esto desde nuestro primer beso. Nuestros cuerpos se acoplan como si fueran dos piezas de un rompecabezas.

La electricidad chisporrotea donde se tocan nuestros labios y yo me alimento de ella como un adicto. Zahra toma aire. Yo aprovecho la oportunidad para explorar su labio inferior con la lengua. Eso le provoca un escalofrío y clava los dedos en la tela de mi traje.

Mi cabeza se nubla y el ruido a nuestro alrededor se atenúa cuando Zahra profundiza el beso. Su lengua juega con la mía y me pasa los brazos por el cuello. Sabe a chocolate con menta y necesito más. Me parece que todos mis sentidos se han aguzado al máximo, siento un cosquilleo por la columna vertebral y un hormigueo en los labios, que quieren más. Más de esto, más de ella, de nosotros.

Besar a Zahra es como llegar al cielo después de pasar una eternidad en el purgatorio. Como si me hubiera pasado la mayor parte de mi vida vagando sin rumbo, esperando a que ella me llevara hacia la luz. Es divina con el toque suficiente de picardía para que un pecador como yo quiera rezar con devoción.

Gimo cuando se pega a mí. Los pantalones de traje no contienen bien mi erección cada vez más grande y Zahra toma aire asombrada.

Otro niño corre y grita antes de estrellarse contra nosotros y separarnos. Zahra se tambalea, pero en esta ocasión recupera el equilibrio sola.

Da un paso poniéndose fuera de mi alcance y me mira con los labios separados e hinchados.

—Bueno...

—¿Quieres tener una cita conmigo? —digo avanzando hacia ella.

—¡¿Cómo?! —Se tapa la boca como si el gesto pudiera impedirme que vuelva a besarla.

¿Soy el único al que le afecta nuestra conexión? «Imposible.»

—¿Tengo que repetirlo?

—¡No! A las dos preguntas.

—¿Por qué? —Doy un paso más hacia ella y respiro su olor fresco a cítricos mezclado con el olor jabonoso de la nieve de espuma.

—¿No te basta con que eres mi jefe?

—Eso nunca te ha impedido hacer lo que has querido.

Baja la mirada hasta el suelo.

—Da igual. Eres la última persona con la que debería querer estar.

Sus palabras me devuelven al pasado, a ese niño al que rechazaron hasta que aprendió a que dejara de importarle todo.

Me palpita la vena de la frente.

—Sí, bueno, a mí no debería atraerme una mujer insufrible que me lleva al borde de la locura, pero aquí estamos. Representas todo lo que me desagrada de las personas.

Hace una mueca.

—¿Eso es lo que piensas de mí?

«Mierda. No me he expresado bien.» He visto al señor Darcy echar todo a perder diecisiete veces y no sé cómo me las arreglé para caer en la misma trampa.

Le brillan los ojos y eso hace que me sienta todavía peor.

—No quería decir eso. —Pongo la mano en su codo, pero ella retira el brazo.

—¿Sabes qué? Olvídalo. No he dejado de excusar tu comportamiento porque esperaba que debajo de toda esa rabia hubiera alguien decente, pero, en realidad, no eres más que un imbécil con el fetiche de hacer sentir a todo el mundo tan mal como tú te sientes. —Su labio inferior tiembla.

No. No puede ser verdad. Eso es lo que hace mi padre, no yo. Yo soy práctico y directo. Eso no es lo mismo que ser un cabrón como mi padre.

Pero su forma de mirarme hace que lo piense.

Siento presión en el pecho.

—Zahra, lo siento. Escúchame...

—No quiero disculpas. No significan nada viniendo de alguien que ni siquiera sabe qué es arrepentirse.

Me siento igual de idiota que el señor Darcy.

«¿Ahora te comparas con el personaje ficticio que más le gusta?»

«No puedes estar más perdido.»

Se me revuelve el estómago. Me siento tentado a contestarle mal, pero me aguanto. Ya no quiero ser esa persona. El que pierde a la chica incluso antes de tener la oportunidad de estar con ella. El que se esconde detrás de un seudónimo y espera sus mensajes porque no aguanta la soledad devastadora que lo inunda cada vez que entra en su casa vacía.

No, de ahora en adelante, elijo ser mejor con ella. Aunque cometí un error, todavía puedo seguir intentándolo.

—Olvida este beso. Yo, desde luego, lo haré. —Da media vuelta y se aleja sin voltear a mirarme.

Algo en su partida hace que la presión que siento en el pecho aumente hasta el punto de tener dificultad para respirar. Voy a tomar una pastilla del bote de antiácidos que tengo en el bolsillo interior del saco, pero lo encuentro vacío. Es una representación perfecta de cómo me siento ahora que Zahra se fue.

«Completamente vacío.»

Pedirle una cita a Zahra fue muy descuidado. Me perdí en el momento y fue lo primero que se me ocurrió. Fue una estupidez, sobre todo porque ella me ve de una forma mientras que yo la veo con otros ojos.

He pensado en volver a hacerme pasar por Scott, pero, después de besar a Zahra, no puedo. Me siento... mal. Ya no encajo con ese personaje, porque mi interés por Zahra ha evolucionado. Ya no quiero fingir que soy un fracasado que no tiene contacto con la gente. Ya no quiero fingir más y punto.

Así que abro otra conversación en mi nombre. Desde ahora, eso es lo único que le daré.

> **Yo:** Necesito que te reúnas conmigo en mi despacho mañana a las ocho de la noche.

Suelto el aliento contenido cuando, al cabo de una hora, por fin, me contesta.

> **Zahra:** Okey.

Esa respuesta tan simple me deja inquieto el resto de la noche. Zahra no es de las que hacen nada simple y no me gusta recibir mensajes de una sola palabra de ella. A Scott nunca le haría eso, pero conmigo no se esfuerza.

«¿Qué mierda?, parece que estás celoso de ti mismo.»

Pienso en cancelar la reunión dos veces antes de meter el celular en un cajón e ignorar los mensajes que Scott recibe de Zahra. Tengo que hacerlo. Aceptará mis razones detrás del engaño. No podía decirle quién era porque es muy difícil confiar en cualquiera que no sea yo o mis hermanos.

«¿Y si no te perdona?»

Me perdonará. Lo que hice no tiene nada de malo. Seguramente, si ella hubiera crecido en una situación como la mía, habría hecho lo mismo sin pensarlo.

«Ajá.»

27
Zahra

Saco el pecho y llamo a la puerta del despacho de Rowan. Estoy lista para lo que sea que pueda decirme después de nuestra pequeña pelea, aunque siento que llevo el corazón en un puño desde que ayer me mandó ese mensaje.

—Pasa.

Abro la puerta y encuentro a Rowan al otro lado del escritorio. Tiene la camisa arrugada con las mangas arremangadas, lo que revela sus antebrazos fuertes. Se le marcan todas las venas y se me hace la boca agua. Me entran ganas de recorrerlas con los labios.

Me detengo de golpe cuando levanto la vista y miro su cara.

Trae lentes. Unos lentes gruesos con la montura negra que le quedarían bien a un superhéroe en su segundo trabajo como periodista. La imagen me toma desprevenida. «Es... Madre mía... Qué fuerte.» Los lentes hacen que su cara parezca más severa y angulosa. Quiero extender las manos y tocar la barba incipiente que cubre su mandíbula con una sombra oscura.

Todo eso le da un aspecto más descuidado, de haber pasado el día trabajando. Aunque Rowan arreglado es atractivo, su versión más desaliñada hace que el corazón bombee mi sangre a un ritmo errático.

—Siéntate —me ordena, y señala la silla vacía que hay frente a su escritorio.

Obedezco y me dejo caer. Es difícil mantenerme grácil cuando se me está cayendo la baba.

Rowan saca una carpeta y la pone sobre la mesa. Mantiene la mirada fija en sus puños apretados a los dos lados de la carpeta y creo que va a explotarme el corazón si continúa este irritante silencio.

—¿Qué es eso? —Señalo la carpeta—. Por favor, no me digas que es un acuerdo de confidencialidad ni nada perverso.

Se quita los lentes de un jalón. Yo lamento la pérdida mientras patinan encima de la mesa.

—No, no es nada de eso.

—Ah, okey...

Ni siquiera es capaz de mirarme a los ojos.

—Te hice venir con engaños.

—Perdona, ¿qué?

—Escúchame antes de hacer nada. —Levanta la vista y me mira con ojos cautelosos.

—Eeeh... ¿okey?

Aprieta la carpeta haciendo que se doble.

—Hace unos meses tomé una decisión que tuvo un impacto más duradero de lo que pretendía. Aunque no la tomé con la mejor de las intenciones en aquel momento, pronto empecé a disfrutarla.

—No te entiendo.

Presiona el puente de la nariz.

—No sé cómo decir esto sin hacerte daño.

Una sensación fría se infiltra por mis venas. Si Rowan tiene miedo de hacerme daño, no puede tratarse de nada bueno.

—Inténtalo. —Aprieto los dientes. La sangre que pasa por mis oídos hace que concentrarme sea casi imposible.

Suelta la carpeta y la empuja hacia mí.

—Ábrela.

Yo la abro con un dedo tembloroso. La primera página es un esbozo del *mandap* de la boda hindú. Entro en trance pasando las páginas de los esbozos que le pedí a Scott que me dibujara. Hay hasta algunos dibujos que nunca han llegado a formar parte de las presentaciones porque Scott y yo decidimos que no valía la pena.

—¿Te los mandó Scott? —Mi voz tiembla. ¿Cómo si no iba a tener Rowan todas estas imágenes?

Niega con la cabeza.

—¿Me metí en algún problema? Pensaba que no te parecía mal que trabajara con él.

—No, no te has metido en un problema.

—Entonces, ¿cómo es que los tienes tú?

Suelta una exhalación pesada.

—Porque Scott no existe.

Siento tanta presión en el pecho que llega a dolerme.

—¿Qué quieres decir?

Aprieta la mandíbula.

—El que ha estado hablando contigo todo este tiempo he sido yo.

Después de todas las horas que he pasado sintiéndome culpable por mis sentimientos cada vez más intensos por Rowan y Scott, ¿son la misma persona?

—¿Es una broma? —Niego con la cabeza como si eso pudiera borrar la verdad.

—No.

La bilis sube por mi garganta. Trago intentando deshacer el nudo que tengo, pero no sirve de nada.

¿Cómo pudo mentirme así Rowan? Pensaba que era alguien con quien podía sentirme segura, aunque fuera raro. Que su inteligencia y su elección deliberada de las palabras eran una señal de que iba directo al grano y no tenía tiempo para mentiras.

De pronto, la aparición de Rowan en los momentos oportunos cobra sentido. Como cuando vino a mi cubículo y se ofreció a pedir comida a domicilio después de que yo le dijera a Scott que no había cenado. Me llevaría horas repasar todos los recuerdos para unir los puntos, pero no lo necesito. Solo se puede sacar una conclusión.

Me equivoqué con Rowan. Es un mentiroso de los peores, me hizo creer una mentira durante meses por una especie de juego enfermizo que quería jugar conmigo.

Las lágrimas anegan mis ojos, pero parpadeo para retenerlas. No tengo por qué enojarme con nadie que no sea yo. Es culpa mía haberle mandado mensajes a un desconocido pensando que saldría ilesa. Confié en Scott a pesar de las señales de alerta que fui lo bastante estúpida como para ignorar.

«Diviértete», me decía Claire una y otra vez.

«Sé valiente», repetía Ani como un grito de guerra.

¿Y para qué? ¿Para tener esta sensación en el pecho ante la idea de perder algo que ni siquiera llegué a tener? Al carajo.

Cierro los ojos como si eso me hiciera impermeable a todo lo que se revela ante mí.

—¿Por qué?

«¿Por qué me hiciste algo así?»

«¿Por qué me mentiste durante meses?»

«¿Por qué fingiste que te importo?»

Tengo tantas preguntas golpeándome el cerebro que no encuentro las palabras para atacarlo.

Baja la mirada hacia sus puños.

—Al principio no estaba seguro de lo que pretendías. Escribirte fue una forma de asegurarme de que no conspirabas contra mí después de nuestro primer beso.

«¡¿Lo dice en serio?!».

—¿Querías espiarme?

—No, espiarte no. Estaba comprobando que eras sincera.

La conversación me ha dejado sin habla. No puedo creer que solo me hablara porque no sabía si armaría un escándalo por lo que pasó. Pensarlo me duele.

—Pero me di cuenta —continúa— de que estaba haciéndome el tonto, porque tienes un buen corazón de verdad y solo querías entretener a un tipo solitario al que no conocías.

—Una persona que ni siquiera existe —increpo.

—Soy yo. Te juro que nunca te mentí cuando me hice pasar por Scott aparte de en lo evidente. Y, para cuando fui consciente del error que había cometido, no podía parar. Empecé a tener ganas de hablar contigo todos los días y sabía que te haría daño...

Levanto la mano y cierro los ojos.

—Basta.

Él ni se molesta en escucharme.

—Nunca pretendí que todo esto se me fuera tanto de las manos. Hubo muchos momentos en los que consideré decirte la verdad porque quería que me miraras a mí igual que mirabas al maldito celular.

Ni siquiera sé qué quiere decir con eso, pero no pienso preguntar.

—Tranquilo, lo que pudiera sentir está muerto y enterrado.

Frunce el ceño.

—No lo dices en serio.

—¿No? ¿Y qué es lo que sientes tú por mí exactamente?

Se pasa el pulgar por el labio inferior.

—Quiero pasar más tiempo contigo.

Empujo la carpeta hacia él.

—Lo que sientas es irrelevante. Me da igual lo que quieras, porque yo no estoy dispuesta a hacer nada de eso. Todo esto ha sido un error.

Su cuerpo entero se tensa bajo la camisa y hace que las venas de los brazos sobresalgan.

—Estaba más que decidido a dejar de escribirte, pero no tuve el valor de detenerme.

Su declaración acomete contra mi determinación de alejarme de él. Respiro hondo unas cuantas veces y sopeso su nivel de traición.

«No. Es un buen mentiroso y se le da bien decir lo que sea para embaucarme. Basta.»

—No puedo confiar en ti cuando lo único que haces es mentir. —Se me quiebra la voz.

Las comisuras de sus ojos se suavizan.

—Te juro que todas las conversaciones que hemos tenido han sido reales. La persona que soy contigo... Ese soy yo. Creo que me conoces mejor que nadie —dice atropellado.

—Me da igual. —Niego con la cabeza. ¿Cómo puede esperar que crea una sola de las palabras que salen por su boca?

—Te juro que quería decírtelo.

—A ver si adivino: nunca era buen momento.

Asiente.

Suelto una risa estridente.

—Los mentirosos son todos iguales. Es increíble que, sin importar las circunstancias, las personas como tú siempre encuentran una forma de justificar sus acciones con el mismo cliché.

Lance me dio un discurso parecido cuando lo sorprendí en el acto con Tammy y ahora lo hace Rowan. La realidad es que nunca habrá un buen momento para romperle el corazón a alguien.

Me mira y parpadea.

—Entiendo que estés disgustada...

Un ruido extraño escapa de mi garganta.

—*Disgustada* no describe ni una mínima parte de cómo me siento.

Pensaba que con Rowan tenía una oportunidad. Tal vez ahora parezca una estupidez, pero me daba la sensación de que... conectábamos. Y Scott... He pasado demasiadas horas sintiéndome culpable por haber besado a Rowan mientras seguía hablando con él.

«Al menos ahora sabes la verdad. Antes de haberte jugado el corazón en una partida que estaba perdida.»

Me levanto con las piernas flojas y levanto la mochila del suelo.

—¿Qué haces? —pregunta, y se pone en pie, imponente.

—Me voy. Hemos terminado.

—¿Ya está? Me merezco la oportunidad de explicarme y compensártelo.

Niego con la cabeza.

—¿Lo dices en serio? No te mereces nada más que un saludo de cortesía cuando nos crucemos por el pasillo.

—¿Vas a tirar meses de amistad a la basura por esto? Te estoy contando la verdad cuando ni siquiera tendría por qué hacerlo. ¿Eso no importa?

¿De veras se cree que haber dicho la verdad es una especie de logro? Me quedo mirándolo, sin saber cómo diablos esperaba algún agradecimiento de mi parte.

«Es un hombre que consigue todo lo que quiere. Es posible que seas la primera persona que se atreve a negarle algo.»

—Nunca hemos sido amigos. Tú mismo te aseguraste de ello cuando decidiste mentirme haciéndote pasar por Scott y manipular mi atracción por ti. —Suelto una risa amarga—. Tal vez el motivo por el que no tienes amigos no tiene nada que ver con que seas raro o con que quieras protegerte de los demás, sino porque eres un cínico. ¿Quién querría abrirse ante alguien así? Te aclaro que yo no.

Retrocede y me siento como una basura de inmediato. Esta no soy yo. No soy el tipo de persona que hace daño a los demás a propósito.

Suspiro intentando controlar mi temperamento.

—Quizá algún día estés más abierto a la idea de mostrarle al mundo tu verdadero yo, en lugar de esconderte detrás de tu máscara de indiferencia. La vida es demasiado corta para ocultar quién eres por miedo a que te hagan daño. Igual que es demasiado corta para que yo le dé otra oportunidad a alguien como tú.

Nunca había visto a Rowan estremecerse y me angustia que se ponga así por mí. No quiero hacerle daño a pesar de todo lo que me ha hecho, pero no pienso callarme. He pasado demasiado tiempo refrenándome porque tenía miedo de defenderme. Ya me dejé pisotear cuando Lance me robó la idea y cuando Regina me trataba mal por gusto.

Basta.

Me voy sin voltear a mirarlo.

Cierro la puerta de mi habitación de golpe y me dejo caer en la cama indignada.

Claire asoma la cabeza. Tiene la mitad del cabello todavía rizado y la otra, liso como una tabla.

—¿Qué pasó?

Me incorporo.

—¿Te acuerdas de Scott?

—¿Cómo iba alguien a olvidarse de Scott? —dice pronunciando el nombre medio cantando.

—Pues yo pienso hacerlo. Quiero hacer como si nunca hubiera existido, puesto que nunca existió.

—¿Se puede saber de qué hablas? ¿Al final sí era un abuelo? Me lo temí cuando citó *Casablanca*.

—No, ojalá el problema fuera ese. Habría sido todo mucho más fácil.

Se sube a mi cama y se cruza de piernas.

—¿Qué pasó?

Mi labio inferior tiembla.

—Resulta que Scott es Rowan.

Claire abre la boca y la vuelve a cerrar.

—Guau... Eso no me lo esperaba.

Entierro la cara entre las manos.

—Ni yo.

—¿Cómo te enteraste?

Le cuento todos los detalles que sé hasta el momento. Claire escucha cada palabra y solo me interrumpe para pedir aclaraciones cuando está confundida.

Da una palmada.

—Bueno, tampoco es la peor noticia.

—¿Cómo puedes decir eso? ¡Me mintió! —Agarro una almohada y la aprieto contra mi pecho.

—Sí, y no lo estoy justificando, pero, al menos, ya no tienes que sentirte culpable porque te interesen los dos.

—Eso es porque ya no me interesa ninguno.

—Carajo, claro que no. La cagó.

—Pensaba... Parecía... Es que... —No encuentro las palabras para explicar cómo me siento. El otro día me preguntaba si podría llegar a enamorarme de alguien como Rowan, pero, después de esto, no sé cómo espera que lo perdone. Porque, si pudo mentirme en la cara durante meses, ¿cómo sé que no volverá a hacerlo cuando le convenga? Ya fui bastante tonta como para no cuestionarlo desde el principio.

Un mentiroso es un mentiroso, no importan las excusas que ponga. Y la verdad es que me cuesta imaginar algo que pueda justificar que me haya mentido durante tanto tiempo.

28

Rowan

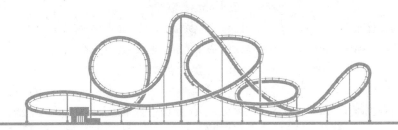

¿Soy un cínico? Sí.

Pero ¿tengo miedo? Por supuesto que no.

Se lo demostraré a Zahra. Estoy dispuesto a arriesgarme a ser rechazado si eso la hace ver que no me escondo detrás de una máscara. Quien era cuando estaba con ella es la misma persona que soy hoy y me aseguraré de que no tenga motivos para dudar de mí. Es la primera persona por la que he bajado un poco la guardia. Ni mis hermanos me conocen como ella, así que no pienso alejarme porque me haya presentado resistencia.

Suspiro. Esta noche no salió como había planeado. La reacción de Zahra a mi identidad secreta no fue para nada ideal. Tal vez fui demasiado optimista sobre los posibles resultados esperando que me perdonara porque entendía mis motivos, pero no tuve la oportunidad de explicarle mi pasado y por qué dudé al principio. Y la verdad es que hay una parte de mí que se pregunta si vale la pena siquiera exponerme teniendo en cuenta que existe el riesgo de que no me perdone.

Tengo que recobrarme y calcular bien los siguientes pasos. En lugar de trabajar hasta tarde, termino y me voy a casa a hacer deporte, darme un baño y comer algo rápido. Para cuando me dejo caer en la cama, son las doce y cuarto de la noche.

Saco el teléfono y reviso si tengo correos. Mi rutina me parece más vacía que de costumbre. Me acostumbré a los mensajes constantes de Zahra y a nuestras conversaciones en la cama hablando de todo.

Dejo el celular en la mesita de noche y pongo las noticias en la televisión esperando dormirme de aburrimiento. El teléfono vibra y hace que el corazón me lata con más fuerza en el pecho. ¿Se habrá arrepentido Zahra de lo que me dijo en el despacho?

Tomo el celular y siento que me cae un peso en el pecho al leer el mensaje en el grupo que tengo con mis hermanos.

Declan: Nuestro padre ha recibido su carta. Es oficial.

Cal responde con una retahíla de palabrotas.

«Maldición.» Yo ya sospechaba que había recibido algo, la noticia no me sorprende tanto como debería. Más bien siento curiosidad por saber qué dice la carta, porque la relación de mi padre con mi abuelo fue tensa desde que murió mi madre. El único motivo por el que mi padre pasó a dirigir la empresa después del accidente de mi abuelo fue porque Declan era demasiado joven según el testamento.

Yo: ¿Has descubierto
qué decía?

Declan: De momento no.
Deberíamos estar pendientes
de todo lo que haga que nos
parezca raro en él.

Cal: ¿Quieren la versión corta
o la larga?

Declan: ¿Han hablado?

Cal: Me llamó la semana pasada
sin avisar.

Yo: ¿Qué te dijo?

Cal: Me preguntó si necesitaba
ayuda. YO.

Cal: ¿A quién debería darle las
gracias por esa conversación tan
incómoda, a Jim Beam, a Jack
Daniel o a Johnnie Walker?

Declan: Ya te avisé de lo que
pasaría si volvías a perder
el control.

«Otra vez no.» Declan ya obligó a Cal a ir a rehabili-
tación cuando estaba en la universidad. Fue la gota
que derramó el vaso de su relación. Puede que Declan

lo hiciera por amor a nuestro hermano, pero Cal nunca se lo ha perdonado.

> **Yo:** ¿Te preguntó algo sobre
> tu carta?

Tal vez intentaba aprovecharse de Cal porque pensaba que a él podría sonsacarle las mejores respuestas. Siempre ha sido con el que mejor se ha llevado de los tres.

> **Cal:** No, creo que no sabe
> nada de las nuestras.

> **Declan:** Que siga así.

Bien, un obstáculo menos en mi camino. Pensar en volver a Chicago suele aliviarme, pero hoy solo consigue revolverme el estómago más de lo que ya lo tenía. Por primera vez, ya no me parece una elección sencilla, y no sé muy bien qué pensar de eso.

La primera idea que tuve para llamar la atención de Zahra es aprovechar lo mucho que le gusta la comida. Ya me ha funcionado antes, así que ¿por qué no probar?

La encuentro justo donde quiero, en su cubículo y sin otros creativos cerca. Tiene la mirada fija en la pantalla y empieza a escribir en un documento en blanco.

Dejo la bolsa de papel sobre su mesa.

—Te traje una cena como disculpa.

Ella empuja la bolsa hasta la esquina del escritorio sin molestarse en desviar la vista de la pantalla.

—No me interesa. —Sigue tecleando.

Yo aprieto los dientes sin saber cómo lograr que me haga caso si ni siquiera me mira. La comida debería haber surtido efecto, sobre todo si tiene hambre, pero parece que solo funciona si quiere mi compañía de verdad.

—¿Y unos *cupcakes* de disculpa que hice yo mismo? Ani me dio la receta. —Saco la lonchera de plástico de la bolsa y se la dejo cerca.

Bueno, sí, los ha hecho Ani bajo mi supervisión, pero es lo mismo.

Voltea hacia mí con los ojos fijos en mi cara.

—¿Estás aquí por motivos laborales?

Frunzo el ceño ante la frialdad del tono que usa.

—No.

—Pues vete. No quiero hablar contigo.

Esta versión de Zahra es nueva. Creo que es peor que cuando hice aquel comentario estúpido sobre su programa de mentorías.

—Por lo menos dame la oportunidad de explicarme. No hice bien las cosas al principio, pero tengo una excusa.

—No existen excusas lo suficientemente buenas.

Se levanta, toma la bolsa de comida y me la da con un empujón. Pone la lonchera con los *cupcakes* encima de la comida china con cuidado de no estropear el glaseado. No me merezco ese gesto, pero ella lo hace de todos modos porque es así de buena.

Soy un maldito desastre, tanto en mi forma de actuar como de pensar.

No soporto ver la mirada furiosa que me lanza. Me interesa más hacerla sonreír y me siento todavía peor cuando pienso que soy la razón que hay detrás de su enojo.

«Ojalá se lo hubieras confesado antes...»

—Zahra, no tendría que haberte mentido sobre Scott. Lo usé para...

Se me corta la voz cuando recoge la mochila y cierra la computadora.

—¿Adónde vas?

No se molesta en mirarme.

—Me voy a casa. Tal vez tú deberías hacer lo mismo.

Quiero decirle que mi casa es solo otro lugar vacío más que me hace infeliz, pero no puedo pronunciar ni una palabra más porque sale del cubículo y me deja ahí plantado con una bolsa llena de comida para llevar por abrir y una sensación de vacío en el pecho.

—Supongamos que alguien le ha hecho daño a tu hermana.

—Oh, no. —Ani se da con una mano en la cabeza.

Yo me acomodo en el banco para poder mirarla bien.

—¿Qué?

—¿Eres tú el que le ha hecho daño a mi hermana?

—No.

«Sí.» Pero ¿cómo lo sabe?

—¡Sabía que le pasaba algo! —Ani se levanta de un salto del banco y empieza a ir de un lado a otro.

Yo me enderezo.

—¿Y eso?

—Porque nos dijo que no podía venir a cenar. Solo se pierde las cenas familiares cuando está triste o enferma.

Eso es lo último que quiero.

—Arruiné las cosas.

Ani pone los ojos en blanco.

—Ya veo.

—¿Cómo puedo arreglarlo?

—Depende de lo que hayas hecho.

¿De verdad voy a confesarle a Ani mis problemas para entender mejor a su hermana?

«Parece que sí.»

—Pues todo empezó con una mala idea...

Continúo contándole todas las decisiones que he tomado hasta ahora respecto a Zahra. Cuanto más repaso lo ocurrido, peor me siento. Las expresiones faciales de Ani no me ayudan.

—¿Qué? Di algo.

Se encoge de hombros.

—Scott le gustaba mucho. Oí cómo le hablaba de él a Claire.

Hago una mueca.

—Ayúdame a pensar en una idea para recuperarla y te daré lo que quieras.

—¿Lo que quiera?

Asiento.

Se coloca el cabello detrás de la oreja.

—No lo sé. Si cree que eres como Lance, puede que nunca te dé otra oportunidad.

No pienso ni contemplar esa opción.

—Bueno, me parece justo, pero, si fueras yo, ¿qué harías?

—Es fácil. Dale un motivo para confiar en ti. Una razón muy buena —me responde Ani como si fuera la idea más sencilla del mundo.

No tengo idea de cómo conseguir que alguien confíe en mí. Nunca he tenido un motivo para quererlo.

—¿Cómo lo hago? No cree nada de lo que le digo.

—Eres un chico listo. Averígualo.

Me asomo para echar un vistazo dentro del cubículo de Zahra. Si siente mi mirada puesta en ella, la ignora. La única forma que tengo de saber que mi presencia le molesta es que su frente se arruga un poco.

Entro en la zona prohibida y me siento en la esquina de su escritorio. Sus ojos se entrecierran mirando el papel. El pin de hoy es como si los años setenta hubieran vomitado en un broche: están las palabras «*Flower Power*» rodeadas de flores. Va a juego con la camiseta *vintage* y los pantalones de campana que lleva. No había visto a Zahra combinar la ropa con el pin todavía, pero me parece lindo.

—Tenemos que hablar.

Su única respuesta es que se arruguen las hojas debajo de sus dedos rígidos. El silencio crece entre nosotros hasta volverse incómodo.

—Ignorar a tu jefe se considera de mala educación.

Se tensa un músculo de su mandíbula.

Me asomo para mirar el papel que tiene en las manos y leer el título. «No puede ser», pienso, y le arranco el formulario de las manos.

Ella se da la vuelta sentada en la silla y me mira a los ojos.

—Devuélvemelo.

—No.

Sus fosas nasales se abren.

—Te estás portando como un niño.

«¿Ah, sí?» Ya estoy excediéndome y me da igual, rompo el papel en cuatro. Ella me mira perpleja como si me hubiera vuelto loco. Y la verdad es que puede ser, pero me niego a aceptar que esté considerando esa salida en serio. No pienso permitirlo.

—No vas a dejar el trabajo.

Tiro la carta de renuncia al bote que tiene debajo de la mesa. Porque soy un idiota, me aseguro de que mis dedos rocen su cuerpo. A pesar de que su piel está protegida por los jeans, su leve inhalación me lo dice todo.

No importa el momento, el lugar o las circunstancias, Zahra se siente atraída por mí. Nada de lo que diga o haga me convencerá de lo contrario. Y, aunque haya sido yo el que arruinó las cosas, me he cansado de darle tiempo para que piense las cosas.

Se cruza de brazos.

—No puedes obligarme a quedarme.

—Podría.

Me mira boquiabierta.

—No. Las cosas se han complicado demasiado.

—Pues descomplícalas.

—No puedo esconder mis sentimientos en una caja y seguir como si no hubiera pasado nada —dice señalándonos a los dos con el ceño algo fruncido.

—No quería hacerte daño. —Solo pensarlo hace que sienta una punzada en el corazón.

—Me mentiste sobre tu identidad durante meses. Me sentía culpable porque me interesaran dos personas diferentes y tú sabías desde el principio quién era yo. Eso es cruel. —Se le quiebra la voz.

Todo mi cuerpo responde ante el brillo de sus ojos por las lágrimas que no ha derramado. No estoy preparado para lidiar con nada parecido a esta reacción. No tengo idea de cómo atender a las emociones de los demás y menos cuando yo soy la causa de su dolor.

Alargo la mano para tomar la suya en un intento por romper su coraza de frialdad. Ella respira hondo y se va con la silla lo más lejos que puede.

Su rechazo me arde más de lo que quiero admitir. No soporto la distancia entre nosotros. No nos hemos pasado meses conociéndonos para que termine alejándose así.

—Dame una oportunidad para explicarme. Si no estás convencida de que lo siento —digo, y bajo la voz por costumbre—, no te molestaré más con el tema. Dejaré que te marches de la empresa.

—¿De verdad? —Su rostro se ilumina por completo.

Su ilusión solo consigue alentarme más a demostrarle que se equivoca.

—Sí.

Asiente.

—De acuerdo. Una oportunidad. Lo digo en serio.

Su entusiasmo roza el insulto. Cuando le dije que tenía una vena competitiva, no mentía. No se me escapará. Solo tengo que descubrir cómo conseguirlo.

—Perfecto. —Le tiendo la mano para que nos demos un apretón.

Zahra me la estrecha. Siento en la piel la misma chispa de siempre cuando me toca. Rozo sus dedos delicados con el pulgar antes de soltarla. Ella intenta esconder un escalofrío, pero no lo logra.

—Nos vemos esta noche.

No puedo permitir que siga construyendo muros todavía más altos. Si le doy más tiempo, solo conseguiré que aumente su escepticismo sobre mis intenciones. Puede que me gusten los retos, pero no soy tonto.

—¡¿Esta noche?! —grita.

Meto las manos en los bolsillos para evitar tocarla o hacer cualquier otra tontería.

—Primera norma para hacer negocios: discute los términos antes de aceptar.

29
Zahra

La casa es justo lo que esperaría que Brady Kane construyera para vivir. El pintoresco porche que la rodea parece vacío, pero cuidado. Hay un columpio en forma de banco y una serie de mecedoras que se balancean con suavidad por el viento. Es una casa construida para una familia, y me imagino que él pasó muchos años aquí con la suya.

Subo los escalones. Extiendo la mano, pero vacilo a la hora de llamar.

«Lo mejor será darme prisa y terminar pronto con esta noche.» Toco el timbre y espero. La puerta de madera se abre con un crujido menos de un minuto después y me quedo en shock al encontrarme con una versión de Rowan que no había visto todavía. Parpadeo dos veces para confirmar que está usando pants y una camiseta de manga corta. Se ha puesto unos lentes nuevos con montura de carey.

Mis ojos repasan los contornos de su cuerpo hasta

llegar a sus pies descalzos. El modelito entero parece una táctica bélica totalmente injusta contra mi corazón desbocado. «Es... Está... ¡Argh!»

Frunzo el ceño.

—Hola.

Me admira sin disimularlo lo más mínimo. Consigue, no sé cómo, que la camiseta *vintage* y los pantalones de campana que llevo me parezcan atrevidos.

Abre más la puerta y me deja espacio para entrar, pero no suficiente, porque su cuerpo sigue en medio obligando a que nuestras pieles se rocen.

Me guía hacia una sala con iluminación tenue donde cabría una familia de cincuenta. El enorme sofá me parece una nube en la que me encantaría zambullirme y la alfombra es bastante mullida como para echarme una siesta.

Me señala un cojín que hay en el suelo.

—Esto se parece muchísimo a una cita —musito.

—No te quejes tanto. Sé que tienes hambre.

Le lanzo una mirada fulminante porque me da rabia que tenga razón. Me dejo caer sobre el cojín y cruzo las piernas. Toma la bolsa de comida a domicilio que hay encima de la mesa, saca los recipientes y me sirve un plato de mi *pad thai* favorito. Mi estúpido corazón me traiciona y siento una punzada con ese mínimo indicio de que Rowan prestó atención a los detalles.

«Tranquilízate, solo es una cena.»

Me enderezo.

—Bien, a ver esa disculpa.

—Primero come.

Pongo los ojos en blanco ante tal exigencia y mantengo las manos en el regazo.

Suspira.

—Come, por favor. No quiero que se enfríe.

Una sombra de sonrisa atraviesa mis labios ante su petición. Solo accedo porque me muero de hambre. Rowan prueba su comida con toda la elegancia que una esperaría de la realeza estadounidense. Ojalá pudiera tener la mitad de presencia que él durante una cena.

Comemos sin decir nada. Al final tengo que hablar porque no soporto más el silencio.

—Entonces, ¿te gusta dibujar?

Su tenedor cae estrepitosamente sobre el plato.

«Vaya, soy la reina de las conversaciones sin importancia.» Sonrío mirando mi plato porque hacer sentir incómodo a Rowan se ha convertido en mi juego preferido de la noche.

Toma el tenedor y enrolla algunos fideos.

—Me encantaba dibujar.

—¿Por qué lo dejaste?

Los hombros de Rowan se tensan y suelta un suspiro trémulo.

—¿Por qué deja la gente de hacer las cosas que le gustan?

Entiendo bien la pregunta. Después de lo que hizo Lance, dejé de querer crear nada. Puse mis sueños en pausa porque me parecía más fácil que enfrentarme al dolor de su traición. El camino más fácil consistía en abandonar cosas que me encantaban porque me daban demasiado miedo las repercusiones.

Por lo menos hasta que Rowan me sacó de mi zona de confort. Y, por eso, estoy en deuda con él. Eso no hace que sus decisiones sean acertadas, pero sí me pone en una posición más indulgente. Porque, si no hubiera apostado por mí cuando mandé aquella propuesta medio borrachita, yo no habría podido dejar atrás esa última fracción de dolor que me retenía.

La única persona que tiene poder sobre mí soy yo. Ni Lance, ni mis errores ni el miedo, por supuesto.

Jalo un hilo suelto de los jeans.

—No pregunto por la gente. Pregunto por ti.

—No vas a ponérmela fácil, ¿verdad?

—Si pedir disculpas fuera fácil, lo haría todo el mundo.

Se acomoda los lentes de un modo que me hace apretar los muslos para detener unas palpitaciones mortales. Estoy segura de que se los puso solo para debilitarme.

—Mi abuelo hizo que me aficionara al dibujo desde muy pequeño.

Me quedo callada y espero porque no quiero asustarlo.

—Con cada uno de sus nietos compartía algo especial, y conmigo fue el dibujo. Era el único con una vena artística en la familia aparte de él, así que creo que le gustaba que tuviéramos esa conexión.

—Qué bonito.

Aprieta los labios, que se convierten en una fina línea.

—La unión que tenía con mi abuelo era diferente de la que tenía con mi padre. Y creo que eso frustraba a mi padre. Nunca tuvo talento artístico, y dibujar era lo único que yo quería hacer de niño. Era como si no supiera conectar conmigo de una forma que no implicara lanzarnos una pelota.

Sus ojos parecen distantes, como si estuviera viendo su vida en otro momento.

—No recuerdo que mis padres discutieran demasiado, pero, cuando discutían, solía ser sobre mí. —Hace una mueca adolorida—. Mi padre se enojaba porque no sabía cómo establecer vínculos conmigo y mi madre lloraba. Cuando mi madre se enfermó, todo eso empeoró mucho. Creo que se preocupaba por si mi padre y yo nunca llegábamos a llevarnos bien y ella no estaba para ayudarnos.

Un dolor abarca todo mi pecho al ver la expresión en el rostro de Rowan.

—Fue cáncer, ¿verdad?

Su nuez sube y baja y él asiente.

—Lo siento. —Tomo su mano y la aprieto para reconfortarlo.

Él se aclara la garganta y baja la mirada hasta su plato.

—Ese fue el principio de la tortuosa relación que tengo con mi padre. Al final, dejé de dibujar y pasé a hacer otras actividades que consideraban más apropiadas para mí.

Quiero pedirle que me cuente todas sus historias porque me muero por saber más del hombre que está sentado delante de mí. Rowan se habrá pasado años reprimiendo emociones. La forma que tiene de hablar de su madre, entretejida con el dolor que atraviesa su fachada de indiferencia, hace que mi corazón se resquebraje.

—¿Qué te hizo querer dejarlo?

—Es... complejo.

Pienso que tal vez ahora se contenga, pero sigue:

—A lo mejor mi padre no me dijo directamente que lo dejara, pero se encargó de que no pudiera disfrutarlo. Cuando había una exposición, no aparecía, y yo tenía que ver cómo lo celebraban los padres de los otros niños estando solo. Llegué al punto de negarme a participar, a pesar de la insistencia de mi abuelo. Y también está la vez que encontró las postales que le había dibujado a mi madre cuando estaba en el hospital... —Su voz tiembla—. Las destrozó porque quiso. Eran uno de los pocos recuerdos que me quedaban de ella y, después de su ataque de ira estando borracho, ya no los tenía.

—¿Un ataque de ira estando borracho?

Una vena palpita en su mandíbula.

—Olvida que lo dije.

Pero no puedo. Desearía viajar al pasado para proteger a Rowan.

—No pasa nada si no puedes hablar del tema. —Le pongo la palma de la mano sobre el puño apretado.

—Te lo debo, después de todo esto. —Abre el puño dándome espacio para entrelazar mis dedos con los suyos.

Le doy otro apretón antes de retirar la mano.

—No voy a usar una disculpa como excusa para sacarte información. Es cosa tuya compartir tu pasado.

Me mira como si sus ojos observaran mi alma, buscando el engaño.

—¿Lo dices de verdad?

—Claro, pero ¿me contarás qué te hizo querer dibujar otra vez? Si está bien para ti.

Asiente.

—Fue porque tus dibujos eran terribles y sentía un deseo ardiente de ayudarte.

—¿Volviste a dibujar por mí?

—Sí —musita.

Sonrío y asiento.

—Vaya, qué fuerte. ¿Por qué?

—Casi lloras en tu primera presentación.

—¿Y?

Este es el mismo hombre que me dijo que nada le importaba en absoluto. Que quisiera ayudarme sin apenas conocerme... No lo entiendo.

—Al principio, solo quería ayudarte porque pensaba que me beneficiaría. Tienes el talento que buscaba para renovar el parque y hacer... —Parpadea dos veces, interrumpiéndose a media frase.

—¿Hacer qué?

—Hacer feliz a mi abuelo. —Vuelve a fruncir el ceño. ¿Tanto detesta necesitar ayuda?

—Lo entiendo. Tienes mucha presión para llevar a cabo este proyecto.

—No tienes una idea —masculla en voz baja.

—¿Y por qué no contrataste a alguien para que me ayudara?

—Lo pensé, pero no quería.

—¿Por qué?

—Porque perdí el sentido común.

—O porque te gustaba. —Intento con todas mis fuerzas no sonreír, pero fracaso estrepitosamente.

—Eso seguro que no. Me parecías una molestia y demasiado agradable en ese momento.

Me inclino sobre la mesita de café y empujo su hombro.

—¡Oye! No se puede ser demasiado agradable.

—De donde yo vengo, sí.

—¿Y dónde es eso?

Sus ojos reflejan tanto asco que me dan náuseas.

—Un lugar en el que la gente dibuja sonrisas demasiado radiantes o dice palabras demasiado amables porque tiene la intención de usarlas contra mí. Por eso soy tan cínico.

—Suena horrible.

—Estoy seguro de que te aterraría saber el tipo de personas que rondan al otro lado de la reja del parque. Dreamland es una fantasía, en el sentido literal. Es como si el parque entero estuviera aislado del mundo real.

—Cuéntame con qué tuviste que lidiar. Ayúdame a entender por qué eres como eres.

Aprieta los puños contra la mesita de café.

—¿De verdad quieres saberlo?

Asiento.

—Bueno, pero no es bonito de escuchar.

—La verdad no suele serlo.

Me mira sorprendido. Sus ojos pasan de mi cara a sus puños apretados y los abre y los cierra varias veces.

Después de lo que me parece un minuto de silencio, suspira.

—Mi primera muestra real de la basura que vive en este mundo fue en la universidad, cuando una chica que no conocía me invitó a su cuarto de la residencia después de una fiesta.

Mi apetito se convierte en náusea al pensar en él con otra.

—Antes de eso, solo había tenido que lidiar con las típicas estupideces de adolescentes, como que las personas me usaran para que las llevara de viaje a Cabo en mi *jet* privado.

—Ah, sí, lo típico, vamos.

Esboza la sonrisa más triste del mundo y, al momento, desaparece.

—Bueno, del lugar de donde vengo, la gente me ha usado toda la vida, pero nunca pasó nada ilegal hasta que fui mayor de edad. La universidad me abrió los ojos. Perdí la virginidad mientras me grababan con una cámara oculta. A mi padre le costó mucho dinero enterrarlo todo y que ella no fuera a la televisión con el video.

La confesión hace que la comida no me caiga muy bien.

—¿Qué dices? ¡Es repugnante! ¿Y por qué le dieron dinero? Ella es la que hizo mal.

—Porque no podía arriesgarme. Si el video hubiera salido a la luz, las consecuencias podrían haber sido catastróficas, así que pagamos por su silencio y por el video.

No puedo más que quedarme mirándolo.

Suelta una risa amarga. No la había oído nunca y espero no volver a oírla, porque hace que se me hielen hasta los huesos.

—Esa fue solo la primera experiencia. La universidad fue una basura, pero hasta me parece poca cosa comparada con la vida adulta.

—Madre mía. ¿Hay cosas peores que el chantaje? —Y yo que pensaba que el dinero daba seguridad... Siendo realistas, solo te complica la vida.

Asiente.

—Me ha pasado de todo: mujeres que agujereaban condones nuevos con alfileres cuando pensaban que no las veía, una persona que intentó drogarme en un bar... Una vez que...

Muevo la mano.

—¿Cómo puedes hablar de ello como si no te importara?

Frunce el ceño.

—Porque llegó un momento en el que aprendí a esperar esas cosas de la gente. No puede afectarte algo que ya esperas que pase.

—Creía que este tipo de cosas solo pasaban en las películas.

No sé qué me enferma más, imaginarme a Rowan con otra o que esa mujer intentara cazarlo quedando embarazada.

—Y eso es lo más superficial. Cada situación fue una lección, una forma de demostrarme que mis hermanos tenían razón sobre lo mala que es la gente.

Me quedo boquiabierta.

—¿Cómo sobreviviste a crecer en un ambiente así?

—Pues o te doblegas ante la voluntad de los monstruos o te conviertes en presa fácil.

Lo miro esperando el final de la broma, pero la mandíbula de Rowan sigue cerrada con fuerza.

—¿Por eso me mentiste? ¿Porque estás acostumbrado a que la gente te mienta a ti?

Ahí está, la verdad desvelada ante nosotros, esperando su confirmación.

—Mentí porque pensé que estaba justificado. No tenía ningún motivo para confiar en ti y no me imaginaba que sentiría todo esto.

—¿Qué?

Se levanta los lentes y se frota los ojos.

—Voy a echar todo a perder.

Suelto un suspiro trémulo.

—Okey, bueno, pues haz todo lo que puedas para no echarlo a perder.

Hace a un lado el plato que tiene enfrente.

—Mi motivo inicial para hablar contigo fue egoísta y cruel. Quería destapar tu verdadero yo. Pensaba que eras falsa y quería demostrar que tenía razón.

Sus palabras me hacen daño. Creía que tal vez sus intenciones eran desacertadas, pero buenas en el fondo. Sin embargo, este es el peor de los casos.

—Me da pena la gente como tú que creció rodeada de tanta gente mala. De verdad.

Tuerce el labio superior.

—Por eso vivo con el lema de «El dinero está por encima de la moral».

—Hay dos maneras de ser rico en esta vida, y una de ellas no tiene nada que ver con la cuenta del banco.

—Y ahora empiezo a entenderlo. Lo veo en ti.

Mi corazon toma velocidad, golpeándome el esternón con fuerza como si quisiera que Rowan supiera que lo está escuchando.

Su mirada se queda fija en la mía.

—Después de aquel beso, pensaba que me chantajearías para que te diera dinero. Una parte de mí lo esperaba, aunque fuera solo para demostrar que eras tan egoísta como lo somos los demás. Porque ¿cómo no ibas a querer sacarme dinero si te había acosado? Hubo momentos en los que me pregunté si intentarías algo más para empeorar el asunto.

—Qué triste, Rowan. Te dije que no lo haría.

—No he tenido muy buenas experiencias cuando he confiado en alguien.

—Ya veo. —Y me da muchísima pena.

He venido aquí esperando no creer nada de lo que dijera Rowan porque pensaba que nada sería suficiente, pero esta realidad... es trágica. La vida que ha tenido hasta ahora está llena de ansiedad. Si tuviera que elegir, no dudaría: prefiero ser pobre y feliz antes que rica y desgraciada.

—Me has demostrado que me equivocaba cada vez que hablamos. Ni siquiera sabías quién era y estabas dispuesta a hacerme sentir que le importaba a alguien.

Toda mi determinación se desmorona como un castillo de naipes.

—Estaba orgulloso de hacerte los dibujos. Me hacía feliz hacerte feliz. —Se le quiebra la voz y siento que el sonido me atraviesa el corazón.

Su mirada encuentra mis ojos.

—A medida que te fui conociendo, mis más profundas sospechas se fueron confirmando, aunque de un modo que no esperaba en absoluto: eres mucho más de lo que dejas ver, pero en un sentido que te hace inestimable.

«¿Inestimable? No llores, Zahra.»

—Eres altruista, afectuosa y estás dispuesta a hacer todo lo posible para ayudar a los que te rodean. Das clases de repaso a niños gratis y le llevas pan y galletas a un viejo gruñón. La parte egoísta de mí quería robar una parte de ti para quedársela. Me recordaste cómo es no sentirse tan solo a todas horas y no quería perder algo así.

«¿Cómo se supone que tengo que responder a eso?» No tengo la oportunidad porque Rowan sigue hablando.

—No valoré tu amabilidad y me aproveché de tu confianza. Y, por eso, te pido perdón.

Parpadeo para no llorar.

—¿Qué te hizo querer confesarlo?

—No podía seguir fingiendo después del día que pasamos juntos en Dreamland. Me volví adicto a cómo me haces sentir hasta tal punto que no encontraba la forma de decirte quién era en realidad. Tenía miedo y no quería que terminara. Así que, en lugar de confesar, encontré maneras de pasar tiempo contigo siendo Rowan mientras te robaba a sabiendas el resto del tiempo siendo Scott. Fue una idea estúpida. Fue injusto de mi parte, pero no me arrepiento de nada, excepto de haberte hecho daño.

El agua salada brota llenando mis conductos lagrimales. Nunca había oído a Rowan hablar tanto y pienso que es una pena. Su forma de expresarse es preciosa. Me hace sentir preciosa a mí. Y no de manera superficial, sino de un modo que hace que me sienta orgullosa de ser quien soy, que me hace pensar que se preocupa por mi ser antes que nada.

Tal vez me mintiera, pero sus intenciones para seguir con la fantasía son tan tristes que me dan ganas de llorar por él. ¿Qué tipo de persona está tan sola que le escribe a otra escondiéndose detrás de un seudónimo?

«La que está desesperada por que la quieran.»

Se me hace un nudo en la garganta.

—¿Y el programa de compis?

Gruñe.

—Uf, vas a pensar que estoy loco.

Las comisuras de mis labios se elevan.

—A lo mejor me gusta tu locura.

Y lo digo de verdad. Cualquier cosa es mejor que el exterior gélido que Rowan muestra al mundo.

—Robé todos los papelitos menos uno porque no quería que nadie tuviera tu número.

Abro la boca sorprendida.

—¿Que qué? —Mierda. ¿Qué más me habrá escondido?

Se quita los lentes y se pasa una mano por la cara.

—Cuando descubriste, estaba enojado conmigo mismo por ser tan estúpido y me desquité contigo, pero, cuando llegué a la reunión, me di cuenta de lo que intentabas hacer por personas como tu hermana. Asistí a la primera por los motivos más egoístas, pero me quedé porque Ani me cae bien. Me hace reír y es tierna como tú.

Mis pestañas están húmedas por las lágrimas que todavía no he derramado. Ningún hombre normal robaría los papeles con mi teléfono a no ser que le importara. Y su forma de hablar de Ani... Es muy sencilla, pero es música para mis oídos. Es todo lo que quería de Lance, pero se me negó.

El corazón, que ya bombea con fuerza, me da un vuelco.

Le gusto a Rowan.

Y no lo soporta.

Mi sonrisita se ensancha.

—¿Por qué sonríes? ¿No oíste nada de lo que dije?

—Te gusto —se me escapa.

—No, te tolero más que a la mayoría. Por eso quiero salir contigo.

La risa que estalla en mi interior hace que Rowan se incline hacia atrás.

—¿Te parece gracioso?

—Un poco, pero es lindo.

Suspira, y entonces me doy cuenta de algo.

—No te gusta que te guste.

—No puedo prometerte que no vaya a volver a arruinarlo todo. Estoy aprendiendo sobre la marcha, pero tienes algo que me hace feliz como no lo he sido nunca. Así que, si quieres dejar el trabajo, lo entiendo, pero vete sabiendo que nunca quise hacerte daño ni hacerte sentir estúpida. —Se queda mirándome, haciéndome sentir expuesta de una forma totalmente nueva.

«Le importas. Le importas de verdad.»

—Creo que una parte de mí quiere que me caigas mal por desconfianza, pero otra parte no puede evitar entenderte.

No se mueve ni respira.

—¿Qué quieres decir? Si eres la persona más confiada del mundo.

Suelto una risa triste. Después de todo lo que me ha confesado, es justo que le cuente mi historia.

—Mi último novio me rompió el corazón y traicionó mi confianza el día que lo encontré con otra... Dios, es una imagen que nunca podré borrar. —He intentado eliminar el recuerdo, pero algunas partes siguen infiltrándose en mi cerebro—. Y, por si ese golpe no hubiera sido lo bastante duro, Lance, mi ex, me destrozó una parte del corazón que nunca podré reconstruir.

—¿Qué te hizo? —pregunta con voz grave y un tono que hace juego con su mirada asesina.

Me volteo, incapaz de sostenerle la mirada.

—Me robó la propuesta de Nebuland, causó buena impresión a los creativos y usó el bono que le dieron para comprarle un anillo de compromiso a su amante.

Las palabras salen de mi boca apresuradas. Suenan torpes e improvisadas.

Rowan se inclina sobre la mesa, toma mi barbilla con suavidad y gira mi cabeza para que lo mire.

—Aunque siento que te hiciera daño, no siento que te dejara.

Le dirijo una sonrisa temblorosa.

—¿Siempre eres tan egoísta?

Sus ojos brillan.

—Contigo, sí.

Niego con la cabeza.

Me pone el cabello detrás de la oreja antes de repasar el contorno de mis aretes con el dedo. Me estremezco y mi piel se eriza.

—Quizá sea muchas cosas, pero infiel no es una de

ellas. Y, aunque te haya mentido en todo antes, ya no lo haré más. Te lo aseguro.

Trago, luchando contra la opresión que siento en la garganta.

—¿Y ya está? ¿Tengo que creerte y confiar en que todo salga bien?

—No, sé de primera mano que las palabras no significan nada.

—Entonces, ¿qué?

Se inclina y me da un beso ligero como una pluma en los labios.

—Te lo demostraré.

—¿Cómo?

Sus ojos se iluminan de un modo que nunca había visto.

—¿Prefieres que te lo enseñe o que te lo diga? —Su tono áspero hace que se calienten mis mejillas.

¿Y la sonrisa que tiene en la cara? No puede ser más retorcida.

Se me acerca a gatas.

Viéndolo así, le diría que sí a todo.

30

Rowan

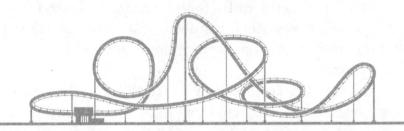

El perfume de Zahra me envuelve como un afrodisiaco. Me siento frente a ella y la coloco sobre mi regazo. Su costado queda pegado a mi pecho, lo que le deja espacio para separarse si quiere.

—Entonces, ¿qué? —Paso su cabello detrás de su oreja antes de inclinarme y susurrar—: ¿Te lo enseño o te lo digo?

Estoy teniendo una experiencia extracorpórea en la que quiero hacer algo por mí que desafía mi lógica habitual, para lo que no necesito una lista, un análisis de riesgos ni pensar demasiado. Quiero ser libre, aunque sean solo unos meses, mientras estoy aquí.

Saco la lengua y provoco a Zahra paseándola por su piel antes de retirarla.

Ella toma aire y se apoya en mí.

—Enséñamelo. Siempre.

Suelto una pequeña risa. Vuelvo a besar su cuello para esconder que me arden las mejillas.

—Quizá después nos arrepintamos.

—Vivamos el presente.

Voltea hacia mí y me da un beso suave en la boca. Su lengua recorre la unión entre mis labios. Algo cede en mi interior. Meses de contención se desatan y lo suelto todo. Nuestros labios se funden al besarnos como nunca nos habíamos besado.

Mi cabeza lucha contra todo mi cuerpo, avisándome para que me aleje del torrente de emociones que crece en mi interior. Besar a Zahra es como probar el veneno más dulce.

Zahra dobla las piernas y me rodea con ellas, apretando su centro cubierto por los jeans contra mi pene cada vez más grande. La fricción de su cuerpo contra mis pants hace que jadee en su boca.

El mundo entero se desdibuja mientras nos provocamos, nos mordemos, nos besamos. Dos lenguas batiéndose en duelo para tener el poder. Zahra me agarra el cabello de la nuca y añade una pizca de dolor a lo que siento. Lo tomo como una forma de darme permiso para poner las manos en las esferas de sus nalgas y apretar, haciendo que suspire contra mi boca. Me hace girar el cuello hasta conseguir el ángulo perfecto para besarlo.

Mis manos empiezan a explorarla mientras ella va ganando valor para hacer lo que quiere con mi cuerpo. Saca la lengua y prueba mi piel sensible. Hago la cabeza hacia atrás y gimo, lo cual solo la alienta más. Se frota contra mi pene duro. No puedo evitar poner los ojos en blanco.

Zahra besa con desenfreno y yo quiero estar a la altura. Es como si supiera que dentro de mí hay un hombre que he tenido encerrado durante años y quisiera liberarlo. En lugar de ceder ante el miedo y separarme, vuelvo a acercar mis labios a los suyos y saco a la luz esa parte de mí que le he escondido al mundo.

Una explosión de calor recorre mi espalda mientras Zahra se frota contra mí a un ritmo delicioso. Gimo contra su boca y ella absorbe el sonido como si no hubiera existido.

Me separo con la respiración entrecortada.

—Si quieres parar, es el momento.

Parpadea confundida.

—¿Qué?

—Si no quieres seguir...

Sus labios chocan contra los míos y me quitan todas las dudas que me quedaban. Me levanto con las piernas flojas y las suyas rodeándome el cuerpo. Ella se ríe y se aferra a mí con más fuerza haciendo que mi pene palpite mientras subo las escaleras hacia mi habitación. Cada escalón supone un desafío mientras sus labios hacen de todo en mi cuello.

Dejo caer a Zahra sobre mi cama. Suelta un suspiro sonoro que se convierte en gemido cuando me arrodillo y le quito los pantalones a toda prisa.

Se incorpora sobre los codos. Su mirada me quema.

Le doy un suave beso en el interior del muslo antes de bajarle la ropa interior.

—¿Te está gustando el espectáculo?

—Me gusta que me supliques de rodillas.

—Yo no suplico.

—Con la práctica todo se aprende.

Acepto el reto. La abro de piernas y recorro sus muslos con besos antes de devorarla como si estuviera hambriento. Su excitación moja mi lengua. El gemido que suelta está a la altura del mío. Paso la punta de la lengua en línea recta desde la entrada de su vagina hasta el clítoris. Me recompensa con un grito y arqueando la espalda sobre la cama.

No dejo un solo rincón de Zahra en el que no hayan estado mi lengua o mis dedos. Le marco con la lengua como si fuera un hierro candente para que sepa quién es su dueño. Le tiemblan las piernas sobre mis hombros. La llevo al límite, pero le robo el orgasmo antes de que pueda explotar. Gruñe y se aferra a mi cabello como si fuera cuestión de vida o muerte. Yo sonrío antes de volver a pasarle toda la lengua desde la entrada hasta el clítoris y luego chupárselo bien.

Pensaba que la risa de Zahra era embriagadora, pero los jadeos que suelta son adictivos. Es algo que podría pasar el resto de mi vida escuchando sin aburrirme ni cansarme. Le meto un dedo y gruño al encontrármela tan húmeda para mí. Levanta la espalda de la cama, arqueándola, y yo me detengo a contemplarla. Se va impacientando bajo mi mirada y premio la palabrota que suelta entre dientes con un segundo dedo.

Me llena de una profunda satisfacción saber que esta versión de Zahra es toda mía. Ninguna cantidad de dinero, fama o poder me la podría quitar. Está desesperada por tenerme a mí entre las piernas. Es mi nombre el que grita hacia el techo cuando introduzco un tercer dedo.

Es toda mía.

«Por el momento.»

Alejo ese pensamiento y cambio de ritmo metiéndole los dedos más rápido mientras le rodeo el clítoris con los labios y succiono.

Una oleada de calor recorre mi columna al ver a Zahra deshacerse ante mí. No acabo con la tortura hasta que sus gemidos se convierten en fuertes jadeos. Le doy un suave beso en el muslo antes de ponerme de pie con las piernas temblorosas.

—¿He cumplido tus expectativas?

—Ahora mismo sería incapaz de deletrear *expectativas*, como para saber cuáles eran.

Me río y me inclino sobre ella con los codos apoyados en la cama.

—Tienes la mejor risa. —Pasa una mano por mi columna y eso hace que me recorra otro escalofrío.

Su boca presiona la mía. Me estremezco cuando recorre mis labios con su lengua y prueba su propia excitación.

Agarro su camiseta por el dobladillo y se la quito. Su sostén no dura mucho porque se interpone entre mi lengua y sus pechos. Mis labios recorren el camino de uno al otro con besos, succionando lo suficiente como para dejarle marcas. Con ella me vuelvo un maldito animal.

Lo único que quiero es darle placer. Hacer que se aferre a las sábanas porque desea más.

Extiende la mano y recorre con los dedos el contorno de mi pene. Yo tomo sus dos muñecas y se las inmovilizo a la altura de la cabeza.

—Esta noche no soy yo el protagonista.

Lo digo de verdad. No la he invitado para acostarme con ella, pero que esté en mi cama es un extra.

Hace un puchero.

—¿No quieres que te ayude con ese problema?

—Primero podrías invitarme a cenar, ¿no?

—¿Que me comieras no cuenta?

—Maldición.

Vuelve a envolverme con las piernas y me hace echar las caderas hacia adelante de modo que mi pene, protegido por el pantalón, se pega a su calor. Se aprovecha de mi desconcierto y se libera de mi agarre.

—Deja de ser tan noble. No te queda. —Recorre con la mano el resorte del pants. Me baja el bóxer y al mismo tiempo mis pantalones. Mi camiseta corre la misma suerte y termina en el suelo.

—No puedo prometerte más que algo sin compromiso —digo.

Se detiene ladeando la cabeza para mirarme.

—Me parece bien.

¿En serio? Esperaba que, por lo menos, vacilara.

—Lo digo de verdad —insisto.

Pone los ojos en blanco.

—Que sí. Ahora deja de ser un cliché y que siga el espectáculo.

Mi expresión se vuelve depredadora. Zahra pasa sus manos por mi pecho y recorre las líneas de mis músculos.

—No es justo.

—En unos minutos no te quejarás.

Tomo de la mesita de noche un condón de un paquete de emergencia que robé del *jet* privado familiar la semana pasada. Me quita el envoltorio dorado de las manos antes de repasar con el dedo índice la vena que recorre mi pene. Me clavo las uñas en las palmas de las manos.

Me provoca un poco más antes de ponerme el condón hasta la base. No sé cómo, todo lo que hace es sensual, y estoy desesperado por ver más.

—Para que me quede claro, cuando lo estemos haciendo, ¿tengo que gritar tu nombre o el de Scott?

La empujo contra la cama y se ríe antes de quedarse sin respiración.

—No juegues con fuego.

Veo que aprieta de placer los dedos de los pies. «Qué mala es.»

—Te aviso: si sigues por ahí, puede que mañana por la mañana no puedas caminar hasta tu casa.

Recorro su vulva con la yema del pulgar. Hundo dos dedos en ella, los saco y me los encuentro empapados de nuevo.

—Bueno, caminar está sobrevalorado. —Sus ojos se fijan en mis dedos relucientes y me los llevo a la boca para chuparlos.

Su respiración se detiene y abre mucho los ojos. Quiero conseguir que vuelva a tener esa expresión cuando la esté cogiendo tan fuerte que se quede sin oxígeno en los pulmones.

Zahra sigue embelesada mientras yo reacomodo mi pene y se lo voy metiendo, empujando poco a poco. Me envuelve las caderas con las piernas y me impide escapar.

Como si fuera a irme del paraíso ahora que lo he encontrado.

Se estremece cuando me retiro despacio para luego apretarme contra ella un poco más. Arquea la espalda en el momento en que repito el movimiento y, esta vez, entro un par de centímetros más. Me aprieta mi verga con su vagina. Cada embestida hace que me acerque un centímetro más a tenerlo todo adentro. Empuja mis nalgas con sus talones hasta que no puedo entrar más.

—Cógeme en serio de una vez —exige con voz ronca.

Su orden hace que me recorra por la espalda un escalofrío y vuelvo a embestirla una vez más hasta el fondo. Arquea la espalda y me descubre sus pechos voluminosos. Me inclino y paso mi lengua por un pezón.

Los gemidos de Zahra son una dulce melodía para mis oídos.

Sonrío con la boca pegada a su piel.

—Tengo una última pregunta.

Ella me gruñe y eso me pone al tope.

Me incorporo recorriendo las curvas de su cuerpo y termino apretándole sus nalgas. Saco el pene unos centímetros antes de volvérselo a meter de golpe. El aire que escapa de sus pulmones me hace sonreír.

—¿Todavía te hace falta una regla? Puedo traer una y zanjamos el debate.

—No, está bien. Creo que lo siento hasta en la garganta.

Un incendio se propaga por mi piel al aumentar el ritmo. El sudor se aferra a nuestros cuerpos cuando encontramos un tempo constante. Somos dos personas perdidas en la armonía de nuestros jadeos y esclavos de las caricias del otro.

La embisto sin descanso. Ella tiembla con cada acometida y yo disfruto al ver cómo rebotan sus pechos cada vez. Nunca he visto nada más bonito que Zahra poseída por la pasión. La sensación de presión en el pecho que parece que siento solo cuando ella está cerca aumenta hasta que me duele. Entro y salgo como si hubiera perdido la cabeza, lo cual no se aleja mucho de la realidad. Me sumerjo en lo que me hace sentir y me aferro a cada uno de los sonidos que emite.

No hay ni una zona de mi piel que no toque. Sus uñas se clavan en mi espalda y me muerde la parte más sensible de todo el cuello. Es más salvaje de lo que podría haberme imaginado y quiero saber cuáles son sus límites.

Resulta que estaba en lo cierto: la señorita Alegre tiene un lado oculto. Solo que no era el que esperaba... La mujer que es en la cama es todo lo que podría desear y más.

Si estar cerca de alguien que es pura luz es así, aceptaré las quemaduras. Cada. Maldita. Vez.

Su segundo orgasmo hace que yo también me precipite, y lo siguiente de lo que soy consciente es la caída libre a su lado, rumbo a la oscuridad.

31

Zahra

Es oficial, he cruzado la línea y ya no hay vuelta atrás.

Bueno, la crucé la primera vez que Rowan me hizo llegar al orgasmo esta noche, pero soy consciente de verdad cuando me saca el pene algo menos duro y se deshace del condón.

Estoy exhausta después de la forma en la que Rowan me cogió hasta casi hacerme perder el conocimiento. Lo que fuera que pensaba que tenía escondido bajo su fachada impasible no le llega ni a la suela de los zapatos a esto.

No, si Rowan me hubiera prendido fuego con kerosene estaría igual. Ha sido... Madre mía, qué fuerte. Creo que la falta de oxígeno me ha matado unas cuantas neuronas valiosas.

«¿Me quedo? ¿Me voy?» Estoy en una encrucijada sobre qué hacer.

«Vete. Que sea algo sin compromiso como le prometiste.»

Me levanto de la cama con un gruñido y tomo la camiseta del suelo.

«¿Y dónde está el sostén?»

—¿Qué haces? —dice su voz de pronto.

—¿Vestirme? —respondo con un gritito protegiendo mi cuerpo de él como si no lo hubiera visto todo ya.

Siento calor en las mejillas cuando su mirada me recorre desde la cara hasta las uñas de los pies pintadas de rosa.

Con la luz tenue del baño, puedo evaluar las curvas y contornos de la mejor obra de Dios. Creo que suelto un gemidito, pero no estoy muy segura. Rowan se aclara la garganta y es evidente que está disimulando una risita.

—Pues...

«No seas empalagosa, haz como si no te importara.»

«¿Cómo finjo que no me importa cuando no tengo ni idea de lo que está pasando?» Retomo la misión de encontrar la ropa perdida. El sostén cuelga de cualquier manera de la lámpara y me lanzo a agarrarlo.

—¿Te vas? —Junta las cejas.

No sé cómo, tiene mis bragas. Estoy dispuesta a no llevármelas si a él le gustan esas cosas. La verdad es que estoy abierta a todo lo que me salve de pasar esta vergüenza.

—Eeeh... ¿No es lo que quieres?

—¿De dónde sacaste eso?

—Bueno... Pues, verás... —La brillante idea que tenía en mente desaparece cuando él tensa la mandíbula.

—Quieres irte. —Es una afirmación más que una pregunta.

Oigo... ¿dolor en su voz?

No, no puede ser.

¿O sí?

Argh. Creo que tanto coger me ha dejado sin entendimiento.

—¿Quieres que me quede? —le pregunté.

Tarda veinte segundos enteros en contestar. Sí, los cuento. Es eso o deshacerme y convertirme en un charco bajo su mirada cautelosa.

—No quiero que no te quedes.

Me río.

—Madre mía, usas dobles negaciones. Esto estaba destinado al fracaso desde el principio.

La sonrisa que le provoco es mi preferida de Rowan, la que es tan pequeña que no quiero parpadear y perdérmela.

—Lo hice a propósito.

—Sí, claro. —Pongo los ojos en blanco.

Él me arranca la camiseta de las manos y tira el sostén hacia atrás sin mirar.

«Ya está.» Supongo que el debate está zanjado.

Vuelve a lanzarme a la cama antes de cubrir nuestros cuerpos desnudos con la colcha. Ya me he acurrucado en la cama con alguien antes, pero, con Rowan, me parece más íntimo. Sobre todo cuando me rodea con un brazo porque resulta que es superempalagoso.

Esta noche no deja de sorprenderme. No sé si mi corazón podrá aguantar tanto ejercicio.

Toma el control de la televisión y selecciona la *app* de *streaming*.

—¿Qué versión de *Orgullo y prejuicio* se te antoja hoy?

—Puede que se me antoje una película de terror.

—¿Y las románticas no son un subgénero del terror?

Le doy con el dedo en el costado y se ríe.

—Okey, ahora solo quieres hacerte el gracioso.

—¿Hacerme el gracioso? Me parece recordar que

piensas que soy bastante gracioso. —Se yergue como un engreído alardeando de sus dientes blancos como perlas que amenazan con cegarme.

—¡He descubierto el secreto para hacerte sonreír!

—¿Cuál?

—¡Los orgasmos! ¡¿Cómo no se me había ocurrido antes?!

La carcajada que suelta no se parece a nada que haya oído antes. Vuelve a dejar caer la cabeza sobre la almohada y su pecho entero se agita con el sonido.

Me gusta mucho. Muchísimo.

Y sé que eso es malo. Malísimo.

Pero termino pensando en cómo puedo conseguir que vuelva a reírse así.

Me enseña el control y lo balancea.

—Elige o elegiré yo por ti.

Decido que es un buen momento para comprobar si «Scott» decía la verdad. Al fin y al cabo, tal vez mintiera sobre haber visto las diecisiete versiones de *Orgullo y prejuicio* por motivos puramente científicos.

—Esta noche se me antoja un poco de Matthew Macfadyen.

Como suele pasar con Rowan, elige la correcta y demuestra que de veras está tan loco como para haber visto todas las películas. Lo único que no acabo de entender es el porqué.

Hay una vocecita irracional en mi cabeza que quiere buscarle una explicación, pero pierde ante la voz más fuerte que me dice que disfrute del momento y me olvide de las expectativas.

Después de la noche de sexo, me toca dar un paseo, porque de la casa Kane a mi departamento hay diez minutos. Rowan se ofreció a llevarme en coche, pero yo me limité a poner los ojos en blanco y despedirme con un beso profundo.

Podría haber dejado que me llevara. Había una parte de mí que sí deseaba recibir esa atención, pero necesitaba algo de distancia y caminar un poco para aclarar la mente tras esta noche de sexo increíble y, todavía peor, buena conversación. No me gusta admitirlo, pero sigo dudando de las intenciones de Rowan. Salir con alguien como él me parece un juego peligroso.

Después de que pasara todo, vimos la película y entramos en un caluroso debate sobre el clasismo y las diferencias entre ricos y pobres. Rowan intentó aleccionarme sobre los problemas de las clases altas y yo intenté presentarle mi puño a su cara.

«Okey, es broma.» La violencia nunca es la solución. Aunque sí lo amenacé con un castigo físico: negarle el sexo, con lo cual solo conseguí que me llevara al borde del orgasmo y no me dejara terminar hasta haberle pedido perdón.

Rowan juega sucio. Es lo que descubrí anoche, aparte del tamaño de su pene.

Así que, en resumen, no tengo ni idea de qué estoy haciendo con él, pero quizá eso sea bueno. Siempre he sido muy de etiquetar las relaciones, pero no puedo decir que me haya ido bien.

En el trayecto de diez minutos consolido la mentalidad positiva. Estoy convencida de que lo mejor es algo sin ataduras de momento. Después de tener una relación larga que fue de cero a cien, estoy dispuesta a tomármelo con calma y dejar que lo nuestro vaya creciendo a su ritmo. Aunque es arriesgado, sé que a Rowan le importo, así que no tengo de qué preocuparme.

Abro la puerta de casa.

—¿Claire?

El departamento está en silencio excepto por algunos ruidos que vienen de la habitación de Claire. Soy lo bastante lista para no abrir la puerta cuando suena John Legend. Valoro demasiado mi vista y no quiero tener que echarme desinfectante en los ojos.

Entro en mi cuarto, me baño y me dejo caer en la cama con una sonrisa. La suave voz de John Legend se va desvaneciendo a medida que me duermo.

Al despertarme, huelo tocino friéndose en un sartén y a Claire cantando una canción de Journey a pleno pulmón y algo desafinada. Mi estómago ruge exigiéndome comida después de una noche larga.

Encuentro a Claire en la cocina, frente a la estufa, cantándole al mango de la espátula.

—¿Quién te puso de tan buen humor?

Claire da un respingo.

—¡Zahra! ¡Estás en casa! No te oí llegar.

—Porque estabas ocupada.

Claire se sonroja.

—Tengo algo que contarte.

—Yo también —respondo con una sonrisa.

—Tú primero —decimos las dos a la vez, y nos reímos.

Su sonrisa es contagiosa.

—¡Conocí a alguien!

—Cuéntamelo todo.

—Pues ¿te acuerdas de la *sous-chef* del Château Royal?

—¿Cómo voy a olvidarme de su majestad doña Cascarrabias?

Se ríe con un resoplido mientras prepara dos platos de desayuno, aunque es hora de comer.

—Pues se disculpó.

—¡¿Qué?! ¿Cómo?

—Me topé con ella en el supermercado. Fue como en las películas.

—¿Qué pasó?

—Pues la vi y entré en pánico. Sin querer, estampé el carro contra un cajón de naranjas. Y, como iba deprisa, cayeron todas. Fue lo más vergonzoso que me ha pasado en público.

—Lo dudo. ¿Te acuerdas de aquella vez que fuimos a ver un partido de futbol y...?

Claire pone una mueca de vergüenza.

—Pues peor, porque ella terminó resbalándose con una naranja y cayéndose.

—¿Y luego?

—Se murió de la risa cuando le hice una broma malísima sobre exprimir al máximo nuestro encuentro.

Hago la cabeza hacia atrás y me río. Claire me cuenta el resto de la historia, en el que aparecen el airado encargado de la tienda, una ambulancia innecesaria y una cita.

La verdad es que no sé cómo puede mantenerse en pie después de las últimas veinticuatro horas que ha vivido.

Me ofrezco a lavar los platos mientras Claire se sienta en un taburete frente a la barra.

—¡Ahora tú!

Empiezo con mi historia y le cuento todo lo que Rowan me confesó anoche y cómo terminamos acostándonos.

—Vamos, dime, por favor, que no es solo un cuerpo bonito.

—No, la verdad es que se le da bien la acción y me enseñó de lo que es capaz. —Sonrío para mí por la broma interna.

Claire suelta una carcajada.

—Bien, me alegro de que sepa usar la lengua para hacer el bien. Es un paso en la dirección correcta.

Río para mis adentros.

—Entonces, ¿qué son? ¿*Fuck buddies*?

Hago una mueca ante su selección léxica.

—Okey, no. —Hace una pausa—. ¿Qué te parece «amigos con derecho»?

Niego con la cabeza.

—No hablamos de etiquetas.

—Claro, qué tonta, no podías con su pene metido hasta la garganta.

El estropajo me salpica con agua jabonosa cuando se me escapa de las manos.

—¡Claire!

Levanta las manos.

—¡¿Qué?! Me lo pusiste muy fácil.

—No definimos qué somos porque no hay un *nosotros*. Al menos no en ese sentido. Somos solo Zahra y Rowan. Dos personas pasándosela bien.

Frunce el ceño y adopta una expresión seria que no suelo ver.

—No quiero que te haga daño. Las relaciones sin compromiso no son lo tuyo.

—Puede que ese sea el problema. Lance y yo nos lanzamos de cabeza a una relación. Quiero ir despacio.

—Bueno, no me gusta decírtelo, pero acabas de pasarte un semáforo en rojo a mil por hora.

Suelto una carcajada.

—Solo es sexo.

—Sí, y él es solo un tipo al que le escribes mensajes cada noche antes de acostarte.

Suspiro.

—¿Tan mal está fluir y no ponerles nombre a las cosas tan pronto?

Niega con la cabeza.

—Claro que no. Solo quiero que tengas cuidado y que no apuestes tu corazón por alguien que no piensa hacer lo mismo.

—De momento, será algo sin compromiso.

El plan me parece sólido y sin fisuras, una forma perfecta de proteger mi corazón y, al mismo tiempo, pasármela bien.

«O eso espero.»

32
Zahra

Entro a trabajar el lunes medio esperando que alguien me reproche que me acosté con Rowan. Es ridículo que me parezca que llevo una calcomanía amarilla en la frente diciendo que lo hice con el jefe. Si lo supieran, no importaría. En Dreamland no hay normas que prohíban las relaciones con otros trabajadores. Aunque no se recomienda a quienes trabajan en el mismo espacio, no está prohibido.

Por no hablar de que Rowan nunca dejaría que algo como acostarnos influyera en sus decisiones. E imaginarme que me da un trato preferente hace que tenga ganas de esforzarme más para demostrarle de qué soy capaz, para demostrarme a mí misma y a los demás que no importa quién sea porque mis ideas hablan por sí solas. O eso espero.

Sin embargo, incluso teniendo un plan, el lunes es un desastre porque tengo los nervios crispados. Rowan todavía no ha honrado al taller con una visita y yo ya me estoy desmoronando. Esta mañana descompuse la cafetera común cuando alguien me preguntó cómo me fue el fin de semana. Y, luego, cuando otra persona mencionó a Rowan en el baño, terminé dejando caer el celular en el inodoro.

Aunque de eso no tengo toda la culpa. Dos chicas del equipo Alfa estaban hablando de él de forma muy inapropiada mientras se lavaban las manos. El teléfono se me resbaló y halló su muerte en el agua.

Se podría decir que, para cuando Rowan aparece en la tarde en mi cubículo, fresco como una lechuga, yo estoy exhausta. Quiero que se acabe el día ya.

—No me has contestado los mensajes.

—Hola a ti también —digo levantando la vista de la pantalla.

—No me has respondido los mensajes —repite con la voz bastante tensa.

Me dan ganas de ponerme a bailar porque le preocupe que no le conteste.

—¿Me has extrañado? —le pregunto parpadeando coqueta.

—No. —La respuesta es demasiado rápida.

Sonrío.

—No pasa nada por admitir lo que sientes. Esperaré.

Giro la silla y quedo frente a él.

—Igual que tú me has hecho esperar todo el día por tu confirmación.

«¿Cómo?»

—¿Mi confirmación?

—Sí, mañana por la noche tenemos una cita.

Me río en voz baja.

—¿No crees que deberías preguntármelo primero?

—No hago preguntas cuyas respuestas ya sé.

—Tendremos que mejorar tus modales. Son deficientes.

Entra en el cubículo y se agacha para susurrarme en la oreja:

—Anoche no te quejabas por la falta de modales.

—Claro que no, toda mujer quiere un animal en la cama y un caballero fuera de ella —murmuro lo bastante bajo para que mis vecinos de cubículo no me oigan.

Sus ojos brillan mientras hace una leve reverencia.

—En ese caso, disculpe mi error. ¿Me haría el honor de gratificarme con su presencia mañana por la noche para una comida y unas bebidas espirituosas?

—¿Con énfasis en lo de la «comida»?

Rowan hace la cabeza hacia atrás y se ríe hasta que me uno a él. Me reconforta toda, de la cabeza a los pies, ver cómo se iluminan sus ojos y sus labios quedan formando una sonrisa.

—No puedo salir contigo mañana, el equipo tiene una reunión a última hora para atar algunos cabos sueltos de propuestas anteriores.

—Menos mal que tienes influencias.

—¡Ni hablar! Eso es abuso de poder.

—¿De qué me sirve tener todo este poder si no puedo abusar de él?

Lo miro perpleja.

—Voy a hacer como si no acabaras de decir eso.

—Haz lo que quieras. Eso no cambia lo que va a pasar.

—Pero...

Levanta una ceja.

—O le escribes tú a Jenny o le escribo yo.

Le lanzo una mirada furibunda.

—Tu autoritarismo está perdiendo su gracia.

Él se inclina y me da un ligerísimo beso en la mejilla.

—Tendremos que comprobarlo en diversas situaciones para asegurarnos.

—Siempre tan metódico en todo.

Sonríe.

—Te veo mañana en la noche. —Se aleja llevándose con él su colonia y sus feromonas adictivas—. Y, a partir de ahora, contéstame los mensajes.

—En cuanto me compre otro —respondo señalando un tazón lleno de arroz.

—¿Quiero saberlo?

Sonrío.

—Seguramente no.

Incluso después de que se haya marchado, no puedo dejar de sonreír.

Porque mañana tengo una cita con Rowan G. (todavía no sé de qué es la G) Kane.

El poder tiene muchas caras. Esta noche, el mío lo saco de la expresión en el rostro de Rowan cuando salgo de mi departamento.

—Pareces... una princesa. —Se acaricia la barbilla.

Le lanzo una sonrisa radiante y paso la mano por la parte baja del vestido amarillo de tul. Me lo hizo mi madre después de que pusiera por las nubes uno parecido que había visto llevar a una famosa. Junto a mi piel morena, la tela me recuerda a los primeros rayos de sol de la mañana.

La mirada de Rowan se vuelve letal. Sus ojos van del

corsé a la falda voluminosa y viceversa. Mientras me observa, aprovecho para admirarlo yo. De todos sus trajes, este es mi preferido. No sé si lo sabe. La forma que tiene la tela azulada de pegarse a su piel hace que quiera invitarlo a pasar a mi departamento y que nos olvidemos de que quedamos en salir a cenar.

Nuestras miradas se cruzan. Él suelta una grosería por la expresión que tengo en la cara. Antes de que pueda decirle nada, me toma de la mano y tira de mí sin dejar de musitar algo.

—Garfield.

La mano de Rowan me aprieta el muslo.

—No, por Dios.

No ha dejado de tocarme desde que entramos en su Rolls-Royce. Por lo visto los Kane han llegado a un nivel de fortuna en el que ya ni siquiera tienen que manejar. Al principio me pareció absurdo, pero la verdad es que esa libertad le permite a Rowan pasar las manos por mis muslos. A pesar de la cantidad obscena de capas que tiene la falda de tul, sus dedos hacen que, con cada roce anticipatorio, las llamaradas recorran mis piernas.

Miro la lista de nombres que elaboré después de preguntarme cuál sería el segundo nombre de Rowan. Después de buscar en internet y entrar en algunas páginas web que pedían mucho dinero por comprobar los antecedentes de alguien, me conformé con una lista de nombres para bebés que encontré en otra web.

Sin embargo, llevo ya veinte nombres y no he tenido suerte con ninguno.

—Gary.

Su pecho se agita con su risa silenciosa.

—No.

—Gertrude.

—Eso es nombre de mujer.

—Igual tu madre era vanguardista —respondo encogiéndome de hombros.

«Mierda.» No quería sacarla en la conversación. Los Kane son como una caja fuerte cuando se trata de cualquier cosa relacionada con la madre de Rowan. Lo único que sabe la gente es que murió tras una larga y terrible batalla contra el cáncer.

Me aprieta el muslo como si quisiera tranquilizarme.

—Mi madre era muchas cosas y muy buenas, pero no era TAN vanguardista. Por suerte.

—Mmm. ¡Okey! ¿Y Glen?

—No lo vas a adivinar nunca, será mejor que te rindas.

Lo miro a los ojos y hago un puchero.

—No soy de las que se rinden.

Rowan pasa su pulgar por mi labio inferior y hace que una oleada de calor me recorra la espalda.

—Y por eso te premiaré con la historia de cómo me pusieron mi segundo nombre, pero tienes que jurarme que guardarás el secreto.

Levanto el meñique y se lo ofrezco. Él lo aparta y luego se inclina y me pone su mano áspera sobre la mejilla.

—Te cambio un beso por un secreto.

—Nunca había oído hablar de este juego —digo, y sonrío pícara.

—Eso es porque es solo nuestro.

Al pensar que tenemos algo solo para nosotros, una sensación cálida se esparce por mi pecho.

—Ya me está gustando el juego.

Envuelve mi nuca con su mano y tira de mí. Sus labios se encuentran con los míos, primero con suavidad y luego dan paso a un hambre feroz. El calor se extiende por mi piel mientras Rowan marca mis labios con su lengua y sigue un patrón que me llega al alma.

Me besa hasta que quedo sin aliento y jadeando. Sus ojos pierden el brillo cuando pasan de mi cara a la ventana que tengo detrás.

No me gusta nada verlo así.

—Puedo dejar de intentar adivinarlo. No hace falta que me lo cuentes.

Niega con la cabeza.

—Hicimos un trato.

El suspiro de resignación que suelta no lo ayuda demasiado a quitarse la tensión del cuerpo.

—No hablo mucho de mi madre.

Extiendo la mano y la cierro en torno a la suya. Él se aferra a mí como si fuera un salvavidas, apenas capaz de esconder que su mano tiembla mientras deja mis dedos sin circulación.

—Algunos de los recuerdos que tengo son confusos porque era muy pequeño, pero lo que más recuerdo de mi madre es que le encantaba el rey Arturo.

—¿Qué dices? ¿Era una friki de la historia?

Rowan me mira con complicidad. Suelto un suspiro y le doy un beso suave a cambio del siguiente secreto. Me separo, pero él tira de mí hacia su pecho y profundiza el beso. Es como si necesitara más valor para poder hablar de su madre.

Sé que no está buscando el amor, pero quizá sí una forma de sanar.

Puedo ayudarlo. Sé lo que se siente.

Me suelta antes de tomar aire varias veces.

—Estaba obsesionada con la historia y las narraciones que rozaban la fantasía. Así es como conoció a mi padre.

Se detiene como si no supiera muy bien cómo seguir.

—Cuéntame más, por favor —le pido, y le doy un beso en la mejilla.

—Trabajaba en el centro de apoyo académico en la universidad a la que fueron los dos. Mi padre entró en el edificio para recoger a un amigo que tenía el coche en el taller. Mi madre tenía turno en la recepción y le preguntó si necesitaba ayuda.

—¿Y?

—Mi padre siempre sacaba excelentes calificaciones, pero fue un semestre entero a clases de repaso de una asignatura que ni siquiera tomaba.

—¿Qué dices?

Me río hasta quedar ronca. Puede que la historia de cómo se conocieron sus padres sea incluso mejor que la de los míos... Aunque eso no pienso admitirlo delante de ellos.

—Es verdad. Mi madre llegó a corregirle redacciones y tareas falsas sobre el rey Arturo y sus caballeros.

—Veo que lo de mentir viene de familia.

Sonríe.

—Hacemos lo que sea por conseguir lo que queremos.

—Qué despiadados —digo para provocarlo.

Suelta una risa grave en voz baja.

—¿Cómo lo explicó tu padre? ¿Y cómo logró que saliera con él después de haber fingido tanto tiempo?

Quiero oírlo, aunque solo sea para saciar a la romántica empedernida que llevo dentro.

—No me acuerdo. —Los labios de Rowan se convierten en una fina línea y la mano con la que se aferra a la mía se le tensa.

La temperatura del coche baja y se pone a la altura de la energía que transmite Rowan. Mi pecho se llena de pena por su padre. A pesar de que he oído de todo sobre sus cuestionables decisiones empresariales, siento empatía por cualquiera que haya perdido a su mujer. Y más aún por un hombre dispuesto a asistir a clases de repaso solo para pasar tiempo con la mujer que le gustaba.

Y todavía más, si me apuras, por los hijos que sufrieron una pérdida similar.

Aprieto su mano.

—¿Y qué tiene que ver esta historia con tu segundo nombre?

—Mi madre nos los puso a mis hermanos y a mí por los caballeros de la mesa redonda del rey Arturo.

—Vaya, les puso la vara muy alta. ¿No fueron los que encontraron el santo grial o algo así?

—Algo así. —La comisura de sus labios vuelve a subir y la tensión sale de su cuerpo como un soplo de aire—. El mío no es para tanto, Declan es el que tiene que presentarse como Declan Lancelot Kane durante el resto de su vida.

Una risa escandalosa se me escapa al pensar en el hermano mayor de Rowan teniendo que llevar esa cruz toda la vida. «¿Lancelot, en serio?»

—¿Y tú, señor R. G. Kane?

—Galahad —dice refunfuñando en un murmullo, y hace que me fije en el ligerísimo tono rosa que tiene en las mejillas.

—Ay, qué lindo.

—Aquí solo cabe un mentiroso y no puedes ser tú.

Empujo su hombro.

—¡Lo digo en serio! La historia que tiene detrás lo hace todavía más especial.

Su cuerpo se tensa.

—Si se lo cuentas a alguien, tendré que...

—Sí, sí, tendrás que despedirme. Ya sé.

—Tendré que cogerte, pero si te excita que hagamos una escenita antes como si te despidiera, estaré encantado de complacerte.

—¿Acabas de hacer una broma sexual? Qué escándalo —le digo con acento de señora de Texas mientras me abanico la cara.

Niega con la cabeza como si yo fuera la persona más loca y maravillosa que ha conocido. Bueno, esa es mi interpretación, pero parece plausible.

Le ofrezco la mano.

—Trato hecho.

33

Rowan

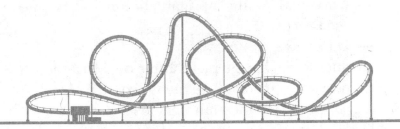

—Todavía podemos irnos a casa —dice Zahra usando el menú como escudo para taparse la parte izquierda de la cara.

Cuando hice una reservación en el mejor restaurante de Orlando, no esperaba que empezara a protestar en cuanto nos hubiéramos sentado. Zahra está sonrojada y ha sido incapaz de quedarse quieta desde que la mesera nos condujo a nuestra mesa al fondo del restaurante hace diez minutos. Pensé que el vino la ayudaría con los nervios de la primera cita, pero se ha tragado una copa entera y sigue igual.

«¿Tiene miedo de que la vean en público conmigo?» Dudo mucho que ningún *paparazzi* ande por las calles de una ciudad del centro de Florida esperando a que aparezca un famoso.

Frunzo el ceño y la hago bajar el menú.

—¿Es demasiado elegante?

—No... Quiero decir, ¡sí! ¡Mira el menú! —Lo vuelve

317

a levantar enseñándomelo mientras nos tapa la cara a los dos—. Cualquier lugar en el que no ponen los precios y aparecen un montón de palabras en francés en el menú hace saltar las alarmas de mi cuenta bancaria.

—No vas a pagar tú —le respondo en un tono seco.

—Bueno, sería atrevido por mi parte no suponer que vamos a la mitad.

—¿A la mitad? —digo atragantándome . ¿Se puede saber qué te ocurre?

—Nada.

Se muerde el labio. Su piel cambia de rosa a rojo, descubriendo su incapacidad de mentir sobre nada.

—¿Siempre te pones tan nerviosa en una primera cita?

Frunce el ceño.

—No estoy nerviosa.

—Te tomaste una copa de vino de doscientos dólares en diez minutos.

Palidece de arriba abajo.

—¡¿Doscientos dólares?! —exclama entre un susurro y un grito—. ¿Quién querría gastarse tanto dinero en un puñado de uvas viejas?

No puedo aguantar la risa. Apenas es audible por encima de las conversaciones de la gente que nos rodea.

Sus ojos pasan de mirarme a mí a observar una mesa que tenemos enfrente en la que hay un hombre y una mujer rubios.

—¿Los conoces?

Ella da un respingo.

—¿A quiénes?

Me quedo mirándola y parpadeo una vez.

Ella baja los hombros y se hunde unos centímetros en la silla.

—Sí.

—¿Quiénes son?

—El tipo rubio con las manos diminutas y la frente enorme es Lance.

«Maldita sea, no puede ser. De todos los restaurantes, ¿tenía que venir a este?» Esto en Chicago no pasaría. Hay demasiadas personas para cruzarme con alguien a quien no soporto. La culpa es de la falta de restaurantes en la zona.

«Tal vez pueda abrir uno en los terrenos de Dreamland para que esto no vuelva a pasar.»

«¿Que no vuelva a pasar? Pero si, en cuanto se lleve a cabo la votación, te marchas de aquí.»

Tomo mi copa y doy un trago largo para aplacar las náuseas.

Su mirada no deja de pasar de mí a la dichosa mesa del centro de la sala.

Frunzo el ceño.

—¿Quieres volver con él?

«¿Por qué mierda he dicho eso?»

—¡¿Qué?! —Su voz llama la atención de la gente cercana a nuestra mesa—. Ni hablar.

—Pues olvídate de ellos.

—Es muy fácil decirlo. Está con ella. No soporto verlos juntos porque me recuerda a... —Su voz se apaga.

«A cómo le rompió el corazón», termino para mí.

Es horrible ver a Zahra sufriendo así. Suele tener más positividad en un solo dedo que el equipo entero de animadoras del Super Bowl. Esa angustia me inquieta. Quiero ayudarla, pero no sé cómo, y menos cuando no sé en absoluto cómo lidiar con un ex.

—Juguemos un juego.

«¿Qué diablos haces?».

Parece que recupera el ánimo y por fin deja el menú y me presta atención.

—Esta noche no quieres más que jugar.

—¿Qué preferirías, bañarte desnuda en alta mar o correr desnuda por Dreamland en mitad de la noche?

—No me gusta correr, pero todavía me gustan menos los tiburones, así que correr desnuda por Dreamland, está claro.

Sonrío.

—Qué traviesa. Podrían atraparte.

—Menos mal que conozco al jefe —responde en tono provocador.

Su sonrisa hace que se me detenga el corazón. Es raro, como si mi cuerpo entero no pudiera evitar colapsar cuando estoy cerca de ella. Siempre estoy lidiando con mil sensaciones: me pica la piel o siento presión en el pecho o una extraña y apremiante necesidad de besarla. Y en ocasiones todo al mismo tiempo.

—Te toca. —Tomo su mano y le acaricio los nudillos con el pulgar. Siempre se detiene su respiración cuando lo hago, así que se está convirtiendo en mi forma favorita de tocarla cuando estamos en público.

—¿Preferirías no volver a leer un libro o no poder ver cómo va la bolsa?

—Dándome donde más duele —digo, y me paso la mano que tengo libre por el corazón.

Sonríe.

—Que tengas que pensarlo dice mucho de ti.

Le dedico una sonrisa cómplice.

—Tendría que dejar de leer libros. Lo siento.

—Bueno, pues fue bonito mientras duró. —Retira la mano en broma antes de que yo se la atrape de nuevo.

—Has dicho «no volver a leer un libro». Los audiolibros no cuentan.

Me mira boquiabierta.

—Pero qué... ¡No hagas trampas!

—La semántica es importante en la vida.

—Salir con un empresario es ua molestia.

Quiero besarla para que deje de hacer pucheros.

—Entiendo que es un poco diferente a la maravillosa compañía que encontrabas en las *apps* de citas. ¿Qué me dices del electricista y su madre?

Me señala con un dedo.

—Debes saber que Chip era un buen hombre.

—Llevó a su madre a la cita.

—A mí me pareció tierno.

—La madre te preguntó si hacías un seguimiento de fertilidad. —Doy un sorbo de vino.

Zahra hace la cabeza hacia atrás y se ríe fuerte. Hacerla reír me llena de un profundo orgullo. Me gusta saber que puedo conseguir que su día sea un poquito más alegre.

De repente, me doy cuenta de algo. Por primera vez, mc la estoy pasando bien en una cita. No está todo planeado al dedillo ni hay conversaciones frías sobre trabajo y negocios. Me interesa de verdad escuchar cualquier cosa que salga de la boca de Zahra y todo eso mejora aún más cuando la hago reír.

Una parte de mí desearía ser como ella, poder estar tranquilo y dejar atrás los problemas del pasado que aparecen en los peores momentos. Para alguien como yo, es imposible. La vida me ha hastiado, pero estar cerca de Zahra me reanima.

Soy consciente de que estoy jugando un juego peligroso con Zahra al rozar la línea entre salir y algo más.

No puedo buscar mucho más con ella con la fecha límite que tengo y mis objetivos. Al menos, no con mi futuro en Chicago y el suyo bien cimentado en Dreamland.

Pero podemos disfrutar del presente. Eso es algo que sí le puedo prometer.

Zahra me agita la mano delante de la cara.

—Te toca.

Sacudo un poco la cabeza y vuelvo a la conversación. Zahra y yo nos vamos turnando y ella me plantea los dilemas más absurdos. No sé cómo se le ocurren ideas como esquiar en bóxers o tener que cruzar el océano en moto de agua, pero nunca se le agota la imaginación.

«Por eso la contrataste.»

Nos pasamos la cena entera jugando y abriendo conversaciones diferentes según las respuestas que vamos dando.

Zahra piensa en su nuevo par de opciones descabelladas cuando Lance se nos acerca. Nos mira perplejo, girando la cabeza de Zahra a mí. Ella todavía no lo ha visto, inmersa en sus pensamientos.

Mantengo los ojos fijos en él al tomar la mano de Zahra, llevármela a los labios y darle un beso en los nudillos. Ella se queda sin aliento y sus mejillas se ponen de un tono de rosa precioso por mí. Lance cierra la boca con fuerza y eso le da el aspecto de un jitomate aplastado con una mata de cabello rubio encima. Es mediocre en todos los sentidos, desde su camisa barata hasta sus chinos mal planchados. Estoy seguro de que podría encontrar diez como él en el centro comercial de tiendas *outlet* de la ciudad.

Vuelvo a dejar la mano de Zahra en la mesa y me

levanto todo lo alto que soy. Lance tiene que inclinar la cabeza hacia atrás para mirarme.

Me abrocho el saco antes de decir:

—Lance Baker, me han hablado mucho de ti.

Él saca el pecho como un pavo real.

—Señor Kane. Quería pasar a saludar. Zahra y yo nos conocemos desde hace mucho.

Se me enciende la sangre y siento el pulso cada vez que respiro. Lance me ofrece la mano y yo me limito a mirarla con todo el asco que me inspira él.

—Ya me ha contado lo de la propuesta de Nebuland.

Deja caer la mano al lado del cuerpo como un perro abandonado.

—Ah, sí, me sorprendió que aceptaran mi propuesta.

Siento un hormigueo en el puño por las ganas que tengo de estampárselo en la cara. ¿Este desgraciado piensa que puede salir bien librado después de haberle robado la idea a Zahra? Caigo en la cuenta de que cree que Zahra ha ocultado la verdad.

Es un cabrón. Debe de pensar que es demasiado buena para delatarlo y, como no lo descubrieron, no tiene motivos para preocuparse.

Que se vaya al diablo. Yo me vengaré por Zahra.

—Ah, Lance, hola. No esperaba verte por aquí —dice Zahra en un tono algo agarrotado.

—Estoy celebrando mi aniversario.

Mantengo una expresión impasible a pesar de las ganas que tengo de mandarlo al infierno.

El cuerpo de Zahra se tensa.

—¿No se considera de mal gusto celebrar el momento en que empezaste una aventura?

Lance abre muchísimo los ojos. Sus mejillas, que ya tiene coloradas, adquieren un tono amoratado.

Se me calienta el pecho al ver la espalda recta y la mirada fría de Zahra. Me hace sentir... orgulloso de ella. De que pueda enfrentarse a los demás como hizo conmigo.

La atraigo a mi lado. Me siento tentado de esconderla para siempre, de protegerla de imbéciles como Lance que se aprovechan del regalo que es tenerla cerca.

La ola de posesividad surge de la nada. Debería sorprenderme, pero no. Siempre he sido territorial con todo: juguetes, dinero, proyectos empresariales y ahora... una mujer. Aunque el concepto es nuevo, las sensaciones no.

Lance dirige su atención hacia mí.

—Señor Kane, siento haber interrumpido. No me había dado cuenta de que usted y Zahra estaban en medio de una reunión de negocios.

—No es una reunión de negocios —le informo en un tono seco.

Zahra se estremece cuando le paso un dedo por el brazo. Los ojos de Lance siguen el movimiento antes de terminar viendo como le pongo la mano en la cadera en un gesto íntimo.

—Bueno, pues me incomoda meterme en esta... salida.

—Entonces, ¿por qué lo hiciste? —replico con voz indiferente.

Abre la boca y la vuelve a cerrar. No me molesto en esperar a que sus limitadas neuronas inventen alguna excusa patética.

Llamo a la mesera, que se acerca y se sitúa entre Lance y yo.

—¿Puedo ayudarlo con algo, señor Kane? —pregunta en un tono amable y profesional.

—Me gustaría mandar a la mesa de este caballero una botella de Dom Pérignon, yo invito.

Ella me dedica una sonrisa.

—Claro, ¿qué celebramos?

—Su ascenso.

La mesera desaparece con una gran sonrisa en la cara.

El cuerpo de Zahra se pone rígido a mi lado. Le acaricio la cadera jugando con el encaje a través de las capas de tela del vestido. Su cuerpo se funde con el mío a pesar de que Lance sigue mirándonos.

—¿Ascenso? —pregunta Lance.

—Me han dicho que has sido un trabajador entregado de Dreamland durante años.

Asiente sonriendo. Su mirada pasa de mí a Zahra y me entran ganas de ponerme delante para obstaculizarle la visión. Por la forma en que la mira, parece creer que es ella la que lo ha dejado en buen lugar delante de mí.

Es tontísimo. Me da verdadero asco.

—Te trasladarás a Dreamland Shanghái y trabajarás con los creativos del parque. Con efecto inmediato.

Se queda lívido.

—¿Shanghái? ¡¿China?!

—Parece que esta noche tienes dos motivos de celebración.

Balbucea algo más. Su incomodidad me da ganas de sonreír, pero me resisto. Solo una persona se merece mis escasas reservas de sonrisas y, desde luego, no es este depravado.

Bajo la cabeza hacia Zahra y la encuentro mirándome. Una sonrisa minúscula adorna sus labios, pero sus ojos me lo dicen todo. Se pone de puntitas y me da un suave beso en la mejilla.

Sus labios recorren el camino hasta mi oreja.

—Esta noche coges.

Sentir su aliento hace que se me caliente la nuca y, de pronto, lo único que quiero es salir de ahí.

Al demonio las citas en restaurantes. Están sobrevaloradísimas y limitan. No sé en qué estaba pensando cuando se me ocurrió llevar a Zahra a un restaurante cuando a ella le gusta sentarse en el suelo y hartarse de comida a domicilio.

Le aprieto un poco la cadera como respuesta.

—Felicidades por lo de Shanghái. Deberías estar orgulloso del logro, Lance. —Se despide con la mano mientras se da la vuelta para regresar a la silla.

Una pequeña parte de mí se alegra de que no le haya ofrecido una sonrisa. Esas son para mí; a él que lo tundan, pero mucho.

Lance se queda mirándola boquiabierto. Me dan ganas de darle un puñetazo en esa nariz torcida al ver que se la come con los ojos.

Pongo una mano en su hombro tenso y me acerco. El gesto le parecería amistoso a cualquiera que nos viera.

—Hay un motivo por el que los hombres como tú le hacen daño a las mujeres como Zahra. No tiene nada que ver con ellas, sino con lo que les falta a ustedes.

Me tomo un momento para mirarlo desde mi altura sin molestarme por esconder el asco en los ojos.

Vuelve a quedarse lívido y empequeñece. Tener ese efecto sobre él me proporciona una satisfacción hasta ahora desconocida. Estoy seguro de que solo es una ínfima parte de la incomodidad que siente Zahra en su presencia, pero me alegro de provocársela.

Le doy un último golpecito en la espalda antes de irme.

Zahra ya está sentada en la silla. Sus ojos abiertos pasan una y otra vez de mí a la figura de Lance que se aleja.

—¿De verdad vas a mandarlo a Shanghái?

—Eso depende de él. —Jalo la silla y me siento.

—¿Por qué?

—Puede irse a Shanghái o dejar el trabajo. A mí me da igual, siempre y cuando salga de mi propiedad.

Me toma de la mano.

—¿Por qué lo hiciste?

Me encojo de hombros.

—Te gusto —señala, y parpadea coqueta.

—Eso ya te lo había dicho. —Le dedico una leve sonrisa que consigue que se le ilumine la cara como un sol.

Toma el menú de los postres del centro de la mesa.

—Los actos dicen más que las palabras.

—¿Y qué dicen mis actos?

Me inclino, agarro las puntas de su cabello y la acerco. Nuestras bocas quedan a pocos centímetros.

—Que te importo más de lo que estás dispuesto a admitir —responde.

Elimino el espacio entre nosotros y la beso.

—No desees lo que no puede ocurrir.

Su mirada se suaviza y refleja una emoción que todavía no le había visto.

—No te preocupes, yo soñaré por los dos.

La calidez extraña que me recorre las venas se extingue rápidamente con un estremecimiento. Es mi mayor miedo resumido en una frase.

34

Zahra

Lance se va a China. Y todo porque Rowan quiso hacerme feliz y ayudarme a pasar la página. Aunque no lo dijo así, sus actos lo han evidenciado.

Si Rowan quiere que tengamos algo sin compromiso, lo está haciendo fatal. ¿Está intentando que me enamore de él o qué? Porque si sigue con estas muestras de afecto, me va a matar. Ya estoy en terreno pantanoso.

En cuanto el conductor cierra la puerta del coche, me abalanzo sobre Rowan. Con la ventana divisoria subida, me siento atrevida. Insensata. Algo borracha de poder después de que Rowan enfrentara a Lance.

Fue sexy. Él es sexy. La situación entera lo es.

Me subo el vestido y me coloco en el regazo de Rowan. Sus manos alcanzan mis caderas y me aprieta contra él para frotarme contra su bragueta. Me roba un gemido con los labios.

Al besarlo me siento embriagada y no quiero que se me pase. El mundo me parece más luminoso cuando estoy con él y quiero sentirme así para siempre. Nuestras lenguas se encuentran, se acarician, tantean y empujan.

—Esto es peligroso —masculla entre besos.

Tomo el cinturón de seguridad y se lo abrocho, por lo que me gano una carcajada.

—Listo, ya está.

Me aprieta más contra él.

—No me estaba quejando por mí.

—Le estás dando demasiadas vueltas. —Le paso los dedos por la bragueta y siento cómo se endurece bajo mi mano. Me agarra con más fuerza las caderas.

Se desabrocha el cinturón de seguridad con un gruñido y se quita deprisa el cinturón y los pantalones. Pensaba que Rowan en la cama era sexy, pero tenerlo sentado en el asiento de atrás de un coche con los pantalones medio bajados y la erección expuesta es arrollador. Porque, bajo esos trajes caros, hay un hombre que está así. Por mí.

Mis rodillas tocan el suelo. La mirada de Rowan me sigue mientras acaricio de arriba abajo su pene delineando la vena gruesa. Su respiración se vuelve pesada cuando mi lengua sustituye a mi mano, vacilante. Saboreo un ligero indicio de excitación mezclado con una especie de jabón adictivo.

Con la mano que tengo libre, agarro sus huevos y se los aprieto. Echa las caderas hacia delante. Su excitación me moja la lengua y yo voy cambiando de chupársela hasta el fondo a recorrerla de arriba abajo con la lengua.

Las manos de Rowan se adentran en mi cabello y su desesperación aumenta cuando cambio de tempo. Soy adicta al hombre en el que se convierte Rowan cuando estamos solos, tan diferente de su yo habitual, callado y retraído. Porque, cuando no se parapeta detrás de un muro, es voraz. Ávido. Tan egoísta en el sexo como en la sala de juntas.

No debería excitarme tanto, pero el deseo me gana cuando se trata de él.

En poco tiempo, Rowan se está convirtiendo en mi droga favorita: su respiración pesada, la lucha por el control, la forma que tiene de gemir mi nombre como si fuera una bendición y un castigo...

Su cuerpo entero se estremece cuando succiono por última vez. Suelta un suspiro en el momento en el que lo dejo ir y vuelvo a subirme sobre su regazo.

Parpadea dirigiendo al techo la mirada enturbiada.

—Hacer esto en un coche es muy inapropiado.

—Pero si todavía no hemos llegado a la mejor parte.

Una sonrisa diminuta adorna sus labios.

—¿Vas a enseñármelo o a decírmelo?

—A enseñártelo, siempre. —Recorro con unos besos el camino de sus labios a su cuello.

Él sube la mano por mi vestido y la hace desaparecer bajo las capas de tela.

—Eres tan preciosa que duele mirarte mucho tiempo seguido.

Se inclina y me besa ese punto del cuello que hace que me quede sin aliento.

Todo mi cuerpo se calienta al oír su confesión. Tal vez sea porque sé que Rowan no es de los que hacen cumplidos vacíos ni usan un lenguaje florido. Todo lo que dice significa algo y me ha llamado «preciosa».

Me arden los ojos por todas las emociones que se arremolinan en mi pecho, pero Rowan hace que se desvanezcan mis pensamientos al bajarme la ropa interior por los muslos. Con él, todo parece intensificarse, desde el roce de sus dedos ásperos contra mi piel hasta su aliento cálido haciendo que me erice.

Me pongo de rodillas para que pueda quitarme la ropa interior. Deja las bragas sobre el asiento mientras tira de una copa del corsé y me libera un pecho. Se aferra a mi pezón con los labios y la sensación me hace perder la cabeza. Su forma de provocarme con la lengua me vuelve loca.

Gime cuando froto mi centro expuesto contra su pene desnudo y duro. Mi cuerpo entero palpita de deseo y el calor inunda mi vientre con su contacto aterciopelado. Me muevo hacia delante y hacia atrás una vez más, causando otro gemido de Rowan. Dice mi nombre, pero no es más que un susurro ronco con la respiración entrecortada.

Un dios multimillonario me está suplicando a mí. Una oleada de poder me recorre y me lleva al borde de la locura. Jugueteo con el glande y me gano una inhalación súbita. Se aferra con los dedos a mis caderas con la fuerza suficiente para dejarme moretones.

Nuestras miradas se encuentran. La oscuridad de la suya alimenta el calor que se expande por mis partes bajas y la chispa se convierte en fuego.

—Aún no te has ganado mi verga. —Me eleva lo suficiente para colocar una mano entre nosotros.

Mi cara entera se enciende. Me mete un dedo y me quita todo el control de la situación. Mi cuerpo se tensa en torno al dedo y doy un respingo cuando introduce otro. Con la mano libre me agarra del cabello y tira dejándome mi cuello desprotegido ante sus besos y mi cuerpo arqueado para él.

—Tenía razón desde el principio. —Su risa grave manda otra descarga de energía que recorre mi espalda—. Zahra Gulian, eres una farsante. Una embaucadora que detrás de sonrisitas dulces y palabras amables esconde un animal.

Su voz áspera tiene un efecto perverso sobre mis partes bajas. Me lame desde el cuello hasta el pezón y luego roza con sus dientes mi piel sensible.

Un escalofrío se me propaga por el cuerpo y deja la piel erizada a su paso.

—Pero te tengo medida.

Su contacto es una tortura. Es como si Rowan estuviera haciendo equilibrios en la fina línea entre la rabia y la lujuria. Es adictivo saber que lo vuelvo lo bastante loco para perder todo el aparente control de sí mismo. Nadie más sabe qué animal acecha bajo su piel, solo yo. Y el secreto me resulta embriagador.

Mi cuerpo tiembla a medida que me va consumiendo el deseo.

Rowan chupa mi cuello y deja la piel marcada a su paso. Recorre la curva con la lengua y yo suelto un grito.

—Y te deseo.

Dos dedos pasan a ser tres, muy adentro, mientras sus labios toman posesión de cada milímetro de él. La presión que siento aumenta hasta que resulta insoportable. Le araño la camisa, incapaz de clavarle las uñas en la piel y dejársela marcada.

—Y me vuelves loco —musita contra la piel erizada de mi cuello.

Retira los dedos antes de metérmelos de golpe otra vez.

—Haces que me comporte como un animal.

Me quedo sin aliento.

—Y que pierda el control.

Otra embestida torturadora de sus dedos.

—Y que cometa la insensatez de cogerte en el asiento trasero del coche, con el conductor a un metro, al otro lado de un plástico que no está hecho para insonorizar tus gritos.

Me invade la necesidad imperiosa de venirme. Muevo las caderas contra sus dedos, persiguiendo el incendio que se aviva en la base de mi columna.

—Creo que te gusta que la gente me oiga cogerte hasta que te quedas afónica.

Retira la mano. Yo lloro la pérdida y el zumbido que sentía por todo el cuerpo se convierte en un eco mortecino.

—Igual lo que me gusta es que me oigan a mí cogerte a ti.

Sonríe de un modo que lo hace parecer diez años más joven. Toco su boca para confirmar que no me lo estoy imaginando.

Toma la cartera y saca un condón. Le echaría en cara que es un cliché, supongo que es importante para él sentir que tiene el control de esas pequeñas cosas después de todo lo que le ha pasado. El crujir del envoltorio de plástico contrarresta nuestras respiraciones pesadas. Sus movimientos espasmódicos hacen que mi cuerpo tiemble sin fuerza, me convierten en plastilina en sus manos.

Me levanta y revela su pene enfundado. Se aferra a mí con una mano mientras con la otra acaricia mis pliegues. El movimiento es suave y reverente hasta que me deja caer de golpe encima de su verga. Me quedo sin aliento ante la sensación repentina de plenitud. Se me paraliza el cuerpo por el calor y la embestida que siento y hago la cabeza hacia atrás. Él me besa el cuello con suavidad en una disculpa sin palabras. Su pulgar encuentra mi clítoris y consigue que mi cuerpo tenso se relaje.

—A ver cuántas ganas que tienes. —Me da una nalgada en el trasero antes de echarse hacia atrás. Pasa un dedo por mi labio inferior, repasando la sombra de sonrisa que asoma.

Qué cabrón. Quiere que me lo gane.

Me apoyo en sus hombros para levantarme un poco, llevándome la falda conmigo. Baja la mirada hacia donde se encuentran nuestros cuerpos, donde tiene el pene todavía medio dentro de mí. Mantiene los ojos fijos en ese lugar y se relame.

Vuelvo a dejarme caer y lo hago estremecer cuando mi cuerpo aprieta su verga.

—Quizá sea una farsante, pero tú no eres más que un mentiroso. Un hombre dispuesto a todo para conseguir lo que quiere. Egoísta.

Me levanto para caer otra vez tomando el ritmo de nuestras respiraciones pesadas.

—Controlador.

Muevo las caderas, lo cual le hace poner los ojos en blanco.

—Un hombre enojado que esconde del mundo sonrisas y risas suaves y un corazón de oro.

Mis labios encuentran su cuello y muerdo su piel.

Es mi nube negra de tormenta en medio de una sequía: una belleza poco valorada que me hace sentir tan viva como la luna o las estrellas.

Sus dedos tiemblan contra mis caderas y suelta otro gemido.

—Creo que no soportas desearme tanto, porque si te importo entonces te tocaría admitir que tienes corazón. —Le doy un beso suave en los labios—. Así que sigue engañándote a ti mismo. Yo te guardo el secreto.

Lo cabalgo ganándome todos y cada uno de los gemidos que salen de su boca. Me encanta provocarlo. Cada vez que me levanto, me quedo justo en la punta y él tiene que tomar aire antes de que vuelva a dejarme caer sobre él.

Sus ojos se oscurecen completamente y me aprieta todavía más las caderas con las manos. Algo cambia en él. Toma el control, sus brazos se tensan bajo la tela de la camisa cuando me levanta y vuelve a dejarme caer.

Me quedo sin aliento con cada embestida castigadora. El placer sube por mi espalda. Me quema la piel con cada roce de la suya, como si alguien me pasara una llama cerca con cada caricia.

Sus movimientos se vuelven más descuidados a medida que va perdiendo el control. Unas manchas negras enturbian mi vista antes de que estallen estrellas, como fuegos artificiales detrás de mis párpados cerrados. El placer se esparce por mi cuerpo y me provoca espasmos.

El cuerpo entero de Rowan tiembla cuando se viene. No dejo de mover las caderas hasta que los dos estamos sin respiración y sin fuerzas. Dejo caer la cabeza en su hombro y el cansancio le va ganando terreno a la adrenalina que me queda en el organismo.

Rowan me acaricia la espalda de arriba abajo. Se me cierran los ojos mientras intento controlar la respiración y el pulso. El movimiento tranquilizador de su mano hace que me vaya quedando dormida a pesar de que sigue dentro de mí.

Debo de estar medio delirando por el orgasmo, porque Rowan susurra algo para sí mismo que de seguro me he imaginado: «Si tuviera un corazón que dar, sería todo tuyo, sin necesidad de nada a cambio».

Un cosquilleo me recorre la columna y no tiene nada que ver con la mano que Rowan pasa por mi espalda. Quiero decirle que tiene corazón, pero las palabras se me atascan en la garganta. Así que, en lugar de eso, me sumerjo en el afecto que está dispuesto a darme.

35
Zahra

Rowan aparece después de la reunión del viernes con una sonrisa de lo más engreída y molesta en el rostro.

—¿Puedes volver a eso de no sonreír? No es justo. —Cierro la laptop.

Su sonrisa se ensancha.

—Es que me gusta que te pongas tímida.

Meto la computadora en la mochila.

—Idiota.

Se recarga en la pared del cubículo y esconde las manos en los bolsillos.

—Si intentas que no te tenga tantas ganas, vas por el camino equivocado.

Pienso en nuestro primer beso y en cuánto le gustó que lo llamara «idiota».

—¿Qué haces aquí? —pregunto con tono áspero.

—Quería informarte que mañana tenemos una cita.

—Okey... —Me hago la dura, pero por dentro estoy bailando. Es evidente que Rowan está dejando claras sus intenciones y a mí me encanta. Es un alivio no tener que estar detrás de él para que salga conmigo.

—Después de cenar con tu familia —dice con decisión.

—¡¿Cómo?!

—Sí, quizá luego deje que me comas. —Me guiña un ojo.

Yo me aferro al borde del escritorio para no caerme de la silla.

—No me guiñes un ojo.

—¿Por qué?

—Porque puede que me implosionen los ovarios y eso no sería muy agradable.

Se ríe en voz baja.

—Ani me invitó en nuestra última salida.

—Debe ser muy persuasiva... —No estoy lista para presentarle a Rowan a mi familia.

—Te pone siempre por las nubes, es enternecedor.

Argh. ¿Cómo voy a enojarme con Ani?

Suspiro.

—No sé si estás preparado para mi familia.

—Por favor. Necesito que tus padres me cuenten cómo fue su boda en Las Vegas. Se toman muy a pecho su amor por Elvis.

—No les des pie. Sacarán un álbum de fotos y te bombardearán con historias.

—Ani me comentó que tienen un video en el que sales dando un concierto con el ukelele en el salón. Debes saber que estoy bastante interesado en el análisis de tal video casero.

Suelto un quejido y apoyo la cabeza en el escritorio levantando el dedo corazón hacia él.

—Pero ¡qué amable! —Mi madre empieza a adular a Rowan en cuanto este entra por la puerta con una botella de vino de aspecto caro en la mano.

Él se queda petrificado en la entrada.

—Bienvenido —le dice mi padre ofreciéndole la mano.

Rowan le da un apretón y nos saluda al resto, incluida Claire, que lo mira de arriba abajo y se encoge de hombros como si no fuera para tanto.

—¡Viniste! —grita Ani, que se lanza a darle un abrazo que parece más un placaje.

Todo el mundo se queda mirándolos. Los ojos de mi madre brillan y se lleva las manos al corazón.

Mi padre voltea a verme y me dirige una inclinación de cabeza en señal de aprobación.

—Ya me cae mejor que Lance.

—¡Papá! —me quejo.

Si Rowan lo ha escuchado aparenta lo contrario.

—¡Vamos a comer! —canturrea mi madre.

Hoy toca el plato preferido de mi padre, y Claire se ofrece a ayudar a servirlo.

Rowan se sienta a mi lado y, de inmediato, me parece que la mesa de mis padres está hecha para una casa de muñecas.

—¿Has probado alguna vez la comida armenia?

Niega con la cabeza.

—¿Eres quisquilloso con la comida?

Pone los ojos en blanco.

—Como de todo menos caviar.

Me río sola.

—¡Genial! Pues prepárate para disfrutar, quizá mi madre sea europea, pero ha aprendido a cocinar todas las recetas armenias que le encantan a mi padre.

Tomo un cubierto y lo zambullo en el platillo. Claire también lo hace de vez en cuando, pero no hay nada como la cocina de mi madre.

—Señor Kane, ¿qué le está pareciendo Dreamland? —pregunta mi padre, y da un sorbo del vino tinto que trajo Rowan.

Él inclina la cabeza para mirarme.

—Cada vez me gusta más.

Mi rostro se derrite bajo su mirada. Me da un apretón en el muslo antes de voltear hacia mi padre.

—Y, por favor, llámenme Rowan.

Mi madre sonríe.

—Zahra nos ha hablado del proyecto en el que están trabajando. Qué bien que quieras celebrar el aniversario del parque.

Rowan aprieta los puños en su regazo.

—Es lo que quería mi abuelo.

—Era un gran hombre —dice mi padre.

Rowan asiente.

—Me alegro de que la gente aquí lo valorara —contesta con algo de vacilación en la voz.

Tomo su puño y hago que abra la mano para entrelazar los dedos con los suyos.

—No tienes por qué estar nervioso —le susurro.

—No se me dan bien las conversaciones triviales —responde también con un susurro.

No puedo más que reírme y disfrutar del espectáculo. Ser testigo de esta versión tímida de Rowan es un cambio que agradezco después de ver cómo trata a la gente en el trabajo.

—¿Qué te parece Florida en comparación con Chicago? —pregunta mi madre.

—Pues... hace mucho calor.

Todo el mundo se ríe y la tensión abandona el cuerpo de Rowan.

—Tiene que ser un cambio importante. Siempre hemos querido visitar Chicago —comenta mi padre asintiendo.

—Pero hace años que no nos vamos de vacaciones —dice Ani entrando por fin en la conversación.

—¿Por qué? —quiere saber Rowan mirando a mi hermana con las cejas fruncidas.

—Pues... —dice ella, y su sonrisa desaparece.

«Maldición, nadie quiere ser quien se lo diga.»

La temperatura del comedor desciende unos cuantos grados. La mano de Rowan se aferra a la mía con más fuerza, como si temiera soltarme.

—Porque no podríamos permitírnoslo —explica Claire en un tono neutro.

—Entiendo. —Noto la voz de Rowan un poco quebrada.

Mi madre, bendita sea, cambia de tema y, no sé cómo, salva la cena. Rowan parece más abstraído que de costumbre, que ya suele ser mucho. No creo que mis padres se den cuenta porque solo lo conocen de oídas, pero yo sí. Siento náuseas el resto de la cena y eso me dificulta el comer.

Rowan pone mala cara cuando le doy vueltas a la comida en el plato como una niña. A diferencia de mí, él lo devora todo y pide repetir, lo cual alegra todavía más a mi madre.

Después de la cena, mi padre le da una palmada a Rowan en la espalda y lo abraza. Me haría gracia si no estuviera al borde del ataque de nervios viendo como Rowan sigue tieso como un palo durante toda la interacción.

Nos vamos juntos, de la mano, hacia el estacionamiento. Rowan le quita los seguros al coche y me abre la puerta. Me quedo quieta, incapaz de subirme antes de aclarar las cosas.

—Siento lo de antes —confieso.

La mano con la que abre la puerta se tensa.

—¿Por qué tendrías que sentirlo?

—Porque ya estabas nervioso por tener que hablar y luego salió ese tema.

Aprieta la mandíbula.

—No es culpa tuya que yo sea un idiota, Zahra.

Hago una mueca.

—No hables así de ti.

—Pensaba que te gustaba la verdad.

Me quedo mirándolo boquiabierta.

—Es la verdad. Tomo decisiones empresariales que afectan a la vida de las personas para bien o para mal. Es lo que hay. —Levanta la vista hacia el cielo oscuro sin estrellas.

—Pero podrías cambiar, nadie te obliga a elegir una cosa u otra.

Suelta una carcajada amarga.

—Llevar una empresa es complicado.

—Y ser persona también.

Suspira y vuelve a darme la mano entrelazando nuestros dedos.

—No tengo idea de cómo ser una persona.

—No pasa nada, yo voy a enseñarte todo lo que sé.

—Esbozo una sonrisa mientras me siento en el asiento del copiloto.

—Eso es justo lo que me da miedo —mascula en voz baja.

«Acepto el reto.»

36
Zahra

El timbre de la puerta del departamento suena tres veces.

—¡Ya llegó! —Ani no se molesta en pausar la serie, toma mi bolso y me lo lanza a los brazos.

—¿Quién?

—¡Rowan!

El corazón se me acelera y pasa de un ritmo constante a uno errático.

—Ah, perdona, y ¿eso cómo lo sabes?

—Es que él quería que su cita fuera sorpresa —dice Ani entrando a mi habitación.

¡¿Cita?! Si traigo unos Levi's viejos manchados de pintura y una sudadera noventera de los Chicago Bulls. Es un *look* que apenas es adecuado para bajar a la tienda de la esquina, ¿cómo voy a ir así a una cita?

—¿A qué te refieres con «cita»? —pregunto levantando la voz.

—Pues una cita en la que Rowan te lleva a enseñarte

su sorpresa. —El grito de Ani se oye algo apagado por la distancia.

«Eeeh, okey... Ahora me interesa la sorpresa esa.»

—Date prisa, qué lenta eres. —Ani sale de mi habitación con la maleta más grande que tengo.

—¿Me mudo o algo?

Suelta una risita.

—No, tonta. Rowan me pidió que te preparara la maleta.

—¿Para qué?

Sonríe de oreja a oreja.

—Firmé un contrato por el que no puedo revelar nada.

—¿Y cómo entraste en mi departamento y me preparaste la maleta?

—Claire. —Su sonrisa es contagiosa.

—¿Hasta dónde llega la sorpresa esta? —Soplo para quitarme un mechón de cabello de la cara mientras tomo el asa de la maleta.

Ani se ríe.

—Valdrá la pena.

Se me resbalan las manos cuanto intento arrastrar el equipaje. No sé qué tiene planeado Rowan, pero una maleta de este tamaño me parece demasiado.

—No te preocupes por nada, hasta te empaqué la ropa sexy. —Me guiña un ojo.

Me sonrojo.

—Madre mía, ¡no! ¿Cómo la encontraste?

—Una hermana nunca revela sus secretos. ¡Pásatela bien! —Ani corre hasta el baño y se encierra dentro.

—Claire llegará pronto y te hará la cena.

—¡Adiós, mamá! ¡No te preocupes por mí!

Abro la puerta y me encuentro a Rowan apoyado en el marco con las manos en los bolsillos.

—¿Qué haces tú por aquí?

—Hola. —Me dedica una pequeña sonrisa.

Casi me derrito encima del tapete cuando se inclina y me da un suavísimo beso en la frente. Un hormigueo me recorre de la cabeza a los dedos de los pies.

Se separa y se lleva con él su adictivo olor. Agarra el asa de mi maleta.

—Vamos, que tenemos un avión que tomar.

—¿Un avión?

«¡Mierda!»

Mi vida se ha convertido en la de una princesa de Dreamland en menos de una hora. Sin embargo, en vez de estar con un príncipe y un caballo, estoy con Rowan, el perfecto héroe moralmente ambiguo sobre el que me encanta leer.

—Ya llegamos. —Me aprieta el muslo con su mano enorme.

—¿Vamos a hacer una parada antes de tomar el vuelo? —Echo un vistazo por la ventana a un lugar que estoy segura de que no es el aeropuerto de Orlando.

Una sombra de sonrisa cruza los labios de Rowan como si hubiera dicho algo adorable. Alguien abre una reja y el conductor lleva el Rolls-Royce Ghost hasta la misma pista de despegue.

Me quedo pasmada mirando el *jet* negro reluciente que está estacionado en la pista como si nada.

—¿Es broma?

—Yo no bromeo.

—Mentira.

Me regala otra pequeña sonrisa.

Señalo el avión.

—Cuando me dijiste que íbamos a tomar un avión, pensaba que te referías a un vuelo comercial.

—No, por Dios.

—No me digas que no te gustan los bebés llorando y las galletitas saladas.

Asiente y vuelve a apretarme el muslo para tranquilizarme.

—Justo. Lo captaste.

Cuanto más tiempo paso con Rowan, más cuenta me doy de que no está fuera de mi alcance: está directamente en otra galaxia.

—¿En serio vamos a ir en *jet* privado?

—Sí.

Le doy las gracias en voz baja al conductor cuando me abre la puerta. No puedo desviar la vista de la alfombra roja bajo mis pies.

Rowan sale de su lado del coche y lo rodea.

—¿Te da miedo malacostumbrarte a este estilo de vida?

—Eso es lo último en lo que estoy pensando.

Doy un paso vacilante sobre la alfombra roja. Creo que nunca he visto ninguna que no sea en la televisión. Mis tenis parecen fuera de lugar al pisar la lujosa tela y los jeans manchados de pintura, ridículos.

Rowan se abotona el saco y me mira. Baja las cejas al observarme.

—¿Qué pasa?

Nos señalo alternativamente.

—Tú pareces salido de un catálogo de Tom Ford y yo

como si hubiera estado rebuscando en el *rack* de dos por uno de una tienda de segunda mano. —Señalo la sudadera descolorida que llevo—. Ni siquiera es de Michael Jordan, porque no había ninguna en la tienda de segunda mano.

Las comisuras de sus labios se levantan.

—A mí me gusta tu estilo. —Su mirada se pasea por mi cuerpo. Pone las manos en los bolsillos traseros de mis pantalones y me atrae hacia él.

—Y a mí, pero no es ropa para subir a un *jet* privado.

—¿Quién lo dice?

—¡Yo!

—¿Y tú qué sabes, si nunca te has subido en uno?

Miro al cielo y suelto una grosería. «Puta madre, ¿por qué siempre tiene buenos argumentos?»

—¡A veces me enfermas!

Rowan me besa en la frente como si me mereciera un premio por ser muy linda cuando me enojo.

—Deberíamos irnos, no vaya a ser que lleguemos tarde.

Saca las manos de los bolsillos de mis pantalones y luego coloca una en la parte baja de mi espalda. Con una suavidad que me ha terminado gustando, me guía por las escaleras y hacia la cabina privada del *jet*.

No sé cómo pensaba que sería un *jet* privado, pero así no. La punta del tenis se me traba en la alfombra negra y suelto un grito al perder el equilibrio. El brazo de Rowan aparece y se aferra al mío, que agito en el aire. Me pone en pie antes de que caiga de bruces.

—Tan grácil como siempre, Zahra. —Se ríe en voz baja.

Me deja en un asiento enorme, tres veces más grande que los de un avión normal. Yo acaricio la piel beige para asegurarme de que no estoy soñando. Rowan se deja caer en el asiento que tengo enfrente.

—¿Por qué pones esa cara?

—Por nada.

—Estás incómoda.

Me arden las mejillas. Tendría que estar agradecida por ir de viaje en lugar de preocuparme por minucias.

—No, estoy bien.

Se pasa el pulgar por el labio inferior.

—Tal vez seas la única persona que conozco que se siente intimidada por mi dinero y no quiere ni verlo.

—A diferencia de la mayoría, que se siente intimidada por tu personalidad.

Rowan premia mi rápida respuesta con una risa grave. El sonido me llena el pecho.

Sus ojos se iluminan cuando le dedico una sonrisa.

—Me gusta cómo me haces sentir.

—¿Y cómo es eso? —quiero saber.

—Como una persona de verdad.

Pongo los ojos en blanco.

—Si tienes el listón tan bajo, esto no puede más que mejorar.

Vuelve a reírse y, esta vez, me uno a él.

A ver, no lo admitiré delante de Rowan, pero salir con un multimillonario tiene sus ventajas.

Primera ventaja: Tomar un vuelo a NUEVA YORK porque a él le parece que puede ser un buen lugar para una cita.

Segunda ventaja: ¡Ver Nueva York!

Estoy entusiasmada cuando el avión aterriza en la

pista. En cuanto Rowan me dijo adónde íbamos, empecé a atosigarlo con mil preguntas sobre la ciudad y sobre cuánto la visita.

—Nunca he visto a nadie tan emocionado por ver Nueva York.

—¿Qué dices? ¡Es un sueño hecho realidad!

—Guárdate esa afirmación hasta que hayamos bajado del avión. Estoy seguro de que solo con el olor se te pasará.

—¿A qué clase de persona no le gusta Nueva York?

—A la misma a la que le encanta Chicago.

—¡Retíralo! —Me inclino y le doy un empujón en el hombro.

Sonríe.

—*Nop.* No hasta que vengas conmigo a Chicago y me confirmes lo que ya sé.

Estoy casi convencida de que va a explotarme el corazón al oír la propuesta de Rowan. Hacer planes añade otra capa de complejidad a nuestra relación «sin compromiso, aunque no lo parezca».

—La gente no puede tomar un avión e irse cuando le viene en gana.

Ladea la cabeza.

—¿Por qué no?

—Porque tenemos trabajos y responsabilidades.

—Déjame a mí, yo lo hablaré con tu jefe.

Niego con la cabeza haciendo ver que me repugna la idea, pero se me acelera el corazón.

La conversación se queda a medias cuando el piloto anuncia que es seguro quitarnos los cinturones.

El asistente de vuelo abre la puerta y solo veo blanco.

—¡Nieve! ¡Nieve de verdad! —Bajo las escaleras de dos en dos y agarro un puñado de nieve brillante.

Rowan se para a mi lado.

—Hemos tenido suerte.

—¿Suerte? ¿Por qué?

Tiene la vista fija en mi sonrisa.

—No suele nevar tan pronto, pero hubo una tormenta el otro día.

—Es cosa del destino, seguro. —Lanzo la nieve al aire y miro cómo cae a mi alrededor convertida en polvo.

Cierro los ojos y me río y, cuando los abro, me encuentro a Rowan observándome.

El personal se ocupa deprisa de nuestro equipaje y, en un abrir y cerrar de ojos, Rowan me lleva a la parte de atrás de una limusina. Toma mi mano y dibuja círculos en mi piel, distraído. Cada vuelta manda una descarga de energía por mi brazo.

Miro por la ventana todo el trayecto, contemplando las luces y la cantidad ingente de transeúntes. Me recuerdan a los visitantes de Dreamland, pero más agresivos. Es como si la gente tuviera lugares a los que ir y personas a las que ver y el resto del mundo tuviera que quitarse de su camino.

Me encanta.

La limusina se detiene frente al botones de un edificio cubierto de cristal y acero.

—¿Vives aquí? —Doblo el cuello hacia atrás y observo como el rascacielos toca una nube. ¡Una nube!

Se encoge de hombros.

—A veces. Es una de mis casas.

—¡¿Una?!

Vuelve a encogerse de hombros.

—¿Qué se siente al tener más dinero que Dios?

—Soledad. —La palabra es lo bastante pesada como para enrarecer el ambiente.

351

Me dan ganas de rodearlo con los brazos y estrecharlo con fuerza. No me imagino lo aislado que debe de sentirse al tener tanto dinero que la gente deja de tratarlo como si fuera una persona real. Después de la confesión de Rowan, me prometo a mí misma dejar de mirarlo todo embobada como si pudiera desvanecerse en cualquier momento.

—Muy bien, a partir de ahora fingiré que nada de esto me impresiona.

—No... Me divierte ver las cosas desde tu punto de vista.

¡¿Lo divierte?! ¿Quién me iba a decir que este hombre podría experimentar algo así? La confesión me tiene tan atrapada que tardo un momento en captar el resto de la frase.

«Le gusta ver las cosas desde mi punto de vista.» Siento una presión en el pecho que me traiciona. Madre mía, tendría que haberle hecho caso a Claire. Es imposible que las cosas entre nosotros sigan sin compromiso, sin que desarrollemos sentimientos más intensos, más allá de gustarnos. Pero ¿por qué iba a intentar ligar conmigo como Scott y como Rowan si no le interesara ir más allá?

No creo que me esté usando para acostarse conmigo. Para eso no hace falta llevarme a Nueva York.

La mano de Rowan vuelve a encontrar mi parte baja de la espalda y me guía por un vestíbulo con una decoración excesiva: miles de gemas colgadas del techo. No hace falta que apriete ningún botón; como si tuviera telequinesia, las puertas del ascensor se abren y desvelan un espacio lleno de espejos.

Entramos y las puertas se cierran.

Todavía tiene la mano en mi espalda. Me siento tentada de apartarme para recuperar el aliento, pero huele demasiado bien. El aire se vuelve denso a nuestro alrededor cuando me mira desde su altura.

—¡Vaya cita!

—Pero si aún no hemos llegado a esa parte de la noche.

—Tengo que decir que estás dejando el listón a una altura inalcanzable para los hombres que vengan después. No volveré a aceptar que nadie me lleve al cine después de esto.

«Muy bien, Zahra, menciona a los hombres que vendrán para incomodarlo.»

—Eso es porque, en realidad, eres más de autocinema.

Me toma de la mano y me atrae hacia él. Inclina la cabeza y cierra los ojos al acercarse a mí. Yo cierro los párpados también cuando sus labios se encuentran con los míos. Me aferro a él mientras pasa su lengua por mi labio inferior, pidiéndome por favor que abra la boca. Siento que me mareo y mi cuerpo tiembla bajo su atención.

El ruido de la campanilla y las puertas abriéndose nos sacan del beso. La mano de Rowan se aferra a la mía. No me suelta hasta que entramos en un lujoso *penthouse* que haría que a cualquier arquitecto se le cayera la baba sobre el suelo de madera.

—Espero que seas consciente de que tal vez nunca más salga de esta casa. —Camino hasta la ventana de dos pisos que muestra una vista panorámica de la ciudad entera.

Me rodea con un brazo jugando con el borde de mi sudadera mientras, con la otra mano, me hace voltear la cabeza.

—¿Dejarías Dreamland por la ciudad?

Suelto una carcajada.

—No, me encanta Dreamland. Me pasaría ahí el resto de mi vida y no me aburriría nunca.

Me mira con una expresión rara que no sé descifrar.

—¿En serio? ¿Por qué?

—Toda mi familia vive allí. Sería una locura abandonar todo eso por una ciudad cualquiera.

—Mmm. —Me acaricia con la mano la piel de mi vientre que queda expuesta.

—Y tú, ¿eres feliz habiendo dejado la ciudad para irte a vivir a Dreamland? —No debería hurgar, pero soy demasiado curiosa.

—Pensaba que nunca podría volver a ser feliz en Dreamland, pero ahora no estoy tan seguro.

Sonrío.

—¿De verdad?

—Quizá haya conocido a alguien que hace que sea soportable.

Sigue con la mirada fija en mi cara. Su respuesta hace que mi respiración se agite y me tiemblen las piernas. Unas mariposas esperanzadas empiezan a revolotear en mi estómago, demostrándome que estoy atrapada hasta las trancas.

37
Zahra

Tendría que haber sabido que pasaba algo en cuanto Rowan me dijo que deshiciera la maleta.

Me arrodillo en el suelo de madera, abro el cierre y luego la maleta.

—Bueno, esto explica lo de la maleta enorme.

Media maleta contiene mi ropa, mientras que en la otra mitad están todas mis novelas de Juliana de la Rosa situadas en la época de la Regencia. *El duque que me sedujo* está encima de las demás y los tirantes de la maleta ayudan a que los libros se mantengan en su lugar.

Salgo de la habitación deprisa para buscar a Rowan y me topo con su pecho.

Se ríe y me sostiene.

—¿Por qué tengo la maleta llena de libros de De la Rosa? —digo con una mano sobre mi corazón que late desbocado.

—Porque la famosa escritora de novela romántica está firmando libros en Nueva York esta noche y resulta que tenemos entradas para el evento. —Saca dos entradas del bolsillo trasero del pantalón y las agita delante de mi cara.

Se me suelta la mandíbula. Salto y se las quito de la mano.

—¡¿Qué dices?! —Le rodeo el cuello con los brazos.

El movimiento repentino lo hace perder el equilibrio y tiene que alargar un brazo para apoyarse en la pared y que no nos caigamos los dos.

—Te ha gustado. —Se ríe en mi oreja. Su aliento cálido hace que se me erice la piel.

Le quito los brazos del cuello y me rodeo con ellos.

—¿Que si me gusta? ¡Me encanta! ¿Cómo conseguiste entradas a última hora?

Se aclara la voz.

—Tengo contactos.

—Okey, ahora sí me impresiona tu dinero.

La mismísima Juliana de la Rosa está a solo diez metros de mí. Las luces cálidas de la librería la iluminan como si tuviera un halo y me siento tentada a correr y abrazarla. En lugar de eso, me mantengo tranquila, aunque solo sea porque Rowan me agarra de la mano como si temiera que fuera a desaparecer o que me pudieran detener por acosadora.

Me sorprende que Rowan no se queje cuando nos formamos en la fila como el resto de los amantes de los libros. Es un giro de ciento ochenta grados respecto a cuando estuvimos haciendo fila en Dreamland. Esta vez, sonríe mientras yo observo los alrededores. Se aferra a mis libros como si fueran un tesoro nacional y yo siento que podría besarlo hasta dejarlo tonto si no fuera por todas las personas que nos rodean.

Le hago un comentario sobre su bolso a la mujer que tenemos enfrente y nos hacemos amigas de inmediato. Katie y yo comparamos nuestra lista de novios de ficción y hablamos de lo que pensamos que ocurrirá en el último capítulo de la temporada de *El duque que me sedujo*. Hasta Rowan nos hace su análisis de la serie, lo cual provoca que Katie casi se desmaye.

Cuando Rowan se va al baño, Katie me pregunta si tiene algún hermano soltero que le pueda presentar. Se me erizan los pelos de la nuca, pero ella se ríe y parece ignorar quién es Rowan.

La fila avanza a paso de tortuga. Cuando llegamos al frente, Katie y yo nos hacemos amigas de otra vecina y nuestro dúo se ha convertido en un cuarteto. Rowan lo lleva todo muy bien y me siento un poco culpable por haberme pasado toda la cita hablando con otras fans.

—Te toca. —Me empuja con la palma de la mano hacia el espacio personal de Juliana.

—¡Hola! Soy muy fan suya. —Le ofrezco una mano temblorosa.

Las arrugas en torno a los ojos cafés de Juliana se tensan cuando levanta la vista para mirarme desde la mesa. Lleva un *look* fantástico que parece sacado de un catálogo de *pin-ups* y me enamoro de ella al instante. Su cabello canoso está recogido en una cola de caballo perfecta, con el fleco peinado hacia los lados enmarcando su frente algo arrugada.

—¡Vaya, eres muy guapa! —Se levanta y me aprieta las mejillas con las manos en un gesto muy de abuela.

«¡Madre mía, Juliana me está tocando!»

¿Sería raro si le pidiera a Rowan que nos tomara una foto?

«Es probable.» Me aguanto las ganas y respiro hondo unas cuantas veces inhalando el potente perfume que usa.

Sus dientes contrastan con sus labios rojos cuando sonríe.

—Rowan, no me habías dicho que tu novia era tan linda.

«¿Rowan? ¡¿Lo conoce?! ¿Por qué no me ha dicho nada? Y, un momento... ¡¿NOVIA?!»

Él carraspea.

—Zahra no es mi novia.

Siento que mi corazón se precipita por un acantilado muy alto.

Sus ojos vuelven a encontrarse con los míos.

—Bueno, cariño, entonces tienes que atar a este hombre ya.

La ignoro porque, ¿hola?, ¡conoce a Rowan!

—¡No tenía idea de que conocía a Rowan!

«¿Estoy soñando?»

Rowan debe de habérmelo visto en la cara, porque me pellizca el brazo.

—¡Oye!

Se encoge de hombros. Yo sonrío como una tonta porque me recuerda a la primera vez que nos vimos. «Se acuerda de todo.»

Juliana le da unos golpecitos en la mejilla como haría una madre.

—Ha organizado toda la firma de libros porque dice que eres mi mayor fan.

Me parece que la sala empieza a girar.

—¿En serio? —Volteo a mirarlo—. ¿Cómo?

—Ah, no se lo has contado —dice Juliana.

—¿Tú organizaste todo esto? —Me quedo pasmada mirando al hombre que planeó una firma de libros por mí.

—No, tuve ayuda.

Juliana suelta una carcajada.

—Cariño, si no fuera por él, tendría el trasero en una tumbona en Hawái y estaría celebrando la publicación de mi nuevo libro.

—Pero ¿está aquí? ¿Por mí?

—Tener amigos bien posicionados tiene sus ventajas, ¿no? —Me guiña un ojo—. Su empresa ha convertido mis libros en la serie que tanto te gusta.

—¡¿Su empresa?! —No sé cómo sigo en pie, porque esta mujer está poniendo mi mundo de cabeza.

¿Cómo pude ser tan tonta? Rowan ya me había hablado de su empresa de *streaming*, pero yo no había atado cabos hasta ahora.

—Scott no necesitaba mi contraseña para ver la tele, ¿verdad?

Él tiene el descaro de encogerse de hombros.

—No.

—¿Y por qué la usaste?

—¿Por qué va a ser, cariño? Por amor hacemos tonterías —interviene Juliana.

—Ah, no, si nosotros solo...

—Disfrutamos del presente —termina él por mí.

—¡Eso! —respondo—. Vamos día a día. —Asiento mirando a Juliana como si eso explicara todos los momentos complicados de mi relación con Rowan.

Juliana mueve el dedo apuntándonos.

—Luego me dicen cuál de los dos deja de creer esa mentira primero.

Pongo los ojos en blanco. Al fin y al cabo, es una autora romántica. Es normal que piense que todas las parejas están destinadas a tener un final feliz. Yo no me opongo, pero tampoco quiero hacerme ilusiones demasiado pronto. Aunque esta firma de libros hace que me pregunte cuál será el próximo paso que demos juntos.

Rowan deja mis libros en la mesa.

—Pero ¿por qué usaste mi contraseña si tú mismo creaste la plataforma?

—Quería ver qué te gustaba.

Me dan ganas de llorar de lo tierno que me parece. Durante meses pensé que apenas le caía bien, cuando en realidad estaba viendo la televisión en mi cuenta para conectar más conmigo.

Lo rodeo con los brazos y le doy mi mejor abrazo. Él me besa la cabeza.

—Bueno, vamos a darnos prisa. Tengo a cien personas más que atender después de ustedes. —Juliana me hace una señal con la mano para que me acerque.

Firma todos los libros con su nombre y un mensaje corto. La gente de detrás refunfuña por todo el tiempo que me está dedicando, pero ella está animada y no deja de hablarme. No puedo evitar querer empaparme de todo esto.

Rowan prácticamente me arrastra hasta la entrada de la librería cuando Juliana tiene que pasar a atender a otra persona.

Cruzamos la salida y nos encontramos con copos de nieve verdaderos.

—¡Está nevando!

—Parece que esta noche caerán unos cuantos centímetros de nieve más. Qué clima más raro. —Frunce el ceño.

Yo me río, corro por la banqueta cubierta de nieve y giro sobre mí misma intentando cazar los copos de nieve con la lengua como una niña.

—Frena o te comerás la banqueta.

Las palabras salen de su boca un segundo demasiado tarde. Piso una zona resbaladiza y abro los brazos, pero no encuentro nada a lo que aferrarme.

Rowan se me acerca y me agarra a una velocidad sobrehumana, pero sus botas corren la misma suerte que mis tenis en la banqueta helada. Caemos los dos en un amasijo de extremidades en el que también está la bolsa de plástico llena de mis libros firmados. Rowan se da la vuelta para protegerme y termina aterrizando con la espalda. Yo caigo después, justo en su pecho. Suelta una exhalación sonora. Su otra mano sigue aferrada a la bolsa, evitando que todos los libros caigan en la banqueta mojada.

—Ay. —Me froto la frente, que no ha sobrevivido al choque con sus músculos—. ¿Estás bien?

—Pregúntamelo mañana, cuando vuelvan a funcionarme los pulmones.

Apoyo la frente en su pecho y me río hasta que el aire helado me quema por dentro. Rowan me rodea con los brazos y, juntos, nos partimos de la risa en una banqueta sucia cubierta de nieve.

«La mejor cita de la historia.»

38

Rowan

Me parece que no lo he hecho tan mal. Zahra tiene una sonrisa permanente dibujada en la cara desde que se enteró de lo de la firma de libros. Mi único error fue no hacerle prometer a Juliana que no diría nada del motivo del evento.

No quiero que Zahra dé demasiadas vueltas a las cosas, pero una parte de mí se pregunta si es muy tarde para eso por su forma de mirarme, como si la hiciera feliz de verdad.

El chofer vuelve a dejarnos delante de mi casa.

Este viaje en ascensor es diferente del anterior, porque Zahra va abriendo sus libros como si quisiera comprobar que no se mojaron después de nuestra caída. Ya lo hizo dos veces, pero no la culpo por ser sobreprotectora con sus nuevas preciadas posesiones.

Entramos en el departamento y Zahra se escabulle para guardar los libros en la maleta y bañarse. Yo hago lo mismo y me pongo unos jeans y una camiseta con un logo de Dreamland descolorido.

—¿Qué plan tenemos? —Baja las escaleras con un juego de pants. La tela perfila todas las curvas de su cuerpo y a mí me cuesta trabajo ser un hombre decente y desviar la vista. Aunque, cuando se trata de Zahra, no soy para nada decente, así que me tomo mi tiempo para admirarla.

Rodea la barra y me mira.

—Vas a hacerme un agujero en la ropa si sigues mirándome así.

—Pues quítatela. Problema resuelto. —La agarro por las caderas y la atraigo hacia mí.

Ella pone una mano en mi pecho, justo encima del corazón. Al sentir su contacto, se me acelera.

Su estómago suelta la queja más fuerte que he oído. Se lleva una mano al vientre.

—Qué vergüenza.

Me siento mal por ser tan poco considerado. No hemos probado bocado desde la comida ligera en el avión.

La suelto y me dirijo al cajón lleno de menús de comida a domicilio.

—Elige tú.

Repasa los trípticos y menús en miniatura antes de elegir el de una pizzería.

—Donde fueres... —dice, y levanta un hombro.

—¿Eliges eso cuando podemos pedir del asador Ruth Chris?

—¿Quién es Ruth Chris?

Suelto un gruñido.

—Pues pizza será.

La cena llega una hora más tarde y yo la coloco en la mesita de centro. Nos sentamos los dos en la alfombra decorativa que hay delante de la enorme chimenea en medio de la sala. Nunca me ha gustado comer en la mesa. Me recuerda a cuando mi madre estaba viva y mi padre llegaba a casa lo bastante sobrio para que comiéramos en familia.

—Dices que esta es una de tus propiedades. ¿Cuántas tienes exactamente? —pregunta, y le da un buen mordisco a la pizza.

Hago los cálculos mentales.

—Veintiocho.

—¿En serio?

—Sí.

Sus mejillas palidecen un poco.

—Vaya... Okey. ¿Y cuál es tu favorita?

Doy un bocado a la pizza para tener tiempo de pensar la respuesta.

—La verdad es que no tengo favorita.

Me mira boquiabierta.

—¿Ninguna te parece tu hogar?

—Mi hogar es donde tenga que estar por trabajo.

Sigue mirándome aturdida.

—Hay algunos climas que me gustan más que otros. Por ejemplo, Chicago está muy bien en verano, pero, en invierno, igual se me congela el trasero.

—¿Y Dreamland?

Rodeo el tema central de la pregunta con cuidado:

—Dreamland es diferente.

—¿Por qué?

—Tengo muchos malos recuerdos.

Junta las cejas.

—Entonces, me sorprende que quisieras ser director.

—Quería llevar el parque un paso más allá. Me convenía superar los lastres que me retenían.

«Técnicamente, no he mentido.» Pero su sonrisa me sienta como una patada en el estómago.

«No te queda otra que esconderle parte de la verdad. Estás demasiado cerca de tu meta para ponerlo todo en peligro.»

Sonríe.

—¿Y ahora te sientes mejor estando allí?

—He conocido a alguien que hace que el tiempo que paso allí me parezca tolerable.

El rubor que se esparce por sus mejillas me revuelve el estómago. Me cuesta comer.

—¿Tolerable? Tendré que ponerme las pilas.

Ha hecho más que suficiente. Me aclaro la voz.

—Basta de hablar de mí. Hay algo que me da curiosidad.

—¿El qué?

—Tus pines. Cuéntame.

Todo su lenguaje corporal cambia con mi petición.

—No es una historia bonita. —Mira la vista panorámica que tengo detrás.

—No te he pedido eso. —Tomo su mano como ella ha hecho cada vez que yo tenía que hablar de algo complicado.

Su cuerpo se relaja y suelta un profundo suspiro.

—El primer día que fui a la psicóloga fue el día que me dieron el primer pin.

No me habría imaginado nunca que alguien como Zahra fuera a terapia. Mi padre siempre ha dicho que es para personas débiles, tan patéticas que necesitan que alguien les solucione los problemas.

—¿Fuiste a una psicóloga? ¿Por qué?

—Porque me di cuenta de que no podría estar bien si no me esforzaba.

—Pero si tú eres... —Vacilo buscando las palabras adecuadas.

Su carcajada suena triste.

—¿Qué? ¿Amable? ¿Feliz? ¿Sonriente?

—Pues sí.

¿No funciona así? ¿Por qué tendría que ir al psicólogo alguien feliz?

Baja la mirada hasta su regazo.

—Todo el mundo tiene malos momentos y, yo... Hubo... —Suelta una exhalación pesada.

¿Zahra afligida? Eso es nuevo.

—Hace unos dos años, caí en una fuerte depresión. —Se mira las manos.

Yo parpadeo atónito.

—¿Cómo?

Sus mejillas se sonrojan.

—Es verdad. En ese momento no sabía lo que me pasaba, pero Claire fue la que me dijo oficialmente que necesitaba ayuda. Hasta me ayudó a buscar psicóloga y me recomendó que intentara hablar con alguien de cómo me sentía.

—No... No sé qué decir.

Sorbe la nariz.

—Ni siquiera sé por qué lloro ahora. —Se seca enérgicamente las mejillas empapadas.

Yo le quito con el dedo una lágrima.

—Sé que ahora estoy mejor, pero... cuando Lance me rompió el corazón, apenas era capaz de salir de la cama. Usé todos los días de vacaciones del año porque no dormía y el simple hecho de levantarme se me hacía cuesta arriba. Era como si estuviera reproduciendo los movimientos que hay que hacer para vivir, pero no estuviera viviendo. Apenas comía. Y los pensamientos... —Se le quiebra la voz y juro que lo siento como un puñetazo en el pecho—. Me odiaba a mí misma. Durante meses, creí que era culpa mía. Porque ¿qué tonta no se daría cuenta de que su novio la estaba engañando? Me sentía patética y usada.

—Eres muchas cosas maravillosas, patética no es una de ellas. —Me hierve la sangre al imaginármela pensando algo malo de sí misma.

Vuelve a sorber la nariz.

—Ahora lo sé, pero, en ese momento, me sentía muy débil, porque nada de lo que hacía conseguía frenar ese sentimiento de desesperanza que se había apoderado de mí. Lo intenté. Lo intenté con todas mis fuerzas, porque, hasta entonces, no sabía lo que era no ser feliz, pero, cuanto más me esforzaba por poner buena cara, peor estaba todo. Al final, llegué a un punto que daba un poco de miedo en el que me pregunté si valía la pena vivir —dice, y se mira las manos temblorosas—. Nunca pensé que sería de las personas que creen que consideran darse por vencidas. Me avergüenzo de haberlo contemplado siquiera.

Me entran ganas de ir a buscar a Lance y destrozarle la cara para que sienta por lo menos una pequeña parte de lo que vivió Zahra, porque a alguien tan bueno como ella no le haría falta llevar un pin de un punto y coma si no fuera por él.

—Ahora soy como me ves, pero, entonces, cuando pasó todo... era una cáscara rota. Se me olvidó creer en mí misma cuando más lo necesitaba.

La aflicción de su voz me ahoga, hace que cada respiración me cueste trabajo. Sus ojos, siempre expresivos, muestran cada gramo de dolor que ha sentido por culpa de ese imbécil.

Gateo hasta su lado de la mesa y me la coloco en mi regazo. Entierra la cara en mi camiseta y se aferra a la tela como si lo necesitara para no caer.

He experimentado muchas emociones en la vida, pero que Zahra busque consuelo en mí me suscita algo que no sé definir. Me hace sentir que me necesita, y ganas de protegerla y de vengarme de quien le haga daño.

Me gusta mucho. Nuestra relación está evolucionando poco a poco de algo sin compromiso a algo más, y no me opongo del todo a ello.

La aprieto contra mi pecho.

—Claire fue la que empezó la colección de pines después de mi primera sesión con la psicóloga. Me compró una de Iggy el Alien que encontró en Etsy, pero, en lugar de levantar los tres dedos que tiene en señal de paz, estaba levantándole el dedo medio a todo el mundo. Era un «vete al diablo» simbólico dirigido a Lance.

Niego con la cabeza sonriendo.

—Eso es una reproducción ilegal de un personaje con marca registrada.

—Llama a la policía —dice con una sonrisa.

Me río.

—¿Y cómo pasaste de un solo pin a una mochila entera cubierta de ellos?

—Claire se dedicó a buscar los pines más graciosos cada semana. Y cuando regresaba de la sesión semanal, me regalaba uno. Ahora me compra dos cada año, uno por mi cumpleaños y otro por Navidad.

—Es una buena amiga.

—La mejor. Tengo suerte de tenerla. Como compañera de departamento y como mejor amiga.

La estrujo más como si pudiera aliviar parte de su dolor.

—Pero ¿ahora estás mejor? —Intento esconder la preocupación, pero una parte consigue abrirse paso.

Asiente.

—Mucho mejor.

—Por si sirve de algo: no te merecía.

«¿Y tú sí?»

—Gracias —responde con un susurro que la hace parecer pequeña e insegura.

—Si no te importa que pregunte, ¿por qué usas los pines todos los días?

—Como recordatorio y promesa de que, por muy difícil que se ponga la vida, seguiré adelante.

Su sonrisa hace que sienta una opresión en todo el pecho hasta el punto de que me cuesta trabajo respirar.

Tomo un mechón de su cabello y se lo pongo detrás de la oreja.

—Eres absurdamente increíble.

—¿Porque uso pines?

—Porque eres tú.

Aprieto los labios contra los suyos. Es un beso suave que no quiere provocar. No estoy seguro de qué pretende transmitir, pero me hace sentir bien.

Zahra suspira y me causa una sensación extraña en el pecho. Me siento como si pudiera hacerla feliz.

Apoyo la frente en la suya.

—Espero poder ser fuerte como tú algún día. Poder hablar de algunas cosas con las que llevo un tiempo cargando.

Toma aire de pronto.

—¿Fuerte como yo?

Asiento. La garganta se me cierra como si quisiera asegurarse de que no revele secretos.

«No lo hagas. Si abres estas heridas, estás permitiendo que pueda aprovecharse de tus puntos flacos.»

Pero ¿y si Zahra no es como él? Es amable, cariñosa y todo lo bueno del mundo. No se parece en nada a mi padre. No me juzgará. No. Porque a ella le gusto, le caigo bien, todo lo contrario que a él.

Yo, un cabrón al que no le importa hacer llorar o implorar a la gente, o incluso empobrecerla. Alguien que se ha elegido a sí mismo una y otra vez por encima de los demás, porque, si no me protegía yo, nadie lo haría.

—M-me afectó mucho la muerte de mi madre.

El rostro entero de Zahra cambia. La sonrisa desaparece y las comisuras de sus ojos se suavizan. Me siento tentado de parar. De borrar esa expresión en su cara y no volver a sacar el tema nunca más.

Pero me sorprende:

—Te cambio un beso por un secreto.

Asiento, incapaz de articular palabra. Presiona los labios contra los míos. Sentir el contacto de su cuerpo hace que me incline hacia ella. Que quiera tomarla, hacerla mía. Hacer que recuerde quién soy sin pensar en mis debilidades escondidas y disfrazadas de secretos.

Domino su boca y la marco con la lengua. Le demuestro que sigo siendo el hombre que le gusta sin importar lo que pueda contarle que me haga parecer menos.

«No seas estúpido. No va a pensar nada de eso.»

Se separa y toma mi cara con sus manos.

—Ahora mi secreto.

Suspiro. ¿Voy a contarle esto de verdad? ¿Soy capaz de hacerlo? Esa parte de mi pasado está cerrada a cal y canto, enterrada en alguna grieta de mis recuerdos más oscuros.

Me rodea con los brazos y las piernas. Su calidez se cuela por los poros de mi piel y devuelve el calor a mis venas heladas.

Suelto una exhalación tensa.

—Mi padre fue un niño desatendido por sus padres y con acceso a todo lo que el dinero podía comprar. *Jets* privados, barcos, personal de servicio las veinticuatro horas... Pero nada de eso importó en cuanto mi madre pasó a formar parte de su vida. Son... Eran lo más cercano posible al amor verdadero. Al menos, eso es lo que me dijeron, porque yo era demasiado pequeño para recordar mucho de su vida juntos. Declan siempre me decía que lo que mi madre quisiera mi padre se lo daba.

Zahra se separa.

—Qué triste.

«Maldición.»

—No sientas pena por mi padre, es un imbécil.

—Siento pena por todos ustedes.

Me aclaro la garganta rasposa.

—A mis padres les gustaba Dreamland tanto como a mi abuelo... hasta que todo cambió.

—¿Cuando se enfermó tu madre?

Asiento.

—Lo siento. Ningún niño debería perder a su madre siendo tan pequeño.

Zahra alarga la mano y toma la mía. Yo la abro y dejo que nuestros dedos se entrelacen. Ese simple gesto no tendría por qué significar mucho, pero aferrarme a ella me parece como aferrarme a un salvavidas. Si no lo hago, quizá me traguen los rincones más oscuros de mi mente.

—Uno de los últimos recuerdos que tengo de ella es en Dreamland.

Asiente y sus ojos me devuelven comprensión.

—Mi madre lo era todo para nosotros. Y, en los pocos buenos recuerdos que tengo de mis padres juntos, mi padre la tenía a cuerpo de rey. Si mi madre sonreía al ver algo, mi padre encontraba la forma de conseguírselo. Si lloraba por algo, mi padre se empecinaba en destruirlo.

Zahra me dedica una sonrisa vacilante.

—Parece un hombre enamorado.

—El amor... Qué palabra tan simple para algo tan devastador.

—Hasta las mejores cosas de la vida tienen consecuencias. —Me aprieta la mano más fuerte todavía, cortándole todo paso posible a la sangre.

No sé si lo hace por mí o por ella, pero agradezco la caricia de su pulgar sobre mis nudillos que me ayuda a no perderme por los recovecos de mi mente.

—Mi padre no volvió a ser el mismo desde que murió, y nosotros tampoco.

Fijo la mirada en la chimenea que tenemos al lado y no en la cara de Zahra, porque no puedo soportar su compasión. No me la merezco. El monstruo egoísta en el que me he convertido durante las dos últimas décadas queda muy lejos del niño al que compadece.

Mantengo la vista fija en las llamas que bailan.

—Mi padre nos trató como una basura, creo que porque tenía miedo. Cuidarnos él solo significaba aceptar que mi madre se había ido de verdad, y no estaba listo para eso. Nos abandonó cuando más lo necesitábamos y se transformó en alguien a quien ninguno de los tres reconocía. Y, en lugar de perder a nuestra madre, los perdimos a los dos. A ella nos la quitó el cáncer y a él sus vicios... —Se me quiebra la voz—. Lo protegimos porque pensábamos que se recuperaría. Si lo pienso ahora, éramos demasiado pequeños para saber que no. Tendríamos que haber hablado con alguien de sus problemas, pero él sabía esconder muy bien el alcoholismo. Sí, mi abuelo sospechaba, pero nosotros protegimos a mi padre. No por lealtad hacia él, sino tal vez por mi madre. No lo sé.

—Eran niños.

—Pero, tal vez, si al principio le hubiéramos conseguido la ayuda que necesitaba, podríamos haber frenado los años de dolor que vivimos luego. —Cierro los ojos, temeroso de que Zahra se dé cuenta de las lágrimas que se van acumulando en ellos.

«Los hombres no lloran.»

«Siempre has sido débil.»

«Patético.»

Todos los recuerdos inundan mi mente de golpe.

—El dolor nos pone a prueba a todos de formas distintas.

Asiento.

—Creo que él destrozó todo lo que nos gustaba a los demás porque no podía soportar haber perdido a la persona que más le importaba en el mundo.

—¿Y qué crees que te destrozó a ti?

—Lo único que se me daba bien. Mis hermanos tenían los deportes, los cómics y los clubes exclusivos, pero yo era el raro. El artista decepcionante que hablaba y soñaba demasiado.

Los labios de Zahra siguen apretados, aunque leo mil preguntas en sus ojos.

Exhalo.

—Llegué al punto de empezar a estar resentido conmigo mismo. Lo único que quería era contentar a mi padre, pero, en lugar de eso, le demostré mil veces por qué era un fracaso. Por qué era el más débil de sus hijos. Por qué era mejor que mi madre no me hubiera visto convertirme en un hijo tan patético.

Una lágrima resbala por la mejilla de Zahra.

—No puede ser que creas eso.

«Mira, ahora la estás haciendo llorar. Eres una decepción como siempre.»

Sacudo la cabeza para alejar el pensamiento.

—N-no lo sé, pero cambié. Mi forma de pensar dio un giro después de... —Me detengo para no desvelar demasiado—. Me alejé de todo. Aprendí todo lo que pude de mis hermanos y dejé de preocuparme por nada que no fuera hacer ver a mi padre que se equivocaba. Me pasé los días intentando demostrar que no era una decepción.

—¿A costa de lo que te gustaba?

—Fue el precio a pagar por que hubiera paz. No pensé que volvería a dibujar...

—Hasta que viste mis horribles dibujos.

Asiento con una pequeña sonrisa.

—Porque, en ese momento no lo sabía, pero quería que vieras a mi yo verdadero.

39
Zahra

Quiero besar a Rowan hasta que se le hinchen los labios, se le vaya esa mirada triste de los ojos y aparezca la lujuria. Una parte de mí quiere volver al pasado y proteger a ese niño pequeño que no quería más que soñar y dibujar y ser quien era sin que lo atacaran por ello. Haría lo que fuera por evitarle las palabras hirientes de su padre, que fueron el resultado de que él estuviera tan triste como sus hijos.

Aprieto su cuerpo con más fuerza. Su aroma a brisa marina me inunda cuando baja la cabeza hasta la curva de mi cuello. Suelta una exhalación temblorosa.

No sé muy bien qué está pasando, pero me siento bien.

Su corazón palpita contra su pecho a un ritmo errático.

—No te lo he contado para que me tengas pena.

—¿Y por qué lo hiciste?

—Porque... —Se le apaga la voz.

Le doy el tiempo que está claro que necesita. Nos quedamos ahí juntos, disfrutando del consuelo de la compañía del otro.

—Porque... Tú... —El fuego esconde la mayor parte del rubor de su cara, pero veo el miedo en sus ojos.

Rozo sus labios con los míos y le dejo un beso etéreo.

—Porque ¿qué?

Siento en el pecho que su corazón se acelera; tiene el pulso tan agitado que resulta alarmante.

—Porque me gustas. Y eso me aterra, porque haces que lo sienta... todo. Y sé que te decepcionaré, que no puedo prometerte mucho, pero a veces pienso que tal vez sí. Si me esforzara lo suficiente. Si encontrara la manera de hacer las cosas bien.

Mi corazón entero amenaza con desintegrarse por el calor que se propaga por mi cuerpo. Es lo más parecido a una confesión de amor que puedo recibir de su parte. Y es una señal de esperanza.

De que tal vez esté conmigo para algo más que un acostón esporádico y una amistad con alguien que lo trata como a una persona más. De que quizá sí esté dispuesto a hacer las cosas bien si lo intenta.

Me pongo de rodillas y le doy un beso en los labios. Solo iba a darle uno para consolarlo, pero no me deja ir. Me toma de la cola de caballo con una mano y tira mientras se aferra a mis caderas con la otra y profundiza el beso. Gimo y le permito acceder mejor a mi boca. Nuestras lenguas se encuentran y mi corazón bombea sangre a mis orejas.

Los labios de Rowan no se separan de los míos mientras nos cambia de postura para que mi espalda quede contra el suave tejido de la alfombra. Me besa como si quisiera marcarme a fuego con la lengua. Como si quisiera asegurarse de que no me olvidaré de él, algo que no va a ocurrir. Ni aunque pasen mil años o me besen un millón de veces. Hay algo entre nosotros que me hace querer más.

Me siento mareada cuando recorre la silueta de mi cuerpo con la yema del dedo. Paso de besarle los labios a conquistar la zona de su cuello, chupándole la piel hasta que lo dejo marcado.

Él gime y se aparta. Con ojos hambrientos, me levanta la parte baja de la sudadera.

—Mmm, esto no me lo esperaba —dice con la voz ronca entrecortada por la respiración pesada.

Toda la sangre que tengo en el cuerpo se acumula en mis mejillas.

—Me lo puso Ani en la maleta.

—Caray, qué forma de herir mi ego. Pensaba que lo habías elegido por mí.

Pasa un dedo por el estampado espantoso de donas. Estoy convencida de que este sostén no ha visto la luz desde que iba a la preparatoria. Pro: mis pechos se ven espectaculares. Contra: es ridículo. Solo espero que esté lo suficientemente desesperado como para no detenerse a leer el letrero que dice «¿No quieres darme un mordisco?» que tengo en todo el trasero. No sé si podría vivir con eso.

—¿Piensas quedarte mirándome toda la noche o vas a hacer algo?

Sigue con los ojos fijos en mis pechos.

—Me gusta la vista.

—A mí me gustarían más si tuvieras la cara entre mis piernas.

Sus labios chocan con los míos. Nos da la vuelta antes de que pueda respirar de nuevo. Una de sus manos me desabrocha el sostén mientras la otra se da prisa por quitarme la sudadera. Le toma menos de un segundo dejarme desnuda de la cintura para arriba y a la espera.

Se incorpora y me levanta con él. La zona que más lo anhela se aprieta contra su erección y gemimos juntos. Sus manos codiciosas recorren mi piel, que va erizándose por donde pasan.

La cabeza me da vueltas cuando apoyo de nuevo la espalda en la alfombra. No puedo evitarlo. Nuestros labios se separan y suelto una carcajada.

—Si te estás riendo, tenemos un problema.

—¡No lo puedo evitar! ¿Dónde has aprendido a moverte así? —Se me escapa otra risita. Me levanto cuando su cuerpo empieza a bajar por el mío.

No me avisa de ninguna forma, solo siento una descarga eléctrica en los nervios cuando su boca se aferra a mi pecho. Su lengua da vueltas y me provoca hasta que estoy gimiendo y revolviéndome bajo su peso. Lo único que puedo hacer para volver en mí es tomarlo del cabello y tirar.

Rowan es un hombre con una atención al detalle impecable. Puede que tenga la boca ocupada, pero eso no les impide a sus manos recorrerme el otro pezón con la mayor suavidad. No es más que la sombra de una caricia y hace que la piel me arda por él. Siento todo el cuerpo como si me hubiera empapado de gasolina y me hubiera prendido fuego.

Gruño de frustración y la boca de Rowan me suelta haciendo una ventosa. Las llamas de la chimenea bailan en su cara y lo bañan con una luz dorada.

—La paciencia es una virtud.

—Sí, y la castidad, y no veo que la practiques.

Sonríe.

—Intento ser un caballero. Los preliminares son importantes.

—Pero si lo hicimos en un coche hace dos semanas. Has perdido el título de caballero.

Se ríe. Es una risa grave y profunda, lo bastante ronca para estremecerme.

—Quédate aquí.

Se levanta sin molestarse en esconder que su impresionante erección presiona la bragueta de sus jeans. Se desabrocha el botón y una parte del cierre mientras va hacia la cocina. Oigo el estruendo de cómo va abriendo y cerrando cajones con fuerza y luego vuelve y deja caer algunos condones en la alfombra.

Se quita la camiseta y yo me encuentro boquiabierta. Quiero pasarle la lengua por los músculos marcados y memorizar las líneas curvas y las angulosas. Sus jeans corren la misma suerte que la camiseta y terminan en el suelo, y Rowan se queda solo con unos bóxers apretados. Se me hace agua la boca al ver el contorno de su pene.

Voy gateando hacia él y le paso la palma de la mano por encima. Echa la cabeza hacia atrás y sus dedos se adentran en mi cabello mientras le descubro la erección y la recorro de arriba abajo con la punta de la lengua. Eso me gana un gemido y un jalón de cabello.

—A ver cuántas ganas tienes.

Hay algo en sus palabras que me resuena dentro del pecho. Después de todo lo que me ha contado, sé que son palabras importantes. Como si de alguna forma esperara que lo considerara menos por lo poco que lo han valorado en su vida.

Me prometo a mí misma que lo adoraré, que le demostraré que nada de lo que me diga me alejará de él, que ese hombre al que nadie más conoce me importa. Hasta creo que lo quiero.

Me arden las mejillas cuando lo tomo en mi boca, centímetro a centímetro. Empuja para metérmela más y el clítoris me palpita como respuesta. Controla mi cuerpo como lo hace con una sala de juntas, con total confianza y un autocontrol que intoxica y mata.

Carajo, me encanta.

Empuja más y me clava las uñas en la cabeza. Me sale un gemido ahogado, pero es suficiente para que vuelva a centrar la atención en mí.

Me acaricia la mejilla con la punta de los dedos.

—No sé qué me gusta más, si cuando me sonríes con lujuria o cuando me la chupas con los labios todos hinchados. Quiero más.

Quiere más de mí.

Mi cuerpo entero cobra vida y recupero el control. Uso las manos para empujarlo y que entre más, hasta la garganta, y el gemido que suelta me hace querer devorarlo hasta que pierda el sentido.

Le paso los dientes por la piel lisa y echa las caderas hacia delante de golpe. Cualquier autocontrol que Rowan tuviera cede y su demonio interior se libera. Me coge como si me odiara. Como si yo hiciera aflorar todos esos sentimientos que no soporta.

Y a mí me encanta. De hecho, quiero más. Más de él y más de lo que sea esto.

Apenas siento las punzadas de dolor cuando sus dedos me tiran del cabello. Me usa y me marca a fuego la lengua con su excitación a cada embestida.

Nuestras miradas se encuentran y hay algo salvaje en sus ojos que hace que otra descarga eléctrica me recorra la columna. Le agarro los huevos como respuesta y todos los músculos de su cuerpo empiezan a temblar.

—Ni se te ocurra tragártelo.

Me la mete y me la saca de la boca una y otra vez. Su verga brilla y yo estoy extasiada.

Gime y siento los chorros de líquido caliente en la garganta. Hay tanto que creo que me voy a ahogar, pero respiro hondo y cumplo con su petición.

Saca su pene de mi boca.

—Abre. —Me pasa el pulgar por el labio inferior embadurnándolo con la mezcla de mi saliva y su semen.

Yo tengo los ojos clavados en los suyos mientras le enseño lo que quiere.

—Así. —Su mirada quema—. Trágatelo todo.

Siento el sube y baja en mi garganta al seguir sus órdenes.

Rowan se deja caer en la alfombra y me empuja para que me acueste de espaldas.

Sus labios vuelven a los míos, devorándolos. Agarra el elástico de mis pants y el de mi ropa interior al mismo tiempo y se aleja de mis labios solo para bajármelos. El fuego me ilumina con su luz dorada.

—Eres perfecta.

Recorre la piel sensible del interior de mi muslo y me hace sentir venerada. Especial. Querida. Nunca me he sentido tan guapa como en este momento.

Se pone encima de mí a cuatro patas y una de sus manos baja por mi cuerpo mientras sus labios se encuentran de nuevo con los míos. Me besa hasta que quedo sin aliento. Hasta que su excitación gotea en mi vientre dibujando un camino.

Tomo su erección creciente y se estremece encima de mí. No deja ninguna zona de mi piel sin tocar o besar. Es como si quisiera memorizar mi cuerpo con los labios.

Ladea la cabeza cuando paso el pulgar por las gotas de líquido preseminal y las uso para que mi mano resbale más por su pene.

Rowan baja un poco más hasta que su boca queda a la altura de la zona que está desesperada por tenerlo. Doy un respingo cuando me pasa la lengua por el centro. Por mi piel se esparcen chispas como si fueran fuegos artificiales y mis manos se aferran a sus rizos gruesos. Se ríe con la cara entre mis piernas y siento la mejor de las vibraciones contra el clítoris. Vivo una experiencia extracorpórea cuando me lleva al borde del placer. Le clavo las uñas intentando encontrar algo a lo que aferrarme para quedarme en este planeta.

Sus labios llegan a mi clítoris y mientras desliza uno de sus dedos dentro de mí. No me da tregua y me mete otro. El mundo entero pasa al Tecnicolor. Estallan colores detrás de mis párpados mientras yo exploto en torno a sus dedos. Intenta cazar mi orgasmo con un beso y ahoga mis gemidos como si quisiera adueñarse de ellos.

Para cuando vuelvo a aterrizar, estoy temblando. Rowan pasa su pulgar por mi humedad antes de rozarme el labio inferior con él.

—Prueba cuánto me deseas.

Saco la lengua y me lamo el labio antes de jugar con la punta de su pulgar.

Sus ojos adoptan una mirada de depredador. Me da la vuelta y tira de mí para que me ponga de rodillas, por lo que quedamos de frente a las siluetas de los edificios. No sé muy bien a dónde mirar, si a él arrodillado detrás de mí o a las luces brillantes que centellean delante.

El sonido revelador de un envoltorio llena el silencio. El calor se acumula en mi bajo vientre. Tengo las palmas apoyadas sobre la gruesa alfombra y respiro hondo unas cuantas veces.

Rowan aprieta el cuerpo contra mí y me rodea con su calidez. El calor de su aliento pone mis nervios en estado de alerta y siento el contacto de su glande.

Me besa la base de la nuca.

—No tenías que hacerme reír ni sonreír. —Me muerde la oreja antes de rozar mis aretes con el dedo—. No tenías que meterte dentro de mí como si fueras un veneno sin antídoto. —Me mete la punta. Empujo hacia atrás para que entre más, pero él se aparta y me hace su rehén.

—Y tú no tenías que haberme hecho querer más.

El calor se abre en mi pecho como una flor. Tomo aire cuando me la mete entera con una embestida. Me arde el cuerpo por la intrusión y me lloran los ojos.

—Pero ya es demasiado tarde. —Alisa mi cabello antes de enrollarlo en su mano como si fuera una cuerda. Tira—. Eres mía.

Me tiemblan los brazos, que apenas me sostienen. Sus palabras me golpean el corazón. Puede que Rowan no suela decir mucho, pero esta noche no se detiene. Cada palabra encuentra el camino hasta mi alma y va uniendo los trozos rotos que Lance dejó tras de sí.

La mano con la que me toma del cabello jala aún más.

—Dilo. —Me acomete con tanta fuerza que me empuja hacia delante y me raspo las rodillas con la alfombra.

Solo puedo responder con un gemido mientras sale de mí para repetir el movimiento.

—Di que eres mía. —Sale de mí hasta la punta y me deja sintiéndome vacía.

—¡Soy tuya! —grito.

Me gano otra fuerte embestida de sus caderas, pero esta vez me roza el punto sensible. La presión va aumentando en mi interior. El cosquilleo empieza en la parte de arriba de mi columna y llega a los dedos de los pies. Una de las manos de Rowan se aferra a mi cadera mientras la otra me jala del cabello y me obliga a girar la cabeza y mirarlo. La vista que tengo delante no son nada comparado con Rowan perdiendo el control mientras me embiste una y otra vez. Quedo embelesada, agarrándome a la alfombra cuando lo único que quiero es hundir los dedos en su piel y no soltarlo nunca.

Nada de chispas, somos un incendio devastador y tan abrasador que temo prenderme fuego si lo toco. Encaja: enamorarse de Rowan es como jugar con fuego. Si doy un paso en falso, puede terminar consumiéndome. Deshaciéndome. Convirtiéndome en cenizas.

Pero quiero arriesgarme de todos modos con la esperanza de que construyamos algo precioso juntos. Como un diamante creado bajo presión, con imperfecciones que nos hacen brillar. Quiero tener ese amor con Rowan. Uno tan apasionado como un incendio y tan duradero como una piedra preciosa.

La mano con la que me agarra la cadera viaja hasta mi clítoris. Presiona el pulgar contra la piel sensible y me hace perder la cabeza. Rowan se aferra a mi cuerpo cuando se precipita al vacío después de mí.

Es perfecto. Somos perfectos. Todo es tan perfecto que tengo miedo de decir algo en voz alta. Esto es más que deseo, pero me niego a ser la primera que lo admita. Por muy tentada que me sienta.

40

Rowan

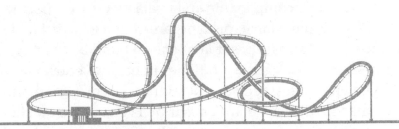

La mano de Zahra tiembla dentro de la mía.

—¿Vas a decirme adónde vamos?

—Si te lo dijera ya no sería una sorpresa.

Se arregla la bufanda que le cubre media cara. Todo su cuerpo tiembla a pesar de que le di el único abrigo que tenía porque Ani solo metió en su maleta una chamarra de mezclilla.

Los dos pompones que lleva en la parte de arriba del gorro se bambolean mientras me sigue por la concurrida calle.

—¿Esta sorpresa incluye una bebida caliente? Apenas siento los dedos de los pies.

—Eso es porque tus tenis no están hechos para este tiempo.

—Creo que mi hermana no tenía ni idea del frío que llega a hacer aquí. —Se frota las manos enguantadas.

Debería haberle comprado mejor ropa de invierno mientras estábamos aquí. Tiembla como una hoja y me da miedo que salga volando con la siguiente ráfaga de viento.

—Si crees que esto es frío, no estás preparada para el invierno de Chicago.

—No sabía que tenía que prepararme para el invierno de Chicago.

Le doy un golpecito a uno de los pompones.

—Eres mi acompañante en la gala de Fin de Año.

—¿Qué gente tan egoísta organiza una gala en Fin de Año? ¿No les gusta pasar la noche en familia?

—Eso solo les gusta a quienes tienen noventa años y viven en una residencia de ancianos. —Tomo su mano y cruzo la calle con ella. A pesar de la chamarra que lleva, no confío en que no la atropellen, porque está absorta mirando las luces y a la gente.

—¿Alguna vez preguntas en lugar de dar órdenes? Primero fue venir a Nueva York, ahora es una gala en Fin de Año. ¿Puedo elegir algo cuando estoy contigo?

—Claro, esta noche puedes decidir qué postura quieres primero. —Sonrío. Los músculos de mi cara me parecen más distendidos, como si, por fin, me estuviera acostumbrando al gesto.

Ella me da un golpe en el brazo con la punta de la bufanda.

—Qué generoso.

—Vamos, ya casi llegamos. Solo nos falta una calle.

Llegamos al Rockefeller Center. Una multitud rodea el enorme árbol decorado con resplandecientes luces multicolores.

—Qué fuerte, este deja en ridículo al árbol de Dreamland —dice Zahra echando el cuello hacia atrás para mirar el árbol de más de veinte metros de alto.

Me dan ganas de hacer que el próximo que se plante en Dreamland sea tan grande como este para hacerla así de feliz.

La rodeo con un brazo y la aprieto contra mí.

—¿Qué opinas?

—Que esto es lo más parecido a la magia que tenemos. En serio, ¿dónde crees que encuentran un árbol tan grande? ¿En el Polo Norte?

Ahogo una risa.

—Más bien en algún lugar de Connecticut.

—Qué aguafiestas.

Zahra levanta la vista para contemplar las luces y yo la miro a ella. Nunca me han importado las tradiciones tontas como visitar el árbol del Rockefeller Center, pero ver sonreír a Zahra al vivir cosas nuevas reanima una parte herida de mí. Me hace querer encontrar más que la maravillen solo para recrear esa expresión asombrada en su cara.

Estoy acabado. Estoy perdiendo la cabeza.

Sus ojos se iluminan como las luces del árbol cuando voltea y le da un vistazo a la pista de patinaje sobre hielo que tenemos detrás.

—A ver, ¿cuánto me costará convencerte para patinar?

Soy pésimo. Mientras que Declan y Cal triunfaron en la liga de hockey no profesional, yo me inclinaba por pasatiempos más creativos. Tengo más probabilidades de romperme un diente que de hacerlo con Zahra esta noche, pero no me importa.

—¿Cuáles son las condiciones del trato?

Pone los ojos en blanco.

—Para ti todo son negocios.

Le doy un toquecito en la nariz roja.

—Aprendes rápido.

Su sonrisa compite con la estrella del árbol.

«Sí, estoy totalmente perdido.»

—Hay una última cosa que quiero hacer. —Zahra toma mi mano.

Los copos de nieve caen a nuestro alrededor y nos cubren los abrigos y los gorros.

—¿No has tenido bastante con el patinaje sobre hielo? Niega con la cabeza.

—¿Podemos pasear por Central Park? Por favooor.

—No siento nada por debajo de las rodillas desde hace media hora. —Soplo para demostrarle que tengo razón y el vapor se esfuma en la noche.

—Eso es porque te has pasado más tiempo a gatas que patinando.

Me arden los pulmones de reírme. El calor que se me propaga por el pecho combate el aire frío.

Zahra tira de mi mano en la dirección equivocada.

—Vamos, es un paseíto rápido. Lo busqué en Google.

—No.

—No seas tan soso. —Sus pucheros, aunque son lindos, no me afectan lo más mínimo.

—Te advierto que no vas a convencerme con tu numerito.

—Por favor. Solo quiero hacer una última cosa. —Su labio inferior tiembla. Parpadea y sus pestañas recogen copos de nieve en el camino.

Mi determinación se derrite. Le pongo la mano en la

mejilla roja por el frío. Su sonrisa se ensancha mientras paso mi pulgar varias veces por su piel helada.

Maldición. Me tiene fascinado.

—Bueno, pero solo quince minutos. Tienes la nariz a punto de caérsete de la cara. —Le doy un golpecito con el dedo en la punta roja.

Su rostro se ilumina. Por esa sonrisa haría casi cualquier cosa.

Fui un estúpido al pensar que con quince minutos bastaría. No hubo manera de sacar a Zahra del parque sin que hiciera un berrinche. La cosita que quería hacer se convirtió en dos cositas y luego en tres. Y, sin que me diera cuenta, estábamos haciendo un muñeco de nieve en medio de Central Park después de un bochornoso trayecto en trineo por todo el parque.

—¿Encontraste los botones? —pregunta Zahra con la respiración irregular.Deja caer tres ramas frente a mis botas.

Coloco las tres piedritas que busqué por debajo de varios centímetros de nieve.

—¡Sí! Perfecto. —Zahra mira las piedras como si fueran diamantes.

En la vida había pensado que hacer un muñeco de nieve fuera tan divertido. Ver a Zahra disfrutar de la nieve por primera vez es como estar con una niña el día de Navidad. Nunca he sentido una felicidad como esta. Al menos no desde que el niño era yo.

Quiero robarle a Zahra más primeras veces. Lo que sea por reproducir esa sonrisa que tiene al mirar unas piedras y un muñeco de nieve asimétrico. Quiero ser dueño de su sonrisa tanto como del resto de su ser.

Se ríe mientras le da vueltas y más vueltas a la cabeza del muñeco de nieve haciéndola cada vez más grande.

—¿Estás segura de que tienes veintitrés años? —digo para provocarla.

—No seas así, lo más parecido que he tenido a un muñeco de nieve ha sido un muñeco de arena. Déjame que viva un poco.

—Recuerda este momento cuando tengas que quedarte en cama tomando sopita en un par de días.

—¿Qué más da? Vivamos el presente.

—Todo esto está muy bien hasta que pierda nueve de los diez dedos por congelación.

—Ay, pobrecito. —Toma mi mano cubierta por un guante y besa uno a uno los dedos.

—Algo un poco más abajo también agradecería un beso calientito.

Se echa a reír. Me inclino sobre ella y le doy un suave beso en la curva del cuello, tentado por su piel expuesta.

Veo llamas en sus ojos mientras se recupera.

—Vamos, Jack Frost. Ya casi hemos terminado. —Pasa por mi bragueta la mano cubierta por un guante y mi pene cobra vida.

Zahra tiene ese poder sobre mí. Si me toca un poco, se me para de inmediato.

—¿Dónde diablos estabas? Me has estado ignorando —salta Declan en cuanto le respondo su llamada.

—Estaba ocupado. —Cierro la puerta de mi despacho por si Zahra sale de la regadera antes de lo que espero.

—¿Ocupado con qué, si puede saberse? ¿Organizando firmas de libros en Nueva York porque te has vuelto loco?

Aprieto el celular con fuerza.

—¿Cómo te enteraste?

—Me entero de todo lo que ocurre en la empresa, incluyendo que te has tomado unas vacaciones por primera vez desde hace años. ¿Qué te pasa?

—Es largo de contar.

—Hazme un resumen.

Me dejo caer en la butaca de piel.

—¿Ese es el motivo de tu llamada?

—No, pero quiero saber por qué estás haciendo estupideces a solo unas semanas de la votación.

—He decidido pasar un fin de semana haciendo algo que me gusta.

—Ahórrame la excusa barata de Nueva York.

—No tengo que darte ninguna excusa. No eres mi niñera.

—No, pero soy el que va a hacerte entrar en razón a golpes, porque está claro que has perdido la cabeza por una mujer.

«Pero ¿qué diablos...? ¿Sabe lo de Zahra?»

—¿Quién te dijo?

—Tengo orejas y ojos por todas partes, Rowan.

—Deja de meterte en mis asuntos. Si quisiera contarte lo que pasa, lo haría.

—No, nunca me cuentas nada.

Me río en voz baja. Él suspira como si llevara el peso del mundo en sus espaldas.

—Estoy preocupado por ti.

Pongo los ojos en blanco.

—Pues no te preocupes.

Hasta decirlo me parece una pérdida de tiempo. Puede que Declan sea un estirado, pero sé que me dice las cosas con buena intención. Desarrolló el instinto protector desde muy pequeño.

—No me gusta que una mujer te haya manipulado para que te tomes unas vacaciones antes de la votación. Me da mala espina.

Aprieto la mandíbula.

—No veo cómo es posible eso cuando fue idea mía.

—¿En serio te gusta? —pregunta, y se ríe burlón.

—¿Tanto te cuesta creerlo?

—Y pensar que te consideraba mi hermano más inteligente. Qué decepción.

Me rechinan los dientes.

—Declan, tengo cosas que hacer, así que ve al grano o te cuelgo.

—Ya mandaron las cartas al comité elegido por el abuelo.

«Mierda.» Ese estrés es lo último que necesito.

—¿Se sabe algo de a quién eligió?

—No, pero tienes que ponerte las pilas porque dependemos todos de tu presentación.

—Llevo meses preparándome. Es imposible que el resultado no sea favorable.

—Bien, en cuanto tengas los votos, tendrás un mes de transición para cederle el puesto al próximo director y, a partir de ahí, esa persona se encargará del proyecto.

—Había pensado que, mientras tú arreglabas todo lo de tu carta, yo podía quedarme y supervisar el proyecto en persona. —Lo dije sin pensar. Si me quedo en

Dreamland, tendré tiempo para gestionar mis sentimientos por Zahra sin sacrificar nada.

Si lo nuestro pierde impulso, puedo regresar a Chicago como tenía planeado.

«¿Y si no?»

El silencio de Declan al otro lado de la línea hace que se me ericen los pelos de la nuca.

—Pensaba que era una broma —dice después de un minuto entero.

—No, ¿para qué volver si tú todavía no te has casado?

—Serás mi sombra y te ocuparás de parte de mis obligaciones como director financiero para que yo pueda concentrarme en encontrar a mi futura esposa.

Vuelvo a rechinar los dientes.

—Dame seis meses más como director del parque. Será menos confuso para los trabajadores si tienen el mismo director un año entero.

—¿Desde cuándo te importa confundir o no a los trabajadores?

—Mi trabajo es que me importe.

La risa grave de Declan llega a través del pequeño altavoz.

—No, tu trabajo es terminar y volver a Chicago después de la votación.

—El abuelo dijo que tenía que ser director durante seis meses por lo menos, pero no dijo cuándo me tenía que ir.

—Sé muy bien lo que dijo el abuelo. Eso no cambia nada. Ya elegí al nuevo director y se pondrá en contacto con tu secretaria después de la votación.

—Tú todavía no diriges toda la empresa, no puedes obligarme a volver sin más.

—Seamos claros: el único motivo por el que quieres

quedarte es una mujer. Ni siquiera te gusta Dreamland, así que no me vengas con historias.

Me clavo las uñas en las palmas de las manos.

—No, no es cierto. El trabajo me gusta de verdad.

Suspira de un modo que me recuerda cuando éramos niños y le suplicaba para que me dejara comerme el postre antes de cenar.

—Rowan, si de verdad quieres ser director del parque, puedes volver a Dreamland en cuanto yo haya conseguido el puesto de director de la empresa. Hasta ese momento, arreglemos todo el tema de las cartas y no vayas cambiándonos los planes.

Maldita sea. Lo pongo en manos libres y me paso las manos por el cabello.

¿Cómo voy a elegir entre mi hermano y Zahra? La angustia que me causa la decisión es risible después de todo lo que ha hecho Declan por mí en esta vida.

No soporto que mi hermano tenga razón. No soporto deberle eso a pesar de lo que siento por Zahra. Declan siempre me ha apoyado cuando mi padre estaba borracho o ausente. Fue quien me enseñó a andar en bici y el que se quedaba despierto hasta tarde para ayudarme a hacer la tarea a pesar de que él tenía la suya. Hasta sacrificó ir a una de las mejores universidades del país por quedarse en Chicago cuidándonos a Cal y a mí. En cierto modo, fue una figura paterna cuando me faltaba una.

No siento más que dolor en el estómago por tener que elegirlo a él antes que a Zahra. No hay nada de volver a Chicago que me parezca fácil, y menos ahora.

«Tú fuiste el que quiso algo sin ataduras con Zahra. Supéralo.»

Suelto un suspiro pesado.

—Okey.

Esperaba sentir algún alivio al acceder a su plan, pero, en lugar de eso, siento un gran peso que me constriñe el pecho. Porque, para contentar a mi hermano, tengo que hacerle daño a la única persona que ha llegado a importarme.

41

Zahra

—No puedes ir a trabajar así. —Claire tira la caja de pañuelos a la basura con unas pinzas de cocina.

Después de volver del aeropuerto, mi salud fue empeorando. Empecé sintiéndome agotadísima y terminé abrazada a una caja de pañuelos toda la noche. Ayer fui a trabajar, pero acabé haciéndolo desde casa la mitad del día porque la gente no dejaba de mirarme cuando me sonaba la nariz.

Rowan tenía razón. Al final me resfrié por ser testaruda y no querer regresar a casa.

Acerco la boca al interior del codo para dar rienda suelta a mi tos productiva.

—Tengo que ir. No falta mucho para que finalice el plazo del proyecto.

—Que te quedes en casa un día no va a cambiar nada.

—Pero tengo que...

Niega con la cabeza.

—Pero nada. Te preparé un poco de caldo de pollo anoche cuando te oí sacar los pulmones por la boca.

Me pongo una mano en la cabeza, que me palpita.

—Gracias.

—Es lo menos que puedo hacer. Parece que te vas a morir.

—Así es como me siento. —Mi carcajada se convierte en un ataque de tos que se alarga. Cada vez que respiro me arden los pulmones.

Claire me trae un vaso de agua antes de irse a trabajar.

Tomo el teléfono y le mando a Jenny un correo de disculpa. Ella me contesta al cabo de pocos minutos diciéndome que espera que me mejore pronto y que no me preocupe por ellos.

Abro la conversación con Rowan. Está algo raro desde la última noche que pasamos en Nueva York. No sé muy bien si le está afectando el estrés del trabajo o si necesita un poco de distancia después de haber estado tanto tiempo juntos. Espero de corazón que no sea la segunda opción.

> **Yo:** Creo que estoy incubando algo.

> **Rowan:** Yo te dije que lo de Central Park no era la mejor idea.

Me estremezco. Es probable que quedarnos al aire libre con aquel frío no fuera lo más inteligente, pero los recuerdos valen la pena.

> **Yo:** Pero fue muy divertido.

Rowan: Igual que las drogas, y eso no quiere decir que la gente tenga que tomarlas.

Yo: ¿Cómo lo sabes?

Rowan: ...

Yo: Me da la impresión de que eres de los que se ponen divertidos cuando se drogan.

Rowan: Ni confirmo ni desmiento.

Yo: ¿De los que se ponen creativos?

Rowan: Zahra. Basta.

«Bueno, hoy no está de buen humor.»

Rowan: ¿Necesitas algún medicamento?

Yo: Creo que sé lo que me podría curar.

Rowan: ¿Una cantidad de jarabe para la tos que tumbaría a un elefante?

Yo: Cerca, pero no. Ver el
siguiente capítulo de ese
documental sobre asesinatos que
empezamos el fin de semana.

Rowan: En mi casa. Esta tarde.
A las seis.

Yo: ¿Saldrás antes del trabajo?

Rowan: Me gustaría tomarme
un descanso de todos modos.
El *jet lag* y todo eso.

¿Jet lag? ¡Ajá! Si estuvimos en la misma zona horaria
y lo sabe.

Yo: Debes saber que, cuando
quieras, puedes admitir que
empiezo a gustarte.

Rowan: Palabras inconexas
de una persona que está
borracha de jarabe para la tos.

Sonrío. Ese es el hombre que conozco y al que tanto quiero.

«¿Quiero?» ¿Qué?, ¿de verdad quiero a Rowan?

¿Cómo no iba a quererlo? Es atento, reservado y tan dulce que se me olvida por completo que no soporta a la mayoría de la gente. Me vuelve loca en el mejor de los sentidos y hace que se me acelere el corazón cuando estamos cerca.

Sí, me he enamorado de Rowan Kane.

Ahora la pregunta es: ¿está él enamorado de mí?

—Vamos, Zahra, tienes que comer algo. —La voz de Rowan suena lejana, como si estuviera en otra frecuencia de radio.

Aparto de un empujón su brazo de mi hombro y me hundo más en sus sábanas sedosas. Intento recordar cuánto tiempo llevo usando su casa como enfermería, pero me quedo en blanco. Lo único que sé es que su cama es cien veces mejor que la mía y no quiero irme nunca.

Estoy más o menos convencida de que mis cavidades sinusales ocupan tres cuartos de mi cráneo y de que por mi fosa izquierda de la nariz no ha pasado oxígeno desde que ayer Rowan me recogió en mi casa.

—Zahra. —Me da la vuelta para que mire hacia el borde de la cama.

—Vete —replicó.

Él me golpea con el dedo en la frente. La cabeza me palpita como respuesta y me encojo de dolor. Abro los ojos y me encuentro con una versión angustiada de Rowan. Nunca lo había visto así. Tiene el cabello descuidado y tiene ojeras amoratadas.

Paso la mano por la barba incipiente tan poco habitual en él.

—Tienes que afeitarte... —Se me quiebra la voz y me entra otro ataque de tos con mocos.

«Puaj, qué asco.»

—Durmiendo te has saltado el desayuno, la comida y... —Mira la hora en su reloj de muñeca—. La cena. Tienes que comer algo para no desmayarte. —El tono agudo tan extraño de su voz hace que la cabeza me palpite con más fuerza.

—Shhh. Habla más bajo. —Le pongo un dedo sobre los labios—. Despiértame dentro de una... —Mi frase queda interrumpida por mi cuerpo intentando echar uno de los pulmones por la garganta.

—Toma, bebe un trago de agua. Por favor. —Se le quiebra la voz. Prácticamente me mete la pajita de metal en la boca.

Doy un sorbo.

—¿Estás contento?

Frunce el ceño.

—No.

—Siento como si me fuera a morir.

Me agarra la barbilla con más fuerza.

—No seas dramática. Estás resfriada.

¿Eso que oigo en su voz es preocupación?

—Bueno. —Me vuelvo y le doy la espalda—. Dentro de una hora me despierto, te lo prometo.

—Voy a llamar a un médico para que venga a verte.

—¿Los médicos siguen haciendo visitas a domicilio?

—Si pagas lo suficiente, sí.

Toso de nuevo, pero esta vez no paro. Mi pecho tiembla por la intensidad de la tos. Siento punzadas de dolor agudo que se me clavan en los pulmones y respirar me cuesta toda la energía que me queda.

La mano con la que me acaricia el cabello se detiene.

—Mierda. Ahora vuelvo.

Me da un beso en la frente antes de sacar el celular de su bolsillo y salir de la habitación. El murmullo de una conversación entra por la puerta, pero me cuesta demasiado escuchar qué dice.

Cierro los ojos y cedo ante la oscuridad que tira de mí.

Despierto y alguien me está abriendo los párpados y cegándome con una linterna. Intento alejarme, pero termino cayendo hacia atrás sobre los codos temblorosos.

—Ya lleva enferma tres días seguidos.

—¡¿Tres días?! —Me arrepiento del grito en cuanto sale de mi boca.

Mi cabeza y mis pulmones se ponen en marcha amotinándose contra mí cada vez que toso. Las palpitaciones se intensifican también con la tos.

—Mi opinión médica es que hay que llevarla al hospital.

—¿Al hospital? —decimos Rowan y yo a la vez. Él prácticamente escupe las palabras.

Lo miro. Tiene tan mal aspecto como el que pienso que debo de tener yo y una barba de días cubre su cara. Las ojeras destacan todavía más porque tiene los ojos muy enrojecidos. Parece que va a caer fulminado en cualquier momento.

Me duele el pecho por un motivo del todo distinto a la enfermedad.

El doctor se pone en pie y guarda sus cosas en el maletín médico.

—Sufre una deshidratación grave y necesita cuidados médicos.

—¿Tiene alguna idea de qué le ocurre?

—Por los síntomas que ha descrito y lo que he visto y

oído, es probable que sea algún tipo de neumonía vírica. Tiene los tejidos cubiertos de moco verde y fiebre. Si no la lleva esta noche al hospital, terminará yendo en ambulancia pronto.

«¿Neumonía?» No puede ser. Qué miedo. La única persona que conozco que pilló una neumonía fue un amigo de mis padres y no lo contó.

Quiero llorar, pero creo que no me queda agua suficiente en el cuerpo para producir lágrimas. La sudé toda el segundo día.

Mientras Rowan acompaña al médico a la puerta, me incorporo y busco el teléfono. Debería llamar a mis padres para contarles lo enferma que estoy, pero no lo encuentro ni entre las sábanas ni en la mesita de noche.

«¿Lo dejaría en el baño?» Me levanto de la cama con las piernas débiles. El camino hasta allí me roba toda la energía y la casa empieza a darme vueltas.

Me sostengo de la perilla para recuperar el equilibrio y abro la puerta. Mis piernas ceden en ese momento y solo veo negro.

42

Rowan

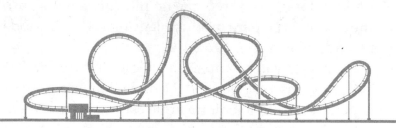

Me despido del médico y cierro la puerta de casa.

«¿Neumonía?» ¿Se puede saber cómo ha pasado Zahra de hacer ángeles en la nieve de Central Park hace menos de una semana a tener una neumonía grave? Pasó de un catarro a no poder levantarse de la cama más rápido que nadie que haya visto nunca.

Un golpe contra el suelo hace que vibre el techo.

—¿Zahra?

Subo las escaleras a toda velocidad y abro la puerta del dormitorio, que está al final del pasillo. Cuando entro en la habitación vacía, siento en el cuello que el pulso me palpita a una velocidad endemoniada. Las sábanas están deshechas con descuido y la mujer con una enfermedad grave que tendría que estar durmiendo en ellas ha desaparecido.

Mis ojos se dirigen a la puerta del baño.

—¡Mierda!

No pienso ni respiro. No hago nada que no sea correr

hacia las piernas morenas que salen por la puerta. Golpeo el suelo de mármol con las rodillas al lado de un pequeño charco de sangre.

—¿Zahra? ¡Zahra! ¿Estás bien? —grazno.

Tomo su cuerpo inmóvil en brazos. Con la mano temblorosa, aparto el cabello de su cara. Está pálida. Demasiado. Como si le hubieran drenado hasta la última gota de vida en los cinco minutos que tardé en despedir al médico. Estoy convencido de que una parte de mi corazón helado se ha hecho añicos en este instante.

No responde. No abre los ojos. Su pecho sube y baja con una respiración poco profunda y yo suelto el aire poco a poco, aliviado de que respire. Un reguero de sangre brota de un corte con mal aspecto en lo alto de su frente.

Con cuidado de no zarandearla, busco el teléfono en mis pantalones y llamo a urgencias. Me hacen demasiadas preguntas y yo no sé qué contestar que no sea que se den prisa.

—Zahra. —Alargo la mano para tomar una toalla de manos que tengo a mi alcance y presiono la herida.

No se estremece. No parpadea. No hace nada. Se queda tumbada entre mis brazos, falta de todas esas cosas que la hacen tan ella.

Su sonrisa. Sus carcajadas. Sus mejillas siempre sonrojadas cuando estoy cerca.

Se me constriñe el pecho.

—¡Zahra!

Aprieto su cuerpo contra el mío esperando que algo la despierte, pero solo recibo silencio. Sus suaves exhalaciones son lo único que impide que me vuelva loco.

—Zahra. ¡Despierta!

Una gota cae en su frente. Miro el techo, pero no encuentro ninguna gotera. Otra gota le salpica la cara y cae hacia el reguero de sangre.

Tardo un momento en darme cuenta de que el agua sale de mí. Son mis lágrimas.

«Siempre llorando como una niñita» me dice al oído la voz de mi padre, arrastrando las palabras.

—Vamos, Zahra, despierta. —Sacudo su cuerpo.

Ella gime y se lleva la mano a la cabeza, pero yo no la dejo tocarse la herida.

—Gracias a Dios.

No entiendo lo que sea que intenta comunicar. Es una mezcla de palabras incoherentes que solo consigue que me angustie más por si se ha golpeado la cabeza al caerse. No dice nada con sentido y estoy preocupado por si empeoré la lesión al sacudirla.

—¡Maldita sea! —Dejo caer la toalla y la aprieto con más fuerza contra mi pecho.

¿Le hice daño? En medio de la desesperación, no me detuve a pensar. No tuve en cuenta los pros y los contras de mover su cuerpo. Reaccioné bruscamente y perdí el control una vez más.

La sangre me empapa la camisa, que se pega a mi pecho. Todo mi cuerpo tiembla mientras me aferro a ella.

«¿Se puede saber en qué pensaba al agitarla así? Tiene un golpe en la cabeza.»

Mierda, es eso, no pienso. He permitido que mis emociones, ya bastante inútiles, se apoderen de mí.

Respira con dificultad y le entra un ataque de tos.

El ruido de sirenas se intensifica. Solo entonces dejan de caer mis lágrimas.

Nunca había ido en ambulancia. Un sudor frío me recubre la piel durante todo el trayecto mientras los paramédicos intentan estabilizar a Zahra. Ella está semiconsciente y responde a algunas preguntas con los ojos cerrados.

Se estremece cuando le vendan la frente. Los pitidos de los monitores se vuelven más erráticos, un *staccato* que va al mismo ritmo que mi corazón.

Su dolor hace que surja mi rabia, que tenga ganas de tirar cosas y gritar porque me siento culpable. No debería haberla dejado sola cuando estaba medio lúcida. Qué diablos, si me hubiera negado a hacer la mitad de las cosas que hicimos en Nueva York, puede que ni siquiera hubiéramos llegado a esto.

¿Así se sentía mi padre cuando llevaban a mi madre al hospital a toda prisa una y otra vez? ¿Sentía esta desesperación ciega por hacer algo y esta incapacidad de arreglar nada?

Ese pensamiento me afecta. ¿Cómo he podido ser tan imbécil? Me he permitido acabar siendo como mi padre, cediendo ante todos y cada uno de los antojos de una mujer hasta que se han apoderado de mis pensamientos y han influido en mis actos. He cambiado mis horarios de trabajo, me he tomado noches libres para acudir a las mentorías y me he ido de vacaciones cuando tendría que haber estado trabajando. Demonios, si hasta estaba dispuesto a renunciar a mi futuro como director financiero por quedarme con ella en Dreamland.

¿Qué mierda me pasa?

La verdad es que me he vuelto un pelele y he dejado que hiciera conmigo lo que ha querido. ¿Y para qué? ¿Para someterme por voluntad propia a esta sensación de impotencia?

Al diablo. No soporto lo que sea que esté sembrando este caos en mi cabeza y en mi corazón. Estaría eternamente agradecido de no volver a sentirme así nunca más. Esta es la razón por la que tendría que haber escuchado a mi instinto cuando conocí a Zahra. Había algo en ella que me advirtió que me alejara, pero no presté la atención que debía.

Un temblor recorre mi cuerpo, pero la adrenalina que sigue corriendo por mis venas no me deja ceder ante la extenuación.

Las puertas se abren y una mano me quita de en medio mientras se llevan a Zahra en una camilla por el estacionamiento de urgencias. Siento que estoy viviendo una experiencia extracorpórea cuando cruzo las puertas corredizas. Me invade el olor ofensivo a desinfectante.

Voy en piloto automático y no me entero de que una enfermera intenta llamar mi atención.

—¿Es familiar? —Vuelve a darme unos golpecitos en el hombro con los dedos y me saca de donde sea que se estuviera perdiendo mi mente.

—¿Qué?

—¿Familiar o amigo? —Frunce los labios.

—Prometido. —He visto las series suficientes para saber cómo son estas cosas.

Ella me da un vistazo rápido como si hubiera detectado la mentira, pero, para mi sorpresa, asiente.

—De acuerdo, sígame.

Me lleva a una sala de espera. El suelo de linóleo medio despegado y la luz fluorescente que parpadea en un rincón aumentan la opresión que siento en el pecho. Hay unas pocas personas sentadas en diferentes rincones de la sala.

Me tiemblan las manos. No he estado en un hospital desde el accidente de mi abuelo. Y, antes de eso, desde que murió mi madre. Los hospitales y yo no nos llevamos bien; compartimos una tasa de éxito muy baja. Y, ahora, es un lugar en el que chocan mi presente y mi futuro.

La enfermera va a retirarse, pero la llamo.

—Quiero que instalen a mi prometida en una habitación privada —escupo.

Ella mira la carpeta que lleva en las manos.

—En cuanto esté estable, pero dependerá de la póliza de su seguro médico. ¿Comparte póliza con usted?

Aprieto la mandíbula. No tengo idea de qué seguro tiene Zahra y menos si incluye habitaciones privadas.

«Por lo que sabes de los seguros de los trabajadores de Dreamland, ¿tú qué crees?»

Mi egoísmo ha encontrado la manera de volver para vengarse. Y lo peor solo acaba de empezar.

43

Zahra

—Ani, ¿puedes apagar el despertador?

Pi, pi, pi.

—Ani.

El pitido incesante continúa. Abro los ojos y me encuentro con un monitor cardiaco. Me incorporo de golpe en la cama y mi cuerpo protesta con una punzada en el pecho.

Me quedo mirando la vía que tengo metida bajo la piel de la mano izquierda mientras intento repasar mis recuerdos. Lo último que viene a mi mente es ir a casa de Rowan para ver la televisión en la cama.

«¿Cómo terminé aquí?» Sigo con los dedos unos tubos transparentes que van a parar a mi nariz. Al otro lado de los tubos hay una botella de oxígeno.

—Despertó. —La voz ronca de Rowan hace que voltee hacia el origen del sonido.

Cuelga el teléfono y se lo mete en el bolsillo. Su expresión hace que un escalofrío recorra mi piel. Me recuerda cómo me miraba antes de que todo cambiara entre nosotros y no lo soporto.

—No te muevas. —Se levanta y se acerca a la cama.

—¿Qué pasa? —grazno. Me cuesta un enorme esfuerzo pronunciar cada palabra.

Rowan llena de agua un vasito de plástico y me lo da.

—Estás en el hospital.

Tomo un sorbo de agua antes de hablar.

—Ya veo, pero ¿qué hago aquí?

Mantiene los labios apretados en una fina línea recta. Tiene un aspecto descuidado y cansado que no le había visto nunca, con una barba de varios días y bolsas debajo de los ojos. Me quedo pasmada mirando la camiseta arrugada de la tienda de regalos del hospital que lleva.

No parece él.

Aliso la manta con la que estoy tapada.

—¿Estás bien? —pregunto.

—Lo estaré. —Lo dice con absoluta determinación. Quiero creerle, pero no puede ni mirarme a los ojos.

La piel de los brazos se me eriza.

—¿Quieres decirme qué hago aquí?

Me parece que pasa un minuto entero hasta que por fin me mira.

—Estabas deshidratada, sangrando por la cabeza y tentando al destino. Tienes suerte de estar en esta cama y no en la morgue.

—¿En la morgue? Un poco drástico para un par de puntos y un resfriado. —Junto las cejas y siento una fuerte punzada de dolor en la parte alta de la cabeza. Me llevo la mano ahí. Mis dedos pasan sobre una venda enorme.

Se le contrae un músculo de la mandíbula.

—No te lo toques. Con la suerte que tienes, te arrancarás un punto y llenarás de sangre la bata limpia. —Me aparta la mano con un cuidado que no corresponde con el tono que ha usado.

—¿Y por qué me pusieron puntos?

Me acaricia la mejilla con el pulgar.

—Te encontré inconsciente en el baño después de que te golpearas la cabeza.

—Madre mía. —Me duelen los pulmones, lo cual dificulta que pueda respirar con normalidad. Me encojo por la sensación de quemazón.

—¿Qué te duele?

—La pregunta adecuada es qué no me duele. —Niego con la cabeza, pero me arrepiento.

—No hagas eso.

Me froto los ojos.

—No puedo creer que esté aquí.

Se endereza un poco más.

—El médico dice que para finales de la semana podrás irte a casa.

—¿Qué día es?

—Viernes.

—¡¿Viernes?! —Termino tosiendo después de ese arrebato.

«¿Cómo puede ser viernes ya?» El último día que recuerdo bien es el lunes, cuando tuve que irme a casa porque estaba resfriada.

—Has estado con fiebre y, luego, el golpe en la cabeza...

—¿Cuántos días llevo aquí?

—Dos. Quieren tenerte en observación antes de que te vayas a casa.

Me froto los ojos.

—Me parece que todo esto será muy caro.

Se le abren las aletas de la nariz.

—Lo único por lo que tienes que preocuparte es por recuperarte.

—Para ti es fácil decirlo. Yo no puedo permitirme la parte que no cubre el seguro ni lo que cueste el tratamiento de oxígeno ni las noches en el hospital. —Hago el amago de salir de la cama, pero Rowan me pone una mano en el hombro y me detiene.

Una ola de oscuridad cruza su rostro.

—Ya está pagado.

Mi orgullo se encoge ante la idea de ser tan inestable económicamente que Rowan tenga que pagarme las facturas médicas.

—No sé cómo podré devolvértelo.

Tensa la mandíbula.

—No me hace falta tu dinero.

—¿Está todo bien? —Mi voz es un susurro ronco.

Suelta una exhalación larga.

—Mejor ahora que entiendo lo que dices.

Eso no responde a mi pregunta, pero me da miedo seguir preguntando. Se tensa cuando intento tomar su mano.

—Siento que hayas tenido que vivir esto, no me imagino el miedo que debes de haber pasado.

Le palpita la vena de la frente.

—Estaba aterrado, Zahra. Te encontré y apenas respirabas y te salía mucha sangre de la cabeza. Y, cuando conseguí que despertaras, no decías nada que tuviera sentido. Pensé que habías sufrido daños cerebrales permanentes. Los minutos antes de que llegara la ambulancia a mi casa fueron los más preocupantes que he pasado en mi vida y no podía hacer nada. —Se le quiebra la voz y a mí se me hace añicos el corazón al oírlo.

—Lo siento mucho. Ni siquiera recuerdo haber ido al baño.

—Deja de pedir perdón. Es absurdo.

Me suelta la mano y me da la espalda. Veo que tiembla y lanza un largo suspiro.

—¿Sin ser increíble?

Su exhalación pesada es lo único que recibo por respuesta.

Respiro hondo para tranquilizarme, pero termino jadeando.

—¿Seguro que estás bien?

—Deja de preocuparte por mí y guarda energía para lo importante.

«Tú eres importante», quiero decirle. Sin embargo, las palabras se me quedan trabadas en la garganta, sujetas por la inquietud de que algo no está bien entre nosotros.

El monitor cardiaco delata mis nervios.

Rowan voltea y mira la máquina con mala cara. Su mandíbula se bloquea y se tensa una vena de su sien.

—Lo digo en serio, Zahra. Tranquilízate.

—¿Te quedarás mientras duermo? —Me siento patética por pedírselo.

Rowan permanece en silencio.

El ácido se me revuelve en el estómago y va subiendo por mi garganta. ¿Qué ha ocurrido mientras estaba convaleciente? Es como si el hombre con el que pasé el fin de semana en Nueva York hubiera desaparecido y lo hubiera sustituido esta versión fría. Me recuerda cómo era cuando lo conocí, lo cual me duele más de lo que soy capaz de admitir.

Me da un solo apretón en la mano antes de sentarse enfrente de mí.

—Me quedaré.

Le ofrezco una pequeña sonrisa y él me la devuelve forzada.

Los pitidos de la máquina llenan el silencio. Cada respiración es agotadora y pierdo la batalla por la consciencia. La oscuridad me devora entera y me llevo conmigo todas las preocupaciones.

44
Zahra

—¡Uno! —Ani levanta los brazos presumiendo de que le queda un comodín.

Rowan deja caer su mano de cartas.

Por más que me guste que Rowan pase tiempo con mi hermana, sus intenciones son evidentes. La está usando como escudo para no tener que hablar conmigo. Cada vez que me visita mi familia, se mete de lleno en conversaciones superficiales. Es muy sospechoso, pero estoy demasiado cansada para hablar con él cuando nos volvemos a quedar solos.

El silencio acaba hoy. No voy a poder recuperarme si estoy preocupada por nuestra relación.

A pesar de cómo se me constriñe el pecho cuando me ignora, no puedo evitar sonreír por cómo trata a mi hermana. No me imaginaba que se tomarían cariño durante la mentoría. El lazo que los une es especial y hace que se me humedezcan los ojos mientras los observo.

Rowan es perfecto. Nunca pensé que conocería un

hombre como él. Se suponía que iba a ser algo sin compromiso, pero se ha convertido en mucho más. Desde que se tomara días libres para estar a mi lado en el hospital hasta que planeara aquella firma de libros solo para hacerme feliz, sus acciones dicen que hay más.

Ojalá pudiera descubrir qué le pasa, porque sus evasivas no hacen más que agravar mi estrés.

La enfermera entra en la habitación y comprueba mis constantes vitales. Me hace algunas preguntas y apunta la información en un expediente que hay delante de la cama.

—El médico no tardará en venir a ver cómo estás. Respondes bien a los antibióticos, así que tal vez puedas irte a casa esta noche. —Me sonríe y se va.

El calor que sentía en el pecho es sustituido al momento por un escalofrío. La mandíbula de Rowan se tensa cuando mira la puerta cerrada.

El teléfono de Ani emite un pitido. Ella lo consulta y me sonríe.

—Tengo que irme, JP me está esperando en el estacionamiento con su madre. —Le dedica una sonrisa a Rowan y viene a darme un beso en la cabeza.

—¡Pásatela bien! —grito antes de ponerme a toser.

Ani niega con la cabeza.

—Qué asco.

Le saco la lengua.

Ella vuelve a sonreírle a Rowan mientras se despide y él le devuelve la sonrisa. No tendría que sentir celos de lo cariñoso que es con ella, pero llevo privada de esos cuidados desde que me ingresaron en el hospital.

Meto las manos temblorosas bajo la manta para esconder lo que me hace sentir.

—¿Está todo bien? Dime la verdad.

La sonrisa tensa no llega a sus ojos.

—Lo estará.

«¿Y eso qué significa?» Quiero retenerlo aquí hasta que me dé una respuesta sincera.

—¿Sigues molesto por lo que sucedió en tu casa?

Él hace un ruido con la garganta.

—No.

—Entonces, ¿qué ocurre? Dime algo más que cuatro palabras seguidas. Ha pasado algo y, si no eres sincero conmigo, no puedo arreglarlo... —Se me quiebra la voz revelando lo agotada que estoy.

A él se le suaviza la mirada.

—No hay nada que arreglar. Tienes que concentrarte en mejorar y no en nosotros.

—¿Sigue habiendo un nosotros? —Formulo en voz alta la pregunta que llevo evitando desde que me desperté aquí.

Su nuez sube y baja y desvía los ojos hacia la ventana.

—Yo... T-tú... —dice trabándose.

«¿Está dudando? ¡Él nunca duda!»

—Tienes que contarme lo que te preocupa. Ya —me pongo firme.

Ya estoy harta de respuestas crípticas y medias verdades. Sea lo que sea lo que Rowan tenga que decirme, puedo oírlo. Ya soy mayorcita. Puedo con él y con cosas peores.

—Podemos hablarlo cuando estés en cas...

—Déjate de estupideces, Rowan, y dime qué problema tienes.

Sus cejas se levantan al oír mi tono.

—¿Quieres saber qué problema tengo?

Asiento.

—El problema eres tú. Y toda esta maldita situación —dice levantando los brazos sin señalar nada en particular.

Me quedo de piedra.

—¿Qué quieres decir?

—Se suponía que lo nuestro iba a ser algo sin compromiso, divertido, pero esto no es en absoluto lo que quiero en mi vida, y menos aún lo que necesito. Tengo una empresa que dirigir, un maldito parque que supervisar y mucho trabajo. Hay gente que depende de mí y yo estoy aquí sin poder hacer nada, queriendo asegurarme de que estás bien porque me siento responsable.

Me estremezco.

Él sigue hablando como si no me estuviera dando golpes en el corazón:

—Nunca he querido este papel de novio atento. Yo soy otro tipo de hombre.

Mis pulmones protestan contra mi inhalación repentina.

—No... No puedes decirlo en serio.

Tenemos una conexión, por mucho que intente negarlo. Okey, es posible que no le hayamos puesto una etiqueta oficial, pero tenemos algo bonito.

Carraspea.

—Acostarnos y salir un par de veces tenía que ser una forma de pasar el rato en Dreamland.

«Pasar el rato.» ¿Cómo se atreve a reducir lo que tenemos a eso?

Cierra los ojos.

—He perdido la perspectiva de lo que es importante.

«Y tú no lo eres.» No hace falta que lo diga porque lo tiene escrito en la frente. Unas pequeñas grietas se extienden por mi corazón, que se resquebraja con cada palabra hiriente que blande como un cuchillo invisible.

—Nunca me tomo días libres, ni siquiera en Navidad, pero ahora me he sentido obligado porque te hiciste daño en mi casa. He tenido que posponer reuniones importantes y he desatendido montañas de papeleo porque...

—¿Porque qué?

«Di que te importo. Di que quieres estar conmigo. Di que tal vez tengas miedo, pero que vale la pena arriesgarse por algunas cosas en la vida.»

«Di lo que sea, no te quedes callado.»

Se pone de pie mirándome con una expresión parecida a las que pone durante las presentaciones aburridas. Nunca me he sentido tan insignificante, ni siquiera cuando Lance me dejó. De verdad pensaba que Rowan y yo teníamos algo especial. Una de esas conexiones que duran para siempre y que llevo esperando toda la vida.

Qué equivocada estaba.

Suelto una risa amarga.

—No sé qué es más patético: que niegues cuánto te importo o que a mí me sorprenda algo de esto.

Solo los pitidos de las máquinas llenan el silencio entre nosotros al mismo ritmo que mi corazón.

Niego con la cabeza.

—El problema no es el trabajo. Y, desde luego, no es que pasemos de una relación sin compromiso a algo más, lo cual es culpa tuya por no dejar de demostrar que te importaba con tus actos. Me hiciste creer en una fantasía. Me hiciste querer más.

Su mirada impasible hace que otro estremecimiento recorra mi espalda.

—Siempre procuré que no hubiera ataduras, como acordamos.

—Pues lo hiciste muy mal. ¡No tenías que fingir que eras un novio atento porque ya te comportabas como tal!

Retrocede ante mi arrebato.

Me duele respirar, pero me da igual.

—Todas las decisiones que has tomado han sido porque te importo, porque creo que, en el fondo, me quieres, aunque no seas capaz de admitirlo porque estás muerto de miedo. —Se me quiebra la voz y suelto un jadeo porque mis pulmones no quieren colaborar.

—Quererte nunca ha sido una opción. Si te hice creer algo diferente, te ofrezco disculpas. Nunca te habría hecho creer algo así a propósito, dado que pronto volveré a Chicago.

Me siento como si me hubiera dado un bofetón.

—¿Qué?

Vuelve a mirar por la dichosa ventana.

—Otro director se hará cargo de Dreamland a partir de enero.

Si no estuviera enganchada a una máquina de oxígeno, no sé si podría respirar sola.

—¿Lo...? —empiezo a decir con voz áspera—. ¿Lo supiste todo el tiempo que pasamos juntos?

«No, es imposible.» Estoy segura de que me habría dicho algo. ¿Y su plan de renovación por el aniversario del parque? No entiendo por qué iba a pasarse meses trabajando en un proyecto de esa escala para nada.

—Sí.

—¿Has pensado en quedarte más tiempo...?

«¿... por nosotros?»

Rowan vuelve a romperme el corazón cuando niega con la cabeza.

—Siempre supe que me iba.

«Eres estúpida, Zahra. Lleva escondiéndotelo desde el primer día.» Sorbo por la nariz intentando contener las lágrimas que amenazan con caer.

—Eso no es lo que te pregunté y lo sabes. Déjate de manipulaciones y dime la verdad.

Su mandíbula se tensa.

—Lo que yo sienta acerca de todo esto es irrelevante.

Bajo la mirada hacia mis manos temblorosas.

—¿Por qué regresas a Chicago?

«¿Por qué cedes ante el miedo?»

—Mi futuro está en Chicago.

Siento el corazón como si Rowan lo hubiera agarrado con su puño helado y me lo hubiera arrancado del pecho.

—Eso es lo que no dejas de repetir —digo, y se me quiebra la voz.

No sé cómo pude dejarme enamorar por Rowan a pesar de saber cómo era en el fondo.

Los músculos de su mandíbula se hacen más prominentes.

—Me arrepiento de haberte hecho daño. Todo esto ha sido un error.

«Un error.» Creo que una puñalada en el corazón habría sido menos cruel que esta conversación. Yo soy la que cometió el error. He creído muchas cosas esperanzadoras, pero la peor fue pensar que Rowan me quería lo suficiente como para enfrentarse a los demonios que lo lastraban. Sin embargo, esto no es un cuento de princesas. Los cambios no ocurren por arte de magia lanzando polvo de hadas al aire o pidiéndole un deseo a una estrella fugaz.

No, la vida real no funciona así. La gente tiene que esforzarse para ser mejor y yo lo he hecho, pero Rowan no. Tiene demasiado miedo. Es demasiado egoísta. Está demasiado consumido por sus ganas de más sin saber de qué quiere más. Yo pensaba que quería más de mí, pero aposté por una fantasía.

Esta vez su voz es un susurro:

—Siento haberte hecho daño.

El nudo que tengo en la garganta cobra vida y me impide respirar.

—Y yo siento haber pensado en algún momento que eras mejor que el hombre egoísta y cruel que todo el mundo dice que eres.

Hace una mueca de dolor. Es la primera muestra de emoción real y pura que exhibe. Desvía la mirada y asiente.

—Entiendo.

Una lágrima me traiciona y cae por mi mejilla. La quito con mi mano.

—Encontraré la manera de devolvértelo todo porque no quiero saber nada más de ti ni de tu dinero. Aunque me lleve toda la vida pagarte la estúpida habitación, lo haré.

Su nuez sube y baja.

—No quiero...

Lo interrumpo antes de que pueda hundirme más las garras en el corazón.

—Estoy muy cansada ahora mismo.

Asiente.

—Entiendo. En ningún momento he querido angustiarte en el estado en el que estás.

No digo nada.

—¿Quieres que me quede hasta que regresen tus padres?

Mira la silla que hay más cerca de la cama.

—No, prefiero estar sola, pero gracias por todo. —La voz me sale fría y lejana, como la de alguien que conozco.

—Pero...

Aunque sea algo inmaduro, les doy la espalda a él y a la puerta. Ya no quiero hablar. Me da demasiado miedo desmoronarme delante de él. Las lágrimas caen por mi cara y forman un círculo húmedo en la almohada.

Rowan suelta una exhalación profunda. Sus pasos siguen el ritmo del monitor cardiaco.

Doy un respingo cuando me acaricia el cabello.

Aprieta los labios contra mi cabeza.

—Te mereces el mundo y más.

La puerta de la habitación hace un clic al cerrarse y me deja con las máquinas que emiten pitidos y mis sollozos dolorosos como única compañía.

45

Rowan

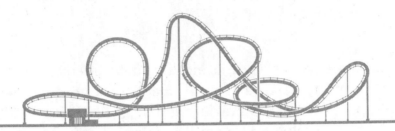

Salgo de la habitación del hospital de Zahra con la garganta constreñida y una sensación de ardor en el pecho. Hacerle daño era lo último que pretendía, pero es necesario. Quererla no es una posibilidad. Me juego demasiado y no cuento con la flexibilidad suficiente para tenerla a ella y el futuro que me he pasado la vida persiguiendo. Conseguir mi parte de la empresa tiene que ser lo primero. Si no por mí, por mis hermanos.

Tal vez Zahra no lo vea como yo, pero es lo mejor. No teníamos futuro más allá de pasar dos meses juntos y habría sido cruel para ambos seguir intentando algo que tenía fecha de caducidad. No me había dado cuenta de hasta qué punto iban creciendo mis sentimientos hasta que la encontré desangrándose en el baño. Romperle el corazón era inevitable, pero me parece que es mejor hacerlo ahora y no seguir dándole esperanzas solo por querer quedarme un poco más en Dreamland antes de irme para siempre.

Fue la decisión correcta, aunque ahora me resulte difícil. Si las decisiones difíciles fueran fáciles, las tomaría todo el mundo. Estas son las decisiones que me hacen bueno en mi trabajo.

Eso es lo que me digo al salir del hospital a pesar de la opresión que siento en los pulmones.

Por cuarta vez esta noche, me doy vuelta intentando encontrar una postura cómoda. Hace tres días de lo del hospital y en total habré dormido unas diez horas.

Tomo el celular de la mesita y miro la hora.

«Las malditas tres de la mañana.»

Si no consigo dormir una noche entera, al final de la semana estaré para el arrastre. Y, con la votación acercándose, no tengo tiempo para estas tonterías.

Tomo una almohada y me la aprieto contra el pecho. Todavía huele al perfume de Zahra y me siento estúpido mientras me la aprieto contra la cara y vuelvo a inhalar.

La constricción en el pecho vuelve con más fuerza.

«Tú fuiste el que quiso eso. Piensa en tu objetivo.»

«Pero ¿de qué me sirve un objetivo si no voy a ser feliz cuando lo logre?»

Me hierve la sangre y lanzo la almohada a la otra punta de la habitación. Aterriza con un ruido apagado cerca de la puerta. En lugar de sentir alivio, siento como si alguien me apretara la garganta.

Nada consigue hacer desaparecer la incomodidad. Todas mis tácticas de racionalización fracasan y me veo obligado a quedarme mirando al techo preguntándome si tomé la decisión correcta. Y no me lo parece.

Ni lo más mínimo.

Pensaba que podría sonsacarle información del estado de salud de Zahra a Ani, pero me ignora. Ninguno de los mensajes que le mandé recibió respuesta. Me estoy volviendo un poco loco, porque Zahra se ha tomado una semana entera después de que le dieran el alta en el hospital.

Lo único que quiero es saber si se encuentra mejor, pero Ani no apareció ayer por la tarde donde solemos vernos y yo tuve que comerme mi pretzel y el suyo. La onda expansiva de consecuencias de mis actos empieza a tener el tamaño de un tsunami.

He recurrido a abordar a mi compi en su lugar de trabajo porque no soporto que esté enojada conmigo. Si fuera cualquier otra persona, me daría igual, pero en el tiempo que llevo en Dreamland le he tomado cariño a Ani.

—Ey —digo tocándole el hombro.

Se pone tensa antes de darse la vuelta.

—Hola, ¿puedo ayudarle a elegir alguna golosina, señor?

—Vamos, Ani. —Finjo que sus palabras no me molestan, pero al ver su ceño fruncido se me agarrotan más los hombros.

—No quiero hablar contigo.

—Te aguantas, soy tu jefe.

Hace un ruido de molestia cuando la agarro por el

codo con cuidado y me la llevo a la trastienda del local de golosinas, donde no hay nadie.

—¿Qué quieres? —Da un pisotón en el suelo.

El puño que oprime mi corazón aprieta con más fuerza cuando me lanza una mirada severa que no le había visto antes.

—Pensaba que éramos amigos.

Ani y yo hemos creado lazos estos últimos meses y no quiero que me aleje de su vida. He terminado disfrutando ser su amigo. La sola idea de que ya no quiera hablar conmigo me pone más triste de lo que soy capaz de admitir.

Niega con la cabeza.

—Eso era antes de que le hicieras daño a mi hermana.

—Entonces, ¿qué? ¿Ya no somos amigos?

—*Nop*.

—No lo dices en serio.

Me mira con mala cara.

—Zahra es mi mejor amiga y tú la hiciste llorar.

Me arden los ojos al respirar.

—Tu hermana y yo hemos...

—Terminado. Ya me lo dijo. —Le tiembla el labio inferior.

—No quería hacerte daño a ti también.

—Te ayudé a hacerle daño con las calabazas y lo de Nueva York. —Sus ojos brillan por las lágrimas que no ha derramado.

«Maldita sea, ¿Ani se siente responsable de mis actos?» Nunca pretendí que cargara con el peso de mis decisiones.

—Nada de esto es culpa tuya. —Le pongo la mano en el hombro y le doy un apretón.

—No, es tuya porque eres un niñito y no eres capaz de admitir que te gusta.

No puedo reprimir la carcajada triste.

—Ojalá la vida fuera tan simple.

—Me dijiste que las excusas eran de fracasados.

Caray, no pensaba que fuera a usar mis consejos de mentor contra mí. Le había dicho esas mismas palabras en el contexto de intentar irse de casa de sus padres y ser independiente.

Puede que a ella le parezca una excusa, pero tengo mis motivos.

Suspira.

—Gracias por ayudarme con lo de irme de casa y hacerme sentir mejor.

¿Está intentando mandarme al diablo? ¿En serio?

—Ani...

—Ya no eres mi amigo ni mi compi. Renuncio. —Suelta una exhalación pesada.

Su rechazo me arde. De verdad disfrutaba pasar tiempo con ella. Nos unen muchas cosas, desde ser los hermanos pequeños hasta nuestra pasión por el helado de pistache.

Que no pueda ni mirarme a los ojos amarga mi humor ya sombrío.

—¡Ani! —Alguien abre la puerta.

—Tengo que irme. Feliz Navidad por adelantado, Rowan. —Se despide con la mano con pocas ganas y se escabulle de la trastienda.

Yo me quedo con una sensación de vacío que parece que no puedo quitarme de encima por más que lo intente.

Cuando entro en mi casa me recibe el silencio. Después de encontrarme con Ani, mi día ha pasado de ser malo a ser una puta basura. Me ha sido imposible impedir que mi mente vagara hacia pensamientos sobre Zahra. Hasta cedí y le escribí, pero me ignoró. Tenía que ser una conversación simple para reducir la tensión que va en aumento en mi interior, pero Zahra ni siquiera se molestó en contestar el mensaje en el que le preguntaba cómo estaba.

Me pongo la ropa de hacer ejercicio y salgo a correr por los terrenos de mi casa para agotarme. Mis pies golpeando el pavimento me ayudan a reducir parte de la rigidez de los hombros, pero no basta para calmar mis pensamientos.

Para cuando regreso corriendo por el camino de grava de mi casa, tengo la respiración entrecortada y casi me duele respirar.

Mis ojos se fijan en el maldito columpio. El que nunca tengo tiempo de desmontar porque estoy demasiado ocupado.

«O soy demasiado cobarde.»

Aprieto la mandíbula. Camino a grandes zancadas por la casa hacia el garage, donde mi abuelo tenía algunas herramientas y el viejo desarmador eléctrico. Misión: quitar el dichoso columpio.

El mismo columpio en el que mi madre nos leía cuentos de hadas. Donde ella y mi padre se acurrucaban mientras mis hermanos y yo correteábamos por el jardín. El lugar donde soltó su último aliento mientras mi padre se aferraba a su cuerpo invadido por el cáncer cuando todos llorábamos.

No soporto el maldito columpio. No hay nada que desee más que quitarle los tornillos y echarlo a una hoguera.

Conecto la clavija al enchufe con la mano temblorosa. Una prueba demuestra que el desarmador todavía
funciona y saco una silla de la casa para llegar a la altura
de los tornillos.

Mi mano tiembla cuando coloco el desarmador contra el primer tornillo. Todos los músculos de mi brazo se
quejan cuando aprieto el botón. El tornillo gira y gira
hasta que cae justo encima del banco del columpio.

«Uno fuera, me quedan tres.»

Bajo de la silla y la muevo hacia el otro lado. Vuelvo a
subir y alineo el desarmador con el siguiente tornillo.
Me detengo de golpe al ver las letras grabadas en la madera que tengo encima de la cabeza.

Mis pequeños caballeros:
Amen con todo su corazón y muestren bondad en todos sus
actos.

Mamá

Acaricio las letras con un dedo tembloroso. Hace
años que no oigo esa frase y la siento como un puñetazo
en el estómago. Mi madre vivió siguiendo ese precep-
to en todos y cada uno de sus actos. Nos decía esas palabras todas las mañanas antes de que nos fuéramos a la
escuela y nos las susurraba cada noche antes de acostarnos. Las palabras me clavan sus garras y hacen trizas la
justificación que tengo para la decisión que he tomado.

¿Estaría orgullosa mi madre del hombre que soy?
Una parte de mí espera que sí, pero la otra sabe que he
hecho muchas cosas feas en mi vida, porque es lo único
que he visto hacer. No me crie con los valores que predi-
caba mi madre, al menos no desde que nos dejó.

Entiendo que mi trabajo no consiste en hacer feliz a

todo el mundo, pero hay diferencias entre ser un buen hombre de negocios y ser innecesariamente cruel. Yo he elegido lo último una y otra vez sin sentirme culpable porque era la opción más fácil. Los recortes en el seguro médico fueron una estrategia de porquería para que mi padre me permitiera acudir a las juntas de la empresa. Quería que me ganara las medallas antes de cederme un asiento, así que decidí dar un golpe en la mesa. Fue igual de sencillo que votar contra el aumento del salario mínimo y ampliar los márgenes de beneficios. Estaba dispuesto a pensar primero en la empresa y demostrarle a mi padre que tenía lo que hacía falta para desarrollar un servicio de *streaming* con el dinero de la Compañía Kane.

Pensé en mí primero todas y cada una de las veces porque era lo fácil.

«Muestren bondad en todos sus actos.»

Es irónico aferrarme a esas palabras. Todo lo que he hecho ha sido en detrimento de los demás mientras que todo lo que mi madre hacía estaba motivado por su amor y compasión. Se me había olvidado que era así. Creo que me obligué a olvidar porque, en el fondo, no quería recordar quién era. Porque sabía que la habría decepcionado. Mis actos todos estos años han sido de todo menos buenos, motivados por la avaricia y la rabia. He mostrado poca compasión; y amor, todavía menos. El hijo que crio mi madre murió con ella y yo no puedo sentir más que vergüenza.

Una ola de arrepentimiento me inunda de golpe. Suelto el desarmador, me siento en la silla y me permito darme cuenta del monstruo en el que me he convertido sacrificando los valores más importantes de mi madre.

Paso por el cubículo de Zahra esperando encontrarla en su primer día de trabajo después de la incapacidad por enfermedad. Entro en el espacio y la encuentro dibujando algo en... ¿una tableta? La marca es la misma que la mía. Lo que esboza en la pequeña pantalla se refleja en el monitor de su escritorio y la verdad es que no tiene mala pinta.

—¿Eso es una silla de ruedas?

Da un respingo y el lápiz de plástico cae junto a sus pies.

Me agacho al mismo tiempo que ella y nuestras cabezas chocan. Gruñe al mismo tiempo que yo me encojo de dolor.

Nuestras miradas se encuentran. Rozo su mano antes de soltar el lápiz. Ella toma aire y yo sonrío por dentro.

Me alegro al ver que ha recuperado un poco el color, aunque parece haber perdido algo de peso. Frunzo el ceño al ver que tiene las mejillas hundidas.

Sus cejas se juntan y me lanza una mirada desagradable.

—¿Qué quiere, señor Kane?

«¿Señor Kane?» Me muerdo la lengua con fuerza para evitar decir alguna tontería.

Levanta las cejas en una mofa silenciosa.

—Tengo que hablar contigo.

Sigue en silencio.

«Veo que no me la va a poner fácil.»

—He venido para...

«¿Para qué? ¿Para confesarle cómo me siento en medio de una jornada de trabajo ajetreada?»

—¿Sí?

—Para preguntarte si puedes venir a mi casa esta noche.

Me mira boquiabierta.

—Tiene que ser una broma.

«¿Piensa que me estoy insinuando?» Por eso no hablo de mis sentimientos.

—No... Maldición. No me estoy expresando bien. Quiero hablar contigo. Solo hablar.

—Ajá, pues yo no quiero hablar contigo. —Se voltea hacia su tableta y sigue con el dibujo.

Yo me quedo mirando la pantalla pasmado y reparo en que está creando su propio diseño en lugar de trabajar conmigo.

«Porque ya no te necesita.»

Pensarlo hace que se me constriña la garganta, no sé muy bien por qué. Siento que la única persona que me veía tal como era me está remplazando y olvidando. La persona que creía en mí y me apoyaba a pesar de tener mil motivos para odiarme por lo que represento.

—Zahra, escúchame. No puedo dormir. No puedo comer. Estoy atrapado en un estado constante de náusea y ardor de estómago, coma lo que coma.

—Vaya, parece que en realidad sí sientes cosas —me dice fulminándome con la mirada.

—Sí, ¿estás contenta? Me siento como una basura desde que te dejé en la habitación del hospital siendo consciente de que estabas llorando por mi culpa.

—No, no me alegro de que estés mal. Al contrario, quiero que estés feliz con tus decisiones. —Habla con un tono indiferente, como si no le hubiera roto el corazón.

—¿Por qué?

«¿Por qué tienes que ser tan altruista siempre?»

—Porque quiero que, cuando reflexiones sobre lo que elegiste, pienses que al final valió la pena.

La verdad es que muchas de mis decisiones no parecen valer la pena a pesar de lo necesarias que las vi en su momento. Quiero decirle eso y mucho más si me da la oportunidad.

—Dame una oportunidad de explicarme. He estado... pensando en todo. Y me equivoqué. No debería haberte apartado de mí por miedo. Tenías razón, pero quiero intentarlo de nuevo. Contigo. —Mi discurso es forzado e incómodo, pero es sincero.

Suelta un suspiro de resignación y, con él, se me cae el alma a los pies.

—No, no pienso volver a caer. Ya te di una oportunidad y la echaste a perder.

—Pero...

—No hay peros. ¿Y si cambias de idea otra vez? No voy a arriesgarme. Ya tuve suficiente y, si te soy sincera, me merezco más que las medias tintas que me puedas ofrecer.

Me quedo mirándola y no doy crédito.

Su espalda se tensa.

—Debo seguir trabajando. Tengo un plazo que cumplir.

—Puedo ayudarte con eso, sin compromiso. —Le doy un vistazo al dibujo.

«Di que sí, dame una oportunidad.»

—Creo que ya hiciste suficiente. —Gira la silla y me da la espalda.

Me está despachando. Nunca me he sentido tan...
mal. Siento una sensación incómoda de hinchazón en el
pecho y una constricción en la garganta que van en aumento al seguir mirando la espalda de Zahra.

No quiere saber nada más de mí y es todo culpa mía.

46
Zahra

Disfruto del sabor del jugo de naranja recién exprimido. Me tomó una semana entera desde que regresé del hospital recuperar el sentido del gusto. Aunque me estaba volviendo un poco loca por el reposo en cama, agradecí descansar de Rowan y del equipo de creativos. No sabía si tendría la fuerza suficiente para estar en la misma habitación que él sin ponerme a llorar o a gritar.

Ayer se me presentó una prueba de mi fortaleza y la superé airosa. Pude ser fuerte, mirar a Rowan a la cara y ver su abatimiento sin ceder ante su petición.

—Esto estaba en mi correo —me dice Claire mientras deja caer un sobre delante de mi plato.

—¡Es de hace dos semanas! —contesto señalando la fecha.

Se encoge de hombros.

—Sí, lo siento. Te prometo que seré más organizada la semana que viene.

Me río y hoy ya no me duele.

—¡Siempre dices lo mismo! —le grito mientras se va.

Se ríe en voz baja volviendo a su habitación desordenada.

Paso los dedos sobre mi nombre, escrito a mano con una pluma antigua. La dirección del remitente es la Compañía Kane.

«Qué raro.» Tomo un cuchillo de la cocina y abro la parte superior.

Me tiemblan los dedos al sacar una hoja doblada. La desdoblo y quedo boquiabierta.

«¡Brady Kane me mandó una carta!» La fecha es anterior al accidente, más o menos en el momento en el que estábamos trabajando en los últimos retoques de Nebuland.

Querida Zahra:

Me disculpo por adelantado si mis palabras no tienen mucho sentido. Es difícil resumir mi gratitud, pero lo intentaré, aunque solo sea porque te mereces saber el impacto que has tenido en mi vida. Hasta un viejo como yo puede aprender cosas nuevas o, por lo menos, recordar las que hacía mucho que había olvidado.

¿Gratitud? ¡¿Del mismísimo Brady Kane?! Yo soy la que debería estarle agradecida por que se tomara la molestia de trabajar conmigo un mes entero.

Antes de encontrarme contigo para hablar de tu propuesta, estaba pasando por un mal momento. Me sentía perdido e inseguro por primera vez en muchos años, pero entonces llegaste a mi oficina con una sonrisa enorme y con toda esa imaginación acumulada esperando ser explorada. Quedé impresionado al instante con tu agudeza, tu sinceridad y tu gran corazón. Me llevó un tiempo entender por qué me sentía ligado a ti, pero me he dado cuenta de que es porque me recuerdas a mí cuando era joven. A alguien que todavía no se ha visto afectado por el dinero, la fama y las expectativas que mellan hasta las mentes más fuertes.

Me duele el pecho y mi respiración se entrecorta a medida que voy leyendo. No tiene nada que ver con los síntomas residuales de la enfermedad, sino con los sentimientos que hierven en mi interior ante la confesión de Brady.

Sé que aspiras a convertirte en creativa. Cuando sientas por fin que estás a la altura (lo que signifique eso de estar a la altura, porque a mí me ha ido bien habiendo ido a la universidad pública y tú puedes conseguir lo mismo), quiero ayudarte a cumplir ese sueño. Así que, estés donde estés y sea lo que sea lo que estés haciendo, tienes que saber que siempre tendrás un trabajo de creativa en Dreamland si lo quieres. Solo tienes que ponerte en contacto con Martha, mi antigua secretaria, y ella preparará el contrato. No hace falta que hagas ninguna entrevista.

Las lágrimas me anegan los ojos. Brady siempre me apoyó en mi sueño, aunque yo no dejaba de decirle que no. Creo que estaría orgulloso de mí si supiera los pasos que he dado estos últimos meses.

Solo te pido un favorcito a cambio. Como parte de mi testamento, le he pedido a mi nieto que sea director de Dreamland durante seis meses y elabore un proyecto especial para mejorar el parque.

¡¿Cómo?! Me aferro a la carta como si mi vida dependiera de ello.

Te he seleccionado personalmente para que formes parte del co-mité evaluador. De ti se espera que apruebes o rechaces los pla-nes de Rowan.

¡¿De mí?! ¿Ha sabido Rowan todo este tiempo que yo formaba parte del comité? Siento que la bilis de mi estó-mago quiere que la eche en el inodoro más cercano, pero respiro hondo unas cuantas veces y sigo leyendo.

Me has recordado por qué creé Dreamland. Tu pasión por el par-que es la misma que yo dejé en el camino y tus ideas únicas han hecho que recupere la emoción que hace tiempo perdí. Por eso sé que eres la persona adecuada para ayudarme una última vez. Tal vez te parezca mucho pedir, pero eres una de las personas que quiero que formen parte del cambio que Dreamland necesita. Así que, por favor, únete a mi comité y vota por el futuro del parque.

Mis manos tiemblan mientras termino de leer la car-ta de Brady Kane en la que aclara algunos términos y fechas. Después de leerla por segunda vez, se me esca-pa de entre los dedos y cae al suelo con un aleteo.

¿Ha sabido Rowan todo este tiempo que su abuelo quería que evaluara el proyecto en el que se ha pasado meses trabajando? ¿Por qué si no iba a contratarme? ¿Por qué si no iba a contratar a alguien a quien conside-raba prescindible?

No, no puede ser, ¿verdad? Es imposible que lo su-piera.

«Pero ¿por qué si no iba a contratar a alguien como tú, poco calificada, después de que dejaras por el suelo la atracción más cara de Dreamland?»

Hay una cantidad infinita de creativos que podría haber contratado para asegurarse de que Dreamland estaba en las mejores manos posibles para ganar la votación. El motivo que me dio para justificar haberse hecho pasar por Scott me pareció razonable, pero ahora me pregunto si no fue otro ardid para tantear el terreno y ver si admitía que formaba parte del comité. ¿Y si el discurso entero que me dio ayer en el cubículo fue una manera de calmar los ánimos para que no lo fastidiara?

Con cada pregunta, mis dudas se acrecientan.

«¿Y si todo lo nuestro ha sido una mentira desde el principio?»

Claire me quita la almohada de la cara y se la aprieta contra el cuerpo mientras se sienta.

—¿Qué te pasa?

—Que Rowan existe.

—¡Pensaba que su nombre estaba prohibido en este departamento!

—Eso era antes de haber recibido una carta de Brady Kane delatando a su nieto.

A Claire están a punto de salírsele los ojos de las órbitas.

—¡¿QUÉ?!

Las palabras me salen a trompicones cuando le explico el tema de la votación y todas las teorías que tengo. Hasta le cuento cómo Rowan intentó invitarme a su casa después de todo lo que había pasado, lo cual no hace más que aumentar mis sospechas.

Claire, no sé cómo, consigue controlar sus emociones hasta que termino. Se levanta de un salto del sofá y toma el celular de su habitación. Yo sigo sus pasos con la mirada mientras va tecleando algo, con las mejillas sonrojadas y el cabello alborotado.

—Es un cabrón... —Va apretando la pantalla con fuerza con el ceño fruncido.

—¿Qué haces?

—Calcular cuánto tiempo puede sobrevivir alguien desangrándose después de una castración.

Hago la cabeza hacia atrás y me río.

—La violencia física nunca es la respuesta.

Claire me da unos golpecitos en la mano mientras vuelve a sentarse metiéndose el teléfono en el bolsillo.

—Ay, Zahra, es adorable que tengas una visión del mundo tan inocente.

—¿Qué visión del mundo tengo?

—Es como si nunca te hubieran dicho que Santa Claus no existe.

—¡¿Qué?! ¿Santa Claus no existe? —Abro la boca fingiendo shock.

Claire pone los ojos en blanco sin muchas ganas.

—Qué tonta.

—Oye, es que tú todo lo solucionas proponiendo que delatemos, desmembremos o matemos a alguien. No es la solución que estoy buscando ahora mismo.

—Solo porque después no tendrías para pagarte a un buen abogado.

Terminamos riéndonos las dos. Le doy un golpecito con el pie.

—¿Castración? ¿En serio?

—Ya sabes lo que dicen: te portas de la verga, te quedas sin verga.

Se me escapa una carcajada fuerte.

—¡Nadie dice eso!

—Pues sería hora de que empezaran. ¿De verdad piensa que puede manipularte así? ¡Es que no lo creo! ¿No tiene conciencia?

Me duele el cuerpo entero al pensarlo.

—Es discutible.

Suspiro. Hubo un momento en el que creí que sí la tenía, pero ahora no lo sé. Aunque parecía sincero cuando pasó por mi cubículo, ya no puedo estar segura de quién es el Rowan de verdad.

47

Rowan

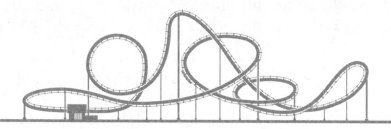

Entro en la última reunión de creativos antes de las fiestas. Aunque los empleados tendrán vacaciones, yo trabajaré día y noche para terminar de preparar la presentación para el comité.

Jenny está de pie al frente de la sala y todo el mundo me saluda con una inclinación de cabeza cuando me siento. Escudriño la sala buscando a la mujer a la que no me puedo sacar de la cabeza. El lugar donde suele sentarse lo ocupa otro creativo.

Siento presión en el pecho y se me entrecorta la respiración. Jenny no comenta nada sobre la ausencia de Zahra.

El primer creativo presenta una idea decente que nunca irá más allá de esta reunión. Ya la he vetado mentalmente.

La puerta se abre, volteo y veo a Zahra entrar en silencio (excepto por el tintineo de la mochila). Eso me hace pensar en la primera vez que nos vimos. La sombra de una sonrisa tira de las comisuras de mis labios antes de que vuelvan a formar una fina línea.

Recorre la habitación con los ojos antes de dejarse caer en la única silla vacía, que está a mi lado. Si le molesta, no lo demuestra. Todas las células de mi cuerpo se activan al unísono cuando inhalo su suave perfume.

Los creativos van haciendo sus presentaciones y Zahra sigue rígida, ignorando mi presencia. Me irrita más de lo que soy capaz de reconocer.

Para cuando llega su turno, estoy revolviéndome en la silla y me cuesta pensar en algo que no sea ella.

Se pone de pie y carraspea.

Yo me tenso y la miro buscando señales de enfermedad. Toma un trago de su botella de agua mientras sube al estrado.

—Hoy voy a presentar algo un poco distinto. No es exactamente una atracción, así que entenderé que no se acepte como parte del proyecto del señor Kane.

Ni siquiera se molesta en mirar hacia donde estoy mientras habla sobre mí, lo cual solo añade más presión a la que ya siento en el pecho.

—Estoy interesada en hacer que Dreamland sea más accesible para nuestros visitantes. Cuando trabajaba en el salón de belleza, conocí muchos niños que habían experimentado las dificultades más grandes de esta vida. Empecé a fijarme en sus inquietudes y a anotarlas. Tras años de trabajo, llegué a una conclusión: como hermana de alguien que también tiene sus dificultades, entiendo las quejas principales de los visitantes... Aunque mi hermana me daría un puñetazo en el brazo si me oyera hablar de «dificultades».

Algunos creativos se ríen. Yo estoy embelesado con ella y con la confianza que demuestra. Es un giro de ciento ochenta grados respecto a la mujer que no pensaba merecer un puesto de creativa.

—Dreamland no solo está hecho para los más privilegiados que pueden permitirse pases rápidos, entradas de cien dólares y comida y bebida carísimas, sino también para las personas con discapacidades. Para los que, cuando nacieron, ya iban un paso adelante, y no lo oculta. Así que mi idea es cambiar los fundamentos del parque y la forma que tenemos de ver a nuestros visitantes.

No puedo hacer más que quedarme mirándola en silencio mientras pasa varias diapositivas con diferentes ideas. Desde disfraces para sillas de ruedas hasta horas con menos estímulos sensoriales para niños autistas, Zahra atiende las peticiones tanto de niños como de adultos a los que no solemos prestar atención en Dreamland. Comparte sus ideas con la mayor de las sonrisas en su cara. Cuanto más habla, más crece la añoranza dentro de mi pecho.

Quiero llevármela lejos de todo el mundo y decirle lo orgulloso que estoy de ella. Y confesarle cuánto siento todo lo que he hecho y dicho.

Porque me importa.

Porque quiero estar con ella con independencia de los obstáculos que nos encontremos.

Y porque quiero ser un hombre del que mi madre pudiera estar orgullosa, y quiero serlo al lado de Zahra.

Me enderezo en la silla buscando llamar su atención, que vuelva esa sonrisa hacia mí y pueda ver lo orgulloso que estoy de su idea, pero no me mira. Ni siquiera se molesta en voltear hacia el lado en el que estoy. Es como si no existiera. Le hago preguntas para intentar que se fije en mí, pero responde tranquila y con la vista hacia delante, al resto de la sala.

Si alguien nota algo raro, no lo demuestra.

Con cada oportunidad ignorada, la sensación que tengo en el pecho se intensifica. La quemazón no hace más que aumentar cuando Jenny se pone de pie y la abraza.

—Un trabajo maravilloso, Zahra. Algún día harás grandes cosas. Lo sé. Es una pena que no podamos tenerte con nosotros después de las vacaciones.

Parpadeo un par de veces.

—Repite eso.

La espalda de Jenny se yergue.

—Ay, disculpe, señor Kane. No pensé que quisiera que lo mantuviera al día de cosas como esta.

La ignoro y miro a Zahra. Por primera vez, sus ojos se encuentran con los míos, pero no muestra ninguna emoción.

Lo detesto con cada fibra de mi ser.

—¿Dejas el trabajo?

—Le di a Jenny el aviso con las dos semanas de antelación el jueves.

Hago los cálculos. Si lo entregó hace unos días y la semana que viene son las vacaciones, no va a volver. La noticia me pesa como una losa.

Zahra me mira con una expresión impasible.

—¿Hoy es tu último día? —espeto.

Jenny decide hacer de mediadora.

—Todos la vamos a extrañar.

«No renunció al volver de la incapacidad. ¿Qué ha cambiado?» Me quedo callado, barajando los posibles motivos por los que Zahra dimite. Jenny da una palmada y le desea felices fiestas a todo el mundo.

Todos los trabajadores se acercan a Zahra. Unos le dan abrazos y otros le chocan la mano y se despiden de ella.

«Mierda.» No. Esto no tenía que ser así.

«¿Por qué iba a quedarse después de todo lo que has hecho? ¿Qué le has demostrado además de que eres un egoísta de mierda que se elige a sí mismo cada maldita vez?»

—Todo el mundo puede retirarse excepto la señorita Gulian. —Me acerco al atril esperando atrapar a Zahra.

Se queda inmóvil. Nuestras miradas chocan cuando me pongo frente a ella.

Los creativos van pasando como si no estuviera atravesando a Zahra con la mirada. Me desean feliz Navidad antes de salir de la sala, emocionados por poder irse antes de la hora de salida.

Estoy de pie entre el atril y la puerta, lo cual no le deja otra opción que enfrentarse a mí.

—No puedes renunciar.

—Sí puedo, ya lo hice.

Aprieto los puños a mis costados.

—Pero teníamos un trato.

Se encoge de hombros.

—Bueno, hoy era el último día de las presentaciones. Ahora ya no depende de nosotros.

—Habrá más ideas que necesiten la intervención de los creativos.

Alza la barbilla.

—Eso ya no es cosa mía.

—Zahra...

Levanta la mano para detenerme.

—¿Por qué me contrataste?

—Porque eres buena en lo que haces —contesto sin tener que pensarlo—. Lo de hoy es el ejemplo perfecto del talento que tienes. Imagina todo lo que podríamos hacer si...

Casi puedo ver cómo se van derrumbando sus muros. Cambia por completo de actitud. Caen sus hombros y se le nubla la vista.

—¿Por qué no podías dejarme en paz? —Se le quiebra la voz—. ¿Por qué tuviste que manipular mis sentimientos por ti?

Respiro hondo.

—¿Cómo?

Aparta la mirada escondiendo los ojos vidriosos.

—¿Me contrataste como creativa porque querías que tuviera un lazo emocional con el proyecto antes de la votación de tu abuelo?

«¿La votación? Maldición, no puede ser.»

—¿La votación?

Aprieta los puños.

—Brady me eligió como miembro de su comité, pero eso tú ya lo sabías, ¿no?

¿Zahra está en el comité? Tiene que ser una broma cruel del universo. ¿De todas las personas a las que mi abuelo podría haber elegido, la eligió a ella?

Todas las piezas encajan. En mi carta, mencionó que había conocido a alguien en Dreamland que lo había ayudado a darse cuenta de sus errores. No sé cómo no se me ocurrió antes que esa persona podía ser Zahra. Mi abuelo no era de los que salen a platicar con los trabajadores, pero habló de Nebuland con ella. Hasta la ayudó a rediseñar la propuesta. La nota que había encontrado en su expediente era una pista clarísima y yo la había pasado por alto.

«Maldita sea.» Y su forma de mirarme... Es como si no me reconociera. Me rompe el corazón.

Lo arruiné todo.

—¿Algo de esto fue real? —dice, y se le quiebra la voz.

—Claro que sí. —Extiendo el brazo para ponerle la mano en la mejilla, pero ella retrocede.

Carajo.

—No sabía que te había elegido para la votación —digo.

—Ya, ¿y tengo que creer todo lo que sale de tu boca? No has hecho más que mentir o decir medias verdades desde que nos conocimos. —Suelta una risa que suena vacía y no parece suya, tanto que me duele el pecho al oírla.

En lugar de pedirle que se quede en Dreamland y trabaje para mí, ahora tengo que convencerla de que ignoraba el plan de mi abuelo.

«Buena suerte.»

—Tienes que creerme esta vez. Sabía que habría una votación, eso sí, pero no tenía ni idea de a quién había elegido mi abuelo.

Niega con la cabeza.

—Me da igual lo que digas. No puedo confiar en ti.

Tomo su mano y me la pongo en el pecho. La calidez de su palma se suma al calor que se me esparce por el torso.

—Te juro que no miento. Quizá te haya escondido algunas verdades y te haya mentido...

Se encoge al oírlo.

—Pero nunca te usaría para algo así. No soy tan rastrero.

Quita la mano de entre las mías de un jalón.

—Ahí está el problema, Rowan, que tú piensas que no lo eres, pero, con todo lo que he visto, no tengo motivos para creerte. Eres un egoísta. Eliges pensar en una persona y nada más, y esa persona eres tú.

Sus palabras se me clavan como cuchillos y me dificultan la respiración. Me mira con el ceño fruncido y he visto esa expresión suficientes veces en la cara de mi padre para saber que se trata de asco. Esta vez me duele mucho más porque viene de Zahra.

Pasa a mi lado para tomar sus cosas.

—Renuncio porque ya no tengo ganas de trabajar para ti ni para tu empresa. Quiero hacerlo en un lugar en el que quieran mejorar la vida de las personas porque les importan, y ese lugar no es tu empresa.

Sale de la sala y me deja solo con el olor persistente de su perfume y el recuerdo de sus ojos llorosos mirándome con odio.

48

Rowan

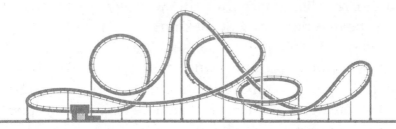

Después de aterrizar en Chicago, debería irme a mi casa, pero le digo al conductor que me lleve a casa de mi padre. Después de todo lo que ocurrió tras la presentación de Zahra, hay algo que no me quito de la cabeza. Me ha tomado el vuelo entero darme cuenta de que tengo ciertas cosas que arreglar antes de poder pasar la página por fin.

El peso que yo mismo me he puesto sobre la espalda de cumplir con el objetivo inalcanzable de demostrarle a mi padre que se equivocaba ha envenenado ya demasiadas partes de mi vida. Durante años, he querido que reconociera mi valía cuando ni siquiera era capaz de ver más allá de su tristeza. Y ya me cansé. Voy a dejar ir a ese niño que buscaba el reconocimiento de la persona equivocada.

Toco el timbre con un dedo enguantado. Mi padre tarda unos minutos en abrir la puerta de su casa en las afueras de la ciudad.

Abre mucho los ojos detrás de los lentes.

—Rowan, pasa. —Deja espacio para que entre.

Me tomo un momento para evaluarlo. Me parece que tiene la mirada clara y sobria y su aliento no tiene el olor característico del whisky que he aprendido a relacionar con sus ataques de ira de borracho.

«Supongo que está lo bastante sobrio para tener esta conversación.»

Levanto la mano.

—No será necesario. Tengo un par de preguntas que hacerte.

Frunce el ceño, pero asiente.

—De acuerdo.

—¿Crees que mamá estaría orgullosa del hombre en el que te has convertido desde que murió?

Mi padre se queda boquiabierto. Me parece que nunca lo había visto tan sorprendido. El color desaparece de su cara ya pálida, lo que le da un aspecto fantasmal.

Una fuerte ráfaga de viento nos embiste y lo saca de sus pensamientos.

—No, creo que no. —Agacha la cabeza.

—¿Por qué cambiaste?

—Porque era un hombre rabioso y patético que quería ahogar a los demás en su dolor para que sintieran tanta pena como yo.

Lo miro perplejo. Su respuesta sincera me ha tomado totalmente desprevenido. Ni siquiera me había planteado que pudiera llegar a decir las palabras que acaba de pronunciar.

Suspira como si esta conversación le estuviera robando toda la energía.

—¿Alguna otra pregunta?

—¿Te arrepientes de haberte enamorado de mamá?

—En absoluto.

Habría jurado que iba a decirme que sí. ¿Cómo puede no arrepentirse con todo lo que ha sufrido?

—¿Por qué no?

—Ya aprenderás que los mejores premios traen consigo las mayores consecuencias. Porque nada tan bueno es gratis. —Cierra los ojos.

Si un hombre como él volvería a enamorarse de mi madre, no me hace falta oír nada más. Porque, si él tomaría de nuevo las mismas decisiones a pesar de que tendría que revivir décadas de dolor, hay algo en el amor que debe de valer la pena.

He cometido un tremendo error basándome en una mentira absoluta que me he ido contando año tras año. Me he pasado la vida entera pensando que el amor vuelve impotente a la gente. Y es cierto, mi padre es la prueba viviente de ello. El amor vuelve impotente a la gente, pero solo porque ellos lo permiten. Porque amar a alguien significa confiar en que esa persona no abusará del poder que tiene sobre ti.

Sienta lo que sienta Zahra por mí, yo confío en ella. Le confío mi corazón y mi futuro. No hay en este mundo una lista de pros y contras que pueda alejarme de ella.

Sé lo que tengo que hacer. La decisión es fácil y eso me quita parte del peso que siento en el pecho como un yunque.

Asiento.

—Eso era lo que quería saber.

Doy media vuelta y dejo a mi padre mirándome la espalda sorprendido mientras, por fin, suelto el último lastre que me impedía seguir adelante con mi vida.

Ahora tendré que darles la noticia a mis hermanos.

Declan toma otra porción de puré de papa con el tenedor como si no le acabara de decir que no voy a volver a Chicago después de la votación.

—No.

Sigo con los puños escondidos debajo de su mesa del comedor.

—No te he pedido permiso.

Cal voltea mirándonos a uno y otro.

—¿De verdad vamos a discutir en Nochebuena?

Lo ignoro.

—No voy a volver.

—Pues supongo que sí —concluye Cal, y levanta una copa hacia mí en señal de solidaridad—. Por fin te toca a ti ser el problemático por una vez. Bienvenido al club. —Toma un buen trago.

Declan lo mira con mala cara antes de volverse para hacer lo propio conmigo.

—Ya hablamos de esto largo y tendido.

—Da igual lo que acordáramos. Las cosas cambian y no voy a dejar el puesto de Dreamland, así que tendrás que buscar otro director financiero.

A Declan se le tensa un músculo de la mandíbula.

—¿Cómo puedes preferir dirigir un parque temático que ser el director financiero de una de las empresas más importantes del mundo?

—Porque he conocido a una persona especial y no voy a abandonarla por un trabajo de oficina a miles de kilómetros en el que sería infeliz sin ella.

Declan parece haberse quedado sin palabras.

—¿Qué? —susurra Cal—. ¿En serio?

Asiento.

Cal me mira atónito antes de volver a hablar:

—¿Qué es lo que nos has estado ocultando?

—Algo a lo que no quiero que se acerquen ni tú ni tu pito flojo.

—Ahora sí tengo que ir a Dreamland. Nuestro hermanito nos tenía escondido un buen secreto. —Cal le da a Declan unos golpes con el codo sonriendo y este lo aparta de un empujón.

—Solo sería un secreto si yo no lo supiera.

Cal observa a Declan con los ojos muy abiertos.

—¡¿Lo supiste todo este tiempo y no me dijiste nada?!

—Se tomó unas vacaciones. Eso ya es una señal de alarma. A ver si usas alguna de las neuronas que te quedan, Callahan.

—Vete a la mierda —le grita, y lo mira con rabia unos segundos antes de voltear hacia mí—. No soporto sentirme marginado.

Declan vuelve a fijar su irritación en mí.

—¿Todo esto lo haces por una chica?

—No, lo hago porque me gusta quién quiero ser cuando estoy con esa chica.

—Ya ves, puede que Rowan no diga mucho, pero cuando habla... —Cal se besa las puntas de los dedos—. Poesía.

Declan niega con la cabeza. Está claro que no comparte la opinión de Cal.

—Perdiste la maldita cabeza.

Me encojo de hombros.

—Tal vez, pero al menos me la paso bien.

Cal se ríe.

—Dentro de seis meses me estarás rogando que te dé el puesto de director financiero —me dice cruzándose de brazos.

Niego con la cabeza.

—No.

Cal le pone una mano en el hombro con una sonrisa.

—Alégrate, hermanito. Yo puedo echarte una mano con el trabajo hasta que encuentres a un sustituto.

—El trabajo requiere más capacidades matemáticas que sumar dos más dos.

—Creo que mi reducido cerebro podrá con ello —dice Cal tocándose la sien con un dedo.

Puede que tenga TDAH, pero tiene el mayor coeficiente intelectual de los tres. Solo le falta la fuerza de voluntad para aplicarse.

—E Iris podría ayudarte con parte del trabajo también —decido añadir—. Vi lo bien que trabajaban juntos y estoy seguro de que podría encargarse de algunas de tus tareas mientras tú buscas esposa.

Declan se pasa la mano por la mandíbula.

—Tal vez. Tendré que pensarlo.

—Rowan, deberíamos oponernos a que Iris trabaje más horas —responde Cal con un suspiro—. A la pobre ya se le habrá olvidado cómo es el sol con todo lo que la hace trabajar Declan.

A mí me dan igual Iris y su horario siempre que consiga lo que quiero. Puede que esté interesado en cambiar parte de mis viejas costumbres, pero nunca dejaré de ser codicioso cuando se trate de Zahra. Ella siempre será la excepción de todas las normas y la única persona por la que estoy dispuesto a fastidiar al resto del mundo. Porque, si ella no es feliz, le arruinaré la vida a quien sea que le haya robado la sonrisa. Y me incluyo.

Agarro la bolsa de plástico como si estuviera asfixiándola mientras llamo con fuerza a la puerta del departamento de Zahra con el picaporte. Mi *jet* ha tenido que quedarse en tierra una hora más por el tráfico aéreo que hay el día de Navidad y no conseguí regresar tan pronto como esperaba, pero ya estoy aquí y estoy listo para hablar con Zahra. Tengo solucionado lo del puesto de director y puedo usar esa información como prueba para demostrarle mi buena fe.

No quiero que se vaya de Dreamland por mí. Quiero trabajar con ella, codo con codo, y hacer que este lugar sea todo lo que siempre ha soñado.

Claire abre la puerta con cara de pocos amigos.

—¿Qué quieres?

—¿Está Zahra?

—Es Navidad.

—Pero tú estás aquí y ella no te dejaría pasar sola las fiestas.

Se le entrecierran los ojos formando dos pequeñas aberturas y sé que la he descubierto.

—No quiere hablar contigo.

—Eso será ella quien lo decida —respondo con tono inexpresivo.

Se cruza de brazos.

—Dime la verdad, ¿qué haces aquí?

—Tengo que hablar con ella, es importante.

Claire levanta una ceja.

—¿El día de Navidad?

—Claire, ¿quién es?

Zahra dobla la esquina y se queda de piedra en el recibidor.

La observo. Lleva el cabello recogido en un chongo desaliñado, que siento el impulso de soltar, y el cuerpo escondido bajo la pijama navideña más fea del mundo. Mis manos se mueren por aferrarse a ella, pero me quedo apoyado en el marco de la puerta.

—Zahra —digo, y la voz me sale algo rasposa.

Me ignora.

—Yo me ocupo, Claire.

—¿Segura? —La mirada de su amiga viaja de Zahra a mí y pasa de amable a tensa en un segundo.

Zahra asiente y se acerca a la puerta. Claire no se molesta en mirarme antes de irse por el pasillo a su habitación.

—¿Qué quieres, Rowan? —Se cruza de brazos.

—Hablar.

—¿El día de Navidad?

¿Qué les pasa a estas dos con la Navidad? Es una fiesta y ya está. Es más una molestia que otra cosa.

Respiro hondo y pongo la bolsa a la altura de sus ojos.

—He traído una actividad para convencerte de que me des una hora para hablar.

Abre los ojos.

—¿Qué estás diciendo?

Frunzo el ceño.

—Sí. Investigué cuáles son las mejores estrategias para hacer casitas de jengibre y pensé que podríamos probarlas mientras me escuchas. Hasta traje palitos de paleta para estabilizar la estructura.

No dice nada.

«Vamos. Di algo.»

—Pensé que podríamos hacer el glaseado nosotros porque el que trae la caja tiene una apariencia asquerosa.

Algo de lo que dije la saca de sus pensamientos.

—Madre mía, ¿de verdad crees que hacer una casita de jengibre va a mejorar algo?

«Mierda.»

—A ver, no, pero recuerdo que mencionaste cuánto te gustaban y...

Levanta la mano. Tiene la expresión contraída como si le doliera hablar conmigo. Las náuseas en mi estómago empiezan a ser preocupantes. Estoy cansado de esta sensación, me hace sentir patético y me dan ganas de no hacer nada, y detesto cualquier tipo de autocompasión.

—Rowan, fuiste tú el que cortó conmigo. No podemos retomar las cosas donde las dejamos y volver a fingir que tenemos algo sin compromiso.

—Mejor, porque ya no quiero algo sin compromiso.

Tiene los ojos vidriosos.

—Solo lo estás haciendo por la votación.

Suelto un suspiro de frustración.

—No lo estoy haciendo por la estúpida votación. Si quieres votar en contra, hazlo. Hasta te animo a hacerlo, caray, pero dame la oportunidad de explicarme.

Me mira con la boca abierta y luego la cierra.

Extiendo la mano para ponerle un mechón de cabello detrás de la oreja.

—Lo digo de verdad. Tú haz lo que te parezca correcto. La votación es lo último en lo que pienso en este momento. Tú eres lo más importante.

Baja la cabeza y respira hondo. Vuelve a levantar la

mirada y tiene los ojos llorosos. Verla así me parte el alma.

—Ojalá pudiera creerte, en serio, pero estoy cansada de darle oportunidades infinitas a todo el mundo y que luego se den cuenta de que no valgo la pena. Porque sí valgo la pena, y nadie va a volver a convencerme de lo contrario. Ni siquiera tú. No quiero que me usen para entretenerse y «pasar el rato», del mismo modo que no quiero que me digan que fui un error. —Sus palabras están atravesadas por una veta de dolor que me deja todavía más en la miseria.

Me arrepiento de haberle dicho esas cosas. Cuando rompí con ella, pensaba que estaba haciendo lo correcto antes de que se me fuera de las manos. La verdad es que ya se me había ido de las manos y fui demasiado estúpido como para darme cuenta.

Prefiero sentir que no tengo el control pero sí a Zahra que sentir todo esto que siento y que no entiendo sin ella. No puedo volver las cosas a como eran antes de que ella entrara en mi vida.

—Feliz Navidad, Rowan.

No se molesta en esperar que le responda y me cierra la puerta en la cara, dejándome ahí con un peso enorme en el pecho.

Que Zahra me ignore no es más que un desafío. Decido que la única forma de conseguir que me preste atención es hacer algo disparatado. Y con «hacer algo disparatado» me refiero a construir la dichosa casita de jengibre yo solo y mandarle una foto. La estructura está dañada después de haber caído tantas veces que he dejado de contarlas y el tejado no para de resbalarse, pero pienso hacerlo sí o sí.

Coloco la última gomita en el tejado y tomo el teléfono antes de que se derrumbe.

«Lo siento.» Una de las gomitas resbala y cae del techo y la letra S queda ilegible. Lo arreglo corriendo y saco una foto.

Voy a la conversación con Zahra y mando la foto junto con un mensaje que dice «Te extraño».

No sé muy bien por qué espero que me responda algo. Puede que sea lo bastante estúpido para confiar en que se apiade de mí por haber hecho todo el trabajo solo.

Me equivoco. El mensaje se queda sin contestar, lo cual solo consigue aumentar la intensidad de la sensación que tengo en el pecho cada vez que miro la casita.

Ninguna de mis estrategias funciona. Si Zahra piensa de verdad que el único motivo por el que estuve con ella fue la votación, le demostraré que no me iré a ninguna parte, con su aprobación o sin ella; que he cambiado por ella y por toda su amabilidad durante estos meses.

No me queda otra que aferrarme a la esperanza de que al final se quedará conmigo.

49

Zahra

Hoy es el último día que tendré que ver la cara bonita y manipuladora de Rowan en la vida. Eso es lo único que me motiva cuando camino hacia la sala de juntas de su edificio de oficinas, en la calle de los Cuentos. Lo organizó todo —incluidos la hora y el lugar— alguien que trabaja para la Compañía Kane y que firmó un acuerdo de confidencialidad.

Soy la primera del comité en llegar, lo cual solo consigue ponerme más nerviosa. Saco el cuaderno de la mochila y empiezo a hacer garabatos sin sentido para mantenerme ocupada.

La puerta se abre y entra Martha.

—¡Martha! —Me levanto de un salto y la abrazo—. ¿Te pidió el señor Kane que lo ayudes a preparar la presentación?

Niega con la cabeza.

—No, el difunto señor Kane me pidió que estuviera aquí.

—¿En serio?

Me muestra sus líneas de expresión al sonreírme.

—No te sorprendas tanto, estuve décadas trabajando para ese hombre. Conozco este parque mejor que él, y él lo sabía.

Mi risa se ve interrumpida por la puerta volviéndose a abrir. Cualquier calidez que me quedara del abrazo de Martha sale de mi cuerpo en cuanto Seth Kane entra en la sala.

«Maldición, ¿Brady seleccionó al padre de Rowan para el comité?» Con todo lo que sé sobre él, necesito mucho autocontrol para no decirle sus verdades al señor Kane. Si las miradas mataran, estaría en el suelo abierto en canal.

Nos ignora a Martha y a mí como si no existiéramos, seguramente porque, para él, no existimos. Las únicas personas que merecen su atención son las que o bien llevan su sangre o bien comparten sus intereses empresariales. Su traje elegante y su cara impasible esconden al hombre horrible que hay detrás. Me siento tentada a decirle un par de cosas al tipo que llamaba «patético» a su propio hijo y lo hacía sentir mal por ser diferente.

Aprieto los puños a los lados de los jeans. Martha me da unas palmaditas en la mano.

—Vamos, no es el momento para enojarse.

Suelto un suspiro y respiro hondo unas cuantas veces.

—No estoy enojada.

—Eso significa que aún te importa. Bien.

«¿Bien? ¿Qué pasa aquí?»

—No sé de qué hablas.

—Ay, querida. —Me da unas palmaditas en la mejilla—. Supe lo que estaba ocurriendo cuando el señor

464

Kane me pidió que llamara a Juliana de la Rosa. Como habíamos hablado de sus libros, até cabos.

Qué lista es Martha. Nos sentamos una al lado de la otra mientras el señor Kane se acomoda al otro lado de la mesa. Dos desconocidos más entran en la sala, pero estoy bastante segura de que uno de ellos es el director del parque de Shanghái.

—¿Rowan sabía que estabas en el comité?

—¿Rowan? Qué va, tengo muchas ganas de ver cómo reacciona.

Me quedo mirándola.

Se pone las manos sobre el pecho.

—Un momento, ¿tú pensabas que Rowan sabía que estabas en el comité?

Asiento, incapaz de hablar porque tengo un nudo en la garganta. Creo que hoy voy a tener una sobrecarga de información.

Se ríe y me envuelve en otro abrazo.

—Qué va, eso es parte de lo divertido de esta reunión.

—¿Divertido?

—Claro, Brady era un teatrero. Todo este numerito es una forma de hacer que sus nietos se lo ganen.

—¿Que se ganen qué?

Martha no me responde porque Rowan entra en la sala. Hoy está más irresistible que de costumbre, con un traje negro elegante y una corbata a juego. Nuestras miradas se encuentran. Siento que me quedo sin respiración y se me nubla la cabeza.

«Sobreponte.»

Rowan examina el resto de la sala. Todo el mundo se pone en pie y le da un apretón de manos. Él los saluda por su nombre y yo respiro aliviada porque al menos conoce a su público.

«¿A ti qué te importa? Te mintió por esta votación de porquería.»

Cuando llega a mí, me ofrece la mano. Le doy un apretón y un hormigueo vuelve a recorrerme el cuerpo, desde los dedos de las manos hasta los de los pies.

—Señorita Gulian, gracias por venir. —El timbre de su voz le hace de todo a la parte baja de mi cuerpo. Su mirada se entretiene en mis mejillas sonrojadas y me acaricia la mano con el pulgar antes de soltarme.

Carraspeo.

—Señor Kane —digo con una inclinación de cabeza. Vuelvo a mi lugar.

Él va hacia la parte delantera de la sala y enciende el proyector. Ya tiene la presentación preparada y le doy a Martha un golpe con el codo.

—¿Tú ya la viste?

Ella hace el gesto de cerrarse la boca con una llave invisible y lanzar la llave.

Rowan se aleja del atril con el pequeño control remoto en la mano. Hace una introducción básica en la que nos agradece que le dediquemos nuestro tiempo y esas cosas. Su mirada encuentra la mía cada vez que termina una frase como si buscara mi aprobación.

Aprieta un botón y pasamos a la primera diapositiva en la que hay una foto en blanco y negro de su abuelo delante de un castillo a medio construir.

—Mi abuelo me pidió que buscara los puntos débiles de Dreamland y creara algo a la altura de su legado. Después de un primer vistazo, me pregunté qué podría hacer que no se hubiera hecho antes. En muchos sentidos, Dreamland es perfecto.

Desvío mi atención hacia el padre de Rowan. Es evidente que Rowan aprendió su expresión impasible de él, porque creo que no he detectado ninguna reacción por su parte más allá de sus parpadeos.

«Al menos no tiene el ceño fruncido.»

—He pasado los últimos seis meses trabajando con los desarrolladores del parque para pensar en un plan de renovación insuperable. Los creativos han estado incontables horas desarrollando ideas nuevas para atracciones y conceptos para mundos, carrozas y mucho más. Pensaba venir aquí y enseñar todos esos diseños; de hecho, tenía toda una presentación basada en la expansión de Dreamland.

El dedo del señor Kane golpea la mesa una vez antes de quedarse quieto de nuevo. «¿Qué significa ese gesto?»

—Este último mes he estado desgranando las palabras de mi abuelo. Y he llegado a la conclusión de que encontrar los puntos débiles es más que aumentar las ganancias o colocar mejor las inversiones.

Pasa a la siguiente diapositiva: una foto de Brady con toda la plantilla de Dreamland frente al castillo. Si me esfuerzo, puedo verme a mí, todavía con aparatos en los dientes, porque mis padres me colaron en la foto cuando era adolescente.

—Durante el tiempo que estuvo en coma mi abuelo, los puntos débiles empezaron a pasarnos desapercibidos debido a nuestras fortalezas. Cuanto más crecía Dreamland, más fácil era ignorar los pequeños problemas, porque más dinero significaba más éxito. Mi abuelo me dijo en su carta que había una persona especial que lo había ayudado a darse cuenta de sus errores y yo he tenido la fortuna de conocer a la misma persona. —Me dirige la más diminuta de sus sonrisas.

«¿Habla de mí? ¿Brady Kane le habló de mí en su

carta?» Todo mi pecho se calienta y el corazón amenaza con explotarme.

—Esa persona me ha enseñado que el dinero no vale nada si ignoramos a las personas que nos ayudan a obtener esos beneficios. Me hizo ver los problemas que tenía Dreamland y a mí me intrigaron esos supuestos puntos débiles. Empecé a reunirme con trabajadores de todos los departamentos al azar y lo que descubrí fue impactante.

La siguiente diapositiva es una foto de... Ralph.

—Este es Ralph. Ha sido un mecánico de atracciones de Dreamland entregado durante los últimos cincuenta años y es nuestro trabajador más veterano aparte de mi abuelo. Cuando le pregunté qué opinaba de los cambios en los sueldos y los recortes en los seguros médicos, me dijo que no importaban. Yo pensé, cómo no, que era una afirmación extraña. De los doscientos trabajadores a los que entrevisté, Ralph fue el único que me dijo que no importaban, y quise saber por qué. Me dijo que sabe desde hace poco que tiene cáncer de páncreas y metástasis y que el seguro médico no cubre el tratamiento que necesita.

«¿Ralph tiene cáncer?» Se me nubla la vista por las lágrimas e intento evitarlas. No lo consigo y termino sorbiendo por la nariz de forma perceptible. La mirada de Rowan me hace preguntarme si me está ofreciendo una disculpa silenciosa.

La siguiente diapositiva es una foto de Brady sonriente pasándole un brazo por encima de los hombros a Ralph. Parece que Ralph esté arreglando un vagón de la primera atracción de Dreamland.

—Ralph es uno de los trabajadores más veteranos de la Compañía Kane y nuestras... mis prácticas empresariales egoístas le impiden tratarse el cáncer. —Aprieta el botón y aparece la siguiente diapositiva, que contiene cientos de fotos—. Hay cientos de historias parecidas: desde gente que se ve obligada a tener dos trabajos hasta trabajadores que no pueden permitirse los tratamientos médicos que necesitan. Nadie debería tener que elegir entre mantener a su familia y cubrir sus necesidades médicas. —Suelta un suspiro profundo—. Como director de Dreamland, quiero proteger a la gente como Ralph, porque, al final, nuestros trabajadores son nuestra mayor fortaleza. Sin ellos, Dreamland no habría logrado el éxito. Por lo tanto, propongo aumentar el salario mínimo para que esté a la altura de lo que esperamos de nuestros empleados.

—¿Y cuánto propones que se cobre por hora? —pregunta Seth Kane.

¿Eso se puede hacer? ¿Podemos soltar las preguntas que se nos ocurran cuando nos venga en gana?

—Un cincuenta por ciento más como mínimo.

—Eso es bastante extremo, teniendo en cuenta que votaste en contra del último aumento.

Los dos miembros de la junta que no conozco se miran. Empiezan a temblarme las manos y me pregunto qué va a pasar.

Martha me da unas palmaditas en la rodilla y me dirige una sonrisa tranquilizadora.

«Un momento, ¿Martha sabe lo que va a presentar Rowan?» Porque, si Rowan no sabía que Martha formaba parte del comité, tal vez hiciera una presentación de prueba delante de ella.

Rowan no parece nada azorado por las preguntas de su padre. Pasa a la siguiente diapositiva.

—Según lo que he investigado, unos sueldos más altos comportan mayores beneficios. Las empresas más importantes ya han llegado a este compromiso basándose en datos objetivos. Si aumentamos los salarios, potenciaremos la eficiencia y mejoraremos la experiencia general de Dreamland de nuestros visitantes.

Su padre se inclina hacia delante.

—¿Por qué tendríamos que mejorar la satisfacción de los empleados si el rendimiento es cada trimestre más alto?

La siguiente diapositiva de Rowan incluye un desglose de una especie de encuesta a los visitantes en la salida del parque.

—He encuestado a más de un millón de visitantes en el tiempo que llevo aquí y más del setenta y dos por ciento afirma que los trabajadores de Dreamland han tenido un papel clave en su experiencia general. En otro apartado en el que se les preguntaba en qué se diferenciaba la experiencia Dreamland de la de los parques competidores, el sesenta y ocho por ciento de los visitantes eligió al personal. Eso significa que, tengamos las atracciones que tengamos, los trabajadores son los que marcan la diferencia.

La diapositiva siguiente es una encuesta de satisfacción de los trabajadores.

Recuerdo haber llenado una, pero no sabía que era para la presentación de Rowan. Estoy petrificada en la silla, mirando las barras y los números de las gráficas, e intentando comprender todo lo que veo.

—Por otro lado, más del cincuenta por ciento de los trabajadores dicen que buscarían empleo durante los próximos cinco años si los sueldos de Dreamland continúan congelados. Los motivos que dan para irse son que les interesa ahorrar para la jubilación, que quieren poder pagar la guardería de sus hijos, que desean ahorrar para pagarles la universidad y que les interesa tener mejores beneficios, entre los cuales se encuentra el seguro médico.

El padre de Rowan vuelve a golpear la mesa con el dedo varias veces. O es un profesional del código morse o le está mostrando su aprobación sin decir nada. ¿Cómo no hacerlo? Yo me estoy esforzando por no quedarme mirando a Rowan sin parpadear porque no tenía ni idea de que estaba trabajando en todo esto. Demuestra que me ha escuchado, como Scott y como Rowan; que ha interiorizado todas mis opiniones sobre los trabajadores y las ha aplicado a su presentación.

Todo mi cuerpo tiembla de emoción.

—Si no aumentamos los salarios ni mejoramos los beneficios de la empresa, estamos renunciando sin vergüenza alguna a nuestra mejor carta. Nuestros trabajadores son el motivo oculto por el que nos diferenciamos de nuestros competidores y es hora de que los tratemos como tal. Por ello, me reafirmo en mi decisión de subir los sueldos y recuperar los beneficios de los empleados para salvar el futuro de Dreamland.

Su padre lo mira perplejo.

Martha se yergue sonriendo y comenta:

—Usted dijo que solo le interesaba el puesto de director de forma temporal. ¿Qué pasa si aprobamos estos planes y vuelve a cambiar de opinión dentro de un año, puesto que fue usted el que implementó los recortes en un principio?

«Caray, Martha, guarda las garras.» Mi mirada pasa de ella a Rowan esperando ver molestia en su cara, pero casi se me para el corazón al ver su sonrisita.

—Otra buena pregunta. Los trabajadores de Dreamland serán la mayor de mis prioridades, puesto que pienso quedarme aquí como director tanto tiempo como ellos me lo permitan.

Casi me caigo de la silla. «¿Qué diablos está ocurriendo?» La mirada de Rowan me quema la piel y me obliga a devolvérsela.

—¿Ya no está interesado en el puesto de director financiero? —pregunta el hombre sentado al lado del padre de Rowan.

—No.

El hombre se voltea hacia su compañero y empieza a susurrar.

El padre de Rowan entrelaza las manos.

—¿Por qué debería votar que sí y aprobar tus planes cuando podría votar que no y llevarme tus veinticinco mil millones de dólares?

—¿Veinticinco mil millones? —grazno.

«Creo que voy a vomitar.»

Martha me mira con una sonrisa tímida.

—Toma, bebe un poco de agua.

Los ojos de Seth Kane pasan de inmediato de su hijo a mí. Su forma de mirarme me hace sentir juzgada.

Bebo medio vaso de un trago. El agua se derrama y salpica toda la mesa.

—El motivo principal por el que me interesa recibir mi parte de la empresa es que quiero tener el poder suficiente para tomar las mejores decisiones para mis trabajadores. Dreamland supone el veinte por ciento de los ingresos de la empresa. Puedo ser un director que trabaje para ampliar horizontes y, al mismo tiempo, proteja a sus empleados. Quiero serlo. Como he dicho, los creativos y yo tenemos numerosos planes que incluyen expandir Dreamland y crear otros parques. —Mira a cada persona de la sala—. Tengo la presentación lista si necesitan más pruebas para apoyar su decisión de aprobar mis cambios. Aunque me interesa renovar el parque y llevarlo más lejos de lo que hemos visto hasta ahora, mi prioridad son los trabajadores.

¿CÓMO? ¿Es así como suelen ser las reuniones de la junta? Casi me arrepiento de haberme reído de ellas cuando conocí a Rowan, porque esto es muy intenso.

El padre de Rowan levanta la mano.

—Eso no cambiará mi decisión —dice con tono impasible.

Mi euforia se desvanece y la remplaza la hiel subiendo por mi garganta. La cara de Rowan sigue neutra, pero la venita que tiene encima del ojo derecho se vuelve más prominente.

¿De verdad votará en contra de su propio hijo? ¿Después de todo lo que ha explicado? Sé que no tiene corazón y todo eso, pero hasta él debe de haber quedado un poco impresionado.

Si no fuera ridículo, me pondría en pie y lo ovacionaría.

Los dos hombres niegan con la cabeza.

Martha levanta una mano arrugada.

—Me gustaría que me aclarara algo.

Las comisuras de los labios de Rowan se levantan.

—¿Sí?

—Me interesa saber qué planes tiene para los trabajadores con discapacidad.

Por primera vez en toda la presentación, veo resquicios en la fachada impasible de Rowan. Se queda mirando a Martha, que luce una sonrisa pícara.

—Pensaba que estabas de su lado —le digo con un susurro inclinándome hacia ella.

—Así es —contesta, y me guiña un ojo—. Es que le falta hablar de algo.

Rowan carraspea y pasa tantas diapositivas que me mareo.

Se detiene en una que hace que se me detenga la respiración, porque en esta no hay una foto de Ralph, sino de Ani. Mi hermana preciosa y desbordante, con el brazo en torno a los hombros de JP.

—Esta es Ani. Es una de nuestras trabajadoras más jóvenes y viene de una familia de trabajadores de Dreamland. Fui su compañero en un programa piloto de mentorías. Enseguida me enseñó todo de Dreamland, incluida la falta de diversidad en nuestro proceso de contratación.

No sé por qué se me llenan los ojos de lágrimas. Una sola se me escapa y Martha, que es muy astuta, me pasa un pañuelo de papel. Estoy bastante segura de que le ha hecho esta pregunta a propósito, para verme llorar.

—A mí me extrañó, porque conozco nuestros procedimientos y sé que nos esforzamos por tener un personal diverso en lo cultural y lo racial, pero Ani me dijo que no hay gente como ella, personas con discapacidad, ni visibles ni invisibles. Así que, aunque se suponía que yo tenía que ser el mentor de Ani, la mentora fue ella. Me enseñó cómo era vivir una vida como la suya y empecé a investigar por mi cuenta. Así que, para responder a tu pregunta, Martha, pienso expandir nuestro proceso de contratación para incluir a más personas con discapacidad. También me gustaría implantar un programa de mentorías a gran escala para cumplir con sus demandas. Quiero que Dreamland sea pionero en eso.

Más lágrimas caen por mis mejillas. Vaya espectáculo estoy dando mientras miro la foto de mi hermana con JP. Nunca pensé que mi programa piloto fuera a llevar a un cambio como este. Ni en sueños.

—Este proyecto se abordará en tres grandes fases, empezando por el nuevo programa de mentorías. Cuando se haya completado, pondré en marcha otro con los creativos centrado en el compromiso de Dreamland con la inclusividad. Ampliaremos los disfraces y los recuerdos de la tienda para incluir accesorios para sillas de ruedas, muletas y prótesis pensando en los niños que visitan Dreamland y a menudo son ignorados. Además, haremos hincapié en un compromiso con las familias para crear la primera celebración en la que se prevenga la sobrestimulación sensorial. Esta oportunidad les dará a los niños del espectro autista la posibilidad de disfrutar de Dreamland.

Me paso las manos por la cara intentando enjugarme las lágrimas. Estoy impresionada de que Rowan haya tomado mi última idea y la haya incluido en su presentación. Se juega mucho y significa mucho para mí que esté dispuesto a arriesgar sus veinticinco mil millones de dólares por algo así.

No hay mejor forma de demostrar que le importo.

—¿Más preguntas? —dice, y me mira.

Niego con la cabeza esperando que mis ojos le estén diciendo bien fuerte lo feliz y orgullosa que estoy.

—Gracias por su tiempo. —Apaga el proyector y sale de la sala.

¿Cómo? ¿Ya está? ¿No se queda para la deliberación?

Un hombre que no conozco entra con un maletín. Nos da una hoja a cada uno con nuestro nombre y un bolígrafo.

Hay mucha jerga legal que tengo que leer tres veces para descifrarla y una simple casilla que tengo que marcar si estoy de acuerdo con las propuestas para renovar Dreamland.

Por mucho daño que me haya hecho Rowan en lo personal, no hay duda de que es la persona adecuada para este trabajo. Sería una tontería votar en contra.

«Y, además, lo quieres.»

No, eso no tiene nada que ver. Ha demostrado que se merece la oportunidad de cambiar Dreamland para mejorar y no voy a ser yo la que se interponga en su camino.

Aguardo justo fuera de la puerta principal de la sala de reuniones. Todo el mundo va saliendo, uno a uno, excepto la persona a la que llevo diez minutos esperando.

«¿Qué estará haciendo?»

Se abre la puerta y Seth Kane sale de la sala como si tuviera una pasarela de modelaje en casa para practicar. Me replanteo si debería seguir con el plan que tengo.

«Sí, al demonio.»

—Señor Kane —le doy unos toquecitos en el hombro para llamar su atención.

—¿Sí? —Me mira de arriba abajo levantando una ceja. Esa forma de mirarme tiene la extraña capacidad de hacerme sentir como si midiera dos centímetros.

—Quería decirle que, aunque algunos puedan considerarlo un buen hombre de negocios, eso lo ha conseguido a expensas de ser un padre nefasto que ha abusado verbalmente de sus hijos. Y, algún día, pensará en cómo ha sido su vida y se arrepentirá de cómo los ha tratado. Y espero que eso le haga tanto daño como usted les ha hecho a ellos. Así que váyase a la mierda.

Doy media vuelta y me encuentro a Martha sonriéndome y haciéndome un gesto de aprobación con el pulgar. Me aseguro de lanzarle un beso de camino a la puerta mientras uso la otra mano para dedicarle un gesto obsceno a Seth Kane.

No querría haber hecho otra cosa en mi último día oficial en Dreamland.

50

Rowan

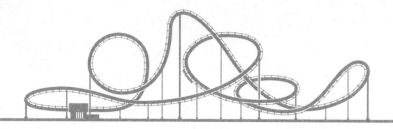

Pensaba que, en cuanto saliera de la sala de reuniones, por fin entraría en pánico, pero, sentado en mi despacho, esperando a que el abogado de mi abuelo termine con el recuento, siento que me inunda una extraña sensación de calma.

He aceptado mi destino, decida lo que decida el comité. Si no recibo mi parte de la empresa, puedo seguir aquí como director. Mis hermanos se encabronarán, sobre todo Declan, por las repercusiones que tendrá en relación con mi padre. Lo entiendo, pero he hecho todo lo posible para que saliera bien.

En lugar de mantener la presentación inicial con las mejores ideas de los equipos Alfa y Beta, me he decantado por seguir mi instinto. Ha sido un cambio estresante, pero Martha me ha ayudado a terminarlo. Lo último que me esperaba era que mi secretaria formara parte del comité. No puedo creer que me lo escondiera mientras me ayudaba a crear la presentación.

Al menos tengo un voto garantizado.

«Puede que dos.»

Me pareció que Zahra se emocionaba, pero no la culparía si decidiera que no me merezco el puesto o el poder que me otorgaría ser dueño de esa parte de la empresa. Aunque me molesta que mi padre haya desvelado ese secreto, creo que ha sido su forma de hacerme saber que es consciente de lo que me juego. La carta que le escribió mi abuelo debía de decir más de lo que yo suponía.

Llaman a mi puerta. Martha la abre y asoma la cabeza.

—A su padre le gustaría hablar con usted.

—Que pase. —Terminemos con esto.

Mi padre entra en el despacho.

—Siéntate.

Se queda de pie.

—No pretendo quedarme mucho.

Levanto una ceja.

—¿Has venido a jactarte?

Niega con la cabeza.

—No, quiero decirte que estoy orgulloso de ti.

Espero la otra parte de la frase en la que analiza todo lo que hice mal. El silencio crece y me doy cuenta de que, en realidad, solo quería decirme eso.

—¿Por qué?

Me ignora.

—Te deseo lo mejor dirigiendo este lugar. Espero que acudas a la siguiente reunión de la junta y puedas presentar un presupuesto más concreto de todos tus planes.

¿De verdad han aprobado mi propuesta o se está burlando de mí?

—¿Qué quieres decir?

—Tu abuelo estaría orgulloso del hombre en el que te has convertido.

Otro mensaje de ultratumba.

Sale del despacho tras una inclinación de cabeza y yo me quedo mirando fijamente el espacio que ocupaba y preguntándome cómo lo conseguí.

El abogado entra en el despacho poco después de que mi padre se fuera y me confirma lo que ya sé. El comité ha aprobado los cambios y él se pondrá en contacto conmigo la semana que viene para hablar de mis finanzas. Me parece surrealista que todo esto haya ocurrido por fin. Tengo ganas de dejar atrás los planes y pasar a la acción.

Les escribo a mis hermanos y les informo de que he cumplido mi parte del plan. Ahora les toca a ellos.

Abro la conversación con Zahra y le mando un mensaje esperando que por fin me dé la oportunidad que necesito para convencerla de que voy en serio con lo nuestro.

> **Yo:** ¿Puedes venir a mi casa esta noche y escuchar lo que tengo que decirte?

> **Yo:** Por favor.

Añado el segundo mensaje para ganar más puntos. Su respuesta es inmediata.

Zahra: Bueno, pero
 solo porque me lo pediste con
amabilidad.

Zahra: Pero no te hagas
ilusiones.

«Demasiado tarde.» Por primera vez desde hace semanas, por fin, sonrío.

Camino de un lado a otro del porche. La madera rechina bajo mis zapatos con cada paso. Oigo que se rompe una ramita y, cuando levanto la mirada, veo a Zahra acercándose por el camino con el mismo vestido blanco que usaba antes. Los colores de la puesta de sol son el fondo perfecto y me pierdo en lo preciosa que es.

Lo único que me falta es su sonrisa. A partir de hoy, juro que, cuando esté conmigo, solo haré que se sienta feliz. Aunque pueda parecer un objetivo inalcanzable, lo mío es conseguir lo imposible.

Zahra sube los escalones con una expresión neutra. Se dirige a la puerta de la casa, pero yo la llevo hacia el columpio que ahora valoro tanto. Espero que me infunda valor para decir todo lo que tengo que decir.

«Ahora es un buen momento para desearme suerte, mamá.»

—Bueno... —dice Zahra balanceándose y haciendo que el columpio se mueva.

—Cuando mi abuelo me mandó aquí como parte de su testamento, nunca pensé que conocería a alguien tan especial como tú. Se suponía que tenía que ser un proyecto sencillo, pero debería haber sabido que las cosas no saldrían como había planeado en cuanto me caíste encima, casi literalmente. Es como si la vida no dejara de ponerte en mi camino una y otra vez esperando que captara el mensaje. He sido demasiado necio para darme cuenta de que estás hecha para ser mía, Zahra. Y por ese motivo cometí errores. Te mentí sobre quién era. Me negué a confiar en ti a pesar de que, en el fondo, sabía que podía. Y, lo más importante de todo, te alejé de mí cuando tú no has hecho más que abrirme tu corazón sin recibir nada a cambio. No valoré tu amor cuando tendría que haberlo cuidado, porque el amor que das es un regalo. El que yo menosprecié porque fui demasiado estúpido y egoísta para permitir que tengas a cambio ese poder sobre mí.

Su mirada se suaviza, toma mi mano y se la lleva al regazo.

—Tenías razón cuando dijiste que mereces algo mejor. Siempre lo has merecido y siempre lo merecerás, pero me niego a dejarte ir. No puedo, porque eres la única persona en todo el mundo que me hace querer sonreír y soy demasiado egoísta para dejar que lo mejor de mi vida se aleje de mí por mis miedos.

Sus ojos se le llenan de lágrimas, pero parpadea y las hace desaparecer antes de que caigan.

Le aprieto la mano.

—La verdad es que me aterra enamorarme, pero prefiero confiar en ti, entregarte mi corazón y arriesgarme a que lo rompas que vivir un día más sin que formes parte de mi vida. Quiero ser el tipo de hombre que se merece una mujer tan preciosa, altruista y buena como tú. Tal vez me lleve la vida entera conseguirlo, pero, mientras estés a mi lado, me parecerá una vida que vale la pena vivir.

Su labio inferior tiembla y yo paso mi pulgar sobre él.

—Y, aunque sé que no te merezco, dedicaré todos y cada uno de los días de mi vida a demostrarte cuánto te quiero.

Derrama una lágrima y se la seco con la yema del pulgar.

—¿Y lo de volver a Chicago?

—Al demonio con Chicago. Lo que más quiero en este mundo es quedarme aquí contigo y construir una vida juntos.

—Te cambio un beso por un secreto —dice, y se le quiebra la voz.

Asiento.

Aprieta sus labios contra los míos. Suspiro, pongo una mano en su nuca y la atraigo hacia mí. Vuelco todos mis sentimientos en este beso esperando que entienda cuánto me importa, que no quiero dejarla ir nunca. Se separa con la respiración entrecortada.

—Yo también te quiero, Rowan. Y estaré encantada de proteger tu corazón del mundo porque tú también me haces querer ser un poco egoísta.

Su sonrisa no tiene rival en este mundo.

Zahra es mi alma gemela. Lo sé con todo mi ser y la intuición nunca me ha fallado. No hay nada en el mundo que me pueda parecer más hermoso que ella. Ni el sol ni la luna ni la galaxia entera pueden compararse con la luz que irradia allá donde va.

51

Zahra

Los labios de Rowan solo se separan de los míos para llevarme en brazos por las escaleras sin caernos. Mis piernas lo rodean por las caderas durante todo el trayecto hasta que me lanza a su cama y me arranca toda la ropa.

Deja un rastro de besos desde mis labios hasta mi cadera haciéndome sentir tan atractiva que se me humedecen los ojos. Recorre mis muslos con sus manos. Se encarga de provocarme con unas caricias tan ligeras que me dejan sin aliento.

—Me encantan los ruiditos que haces porque son todos míos.

Me clava la mirada mientras acaricia la curva de mi pecho con el índice. Mi piel se eriza a su paso y me palpita el clítoris.

—Pero lo que más me gusta son tus gemidos cuando hago esto.

Se deja caer de rodillas antes de pasarme la lengua

por el centro. Mis caderas se levantan del colchón con fuerza y Rowan me aprieta el vientre con la palma de la mano para contenerme.

—Pensaba que sabía lo que era ser egoísta, pero luego te conocí a ti. Quiero que seas mía de todas las formas posibles. Que sean míos tu tiempo, tus sonrisas, tu corazón. —Su sonrisa maliciosa me hace estremecer.

No hay forma de describir cómo me adora. Me siento como en un altar y Rowan me agasaja con su devoción. Usa la lengua como arma hasta convertirme en una masa dúctil entre sus manos. El mundo se funde en negro cuando cierro los ojos y me pierdo en la sensación de su boca cogiéndome hasta hacerme perder la cabeza.

Me agarra del culo con las dos manos y aprieta. Me quedo sin respiración.

—Mírame.

Abro los ojos de golpe y lo miro. Tiene la mirada fija en mis ojos mientras me chupa el clítoris demostrándome que es dueño de mi cuerpo y mi corazón. Hago la cabeza hacia atrás y pongo los ojos en blanco.

Se aparta y presiona el pulgar contra el clítoris.

—¿Qué te acabo de decir?

Me apoyo en los codos y lo observo mientras me devora. Su boca se mueve con sensualidad. Nuestras miradas siguen fijas en el otro cuando me mete otro dedo y me proporciona otra oleada de placer. Me embiste al ritmo de su lengua. Yo jadeo y me aferro a las sábanas intentando aguantar y seguir en la Tierra.

A Rowan eso no le gusta. Sus actos lo dejan claro y se mueve frenético. Me quiere alocada y suplicante, todo lo que hace lo demuestra. Sus dedos no tienen piedad y me estimula el punto G como si fuera suyo.

Me revuelco, pero su mano sigue firme, empujándome contra las sábanas, obligándome a no hacer nada más que sentir.

El orgasmo aparece de la nada como una oleada enorme de placer que empieza en la cabeza y me llega a los dedos de los pies.

Me siento entumecida. Oigo el tintineo de la hebilla de su cinturón llenando el silencio. Soy incapaz de moverme ni de hacer nada.

Rowan sube dándome besos por el camino que había recorrido al bajar.

—Carajo, cuánto te quiero, Zahra.

Es impresionante cómo tan pocas palabras pueden liberar una nube entera de mariposas en mi estómago.

—¿Querrías probar algo nuevo conmigo?

Pensaba que el Rowan macho alfa era sexy, pero hay algo en esa voz dubitativa que me hace pasarle la mano por la espalda para que sepa que me tiene ahí.

Me da un suave beso en los labios.

—¿Confías en mí?

Respiro hondo. Después de todo lo que hemos pasado, no debería. Puede que tengamos que trabajar un poco, pero sé que Rowan me quiere. Ha abandonado su futuro en Chicago por mí. Sus actos me dicen más que mil palabras, aunque le haya costado cierto tiempo llegar a ese punto.

—Sí, confío en ti.

—Okey. Quiero que lo hagamos sin condón.

—Perdona, ¿qué?

Lo miro perpleja. Sabe que me pongo la inyección anticonceptiva, pero no esperaba que me pidiera algo así. No con lo que ha vivido con otras mujeres.

Me pone la mano en la mejilla.

—No quiero que nada más se interponga entre nosotros.

Se me nubla la vista. No debería llorar, pero es difícil de evitar con la marea de emociones que siento en el pecho.

Después de que lo hayan manipulado y se hayan aprovechado de él tantas personas, está dispuesto a renunciar al poco control que le queda sobre su vida y a confiar en mí.

Asiento sin saber bien si puedo hablar por la constricción que siento en la garganta.

La sonrisa que me dedica no la olvidaré en la vida. Retrocede y tira de mí hacia el borde de la cama con fuerza suficiente para hacerme gritar. Mis piernas terminan encima de sus hombros. Prácticamente me deshago sobre las sábanas cuando me da el más ligero de los besos en la parte interior del muslo.

Rowan alinea el pene con mi centro.

—Ahora que te tengo, nunca te dejaré.

Entra poco a poco dentro de mí. Yo me aferro a la cama.

—No quiero que me dejes.

—Qué linda, piensas que puedes elegir.

Empuja más, robándome la respiración. Sus manos se clavan en mi carne, dejándome ahí cuando me mete el resto de golpe.

Esta vez, el sexo es diferente. Cada caricia parece una promesa, y cada beso, un juramento. El ritmo de Rowan es torturador de un modo totalmente distinto, con sus acometidas lentas.

No deja de adorar mi cuerpo mientras me susurra al oído.

—No sé qué habré hecho bien en la vida para merecer tu amor, pero nada me impedirá protegerlo.

Sus labios encuentran los míos y me besa con suavidad.

—Me esforzaré cada maldito día porque siempre tengas un motivo para sonreír, aunque eso suponga compartir tus sonrisas con el resto del mundo.

Sale de mi interior para volver a entrar, esta vez con más desesperación.

—Y le destrozaré la vida a quien ponga en peligro tu felicidad.

Pierdo la batalla contra mis ojos y las lágrimas empiezan a caer por mis mejillas. Rowan me las quita a besos una a una en una promesa silenciosa.

Y, con unas pocas embestidas más, nos precipitamos juntos como estamos destinados a estar.

Rowan me aprieta con fuerza contra su pecho. Yo trazo sobre él unas líneas con el dedo sin pensar, siguiendo las marcas de sus músculos.

—Bueno, pues puede que hoy le haya hecho unos comentarios desagradables, bastante impropios de mí, a tu padre después de la presentación.

—Aunque mi padre es la última persona de la que quiero hablar desnudo contigo en la cama, me pica demasiado la curiosidad como para dejarlo pasar.

Me río y le doy una palmada en el pecho.

—Puede que le haya dicho que se vaya al infierno.

Rowan estalla. Su carcajada es pesada y áspera, como si no consiguiera meter suficiente oxígeno en los pulmones.

A mí me encanta y tengo muchísimas ganas de hacer que lo repita.

—Tienes que contármelo todo desde el principio —me pide respirando con dificultad.

—No hay mucho que contar. Martha es testigo de la bronca que le eché por ser una basura de padre.

—¡¿Se lo dijiste en público?!

—Sí... ¿Debería habérselo dicho en un pasillo secreto o algo así?

—¿Y qué te dijo él?

—Nada.

Rowan me mira extrañado.

—¡¿Le dijiste a mi padre que fue una basura de padre y que se fuera al infierno y no te dijo nada?!

—Eeeh... ¿Tenía que decirme algo?

—Lo he visto despedir a gente por respirarle demasiado cerca.

—Eso me parece un poco exagerado.

—No lo conoces como yo.

—Y doy gracias. Son esas pequeñas cosas las que me ayudan a levantarme por la mañana.

Su pecho tiembla por la risa silenciosa.

—No sé qué pensar. Mi padre nunca aguantaría que nadie le hablara así.

Toma el teléfono y les cuenta a sus hermanos la noticia en un mensaje.

Le paso un dedo por el pecho.

—Tal vez ya supiera que había dejado el trabajo.

Niega con la cabeza.

—Lo dudo, no le permití a Jenny procesar tu aviso, así que sigues siendo trabajadora de Dreamland.

—¡¿QUÉ?! —Me incorporo.

Rowan tira de mí para que vuelva a acostarme y me aprieta contra él.

—No podía dejarte ir.

—Sí, bueno, pero no puedes retener mi aviso porque te dé la gana. Es ilegal.

Se encoge de hombros.

—Según tu contrato, puedo hacerlo hasta que tengas una entrevista final conmigo. Por eso hay que revisar siempre la letra pequeña.

Me quedo boquiabierta.

—Pensaba que no era tan especial como para que hubiera letra pequeña.

—Eres tan especial para mí que no pienso dejar que nadie que no sea de tu familia se te acerque, ya sea hombre o mujer.

Pongo los ojos en blanco.

—Eres demasiado posesivo para tu propio bien.

Nos da la vuelta para poder quedar sobre mí. Empuja las caderas contra las mías y aprieta su pene cada vez más duro contra mí.

—¿Cómo puede excitarte tanto esta conversación?

Sus labios bajan hasta la parte de mi cuello que ya ha marcado y magullado.

—Porque ¿para qué hablar de si soy posesivo cuando puedo demostrártelo?

Rowan me enseña lo que significa adorarme durante toda la noche.

Su amor es algo a lo que una podría volverse adicta, así que me alegro de tener toda la vida para corresponderle.

Epílogo
Zahra

Toda mi familia está detrás de la enorme cinta roja. Los hermanos de Rowan, que tienen tan poco derecho como él de ser tan guapos, están de pie a su lado.

Rowan me atrae hacia su cuerpo y me besa la sien.

—¿Estás lista?

Salta el flash de una cámara capturando el momento. Hay mucha prensa para la inauguración oficial de Nebuland. Tal vez nos haya llevado tres años terminarla, pero vale la pena. En cuanto los visitantes entran en el espacio, se encuentran en otro planeta donde los saluda Iggy el Alien. La atracción que Lance presentó ha sido actualizada y sigue siendo muy importante en el mundo. Y yo lo he aceptado, porque, sin ese trozo de chatarra de más de mil millones de dólares, quizá nunca hubiera conocido al amor de mi vida.

Me imagino a Brady sonriéndonos desde el cielo.

—No creo que esté sucediendo. ¿A la gente le gustará?

—Si no les gustara, estarían mal de la cabeza. —Rowan me entrega las enormes tijeras plateadas.

—¿Confías en mí con un arma así?

En cuanto las suelta, mis brazos ceden por el peso del metal.

—Okey, puede que no haya sido la mejor idea.

Coloca las manos sobre las mías y las levanta a la altura del lazo.

—Pesan más de lo que parece en las películas.

Suelta una risa baja que solo yo puedo oír. Otra cámara dispara el flash hacia nosotros.

—¡Te tomaron una foto sonriendo! —digo fingiendo horror.

—¿Cuánto crees que tendré que pagarle para que la borre?

—No lo sé, hoy en día, todo se almacena en la nube...

—¿Se apuran o qué? Me quiero subir a las atracciones —dice Ani asomando la cabeza por encima de mi hombro.

—¡Eso! —dice Cal desde el otro lado de Rowan.

—Estamos teniendo un momento bonito —le dice Rowan a su hermano.

—Ya hemos soportado tres años de momentos de esos. Y algunos los he oído también —repone Cal.

—¿Perdona? ¡Mis padres están aquí al lado! —intervengo lanzándole una mirada furiosa a Cal.

—Están celosos —me susurra Rowan al oído antes de darme un beso en la mejilla.

—La verdad es que no, dan un poco de asco —sentencia Ani, e imita una arcada.

Qué mentirosa, si siempre tiene encima a JP manoseándola como si fuera un pulpo.

Claire llega corriendo con la chamarra de cocina medio desabrochada y el cabello desgreñado.

—¡Ya estoy aquí! —Me rodea con el brazo sudado antes de colocarse al lado de Ani.

—Por fin —refunfuña Rowan en voz baja.

—¿Estabas haciendo tiempo hasta que llegara Claire?

«No llores, Zahra.»

—Claro, sin ella, tal vez nunca hubieras mandado borracha aquella propuesta. —Rowan sonríe sin esfuerzo, con los ojos llenos de amor.

«Zahra, no llores, por Dios. O lo desvelarás todo.»

—Gracias por ser siempre tan considerado.

—Te hice una promesa, ¿no? —Rota el anillo que llevo como si quisiera recordarme que sigue ahí. Como si fuera a olvidarlo. Estoy convencida de que el diamante puede verse desde el espacio, de lo exagerado que es.

Se me humedecen los ojos, pero parpadeo para eliminar las lágrimas antes de que se me puedan escapar.

—¿Listo?

Mi marido me devuelve la sonrisa y levanta más las tijeras.

—Vamos, esposa mía —dice con voz grave.

Un escalofrío me recorre la espalda.

No ha dejado de llamarme así desde que nos casamos el invierno pasado rodeados de nieve. Y, cada vez que lo hace, algo me recorre el cuerpo y me hace sentir que soy toda suya.

Me dirijo al público:

—Gracias por uniros hoy a nosotros. Nebuland ocupa un lugar especial en nuestro corazón porque sabemos lo mucho que habría significado para Brady. Aunque no pueda estar hoy aquí, estoy convencida de que nos está viendo y está tan emocionado como nosotros.

Iggy era su personaje favorito, aunque puede que no lo dijera. Brady le tenía un cariño especial a su primer dibujo porque lo representaba a él, un joven inmigrante que sentía que había viajado a un planeta distinto al venir a Estados Unidos. Para Brady, Iggy se convirtió en una forma de canalizar su felicidad, su emoción y sus miedos. Iggy es una extensión de Brady en muchos sentidos, de los valores que Brady quería fomentar con sus películas. Así que estamos encantados de inaugurar Nebuland para que lo visite todo Dreamland y esperamos que le guste tanto como a nosotros.

Rowan y yo cortamos la cinta juntos. Todo el mundo aplaude y lo festeja a nuestro alrededor. Algunos niños corren hacia la entrada mientras los miembros de nuestra familia hablan entre ellos.

Alguien le quita las tijeras de las manos a Rowan.

—Qué bien lo...

Ani llama a Rowan como teníamos planeado. Sabía que a ella no podría ignorarla. Su debilidad por mi hermana pequeña no ha hecho más que aumentar con los años y yo lo aprovecho.

Mientras tanto, mi madre se me acerca con brío y me cambia el pin esmaltado por uno nuevo. Me guiña un ojo antes de volver con mi padre.

Rowan me rodea con el brazo desde atrás. Me besa la curva del cuello antes de darme la vuelta para que nos quedemos mirándonos.

—Qué orgulloso estoy de ti. Fue un discurso maravilloso.

—¿Solo maravilloso? Puedo hacerlo mejor. Vamos a llamar a la prensa para volver a hacerlo. —Muevo el dedo como hace él cuando quiere que se haga algo.

—Estás loca. Lo sabes, ¿verdad?

—Es difícil olvidarlo cuando me lo dices todos los días.

Me pone una mano en la mejilla.

—Me gusta mucho la constancia.

Por fin, en el momento justo, su mirada viaja por mi cara y recorre mi cuerpo. Ladea la cabeza y parpadea atónito.

—¿Qué es eso?

—¿Qué? —Lo miro con expresión inocente.

—¿De quién es ese pin? —Le da un golpe con el dedo y lo hace temblar sobre mi pecho.

Yo protejo el trocito de metal en el que una cigüeña lleva un fardo blanco colgando del pico sobre las palabras «Tenemos visita». Después de que me hiciera un test de embarazo en casa de Claire la semana pasada, ella me sorprendió con esta joyita por mi cumpleaños.

Pensé que hoy sería el día perfecto para decírselo a Rowan, porque nuestra historia empezó con Nebuland y hemos terminado aquí, junto a nuestras familias, años más tarde.

—Mía. —Sonrío.

Parpadea como si su cerebro tuviera que procesar toda esa información.

—¿Estás embarazada? —susurra.

Asiento varias veces. Rowan se olvida de la gente que nos rodea y me besa hasta que se me hinchan los labios y me mareo por la falta de oxígeno.

Levanto la vista para mirar a mi marido y me encuentro con que unas cuantas lágrimas recorren sus mejillas. Como tantas veces ha hecho él conmigo, se las seco como si nunca hubieran estado ahí.

Me rodea con los brazos y me besa la cabeza.

—Eres lo mejor que me ha pasado en la vida. Gracias

por darme la oportunidad de ser el padre que nunca tuve pero que siempre he querido.

Mi corazón entero se derrite. No hay nada que quiera más en esta vida que compartir el amor de Rowan con nuestro bebé. Porque el amor de Rowan conlleva una adoración y una protección incondicionales y, en un mundo como este, eso es un regalo. Que nunca supe que necesitaba, pero sin el cual no me imagino viviendo.

Epílogo ampliado
Rowan

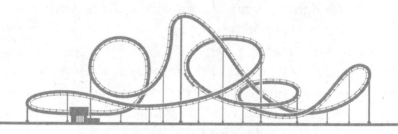

—¡Este, papi! —Ailey me da un golpe en el pecho con el libro y se lanza a la cama. Su camisón de la princesa Cara se infla a su alrededor y el cabello oscuro cae sobre sus ojos cafés. Se aparta las ondas de la cara con un gesto descuidado.

No me hace falta mirar el libro para saber cuál ha elegido. Es el mismo que escoge todas las noches antes de dormir.

La arropo con las sábanas y me siento en el borde de la cama.

—¿Segura que no quieres otro? —Le pongo enfrente el libro que yo mismo he creado y lo balanceo.

—¡No! ¡Quiero que me cuentes la historia de ti y de mamá!

Tiene la misma sonrisa que Zahra. Hacer sonreír así a mi hija hace que mi pecho se caliente, se constriña.

Nunca pensé que un regalo que creé para el periodo de adaptación de Zahra al bebé fuera a tener un efecto tan duradero. Ailey me pide que le lea el álbum ilustrado semana tras semana, no falla nunca. Y me llena de orgullo saber que mi trabajo le gusta tanto como a su madre.

—Okey, pero solo un cuento. Ya hace un rato que tendrías que estar durmiendo.

No quiero perderme el espectáculo de fuegos artificiales con Zahra. Es nuestra tradición diaria verlos por la noche desde el porche.

—¡Te lo prometo!

Ha sido más fácil de lo que pensaba. Siempre me pide que le lea por lo menos tres cuentos antes de acostarse y yo cedo cada vez. Me ganan el hoyuelo de su mejilla y esos grandes ojos cafés.

Le doy un suave beso en la frente antes de abrir el libro en la primera página que dibujé.

—Había una vez un hombre triste que recibió una carta de su abuelo.

—¿Y qué pasó?

Ailey sonríe como si no se supiera el cuento de principio a fin.

Le leo las siguientes páginas que explican quién era yo y qué tenía que hacer.

Su rostro se ilumina cuando ve el dibujo de la página siguiente: Zahra abriendo la puerta del salón de actos. Yo aparezco dibujado en un rincón oscuro mirándola airado.

—¡Es mamá! —Suelta una risita—. Estás enojado con ella.

Me río para mí.

—Me molestaba que tu madre no cumpliera las normas.

—¡Buuu! No me gustan las normas.

—Está claro que eres hija de tu madre.

Le doy un toquecito en la nariz con el dedo y sonrío.

Sigo leyendo el cuento. Los ojos de Ailey se van cerrando poco a poco mucho antes de lo que esperaba, quizá porque pasamos un largo día en el parque por el cumpleaños de Ani.

Le doy un beso en la cabeza antes de apagar la lámpara de su mesita de noche y dejarla en la habitación.

Salgo de casa a la fresca noche de enero.

—¿Ya cayó? —Mi mujer apaga la luz que usa para leer y cierra el libro. Yo se lo quito del regazo y lo coloco en otra silla.

—Se durmió antes de que llegara a su parte favorita.

Me siento en el columpio y la atraigo hacia mí. Se hace un par de centímetros hacia delante para que pueda rodearla con el brazo y apoyar las manos en su vientre. Con un poco de suerte, podré sentir las paraditas durante los fuegos artificiales de esta noche. Siempre está más activo en ese momento.

—Quizá vaya siendo hora de que hagas una versión actualizada para que pueda leer sobre ella y su hermanito —sugiere mientras me da unas palmaditas en la mano.

Le coloco el cabello detrás de la oreja antes de besarle el hombro.

—Mañana me pongo manos a la obra.

—La mimas demasiado.

Me encojo de hombros.

—Eso no tiene nada de malo.

Levanta la vista para mirarme.

—¿Seguro? La semana pasada cerraste el Castillo de la Princesa Cara para tomar el té con ella. Se te está yendo de las manos.

—Fue solo una hora.

—Un sábado en temporada alta. —Zahra se ríe y eso hace que tiemble su vientre bajo mis manos.

—No veo dónde está el problema cuando el parque es nuestro.

Niega con la cabeza.

—Escucha lo que te digo: nunca encontrará a un hombre que esté a tu altura.

Suelto una risa grave.

—Vaya, no será justo eso lo que pretendo...

Zahra se ríe hasta tener que secarse las comisuras de los ojos.

—Tendría que haber sabido que serías así.

—¿Absurdamente increíble? —Levanto su barbilla para poder besarla en la boca.

—No. —Sonríe mientras me besa.

—¿Absurdamente pesado?

Niega con la cabeza y termino dándole un beso en la mejilla.

—Negativo, pero casi.

—¿Absurdamente enamorado?

Sonríe con sus labios contra los míos.

—Eso es.

Beso a Zahra con todo el cariño que siento por ella. Soy un cabrón con suerte que se ha casado con la mujer que conoce todos sus defectos y lo quiere a pesar de ellos. Zahra es mi mejor amiga y mi único amor. Es la mujer a la que quiero besar todas las mañanas y la última persona a la que quiero ver antes de cerrar los ojos por la noche. Es la madre de mis hijos y con quien quiero contemplar los fuegos artificiales de Dreamland cada noche hasta que seamos viejos y tengamos el cabello blanco.

Me dio una segunda oportunidad en la vida y pretendo aprovecharla al máximo con ella el resto de mis días.

Agradecimientos

Mamá, gracias por alentarme siempre a perseguir mis sueños hasta cuando me asustan.

Señor Smith, siempre agradecida por ti. No sé qué haría si no encontraras las lagunas de la trama y, al mismo tiempo, me instruyeras en las grandes empresas y los seguros de salud.

Mary, gracias por ayudarme a traer mis libros a la vida. Puedo decirte que, además de ser mi maravillosa diseñadora gráfica, eres una buena amiga.

Julie, gracias por ayudarme cuando más lo necesitaba. Tu amistad y tu apoyo significan muchísimo para mí y estoy feliz de compartir este viaje contigo.

Erica, algunas personas tienen editores, pero yo tengo un dos por uno: editora y amiga. Tus notas de voz siempre me hacen reír tanto como tus mensajes. Tus ánimos para que intente hacer algo nuevo (no mejor) me han ayudado a superar el miedo y a terminar este proyecto, así que ¡gracias!

Becca, no sé si esta versión final se parecería a lo que es ahora sin ti. Me alegro mucho de que Erica nos pusiera en contacto y de que pudieras hacerme un hueco en tu agenda. Tu apoyo y confianza eran todo lo que necesitaba y me animaste a llevar este libro todavía más lejos. ¡Qué ganas tengo de trabajar contigo en el siguiente proyecto!

A mis lectores beta (Brit, Rose/Kylie, Amy, Brittni, Nura): gracias por su sinceridad, apoyo y voluntad para leer el borrador en tan poco tiempo. Son mis héroes y nada de esto sería posible sin sus críticas constructivas.

Nura, confía en tu instinto. Sin él, no habría escena extendida en el boliche. ;) Muchas gracias por tu infinita emoción por mis proyectos. Todo autor necesita a una persona que esté al tanto con lo que hace, y me alegro de que tú seas la mía.

A mis equipos: muchísimas gracias por apoyarme siempre y por promocionar mis libros. Para mí significa mucho tener lectores como ustedes dispuestos a hacer que corra la voz sobre mis mundos y mis personajes.

Kimberly y todo el mundo de Brower Literary & Management, agradezco todo el tiempo y el esfuerzo que han invertido en ayudarme a crecer. Gracias a ustedes he podido hacer realidad algunos de mis mayores sueños y estoy muy agradecida de que hayan formado parte de mi equipo.

Anna, equipo de marketing de Piaktus/Little, Brown y todas las personas que me han ayudado en la Commonwealth, les agradezco mucho todo lo que han hecho para apoyarme y compartir Dreamland con el mundo.

Christa, equipo de marketing y todas las personas de Bloom Books, les agradezco mucho el tiempo, la energía y el amor que han puesto en ayudarme. Gracias por hacer realidad algo que me parecía un sueño.